台灣の讀者の皆さんへのコメント

海を越えて旅したことのない私の書いた小説が、
海を越えて多くの讀者の皆様のもとに屆いていることを、
心から嬉しく思っています。
この作品も、どうぞお楽しみいただけますように！

致親愛的台灣讀者

從未出國旅行的我，
這次很高興自己寫的小說能跨海與許多讀者見面，
希望這部作品能帶給您無上的閱讀樂趣。

宮部みゆき

宮部美幸 作品集／23
MIYABE MIYUKI

宮部美幸
Miyabe Miyuki　茂呂美耶 譯／文藝評論家 傅博 總導讀

扮鬼臉
あかんべえ

宮部美幸 作品集／23
Miyabe Miyuki

扮鬼臉

Contents

總導讀——傅博

宮部美幸的推理文學世界

日本當代國民作家宮部美幸

近年來在日本的雜誌上，偶爾會看到尊稱宮部美幸爲國民作家。怎樣才能榮獲這個名譽呢？好像沒有確切的答案，然而綜觀過去被尊稱爲國民作家的作家生涯便不難看出國民作家的共同特徵。

明治維新（一八六八年）一百多年以來，被尊稱爲國民作家的爲數不多，夏目漱石和吉川英治是最早期的國民作家。夏目漱石是純文學大師，其作品具大眾性，一九一六年逝世至今，已歷九十年，其作品在書店仍然可見，代表作有《我是貓》、《少爺》等等。吉川英治是大眾文學大師，其作品有濃厚的思想性，對二次大戰戰敗的日本國民發揮了鼓舞的作用，其著作等身，代表作有《宮本武藏》、《新．平家物語》等等。

屬於戰後世代的國民作家有松本清張和司馬遼太郎。松本清張是社會派推理文學大師，其寫作範圍十分廣泛，除了推理小說之外，對日本古代史研究、挖掘昭和史等，留下不可磨滅的貢獻。司馬遼太郎是歷史文學大師，早期創作時代小說，之後撰寫歷史小說和文化論。這兩位作家的共同特徵是，著作豐富、作品領域廣泛、質與量兼俱。他們的思想對一九六〇年代後的日本文化發揮了影響力。

上述四位之外，日本推理小說之父江戶川亂步、時代小說大師山本周五郎，以及文學史上創作量最多、男女老少人人喜愛的赤川次郎也榮獲國民作家的尊稱。

綜觀以上的國民作家，其必備條件似乎是著作豐富、多傑作；作品具藝術性、思想性、社會性、娛樂性、普遍性；讀者不分男女，長期受到廣泛的老、中、青、少、勞動者以及知識份子的閱讀。

宮部美幸出道至今未滿二十年，共出版了四十三部作品，包括四十萬字以上的巨篇八部、長篇十五部、中篇集三部、短篇集十三部，非小說類有繪本兩冊、隨筆一冊、對談集一冊。以平均每年出版兩冊的數量來說，在日本並非多產作家，但是令人佩服的是，其寫作題材廣泛、多樣，品質又高，幾乎沒有失敗之作。所獲得的文學獎與同世代作家相較，名列第一，該得的獎都拿光了。質的成功與量成比例，是宮部美幸文學的最大武器，也是獲得國民作家之稱的最大因素。

宮部美幸，本名矢部美幸，一九六〇年十二月二十三日生於東京都江東區深川。東京都立墨田川高中畢業之後，到速記學校學習速記，並在法律事務所上班，負責速記，吸收了很多法律知識。一九八四年四月起在講談社主辦的娛樂小說教室學習創作。

一九八七年，〈吾家鄰人的犯罪〉獲第二十六屆《ＡＬＬ讀物》推理小說新人獎，〈鎌鼬〉獲第十二屆歷史文學獎佳作。一位新人，同年以不同領域的作品獲得兩種徵文比賽獎項實爲罕見。

前者是透過一名少年的觀點，以幽默輕鬆的筆調記述和舅舅、妹妹三人綁架小狗的計劃所引發的意外事件，是一篇以意外收場取勝的青春推理佳作，文風具有赤川次郎的味道。後者是以德川幕府時代的江戶（今之東京）爲時空背景的時代推理小說。故事記述一名少女追查試刀殺人的兇手之經過，全篇洋溢懸疑、冒險的氣氛。

要認識一位作家的本質，最好的方法就是閱讀其全部的作品。當其著作豐厚，無暇全部閱讀時，則是先閱讀其處女作，因爲作家的原點就在處女作。以宮部美幸爲例，其作品裡的偵探，不管是系列偵探或個案偵探，很少是職業偵探，大多是基於好奇心欲知發生在自己周遭的事件眞相，而做起偵探的非職業偵探，這些主角在推理小說是少年，在時代小說則是少女。其文體幽默輕鬆，故事收場不陰冷而十分溫馨，這些特徵在其雙線處女作之中已明顯呈現。

繼處女作之後的作品路線，即須視該作家的思惟了；有的一生堅持一條主線，不改作風，只追求同一主題，日本的推理小說家大多屬於這種單線作家——解謎、冷硬、懸疑、冒險、犯罪等各有專職作家。

另一種作家就不單純了，嘗試各種領域的小說，屬於這種複線型的推理作家不多，宮部美幸即是罕見的複線型全方位推理作家。她發表不同領域的處女作——推理小說和時代小說——同時獲得肯定，登龍推理文壇之後，此雙線成爲宮部美幸的創作主軸。

一九八九年，宮部美幸以《魔術的耳語》獲得第二屆日本推理懸疑小說大獎，拓寬了創作路線，由此確立推理作家的地位，並成爲暢銷作家。

宮部美幸作品的三大系統

這次宮部美幸授權獨步文化出版社，發行台灣版《宮部美幸作品集》二十七部（二十三部中有四部分爲上下兩冊），筆者以這二十三部爲主，按其類型分別簡介如下。

要完整歸類全方位作家宮部美幸的作品實非易事，然其作品主題是推理則毋庸置疑。筆者綜合故事的時空背景以及現實與非現實的題材，將它分爲三大系統。第一類爲推理小說，第二類時代小說，第三類奇幻小說，而每系統可再依其內容細分爲幾種系列。

一、推理小說系統的作品

宮部美幸的出道與新本格派的崛起（一九八七年）是同一時期，其早期的作品可能受到此影響之外，文體、人物設定、作品架構等，可就是受到赤川次郎的影響了。所以她早期的推理小說大多屬於青春解謎的推理小說；許多短篇沒有陰險的殺人事件登場，大多是以日常生活中的家庭糾紛爲主題，屬於日常之謎系列的推理小說不少。屬於本系列的有：

1.《吾家鄰人的犯罪》（短篇集，一九九〇年一月出版）收錄處女作以及之後發表的青春推理短篇四篇。早期推理短篇的代表作。

2.《完美的藍——阿正事件簿之一》（長篇，一九八九年二月出版／獨步文化版·宮部美幸作品集01——以下只記集號）「元警犬系列」第一集。透過一隻退休警犬「正」的觀點，描述牠與現在的主人——蓮見偵探事務所調查員加代子——的辦案過程。故事是正和加代子找到離家出走的少年，在將少年帶回家的途中，目睹高中棒球明星球員（少年的哥哥）被潑汽油燒死的過程。在搜查過程中浮現的製藥公司的陰謀是什麼？「完美的藍」是藥品名。具社會派氣氛。

3.《令人著迷——阿正事件簿之二》（連作短篇集，一九九七年十一月出版／16）「元警犬系列」

第二集。收錄〈令人著迷〉等五個短篇，在第五篇〈正的辯明〉裡，宮部美幸以事件委託人登場。

4.《這一夜，誰能安睡？》（長篇，一九九二年二月出版／06）「島崎俊彥系列」第一集。透過中學一年級生緒方雅男的觀點，記述與同學島崎俊彥一同調查一名股市投機商贈與雅男母親五億圓後，接獲恐嚇電話、父親離家出走等事件的眞相，事件意外展開、溫馨收場。

5.《少年島崎不思議事件簿》（長篇，一九九五年五月出版／13）「島崎俊彥系列」第二集。在秋天的某個晚上，雅男和俊男兩人參加白河公園的蟲鳴會，主要是因爲雅男想看所喜歡的工藤小姐一眼，但是到了公園門口，卻碰到殺人事件，被害人是工藤的表姊，於是兩人開始調查眞相，發現事件背後的賣春組織。具社會派氣氛。

6.《無止境的殺人》（長篇，一九九二年九月出版／08）將錢包擬人化，由十個錢包輪流講自己所見的主人行爲而構成一部解謎的推理小說。人的最大欲望是金錢，作者功力非凡，藉由放錢的錢包揭開十個不同的人格，而構成解謎之作，是一部由連作構成的異色作品。

7.《繼父》（連作短篇集，一九九三年三月出版／09）「繼父系列」第一集。一個行竊失風的小偷，摔落至一對十三歲雙胞胎兄弟家裡，這對兄弟的父母失和，留下孩子各自離家出走，於是兄弟倆要求小偷當他們的爸爸，否則就報警，將他送進監獄，小偷不得已，承諾兄弟倆的要求當了繼父。不久，在這奇妙的家庭裡，發生七件奇妙的事件，他們全力以赴解決這七件案件。典型的幽默推理小說集。

8.《寂寞獵人》（連作短篇集，一九九三年十月出版／11）「田邊書店系列」第一集。以第三人稱多觀點記述在田邊舊書店周遭所發生的與書有關的謎團六篇。各篇主題迥異，有命案、有日常之謎、有異常心理、有懸疑。解謎者是田邊舊書店店主岩永幸吉和孫子稔。文體幽默輕鬆，但是收場不一定明朗，有的很嚴肅。

以上八部可歸類爲解謎推理小說，而從文體和重要登場人物等來歸類則是屬於幽默推理、青春推理爲多。屬於這個系列的另有以下兩部。

9.《地下街之雨》（短篇集，一九九四年四月出版）。

10.《人質卡濃》（短篇集，一九九六年一月出版）。

以下十部的題材、內容比較嚴肅，犯罪規模大，呈現作者的社會意識。有懸疑推理、有社會派推理、有報導文體的犯罪小說。

11.《魔術的耳語》（長篇，一九八九年十二月出版／02）獲第二屆日本推理懸疑小說大獎的社會派推理傑作。三起看似互不相干的年輕女性的死亡案件，和正在進行的第四起案件如何演變成連續殺人案。十六歲的少年日下守，爲了證實被逮捕的叔叔無罪，挑戰事件背後的魔術師的陰謀。宮部美幸早期代表作。

12.《Level 7》（長篇，一九九〇年九月出版／03）一對年輕男女在醒來之後失去記憶，手臂上被印上「Level 7」；一名高中女生在日記留下「到了 Level 7 會不會回不來」之後離奇失蹤。尋找自我的男女，和尋找失蹤的女高中生的眞行寺悅子醫師相遇，一起追查 Level 7 的陰謀。兩個事件錯綜複雜，發展爲殺人事件。宮部後期的奇幻推理小說的先驅之作、早期代表作。

13.《獵捕史奈克》（長篇，一九九二年六月出版／07）持散彈槍闖入大飯店婚宴的年輕女子關沼惠子、欲利用惠子所持的槍犯案的中年男子織口邦雄、欲阻止邦雄陰謀的青年佐倉修治、欲去探望病倒的妻子的優柔寡斷的神谷尙之、承辦本案的黑澤洋次刑警，這群各有不同目的的人相互交錯，故事向金澤之地收束。是一部上乘的懸疑推理小說。

14.《火車》（長篇，一九九二年七月出版）榮獲第六屆山本周五郎獎。停職中的刑警本間俊介受親戚栗坂和也之託，尋找失蹤的未婚妻關根彰子，在尋人的過程中，發現信用卡破產猶如地獄般的現實社會，是一部揭發社會黑暗的社會派推理傑作，宮部第二期的代表作。

15.《理由》（長篇，一九九八年六月出版）二〇〇一年榮獲第一百二十屆直木獎和第十七屆日本冒險小說協會大獎。東京荒川區的超高大樓的四十樓發生全家四人被殺害的事件。然而這被殺的四人並非此宅的住戶，而這四人也不是同一家族，沒有任何血緣關係。他們爲何僞裝成家人一起生活？他們到底是什麼人？又想做什麼？重重的謎團讓事件複雜化，事件的眞相是什麼？一部報導文學形式的社會派推理傑作。宮部第二期的代表作。

16.《模倣犯》（百萬字長篇，二〇〇一年四月出版）同時榮獲第五十五屆每日出版文化獎特別獎，二〇〇二年同時榮獲第五屆司馬遼太郎獎和二〇〇一年度藝術選獎文部科學大臣獎文學部門獎。在公園的垃圾堆裡，同時發現女性的右手腕與一名失蹤女性的皮包，不久兇手打電話到電視公司和失主家中，果然在兇手所指示的地點發現已經化爲白骨的女性屍體，是利用電視新聞的劇場型犯罪。不久，表面上連續殺人案一起終結了，之後卻意外展開新局面。是一部揭發現代社會問題的犯罪小說，宮部文學截至目前爲止的最高傑作，推理文學史上的不朽名著。

17.《R‧P‧G》（長篇，二〇〇一年八月出版／22）在食品公司上班的所田良介於杉並區的建築工地被刺死，在他的屍體上找到三天前在澀谷區被絞殺的大學女生今井直子身上所發現的同樣纖維，於是兩個轄區的警察組成共同搜查總部，而曾經在《模倣犯》登場的武上悅郎則與在《十字火焰》登場的石津知佳子連袂登場。是一部現今在網路上流行的擬似家族遊戲爲主題的社會派推理小說。

宮部美幸的社會派推理作品尚有：

18.《東京下町殺人暮色》（原題《東京殺人暮色》，長篇，一九九〇年四月出版）。

19.《不必回信》（短篇集，一九九一年十月出版）。

20.《誰？》（長篇，二〇〇三年十一月出版）。

二、時代小說系統的作品

時代小說是與現代小說和推理小說鼎足而立的三大大眾文學。凡是以明治維新之前爲時代背景的小說，總稱爲時代小說或歷史・時代小說。

時代小說視其題材、登場人物、主題等再細分爲市井、人情、股旅（以浪子的流浪爲主題）、劍豪、歷史（以歷史上的實際人物爲主題）、忍法（以特殊工夫的武鬥爲主題）、捕物等小說。

捕物小說又稱捕物帳、捕物帖、捕者帳等，近年推理小說的範疇不斷擴大，將捕物小說稱爲時代推理小說，歸爲推理小說的子領域之一。捕物小說的創作形式是日本獨有，其起源比日本推理小說早六年。一九一七年，岡本綺堂（劇作家、劇評家、小說家）發表《半七捕物帳》的首篇作的〈阿文的魂魄〉，是公認的捕物小說的原點。

據作者回憶，執筆《半七捕物帳》的動機是要塑造日本的福爾摩斯——半七，同時欲將故事背景的江戶的人情和風物以小說形式留給後世。之後，很多作家模倣《半七捕物帳》的形式，創作了很多捕物小說。

由此可知，捕物小說與推理小說的不同之處是以江戶的人情、風物為經，謎團、推理為緯而構成的小說。因此，捕物小說分為以人情、風物為主，與謎團、推理取勝的兩個系統。前者的代表作是野村胡堂的《錢形平次捕物帳》，後者即以《半七捕物帳》為代表。

宮部美幸的時代小說有十一部，大多屬於以人情、風物取勝的捕物小說。

21.《本所深川詭怪傳說》（連作短篇集，一九九一年四月出版／05）「茂七系列」第一集。榮獲第十三屆吉川英治文學新人獎。江戶的平民住宅區本所深川，有七件不可思議的事象，作者以此七事象為題材，結合犯罪，構成七篇捕物小說。破案的是回向院捕吏茂七，但是他不是主角，每篇另有主角，大多是未滿二十歲的少女。以人情、風物取勝的時代推理佳作。

22.《幻色江戶曆》（連作短篇集，一九九四年八月出版／12）以江戶十二個月的風物詩為題，結合犯罪、怪異構成十二篇故事。以人情、風物取勝的時代推理小說。

23.《最初物語》（連作短篇集，一九九五年七月出版，二〇〇一年六月出版珍藏版，增補一篇作品／21）「茂七系列」第二集。以茂七為主角，記述七篇茂七與部下系吉和權三辦案的經過，作者在每篇另有記述與故事沒有直接關係的季節食物掌故，介紹江戶風物詩。人情、風物、謎團、推理並重的時代推理小說。

24.《顫動的岩石——通靈阿初捕物控1》（長篇，一九九三年九月出版／10）「阿初系列」第一集。破案的主角是一名具有通靈能力的十六歲少女阿初，她看得見普通人看不見的東西，而且一般人聽不到的聲音也聽得到。某日，深川發生死人附身事件，幾乎與此同時，武士住宅裡的岩石開始顫動。這兩件靈異事件是否有關聯？背後有什麼陰謀？一部以怪異取勝的時代推理小說。

25.《天狗風——通靈阿初捕物控2》（長篇，一九九七年十一月出版／15）「阿初系列」第二集。天亮刮起大風時，少女一個一個地消失，十七歲的阿初在追查少女連續失蹤案的過程中遇到邪惡的天狗。天狗的眞相是什麼？其陰謀是什麼？也是以怪異取勝的時代推理小說。

26.《糊塗蟲》（長篇，二〇〇〇年四月出版／19．20）「糊塗蟲系列」第一集。深川北町的鐵瓶大雜院發生殺人事件後，住民相繼失蹤，是連續殺人案？抑是另有陰謀？負責辦案的是怕麻煩的小官岩井平四郎，協助他破案的是聰明的美少年弓之助。本故事架構很特別，作者先在冒頭分別記述五則故事，然後以一篇長篇與之結合，構成完整的長篇小說。以人情、推理並重的時代推理傑作。

27.《終日》（長篇，二〇〇五年一月出版／26．27）「糊塗蟲系列」第二集。故事架構與第一集一樣，在冒頭先記述四則故事，然後與長篇結合。負責辦案的是糊塗蟲岩井平四郎，協助破案的除了弓之助之外，回向院茂七的部下政五郎也登場，作者企圖把本系列複雜化，或許將來作者會將幾個系列納爲一大系列。也是人情、推理並重的時代推理小說。

以上三系列都是屬於時代推理小說。案發地點都在深川，但是每系列各具特色，有以風情詩取勝，也有以人際關係取勝，也有怪異現象取勝，作者實爲用心良苦。宮部美幸另有四部不同風格的時代小說。

28.《扮鬼臉》（長篇，二〇〇二年三月出版／23）深川的料理店「船屋」主人的唯一女兒阿鈴，發燒病倒，某日一個小女孩來到其病榻旁，對她扮鬼臉，之後在阿鈴的病榻旁連續發生可怕又可笑的不可思議的事，於是阿鈴與他人看不見的靈異交流。一部令人感動的時代奇幻小說佳作。

29.《怪》（奇幻短篇集，二〇〇〇年七月出版）。

30.《鎌鼬》（人情短篇集，一九九二年一月出版）。

31.《寬恕箱》（人情短篇集，一九九六年十一月出版）。

三、奇幻小說系統的作品

史蒂芬．金的恐怖小說和奇幻小說《哈利波特》成爲世界暢銷書後，原處於日本大眾文學邊緣的奇幻小說獲得成長發展的機會，漸漸確立了其獨立地位，而宮部美幸的奇幻小說就是在這欣欣向榮的機運中誕生的。她的奇幻作品的特徵是超越領域與推理小說結合。

32.《龍眠》（長篇，一九九一年二月出版／04）榮獲第四十五屆日本推理作家協會獎的長篇獎。週刊記者高坂昭吾在颱風夜駕車回東京的途中遇到十五歲的少年稻村愼司，少年告訴記者：「我具有超能力。」他能夠透視他人心理，愼司爲了證明自己的超能力，談起幾個鐘頭前發生的事件眞相，從此兩人被捲入陰謀。是一部以超能力爲題材的奇幻推理傑作，宮部早期代表作。

33.《十字火焰》（長篇，一九九八年十一月出版／17．18）青木淳子具有「念力放火」的超能力。有一天她撞見了四名年輕人欲殺害人，淳子手腕交叉從掌中噴出火焰殺害了其中的三個人，另一個逃走了。勘查現場的石津知佳子刑警，發現焚燒屍體的情況與去年的燒殺案十分類似。也是一部以超能力爲題材的奇幻推理大作。

34.《蒲生邸事件》（長篇，一九九六年十月出版／14）榮獲第十八屆日本ＳＦ大獎。尾崎高史爲了應考升學補習班上京，其投宿的飯店發生火災，因而被一名具有「時間旅行」的超能力者平田次郎搭救到一九三六年二月二十六日的二．二六事件（近衛軍叛亂事件）現場，兩名來自未來的訪客能否阻止起義而改變歷史？也是一部以超能力爲題材的奇幻推理大作。

35.《勇者物語—Brave Story》（八十萬字長篇，二〇〇三年三月出版／24．25）念小學五年級的三谷亘的父母不和，正在鬧離婚，有一天他幻聽到少女的聲音，決心改變不幸的雙親命運，打開幽靈大廈的門，進入「幻界」到「命運之塔」。全書是記述三谷亘的冒險歷程。一部異界冒險小說大作。

除了以上四部大作之外，屬於奇幻小說的作品尚有以下四部：

36.《鵲笛草》（中篇集，一九九五年九月出版）。

37.《僞夢1》（中篇集，二〇〇一年十一月出版）。

38.《僞夢2》（中篇集，二〇〇三年三月出版）。

39.《ＩＣＯ——霧之城》（長篇，二〇〇四年六月出版）。

以上三十九部是小說。另有四部非小說類從略。

如此將宮部美幸自一九八六年出道以來，一直到二〇〇五年底所出版的作品，歸類爲三系統後，再按時序排列，便很容易看出作者二十年來的創作軌跡，也可預見今後的創作方向。請讀者欣賞現代，期待未來。

二〇〇五．十二．二十三

本文作者簡介

傅博

文藝評論家。另有筆名島崎博、黃淮。一九三三年出生，台南市人。於早稻田大學研究所專攻金融經濟。在日二十五年以島崎博之名撰寫作家書誌、文化時評等。曾任推理雜誌《幻影城》總編輯。一九七九年底回台定居。主編《日本十大推理名著全集》、《日本推理名著大展》、《日本名探推理系列》以及日本文學選集（合計四十冊，希代出版）。

「姑娘幽靈……這我倒是第一次聽到。那姑娘怎麼了?」

岡本綺堂

半七捕物帳〈津國屋〉

本所相生町一目橋旁的高田屋，是老闆七兵衛憑自己的廚藝創立且擴大規模的包飯舖。所謂「包飯舖」，又叫「御賄」或「炊出」，也就是便當舖。是給江戶城公役、外城門警衛、三百諸侯武家宅邸以及各個組宅邸（註）送便當的行業。人活在世上不能不吃飯，高貴的武士也會肚子餓，因此這是大生意。

但絕非輕鬆的生意。高田屋也是歷盡千辛萬苦才有今天的規模。

原因是，客戶雖然是三百諸侯，但大部分都很窮，日常生活中能省則省，日子過得極爲節儉。想打敗眾多競爭對手抓住客戶，有時就算犧牲賺頭也得把好吃的便當給送過去。

另一個原因是，做這門生意的，都有自己的老主顧，左顧禮讓，右守義理，上有顧忌，下有人情，不是說把便當做好了熱熱鬧鬧地上市，就能生意興隆。尤其對新手來說，很難有插足之地。

七兵衛本是江戶人，還沒來得及記住雙親的面貌便遭丟棄，在世間污泥的底層長大，十二、三歲便已經是竊盜慣犯，是個眼神乖戾，死不相信別人的孩子。要是任由他這樣下去，將來準是個如假包換的廢物。

他十三歲那年春天，在賞花勝地淺草一家滿是賞花客的天麩羅攤子偷東西，失手被老闆逮個正著，自此改變了人生。天麩羅攤子的老闆，乍看之下不過是個臉色紅得發黑的老頭子，但他追趕七兵衛的腳力，唉呀呀！簡直像個飛毛腿一樣，七兵衛才暗吃一驚，老闆就已經抓住他的後頸整個拎

註：槍砲組、長矛組、忍者組等等公家人員的宅子聚集區，依其地位高低配給土地。

了起來。

事後才知道這老頭子擅長抓小毛賊，可說經驗老道。他不會把小毛賊送辦事處，總是留下孩子在攤子幫忙工作，對方偷了多少東西，就讓他做多少工，最後再教訓一頓才放走孩子。對那些小毛賊來說，是個像廁所蛆蟲那般討人厭的老傢伙。

老頭子也以同樣手法對待七兵衛。他命七兵衛在攤子後洗東西，並得鞠躬道謝送客。七兵衛想逃時，他每次都像疾風般地追上來抓住。七兵衛在二個時辰（四小時）內逃過八次，每次都被抓到，最後完全喘不過氣來，老頭子卻一副若無其事的樣子。

到了收攤時刻，老頭子心裡不知有什麼打算，望著做了一天苦工、屢逃屢敗而筋疲力盡的七兵衛說：我給你飯吃，你跟我來。七兵衛本想逃，但肚子餓得跑不動也沒其他主意，只好拖著腳步跟他走。

老頭子拉著攤子不停往前走，來到本所松坂町。當時那一帶人家很少，老頭子用下巴示意一棟傾頹破爛的大雜院角落時，七兵衛心想，比起這種住居，自己住的觀音菩薩廟附近的稻荷神社窄廊下還比較舒服。

那住居當然是老頭子家，拉開格子紙門一看，出乎意外地屋子整理得很乾淨。老頭子給七兵衛吃了冷飯和梅子。七兵衛問他有沒有天麩羅，他敲了一記七兵衛的頭說：那是要賣的東西，你這混蛋。

老頭子吃的是茶泡飯，七兵衛吃了三碗飯，第三碗時等不及泡茶，乾脆淋上白開水當泡飯吃。老頭子只吃了一碗飯，之後直接用飯碗邊喝茶邊凝視著狼吞虎嚥的七兵衛。

當七兵衛總算放下飯碗抬起頭，狠狠地打了個嗝時，老頭子笑著說：在我抓過的小鬼頭中，你是逃得最多次的，到今天爲止從來沒有人讓我在兩個時辰內跑了八趟。老頭子說這話時看上去很愉快。

七兵衛默不作聲。老頭子也沉默了一會兒。之後，他問：明天你還想吃飯嗎？七兵衛當然想，便回說：那當然啦。結果老頭子說：那你明天也來幫忙。

——只要肯工作就有飯吃。世上就是這樣。

七兵衛每次說起往事時，總不肯說出這個抓住他、還讓他重生的老頭子名字，只是稱他爲「老頭子」。後來他也坦承，其實七兵衛這名字也是老頭子爲他取的，在那之前他根本沒有名字。

「老頭子抓住的小鬼頭中，我是第七個，所以取名叫七兵衛。」

七兵衛一直到十六歲都在老頭子攤子幫忙做事，跟著他學了一點廚藝。本以爲會一直那樣過下去，有天老頭子卻突然說：

——我幫你找到做事的地方了。

老頭子帶七兵衛到吾妻橋附近一家包飯舖。和舖子老闆見過面後，老頭子說：今天開始，你就在這兒做事。

攤子老頭一副卸下擔子的神情打算離去。七兵衛慌忙追上去，結果又被敲了一記頭。

——我雖然把你漿洗過了，卻沒法把你剪裁成一件衣裳，才把你交給那個老闆。你應該感恩。

說完話老頭子就快步離去，此後一次也沒來找過七兵衛，七兵衛也忙得沒空去見老頭子。

在那家包飯舖，他的名字不再是七兵衛而是「窩囊七」或「狗七」。包飯舖以主廚老闆爲首，上下關係牢不可破，在鋪子內負責洗菜、運貨、打掃廚房的打雜小廝，頂多是這種小腳色。

七兵衛即使想逃，終究寡不敵眾，每次都吃了比自老頭攤子逃走時還要厲害的苦頭。不過再怎麼挨吼挨罵，只要不逃走，乖乖地工作，他們還是會給飯吃，給被褥睡。

「回想起來，那眞是粗暴的修練過程呀。」七兵衛笑著回憶道：「不過，也託他們的福我才習得眞正的廚藝。」

七兵衛在那兒一做十五年。對他來說只是一年又過一年，不知不覺中就過了十五年，但這十五年卻將本來那個餓著肚子專偷東西的小毛賊，徹頭徹尾地改變成另一個人。

七兵衛並非出於自願而離開包飯鋪。老闆過世後，後繼者平素就跟七兵衛合不來，他才決定在被趕走之前自己先走人。

他很快就找到工作，這回也是包飯鋪。老闆比七兵衛大八歲。對他來說，雖然失去像父親一樣慈愛的前任包飯鋪老闆，但這回的老闆令他感覺像是多了個兄長。

事實上，這個老闆也是前任包飯鋪老闆培育的廚師之一。前任老闆似乎曾暗地拜託他：萬一有一天我走了，你要代我照顧七兵衛。

——老闆期待你將來能自己開鋪子，不一定非要包飯鋪不可，小攤子或小食堂都好，他希望你能獨立。

爲什麼？七兵衛覺得奇怪。新老闆笑著回說：

——因爲你有足夠開鋪子的手藝。

一個小毛賊自淺草天麩羅鋪子前一路跌跌撞撞，居然闖出一條路來了。

之後七兵衛又花了十二年才擁有自己的舖子，他也選擇開包飯舖。由於如兄長般的老闆將自己的老主顧讓給七兵衛，起步算是很順利。

就這樣，「高田屋」開張了。

勞碌的前半生，讓七兵衛四十過半了還一直沒討老婆。後來本所相生町的房東做媒，好不容易討了個離過婚的女人阿先，三十五歲，有個與前夫生的孩子，那孩子已在外面做事。七兵衛娶了阿先不久後，那孩子被舖子老闆看中入贅老闆家，很快就有了小孩。換句話說，七兵衛在討了老婆沒多久立即升格當祖父。

阿先這把年紀已經很難再懷孕，事到如今七兵衛也不期望有小孩。阿先個性雖剛強，心胸卻很寬大，跟七兵衛很合得來。七兵衛擔心若是勉強阿先生小孩，萬一難產失去妻子，反而不堪設想。七兵衛這個宛如完全被裁製成一件新衣、脫胎換骨的男人，怕極了再過孤零零的生活。

夫妻倆把熱情貫注在生意上頭，苦心經營舖子，並培育年輕廚師。

「我以前也是受人照顧才改變人生，現在該輪到我報恩了。」

七兵衛總是這麼說，他經常收養無親無故的孤兒或雙親招架不住的調皮孩子，將他們照顧長大。其中有孩子逃走，也有孩子就此安居。經年累月下來，安居的孩子逐漸增多。只是這些孩子並非每個都擅長廚藝，因此七兵衛有時必須選個時期爲孩子找新工作。

眾多孩子中有個年紀小卻意志堅強，名叫太一郎的孩子。他不是在街頭混的壞小孩，而是在火災中失去雙親的孤兒。

太一郎不但在高田屋安居下來，更學會廚藝，成爲高田屋廚師。

太一郎二十三歲那年，跟小兩歲的多惠成親。多惠在高田屋當下女，娘家在下谷坂本町，家裡窮，孩子又多，必須靠自己養活自己，處境跟太一郎一樣。

高田屋生意成功，逐漸富裕起來，在押上村蓋了員工宿舍，這對年輕夫婦的新生活也是在宿舍起步。這兒的每個廚師都在七兵衛夫婦的庇護下過日子，之後才離巢獨立。

太一郎和多惠成親後馬上生了個男孩。既是太一郎的孩子，就等於是七兵衛的孫子，而且是長孫，疼愛得很。

然而命運無常。這孩子兩歲時患上天花，無法平安長大成人眨眼間便夭折。那時多惠腹中已懷了第二個孩子，埋葬了長子兩個月後平安無事地安產下來。多惠本來失去可愛的長男，傷心得臥病在床，產後總算恢復元氣，七兵衛也放寬了心，沒想到……

七歲之前的孩子都是神的孩子。這孩子甚至活不到患天花的年齡，還在襁褓中便又夭折。連患了什麼病都不清楚，只是拉肚子，才一個晚上就眼見孩子哭聲轉弱，斷氣了。

七兵衛是個白手起家開闢人生路的男人。只要是拚命去做就能解決的問題，他都一路解決過來。但是，再如何努力也對生死大事無能爲力。這樣的他，不禁對掌握幼子命運的上天如此殘酷的做法發出詛咒。

就在他抱著頭感到無奈憤怒，一天又過一天時，他發現太一郎和多惠這對年輕夫妻變得很怪。原來因爲接連失去兩個小孩，夫妻間的感情似乎也出現嫌隙。太一郎開始在外頭花天酒地，甚至喝醉酒跟人打架，傷了廚師視爲吃飯傢伙的手。至於多惠則是每天窩在押上村宿舍內，不吃不喝的整天躺在被褥。

這樣下去不行。總之自己得先振作起來，要不然這對年輕夫婦甚至整個高田屋都會垮掉。七兵衛如此鞭策自己，他斥責了太一郎，也鼓勵多惠，比以前更賣力做生意。

阿先體會七兵衛的心情，也盡力幫助丈夫。七兵衛深深體會到在這種逆境下，老婆存在的可貴。

如此，高田屋好不容易恢復正常時，太一郎和多惠又不期然地得了個女嬰。名叫「鈴」。

阿鈴是個健壯的孩子。嬰兒時期從沒拉過肚子，連兄長跨不過的天花感染高峰期也平安無事，一天一天長到五、六歲。太一郎和多惠那幾乎斷掉的羈絆，不但因阿鈴健康明朗的學語聲重新銜接起來，而且比以前更堅韌。

七兵衛每次看到跟在身後，爺爺、爺爺叫著的阿鈴那紅通通的小臉以及晶亮的眼睛，總覺得至今為止的辛勞都沒白費，往後這幼女將替高田屋的所有人帶來幸福。

「阿鈴是個特別的孩子。」七兵衛經常抱起她，貼著她的臉說：「特別受保佑的孩子。」

至於受到什麼保佑，高田屋沒有人特意回問。即使不問，大家也都心照不宣。

阿鈴不會發生任何事。

阿鈴肯定沒事。

只是這終究是一種類似願望的心意，並非是一種保證。阿鈴十二歲那年春天，就在初雪般的櫻花花瓣急著飄落地把院子染成一片粉白時，竟因高燒而病倒。

診病的醫生說：有性命之憂。

「我會盡力而爲，之後也只能禱告了。或許你們覺得我這麼說太殘忍，但請先做好不測的心理準備。」

七兵衛第三度仰望上天、詛咒上天，太一郎和多惠也搥胸頓足，長吁短嘆。一旁的阿鈴則安靜地、無聲地挪動她的小腳準備渡至彼岸。

——我會死嗎？

阿鈴高燒中迷迷糊糊這麼想。

因爲高燒一直不退，全身關節痛得咯吱咯吱響著。仰躺時背痛，朝右躺時右肩痛，朝左躺時左肘痛。額頭滾燙得像火在燒，感覺像有人用拳頭使勁頂住太陽穴兩側。額上的濕手巾溫溫的，很不舒服。

——我不想死啊，我想一直待在這個家。

阿鈴無力地想。她又想到，自己現在躺著的榻榻米房並不是押上那令人懷念的宿舍，就算打開格子紙門，不但沒有窄廊，脫鞋石上也看不見七兵衛爺爺的大木屐和阿鈴的紅帶子木屐並排擱著。院子也沒有蒲公英。不，說起來，這房子連院子都沒有。

這兒是……哪裡？搬過來已經十天了，阿鈴仍然記不住地名。

這兒……是不是海邊大工町？七兵衛爺爺說過這兒比押上村更靠近海邊，還說過漲潮時可以聞到海水的味道。這一帶的河道架著許多小橋，河面上叫賣商品的小船來來去去，有賣魚的、賣青菜的、賣醬油的。爺爺曾經指著船告訴阿鈴：那叫團團轉船。

對了，有次在橋上望著河面，看到了一艘有趣的小船。那小船載著一大堆青菜，划船的是一個比七兵衛爺爺還要皺巴巴的爺爺，船頭坐著一隻狗兒。我指著狗兒嚷著：啊，是狗兒；那狗兒汪汪大叫。然後小船爺爺大聲說：這小子叫八公。我喚著：八公、八公；那狗兒又汪汪大叫地搖著尾巴。

「這青菜很鮮，如果是叫賣的，賣給我一把吧。」

一聽七兵衛爺爺這麼說，小船爺爺哼了一聲挺起胸膛說：

「別開玩笑了，這些菜都是要給平清的。」

說完便划船走了。七兵衛爺爺笑說：原來是平清啊；接著雙手圈在嘴邊，朝已經划遠的青菜船爺爺大喊：

「既然是給平清的，那就靠得住。我們是海邊大工町一家叫船屋的料理鋪，剛掛出招牌營業。在高橋橋畔，改天過來一趟吧。」

聽好，是海邊大工町的船屋，是船屋啊——

對了，這兒就叫船屋。阿爸和阿母將要掌管這個鋪子，我們才搬過來，結果我卻生病了……。

高田屋七兵衛有個始終無法達成的夢想，就是開料理鋪。不是一般的包飯鋪，而是眞正的料理鋪。

眞正的料理鋪不做便當；不把做好的料理送到客人身邊，而是靠著廚師的手藝吸引客人上門。廚師接受客人「提請做菜」的要求，然後挑選食材、思考食譜，大展身手籌措宴席。所謂的料理鋪，就是同時出租宴席場所和廚師手藝的行業。

宴席種類繁多，有喜事也有法事，有才藝發表會也有俳句會。有人想爲自己的人生大事辦場正式宴席，也有人單純只想熱鬧一場。長久以來，七兵衛的夢想正是讓人們認可他是一個有才能的廚師，做出的料理能增添宴席光彩，讓客人指名說：如此重要的宴席一定要在七兵衛的料理鋪舉行，吃七兵衛做的菜才像話。

無奈七兵衛一生勞碌，光是忙著經營高田屋、培育年輕廚師、研究新菜色，大半人生就匆匆流逝。回過神來時，早已過了花甲之年。

於是七兵衛決定將夢想託付給太一郎實現，這是他前年做的決定。

七兵衛一手調教的太一郎早具有獨當一面的能力。他和多惠成家，又生了阿鈴，如今已是一個堂堂的大男人。太一郎凡事都聽從七兵衛的吩咐，畢竟爲太一郎的人生打下基石、搭起樑柱的，正是七兵衛這個大恩人，所以太一郎從未主動提出想獨立門戶或自薦成爲高田屋後繼者，他堅守著高田屋廚師的本分，和其他傭工一樣在年中、年末領些零用錢，帶著妻兒儉樸地住在押上宿舍。他早已決定要讓七兵衛安排自己的將來。

七兵衛也清楚太一郎這種老實個性，某天晚上他把太一郎叫到宿舍一室，端坐著提出此事。他說：太一郎，我要你開一家我夢想中的料理鋪。當然，一切由我來準備，不管是找地方租鋪子，還是必要的生財器具，錢都由我來出。簡單說，就是讓你獨立。你不用客氣。不過條件是，不開包飯鋪，而是開料理鋪。你一定沒問題，以你的廚藝一定做得來的。

太一郎大吃一驚，面無血色地婉拒。他說：老闆撫養我長大，栽培我，我怎麼能獨立呢？就我的立場，即使老闆趕我出去，叫我往後靠自己，我也無話可說，還得更賣力工作，好報答您至今爲止的恩情。

七兵衛佯怒道：是的，我是你的恩人，難道恩人說的話你不聽？又笑道：口氣不要這麼硬，我眞的很想開家料理舖；繼而噙著淚說：只要達成這心願，我隨時都可以含笑前往極樂世界。總之，七兵衛軟硬兼施試圖說服太一郎，他的嗓門很大，連多惠都一臉憂心忡忡地過來探看。

長久以來，太一郎第一次看到七兵衛如此眞情流露，不禁動容。他暫且告退到裡房跟多惠商量，畢竟多惠也是從小蒙受七兵衛的恩澤。夫妻倆徹夜討論，天邊發白時終於得出結論。

太一郎夫婦倆在七兵衛面前躬身回話：我們決定接下這個重責大任，完成老闆的心願。不過，七兵衛還不及欣喜，兩人又提出一個絕不讓步的條件。

「我跟多惠沒多少積蓄，開料理舖的錢怎麼說都得請老闆出。可是，請老闆將那些錢當做是我們借的。如果要獨立又要分財產的話，我們萬萬不能接受。請您當成是借款，就算我們能還的錢有限，也會努力慢慢償還。拜託老闆這樣辦吧，就算是爲我們餞別，拜託您了。」

七兵衛起初對這條件很不高興，怒道：我把你當自己兒子，你卻還要逞強！太一郎一時也嚇壞了，甚至和多惠兩人覺悟這下子恐怕得離開高田屋。幸好七兵衛的老伴阿先適時出來打圓場。

「太一郎的確就像你的兒子，連個性都和你一模一樣。你想想看嘛，換作是你，在太一郎這年紀，要是栽培你的包飯舖老闆向你提出同樣要求，你的回答肯定也跟現在的太一郎一樣。不信的話要不要賭一賭？我甚至可以拿出爲去伊勢存的錢下注。」

阿先長久以來一直在存錢，她打算等七兵衛退休時，兩人一起到伊勢神宮參拜。這會兒應該已攢下一筆不小的數目，足夠來一趟闊綽旅行。而她竟然說願意全部拿出來下注。七兵衛笑著說：妳到底打算怎麼賭？除非拜託老天爺讓我們回到過去，否則這賭注根本不能成立。

不過七兵衛正是中意阿先這種大剌剌的直爽個性。

「我知道了，我認輸。那就來寫借據吧。」

七兵衛的夢想以及太一郎夫婦往後的人生目的——料理鋪——至此便有了具體的方向。

然而，沒想到新鋪子的地點卻遲遲找不到。

首先不能離包飯鋪高田屋太近，最好是幽靜一點的地方，可是離鬧區太遠生意又不好做，而地段行情太高也會影響獲利。

七兵衛想開在淺草和神田一帶，太一郎則打算選在深川。深川富岡八幡宮附近有家料理名店「平清」，捧場的主顧中有很多日本橋一帶的大商舖老闆或是富裕的武家人，名聲響亮。太一郎認爲，深川這一帶近十幾年來發展快速，或許有不少手頭寬裕的人雖沒那麼多預算到「平清」揮霍，卻又覺得一般便當沒意思，希望有一家比「平清」便宜而且格調不俗的料理舖。太一郎認爲，與其特意到名店鱗次櫛比的淺草、神田一帶，貿然投身激烈戰局，不如在深川開發新主顧，反倒有趣。

再說，深川地價也比淺草、神田便宜多了。太一郎說服七兵衛，集中在深川一帶找舖子。

然而，還是一直找不到合適的舖子。高田屋已培育出足以接替太一郎的廚師，傭工們也由衷地祝福太一郎能夠自立門戶，然而最重要的落腳處遲遲無法決定，膨脹的夢想和期望也逐漸澆熄，宛如冷卻的燒酒。

就這樣過了一年多，太一郎在高田屋的立場尷尬地懸在半空沒個著落時，突然聽到一個消息，說小名木川旁的高橋橋畔有棟原是料理舖的屋子願意帶器具一起出租。

一聽說這個難以置信的好消息，太一郎和七兵衛趕緊前去拜訪房東。那地方叫「海邊大工町」，一如其名，往昔是木匠聚居之地（註一），現在木匠遷徙到小河道對岸的「大工町」，這兒則緊挨著幾家小商舖。

房東孫兵衛是個八十二歲的老人，耳背得厲害，腦筋卻比太一郎還靈光，談起錢來爽快俐落，地價也合預算。據老人說，之前的料理舖是因爲廚師手藝欠佳才經營不下去，並非地點不好，而且這附近寺院很多，應該很適合開料理舖。

那舖子隔著小河道跟海邊大工町東端的武家宅邸併排，河道成鉤形深入繞至舖子南側，簡單說來，這豆腐般的長方形舖子，東側與三分之二的南側都被河水環繞著。

舖子正面寬三十六尺，二樓南側有兩間客用的十蓆大榻榻米房。跟武家宅邸毗鄰的牆壁沒有窗戶，但南側窗口可以俯瞰南邊河道。太一郎手擱在欄杆上探看，只見河面如鏡，二、三隻野鴨悠閒地在水面划動，鸕鷀潛入水中又浮上來吃著餌食。

武家宅邸的主人名叫長坂主水助，是小普請組（註二）的旗本（註三），據說年齡將近四十。宅邸格局還算不錯，但自從上一代加入小普請組以來工作一直沒著落，經濟說不上寬裕。老房東如此直言不諱。料理舖跟茶館不同，少有客人叫藝妓來作陪取樂，但多少也會傳出歌舞樂聲，既然是商家，客人進進出出當然熱鬧。老房東說：只要年中、年末記得送禮，向長坂大人打聲招呼就沒問題了。

「也許對方求之不得呢。」

老房東用耳背的人特有的大嗓門如此說，太一郎聽得提心吊膽。他從二樓南側窗口悄悄側身打量，隔著貧瘠樹林，長坂大人的宅邸鴉雀無聲，沒有任何動靜。當望見宅邸屋頂那些需要修繕的零亂瓦片時，太一郎暗忖，老人說的應該沒錯。

如果此地開了料理鋪，西鄰緊湊併排的那些小商鋪也多少能得到好處，因此眾人都笑臉可親地觀望著跟在老房東身後環視鋪子四周、進進出出的太一郎和七兵衛，這點令太一郎覺得寬心。儘管其中有人時而交頭接耳，也有人皺眉搖頭，不過這種小事也是沒辦法的吧。

太一郎和七兵衛看過鋪子後，暫且不急著回覆，第二天太一郎再帶多惠來看鋪子。多惠用她那雙滴溜溜轉的眼睛裡外查看，最後背向小名木川，雙手扠腰筆直站著，仰望鋪子說：這鋪子簡直像一艘船，跟野鴨和鸊鷉一樣孤零零地浮在河上。

這句話令太一郎決定租下這家鋪子。是啊，就像一艘船。不是很合適嗎？正是往後將載著我們一家人往前行駛的船。鋪子名字就叫船屋不是很好嗎？

是的，船屋。這名字彷彿早就取好一樣，不是很恰當嗎？

——船屋。

阿鈴在被褥裡翻個身。是的，這兒是船屋，是我們的新家也是新鋪子，七兵衛爺爺和阿先大媽都不在這兒。阿爸和阿母自從搬家以來每天忙著鋪子的事，天還沒亮就開始工作，夜深了還在燈火

註一：「大工」即木匠。

註一：有世代固定的俸祿，卻無職務的旗本。有職務的話，可另領津貼。

註三：將軍直屬的家臣。

旁湊著頭商討，一直忙著準備開鋪子的事。

結果我卻病倒了。

到今天已經是第五天了，高燒還是不退。阿鈴只能喝水，整個人瘦了一圈，鎮日昏睡。阿母哭喪著臉來看護病人，但是現在是鋪子的關鍵時刻，她也不能成天陪在自己身邊。阿先大媽也時常過來探病，七兵衛爺爺每天跟醫生來一次，每當醫生皺眉搖頭，爺爺也跟著搖頭，垂下他那蓬亂的眉毛。

——原來我眞的快死了啊。

町醫生總是避著阿鈴討論她的病情。他說：退燒之前，就看這孩子的身體能不能撐得過去，輸了就會死，贏了就活得下去。畢竟連我也判斷不出到底是什麼病。雖然很可憐，但目前也只能讓她睡暖一點，讓她多喝水，再觀察看看……

阿母一直陪在阿鈴身邊，但今天阿母身子也不舒服。阿母很擔心自己，只是身體撐不住。對不起。

阿鈴很傷心，昏沉沉地流著淚時，突然有人伸出手，抓起從阿鈴額上滑落的手巾爲阿鈴擦眼淚。

阿鈴想睜開眼。誰在身邊呢？爺爺嗎？阿先大媽嗎？阿爸很忙，不到晚上不會來這兒。難道是醫生來了？

不知是誰的手在撫摸阿鈴的額頭。對方的手很冷，冰冰涼涼的，很舒服。

——是阿母嗎？阿母身體好點了，起來看我了嗎？

阿鈴努力想睜開雙眼。她拚命轉動眼珠、臉頰抽動、彷彿滾動圓木般讓沉重的身子仰躺，想看看身邊那人的臉。

那隻冰冷的手離開額頭。阿鈴像追趕對方的手似地好不容易睜開雙眼。

有個黑影籠罩在仰躺著的阿鈴頭上。好像不是大人。是個跟阿鈴差不多大的人影。

——是誰？

那人影像是要回答阿鈴內心的疑問，彎下身來，在阿鈴眼前探出臉。阿鈴終於看到了對方。

是個小女孩，對方比阿鈴還小，而且那孩子——在扮鬼臉。

持續的高燒讓阿鈴眼前始終霧茫茫，她抬起沉重的眼皮眨了眨眼，以爲自己看錯了。可是再怎麼睜大眼睛看，在阿鈴頭上探出臉的那孩子，怎麼看都在扮鬼臉。

——是做夢？我在做夢嗎？

我一定在做夢。怎麼可能有人特地在病榻上的阿鈴枕邊扮鬼臉呢？家中沒有這種年紀的女孩。七兵衛爺爺也說過，搬到船屋後阿鈴會失去玩伴，很可憐，令他很掛意。

那張臉很陌生。對方因扮鬼臉只露出眼白，看不清長相，但的確不是在押上一起長大的阿弓。阿弓就算扮鬼臉，阿鈴也認得出來，她們兩人的交情很好。對了，阿弓現在不知道在做什麼？開始去學針線活兒了嗎？

可是這孩子到底是誰？她也不是三個月前那個在高田屋只待半個月、一個臉色不好的女人帶來的女孩。那孩子比較瘦，而且眼神很壞。阿鈴雖然努力想跟那孩子交朋友，但對方脾氣暴躁。她想要阿鈴珍藏的可愛紙糊狗狗，阿鈴不肯，結果她竟然揮舞著頂端燒得通紅的火箸在家中追趕阿鈴，因此七兵衛爺爺才趕走她們母女。那次阿鈴眞的嚇了一跳，第一次碰到有人拿火箸威脅她，而且也是她頭一次看到七兵衛爺爺表情兇狠地怒斥小孩子。

——我很抱歉，但妳們不能繼續待在這裡了。

七兵衛爺爺大聲斥責過後，向那對母女說明。

——我很高興妳聽聞風聲前來投靠，可是這裡跟以往不同了，家裡人多，也有女人家和孩子，我們不能收容會隨便傷害其他小孩的孩子。

於是，那對母女便跟來時一樣抱著個布包離去，當時那個母親用憎恨的眼神瞪視著阿鈴，阿母察覺後慌忙把阿鈴趕進家裡。

——用那種眼神瞪人，萬一被詛咒就不好了。

是的，阿母當時眞的很害怕。所以我生病後，阿母一直哭著說，果然是那個被趕出去的女人爲了報復而向阿鈴作祟，結果遭阿爸罵了一頓。

阿鈴昏昏沉沉地想著這些事，回過神來時，扮鬼臉的女孩消失了。阿鈴眼中又只能朦朧地看到天花板的木紋。啊，我果然是在做夢，可是那孩子到底是誰呢？

當阿鈴再度睜開雙眼時，醫生已坐在枕邊，用帶著藥味的手觸摸阿鈴的胸部。醫生看上去跟七兵衛爺爺同齡，一張臉皺巴巴的，怎麼手卻這麼細皮嫩肉？

「來，深呼吸一下看看。」

聽醫生這麼說，阿鈴吸了一口氣。胸膛深處發出呼嚕呼嚕聲。阿鈴覺得自己體內有一個更小的阿鈴，像轉動腳踏水車的白老鼠一樣拚命地奔跑，想盡力保住阿鈴的性命。呼嚕呼嚕聲就是那個小阿鈴的呼吸聲。

醫生向一旁的阿母交代許多關於湯藥和湯婆子的事，又摸摸阿鈴的頭才離去。今天七兵衛爺爺好像沒有一起來，阿鈴有點失望。

阿母替她換了衣服，阿鈴覺得清爽多了。阿母臉色很壞，她一定是強忍著不舒服特地起身照顧阿鈴。

阿母撐著阿鈴起身喝湯藥時，阿藤大姨竟然走進榻榻米房，嚇了阿鈴一跳。大姨雙手抱著湯婆子以免湯婆子冷掉。

「阿鈴，妳好啊。身體好點沒？」

阿藤大姨換過阿鈴腳邊的湯婆子，笑嘻嘻地問阿鈴，不等阿鈴開口，又自顧自回答起來：

「妳馬上就會好起來。醫生也這樣說。」這是阿藤大姨的習慣，每次總是一個人自問自答。不過阿鈴很喜歡阿藤大姨，所以一點也不在意。

「阿姊，我覺得阿鈴好像有點退燒了，妳覺得呢？」阿母問。

阿藤大姨粗糙的手掌撫摸著阿鈴的額頭說：

「啊，眞的，好像沒那麼燙了？」

「是吧，不是我多心吧。」阿母明顯地安心下來。

阿母還未嫁給阿爸之前就已經跟阿藤大姨很要好。阿藤大姨比阿母大了約十歲，聽說阿母剛進高田屋做事時很受大姨照顧。阿藤大姨從基本事項教起，教了阿母很多事，所以阿母直到現在仍叫大姨「阿姊」。

決定租下船屋時，阿母曾拜託七兵衛爺爺把阿藤大姨借給她，說阿姊不在身邊的話自己沒信心掌管舖子。可是不管怎麼拜託，七兵衛爺爺就是不答應。阿母那麼拚命拜託，爲什麼七兵衛爺爺不肯答應呢？阿鈴覺得奇怪，也有點生氣。

在搬來船屋之前，阿鈴偷聽到七兵衛爺爺對阿爸這麼說：

——你應該知道我爲什麼不答應多惠吧？

——是，知道。

——阿藤在身邊的話，多惠一定凡事都依賴阿藤，這樣不就變成阿藤像是老闆娘，多惠反倒是下女總管了。阿藤個性直爽，還不至於不知分寸，不過要是阿藤一直跟在多惠身邊，多惠恐怕永遠都無法成爲獨當一面的老闆娘吧？

——我也認爲這麼做對她不好。

——其實要經營船屋，最好儘量僱用新傭工，但鋪子才剛起步，大概有很多地方不方便。下女總管派阿律去，阿律比多惠年輕，人也老實，只要好好教導，絕對不會和多惠作對，可以成爲你們的左右手。

因此阿律才從高田屋跟過來，她人現在應該在鋪子裡忙著整理東西、洗碗盤吧。可是爲什麼阿藤大姨在這兒呢？對阿鈴來說眞是個驚喜。

阿藤大姨總是精神飽滿，早上起得早，飯量又大，是個大力士。住在高田屋時，七兵衛爺爺每次喝醉總是笑著說：她和力士比腕力，三次中有兩次贏過力士。

阿藤大姨常笑稱自己是個愛吃鬼，也常拿點心給阿鈴吃，每次阿母總會叮囑「糯米點心只能吃一個」，不過沒多久阿藤大姨又會偷偷再塞一個給阿鈴，兩人在廚房笑著偷吃。有賣糖人來叫賣時，她也會跟阿鈴說：「快，阿鈴去買來。」每次逛夜市也一定會買東西給阿鈴。去年夏天阿鈴哭著要青蛙造型的水槍，被阿爸狠狠罵了一頓，哭著睡著後，第二天枕邊就擱著一個青蛙水槍，阿鈴嚇了一跳，原來是阿藤大姨買來的。

「是我自己想玩的。」阿母去道謝時，阿藤大姨說：「雖然年紀一大把了，有時也想玩這種玩具，可是買回來後還是不好意思玩，就給了阿鈴。」

整個夏天阿鈴都開心地玩著青蛙水槍，阿藤大姨有時也會陪著她玩。她們用水槍給盆栽澆水，還對七兵衛爺爺噴水，在院子追逐嬉戲……

現在阿母和阿藤大姨不知小聲地在說些什麼，兩人好像就坐在阿鈴被褥旁。阿鈴想開口卻說不出話，她已經好幾天沒吃東西，沒有說話的力氣了。

「嗯？什麼？」

阿母悄悄湊過臉來，阿藤大姨那張大臉也湊了過來。

「阿鈴，妳說了什麼嗎？」

阿鈴想問阿藤大姨是不是會一直待在這兒，只是阿母們好像都聽不懂。

「說夢話了？」

「是不是做夢了？」

阿鈴原以爲自己睜著眼睛，看樣子眼皮是閉著的，兩人才以爲阿鈴在睡覺。

阿母，大姨，我剛剛做了個怪夢，有個陌生女孩對我扮鬼臉。阿鈴想接著說，可是聲音依舊出不來。漸漸地，連阿鈴都不曉得自己到底是出聲說了，還是只在腦中想著而已。

阿母帶著哭腔問大姨：「阿姊……這孩子好得了嗎？」

「不行呀，妳這麼軟弱，不振作起來怎麼行呢？」

「我知道……我知道……可是我這個做母親的實在沒用。好像遭人作祟，爲什麼老是這樣，孩子一個接一個……」

「阿鈴不會死的。」阿藤大姨生氣地說：「這孩子啊，有福氣，有神明保佑，大老闆不也說過了？」

「可是……」

「沒事的，她一定會好起來的。妳先到裡面躺一下吧，看妳的臉色簡直像個病人。」

「可是舊貨舖的人快來了，就是那個……那人是不是叫仁吉先生？」

「他來了我再叫妳，人來之前妳先去躺一下。我就是要幫妳才過來的。」

阿母打開紙門出去，阿藤大姨用那粗壯的手幫阿鈴重新擰了擰額頭上的濕手巾。阿鈴感到一陣清涼，很舒服。原來阿藤大姨因爲聽到阿母不舒服才趕來幫忙，這樣就可以安心了。對了，剛剛發現那個扮鬼臉孩子之前，有人用冰冷的手溫柔地摸我的額頭，又幫我擦眼淚，那大概也是阿藤大姨吧。一定是的。啊，太好了。

想著想著阿鈴便睡著了。

是啊，阿鈴睡著了。睡著——睡著——應該睡著了的——

「這兒是哪裡？」

回過神來時，阿鈴發現自己走在陌生的暗處。

四周霧氣瀰漫，冷颼颼的。眼前雖不像夜晚那般漆黑，但也不見陽光。這地方感覺很寬廣。但是因爲霧很濃，阿鈴只能看到自己的鼻尖，回頭望也看不到方才走過的道路。

附近不知什麼地方傳來河流的潺潺水聲，那水聲不快，緩緩的，聽得見流水在河灘碰到小石子的聲響。

對了，腳底都是小石子。有大石子，也有小石子，每顆都是沒有稜角的圓石子。是河灘石啊。

嗯？河灘？

阿鈴暗吃一驚，停下腳步。

難道，難道這兒是冥河河灘？

難道終於來了？難道人死時都是這樣不知不覺地來到河灘？

阿鈴止步蹲下。七兵衛爺爺經常講有關冥河河灘、閻羅王的事給阿鈴聽。他說：阿鈴，不准說謊，不准給人添麻煩，存心騙人，因爲閻羅王都在仔細看喲。

阿鈴不想聽河流的潺潺水聲，用雙手掩住耳朵。如果就這麼抱著膝蓋睡著了，不知道會怎麼樣？醒來時會不會又回到船屋的被褥中呢？好，就這麼辦。

本來因爲高燒滾燙的身子，現在覺得有些發冷。肚子餓極了，雖然不覺得累，卻渴得不得了。啊，不能光想這種事啊，要睡著。閉上眼，睡覺。那樣就可以回去了——

「喂——」

大霧彼方傳來悠閒的呼喚聲。

「喂——蹲在那邊的，那個穿紅衣的孩子。喂——」

是在叫我啊。阿鈴抬起頭。阿母聽驅邪師說紅色可以驅邪，才特地幫她穿上這件通紅的睡衣。

白霧緩緩流動，視野突然開闊起來，一望無際的遼闊河灘中孤零零地燃著一堆火，火堆旁坐著個黑色人影。正是那人影在招手呼喚阿鈴。

「喂——過來，來這兒暖暖身子。」

是個老爺爺在叫她。不過那聲音阿鈴沒有印象，阿鈴認識的人裡頭，沒有老得會在冥河河灘相遇的老爺爺，至少現在想不出來。

「很冷吧？這霧很冷的，過來這邊坐。」

阿鈴慢吞吞地跨出腳步，挨近火堆。呼喚的老爺爺大概想讓阿鈴安心，臉上掛著親切的笑容，用手示意阿鈴坐在火堆旁。

「請問……」

「小姑娘，妳叫什麼名字？」

是個非常親切的老爺爺。他的下巴瘦削，有著下垂的八字眉，年紀看起來很大了。到底幾歲了？大概有八十歲吧？身上穿著洗白了的細條紋衣服，繫著邊緣磨破了的腰帶。腰間插著一根棕褐色的煙管，把手上還刻著一條龍。那條龍一圈圈地盤繞在上頭。

「我叫阿鈴。」

「阿鈴嗎？這名字很好聽。妳先坐下暖暖身子。」

老爺爺的臉上堆滿了笑容，但是阿鈴還是鼓不起勇氣正視對方。她小心翼翼地隔著一段距離坐下，火堆很溫暖，火焰的顏色明亮、美麗，木柴燃燒爆裂的聲音也足以壯膽。七兵衛爺爺從來沒說過冥河河灘有火堆呢。

「妳放心。」老爺爺突然說，臉上的笑容更深了。

「放心？」

「妳迷路了，糊裡糊塗地來到這兒，正不知該怎麼辦吧？這兒的確是冥河河灘沒錯。」

阿鈴心頭打顫，情不自禁地用手臂環抱胸口。

「所以我才叫妳放心，妳不用那麼怕。阿鈴可以回去。迷路來到這兒的人，還未到該渡河的時候。」

阿鈴第一次聽到這種事，睜大眼睛問：「眞的？」

「嗯，眞的。眞正該渡河的人不會來到這兒，他們一開始就會出現在渡口附近。」

渡口——也就是冥河渡船口。

「眞的嗎？我眞的可以回家？還不會死嗎？」

「嗯，沒事的。」

老爺爺重重地點頭，瞇著眼望向阿鈴身後，像是要看透濃霧彼方。

「偶爾有人會像妳這樣，臨死前……魂魄離開身體，輕飄飄地飄到這兒。很不可思議吧。」

「我以前沒聽人說過。」

「這不是該說給孩子聽的事。」

老爺爺手伸到火堆旁，沙沙地摩擦手指。

「妳也這麼做做看，暖暖身子。等妳全身都溫暖了，就可以回到原來的地方了。」

阿鈴重新換個位置挨近火堆。

「喂，喂，不要太靠近。」老爺爺笑了出來。「頭髮會燒焦，妳會燙傷的。」

火焰的確差點燒到鼻尖。好熱！阿鈴叫了一聲，雙手按住鼻子。

「看吧，我不是說過了。」老爺爺目不轉睛地望著阿鈴映著火光的臉，問：「咦……阿鈴……

妳說妳叫阿鈴吧？」
「是的。」
「看妳的長相……難不成妳是那個搬到高橋家的女孩？四周圍著河道，長坂大人宅邸隔壁那棟屋子的……」
他指的應該是船屋。阿母也確實稱呼過鄰居武家大人「長坂大人」。
「嗯，是的，十天前剛搬過來。」這回換阿鈴注視著老爺爺。「爺爺，你認識我？」
「不，不。」老爺爺不知為何突然慌張地搖著大手，挪了一下位置，離火堆稍遠一點。
「可是，爺爺說是高橋家……那，爺爺知道那房子？」
「啊？嗯，知道啊。」
老爺爺四下張望，往火堆另一方移動，阿鈴也看向那邊。
鋪滿石子的河灘上有個水窪，形狀呈現完美的圓形，簡直就像一面鏡子。老爺爺正在探看那水窪。
「那是什麼？」
「嗯，這個啊，跟窗口一樣。」
老爺爺凝視了水面一會兒，抬起眼，目不轉睛地望著阿鈴說：
「是緣份嗎……不，正因為如此阿鈴才來到這兒嗎？」
對方好像話中有話。阿鈴站起身，迅速來到老爺爺俯視的水窪旁。可是水面上什麼都沒有，只見清澈的水。

「這不是窗子啊，只是個水窪。」

「這不是阿鈴該看的東西。」老爺爺溫和地阻止她。

「這水窪，是爺爺的？」

老爺爺舉起瘦骨嶙峋的手抓抓下巴。

「也可以這樣說。」

「那爺爺可以看到什麼呢？爺爺在這兒做什麼呢？」

「跟阿鈴一樣，也是迷路了，在這兒休息。」

可是爺爺看起來對這兒很熟悉，不慌不忙的，根本不像是迷路了。

不知是不是抵擋不了阿鈴強烈的視線，老爺爺低聲說：「哎呀哎呀。」抱起手臂，又說：「爺爺有時會來這兒歇口氣。」

「歇口氣？」

「嗯。爺爺啊……抓了個壞人，爲了不讓那個壞人繼續做壞事，要牢牢看住他。」

阿鈴說出最先浮現腦海的想法：「爺爺是爲官府做事的捕吏？」

老爺爺搖頭答：「不是，不是捕吏。只是那個壞人只有爺爺才抓得住。」

阿鈴聽不懂。不過，倒是聽懂了老爺爺不是捕吏這件事。況且對方看起來一點也不兇，倒像是附近的大好人房東。

「可是，爺爺也會累啊。」老爺爺搔著頭繼續說。「所以有時候趁那壞傢伙睡著時，跑到這兒來對著火堆取暖。」

「跑到冥河河灘來？」

「嗯。其實啊，我早就可以到河的對岸去了……每次都這麼想，在這兒發發呆，當做休息。」

接著他又望向水窪。阿鈴靈機一動說：

「爺爺，難道這水窪可以照出現世的事？可以照出爺爺抓的壞人？是這樣吧？爺爺看水窪是爲了監視壞人吧？」

「阿鈴眞聰明。」老爺爺佩服地說。「不過阿鈴是看不到任何東西的。」

阿鈴再度探身俯視水窪。眞的，什麼都看不到。但這水很清澈，好像一塊平坦的玉，就算用手去摸，也許不會起漣漪？

阿鈴迅速用指尖沾了水，水面震動了一下，出現了圓形的波紋。原來只是普通的水啊。水很冰冷，讓阿鈴想起自己口渴的事。她不經意舔了指尖的水滴，心想，這水甜嗎？

「哇——」老爺爺突然大叫。「妳做了什麼？妳剛剛做了什麼？阿鈴！」

阿鈴含著手指莫名其妙地問：「什麼做了什麼？」

「妳喝了這水？」

老爺爺指著水窪。阿鈴點頭說：「也不算喝水，只是舔了一下。」

「舔了也一樣。」老爺爺單手摀著臉。「哎呀哎呀……這孩子膽子眞大。這樣會惹來麻煩的。不過……也許這樣比較好？嗯，也許是吧。」

老爺爺嘀嘀咕咕的。阿鈴仔細看著舔過的手指。自己做錯了什麼嗎？

「咦？」老爺爺發出驚嘆，又俯首探看水窪，接著回頭望著阿鈴說：「原來如此啊，阿鈴已經……那麼，說來說去反正都會看到。既然如此也許沒問題。」

「爺爺，你在說什麼？」

老爺爺重新坐在河灘石子上，挺直背脊說：

「來看舖子的那個人，怎麼看都是個正派商人，感覺不到任何陰霾，我才以爲這回應該沒問題，答應出租……哎呀呀，沒想到竟然多了一個小跟班。」

阿鈴越來越聽不懂老爺爺的話，不耐煩地微微噘起嘴。她正想抱怨時，感覺身體逐漸失去了力氣。

全身已經暖和起來，難道是返回人世的時間到了？

「嗯，妳快回去吧。」老爺爺溫柔地笑著說。「妳放心，阿鈴，等妳醒來以後大概會忘掉爺爺的事，就跟做夢一樣。不過也許我們還會再碰面。」

「爺爺？」

火焰飄忽，顏色逐漸變得鮮豔，但輪廓卻漸漸模糊，阿鈴身體熱了起來——頭昏昏沉沉——視野朦朦朧朧——

阿鈴醒來時感覺枕邊有人。她以爲是阿藤大姨，轉頭一看，發現枕邊竟然坐著一個按摩人。

——？

阿鈴嚇了一跳，眨了眨眼，如果不是病得全身無力，她一定會伸手揉揉眼睛。

——？？

阿鈴沒看走眼。確實坐著一個按摩人。

那個按摩人全身灰撲撲的。不但衣服是灰色，臉跟光滑的頭也是灰色的，全身瘦得剩下一把骨頭，兩邊肩膀就像衣架一樣掛著衣服。

按摩人一臉不高興，緊閉的嘴唇像併排的兩個乀字，看上去既像在生氣又像快哭出來似的。不過阿鈴從沒看過按摩人哭泣或生氣的樣子，這些都只是她的想像罷了。

——澤庵先生？

阿鈴輕聲說出住在高田屋時七兵衛爺爺時常叫來的那個按摩人的名字。他叫澤庵先生，和從前一個很偉大的和尚同名。澤庵先生每次替七兵衛爺爺按摩後，爺爺總是很高興地說：啊，又重新活過來了，我又活過來了。七兵衛爺爺有時會叫阿鈴領路帶要回去的澤庵先生走到後門，但是澤庵先生在高田屋根本不需要人帶路，他連哪裡要拐彎和哪裡地面高低不同、有紙門都記得一清二楚。

最先察覺院子裡的梅花或山茶花開花的，也是澤庵先生。每當他說「花好像開了喲」，阿鈴趿著木屐去看時，總會在被榻榻米房擋住的枝頭，找到一兩個綻放的小花苞。阿鈴問他怎麼知道的，澤庵先生笑著說：因為聞到花香啊。阿鈴很佩服，從那以後就很尊敬澤庵先生。

可是澤庵先生應該更高大，胖乎乎的。有次他還笑說，也許是自己身體太重所以膝蓋會痛。那時澤庵先生還教了阿鈴一句成語：自顧不暇。

再說澤庵先生總是笑嘻嘻的，眼前這個按摩人卻一臉不高興——

阿鈴吃驚地望著他，但枕邊的按摩人卻突然消失了。阿鈴正覺得奇怪，卻在被褥右側隱約瞧見一個輕飄飄拖長影子的白色東西，她想看向那邊時，身子竟不由自主地動了起來，自己俯臥在被褥上。似乎是按摩人翻動了阿鈴的身子。

接著傳來聲音：「這邊，這樣。」

然後突然有人用力按住阿鈴的背部中央。

聲音繼續傳來：「這邊，這樣。」

按摩人又用力指壓，指頭陷入了阿鈴削瘦的背部，痛得不得了。阿鈴情不自禁地喊出聲：好痛！

不料一個聲音叱喝：「不痛！」

那聲音威嚴十足，令人不由得想道歉說：是，對不起。

手指又使勁地按著背部。因爲太痛了，阿鈴繃緊全身極力忍耐，可是卻又挨了罵：「不要出力！」

是，明白了。阿鈴放鬆身子，指頭再度按住背部，按著剛才指壓的部位。阿鈴很想喊疼，但怕挨罵只好忍住。

這樣持續了一段時間。按摩人邊指壓阿鈴背部，有時低聲咕噥「這邊這樣」或「這邊就這樣」，看樣子對方是在自言自語。有時他又說：「這邊大概這樣吧？」阿鈴以爲是在問她，想開口回答時，他又會罵：「安靜點！」因此阿鈴決定默不作聲，安靜地趴著。

如此忍耐一陣子後，即使指頭又按上阿鈴的背部，她也逐漸不覺得痛，反而覺得背部硬邦邦的肌肉漸漸放鬆，舒坦起來。這時阿鈴總算察覺一件事：原來他在幫我按摩，這就是所謂的按摩治療啊。

之後按摩人又讓阿鈴仰躺，再度繞到枕邊。他這回開始按摩起阿鈴的頭部和脖頸，最初阿鈴也是疼得快跳起來，但肌肉放鬆後人也舒服了，阿鈴閉著眼睛安靜躺著，逐漸不再感覺痛苦。

半個時辰後，按摩人拍了拍阿鈴的額頭說：

「快退燒了。」

語調很冷淡。阿鈴睜開眼睛，四周尋找按摩人身影，對方已經消失了。她慌忙地坐起身來，這才發現可以自行起身，反倒嚇了一跳。

阿鈴坐起身後覺得自己餓得發昏。真的，天花板都在團團轉了——啊呀啊呀，我會昏倒。

阿鈴啪嗒一聲往前倒下，就這樣暈了過去。又不知過了多久，傳來拉紙門聲。

「阿鈴！」

是阿藤大姨。她放下懷中的水桶奔過來。

「妳怎麼了？不舒服嗎？嗯？」

阿藤大姨抱起阿鈴，阿鈴緩緩搖頭，現在搖頭也不會頭痛了。雖然身子仍在發燒，但已經沒有那種令人發抖的冷勁兒。雖然全身很疲倦，不過可能是肚子餓的關係吧。

阿鈴躺在惴惴不安的阿藤大姨懷中，在開口回答之前，肚子已搶先發出咕嚕咕嚕聲。

「哎呀，」阿藤大姨睜大雙眼問。「妳肚子餓了？」

然後大姨笑了出來，揉搓著阿鈴瘦弱的身子又笑又哭，阿鈴也跟著笑了出來。看來自己已經保住一條命。

阿鈴很想快點吃到稀飯。

阿鈴恢復了健康，深川船屋也終於來到揚帆的日子。開幕籌備工作總算告一段落，決定在三月二十日迎接第一組客人。自從太一郎決定在海邊大工町開舖子以來，剛好過了一個月。

還沒決定舖子地點的那段日子，太一郎的心總是懸在半空中，很痛苦，不過也因此有充分的時間做足招攬顧客的準備。至於什麼樣的客人才適合當船屋的第一組顧客，七兵衛做了各種美夢，而太一郎則冷靜地看待現實。他除了向以前送便當過去的武家宅邸或有生意往來的大商家宣傳了船屋，也不忘傾聽同是料理舖主人或廚師帶來的小宗顧客消息，勤快地上門打躬作揖說：舖子開張時，請多加捧場。

而船屋的第一組客人正是太一郎招來的。二十日，位處深川元町御稻藏對面、一家小規模的五穀批發商「筒屋」一家人來到船屋。退休已久的前任老闆今年將迎接古稀壽辰，召集了親朋好友和生意伙伴約二十人，打算在船屋設宴慶祝。

筒屋現任的老闆五十多歲，夫婦倆踏踏實實地經營舖子，獨生女已經招贅，年輕夫妻也跟著老闆夫婦一起勤快地做生意。招贅的女婿跟太一郎是老交情，名叫角助。這回的生意正是他從中斡旋定下來的。

角助和太一郎同齡，十七、八歲時曾在便當舖做過事。他不是廚師，做的是負責送便當及回收餐具的粗工。那時太一郎剛進高田屋的廚房修業，常被派去跑腿。

角助做事的便當舖的很多顧客也是高田屋的老主顧，因此他和太一郎經常碰面。兩人剛認識便很合得來，不久就成了好朋友。太一郎雖然有七兵衛這個可靠的長輩提攜，卻沒有雙親與兄弟；而角助就不一樣了，他雙親健在，弟妹成群，日子熱鬧歸熱鬧，卻過得很辛苦。生活的沉重壓力，壓得他話也少了。太一郎說十句話，他頂多只說一句。角助說，弟妹們白天擠在家中做家庭副業，七嘴八舌嘰哩呱啦，根本沒他插嘴的餘地，自然而然變得沉默寡言。

角助跟立志當廚師的太一郎不同，他對做菜不感興趣。實際上他只在便當舖做了一年半就辭職。他並非懶人，從來沒遊手好閒過，可惜每一個工作都待不長久，做過各式各樣的粗工活兒。簡單說來，對他而言工作只是爲了生計。

角助在木場一家木材批發商當紮木筏學徒時，老闆的親戚主動向他提親，希望他入贅筒屋。筒屋是角助做事的那家木材批發商的遠親，讓獨生女隻身到批發商當下女兼學禮儀，她似乎看上角助。當時角助已二十二歲。

角助來找太一郎商量時，太一郎立即建議他接受。對方是正派生意舖子，詳問之後，角助也表示不討厭那個筒屋女兒。於是太一郎鼓勵他：這有什麼好遲疑的？

可是角助卻猶豫不決。他認爲自己身爲長男一旦入贅筒屋，就等於拋棄了弟妹。對此事放心不下的太一郎特意瞞著角助造訪他家，他的家人都表示非常贊同這門親事。角助的弟妹異口同聲地說：哥哥至今爲止爲我們吃了許多苦頭，如今總算走運，根本用不著顧慮什麼。

太一郎勸說角助：其實你的弟妹都已經長大，只是你沒察覺到而已，你顧慮太多，反而會傷了弟妹們的心。角助這才總算下定決心。

親事談成了。太一郎看著角助幸福的表情，回想起兩人從前在夏天頂著烈日、冬天踏著霜柱挑便當四處送貨的日子，不禁感嘆自己和角助的處境已是天差地別。當時他雖然已經升格爲廚師，但以七兵衛培育的大廚爲首，上面還有兩個師兄，太一郎跟每天跑龍套的學徒沒兩樣。

他覺得自己的前途茫茫，遠遠落後角助，也很羨慕角助受到弟妹敬仰。有一個角助這樣的朋友，二十二歲的太一郎會覺得人生寂寞也是情有可原。這段時期，太一郎總是無法專心修業，怠忽職守，屢次遭七兵衛斥責，卻始終無法振作，自己心裡也不好受。

角助入贅後一年，他和多惠成了家。如今已然可以笑談往事，儘管七兵衛始終不肯鬆口承認，然而太一郎認爲當初七兵衛很可能是爲了讓暮氣沉沉的他振作起來，才會和阿先商量，決定讓他討老婆。太一郎的確也是因爲跟多惠成家才恢復生氣的。如果當時他一直萎靡不振，和角助的交情恐怕也無法持續至今。

太一郎聽聞七兵衛決定讓自己掌管料理舖時，除了多惠以外，第二個商量的人便是角助。好久不見的兩人在富岡八幡門前町的居酒屋喝酒，太一郎聊著往事和今後的抱負，徵求角助的意見。如今已成爲筒屋小老闆的角助鼓勵太一郎說：你吃了這麼多苦頭，現在總算走運，沒必要畏縮不前。太一郎聽著對方似曾相識的說辭，笑著點頭。

——等你的料理舖開張後，我一定設法籌錢去吃你做的菜。對我們這種老百姓來說，能光臨料理舖享用廚師手藝，可是奢侈的事，但我一定會去的。

角助當時這麼說。沒想到這約定竟然這麼快就得以實現。

——第一組客人是筒屋，會不會降低了船屋的格調？

七兵衛深知角助和太一郎的交情，才如此不客氣地表示，然而太一郎只是笑著聽過。他認爲對船屋的首航而言，替筒屋一家人舉辦一場最完美的宴席，最適合不過了。

料理鋪全靠廚師撐持，廚師可說是料理鋪的精華與支柱，然而那精華與支柱若不讓客人知道便毫無意義。太一郎雖然懂七兵衛的心情，但早已暗下決心，在船屋廣為全江戶所知之前，不，正是為了讓那時期提早到來，眼前必須更珍惜至今為止所構築的人脈。

「後天筒屋叔叔要來當客人的話，那麼阿園和小丸也會來吧？」

三月十八日夜裡，阿鈴在廚房角落吃著阿藤大姨張羅的遲來晚飯。最近阿爸和阿母為了準備迎接第一組客人，更加忙碌，有時甚至一天中都不能好好跟阿鈴見上一面，照顧阿鈴的事完全落在阿藤大姨肩上，只是大姨常常也空不出手來，阿鈴往往拖到很晚才吃飯。

阿鈴病癒後，七兵衛爺爺終於拗不過阿母的請求，決定把阿藤大姨借給船屋。對阿鈴來說這樣正好。要不是阿藤大姨，她早就因為阿爸和阿母沒空理睬自己，耐不住寂寞而發脾氣呢。

阿鈴跟筒屋角助叔叔也很熟。每逢新年碰面時，他總會瞇著眼說「阿鈴長大了」。雖然角助叔叔話不多，但眼神很溫柔，聲音也很可親。

角助叔叔有兩個孩子，姊姊阿園和阿鈴同齡，弟弟小丸小阿鈴三歲。小丸當然另有一個適合長男身分的堂堂名字：長一郎，只是他還是嬰兒的時候生得圓滾滾，自此大家就喚他小丸。阿鈴很期待跟他們兩人見面。

「老人家的古稀大壽嘛，阿園和長一郎當然都會來。」阿藤大姨撿拾著阿鈴掉落食案上的魚肉。「不過啊，阿鈴，妳要記住，這兒是料理鋪，阿園和長一郎是我們的客人，妳不能跟他們玩也不能在走廊上亂跑，要有鋪子和客人的分寸。」

「這樣嗎？眞不好玩。」
「現在跟高田屋那時不一樣了，妳不懂可不行呀。」
「是嗎？大姨，什麼是古稀？」
「就是慶祝七十歲大壽。」
「阿園和小丸的爺爺要過古稀嗎？」
「不是爺爺，是曾祖父。」
「七兵衛爺爺不也是古稀嗎？」
「他已經過了，眞是可喜。」
阿藤大姨咯咯大笑。因爲爐灶是中空構造，廚房天花板又高，大姨的笑聲聽起來格外響亮。
「七兵衛爺爺不來這兒當廚師嗎？」
「應該不會吧，畢竟這兒是妳阿爸和妳阿母的舖子。」
船屋的首航參與人數很少。對於在高田屋看著很多廚師和傭工工作的阿鈴來說，少得令她有點不安。廚房除了主廚太一郎，還有個從高田屋帶來的年輕廚師修太，日後又會進來一位在阿鈴還是小嬰兒時曾在高田屋幫忙過兩年的廚師島次。島次是個年紀很大的伯伯，比阿鈴的阿爸還要年長一輪。他不會每天來，說好三天來一次。聽說他自己在本所二目橋開了一家外送料理舖。
下女人數也少得可憐。以阿母爲首，還有個從高田屋帶來的阿律，另外就只有阿藤大姨而已。聽說店剛開幕時一天只有一組客人，況且又不是每天都有客人上門，所以這樣的人數足夠應付。等客人多了，再增添人手就行了。

阿鈴雖是個孩子，卻也明白船屋的航行並非暢行無阻。前幾天她聽到阿爸跟七兵衛爺爺的談話，說阿藤大姨和修太、阿律的年中年末零用金都由七兵衛爺爺負責張羅。爺爺說：就算這樣生計也相當窘迫；阿爸聽完皺著眉點頭。

「不知道阿爸決定好要做什麼料理了嗎？」

阿鈴自言自語。阿藤大姨瞇著眼，笑說：「阿鈴，臉頰黏著飯粒了。」

阿鈴慌忙擦拭嘴角。

「妳儘管放心。」阿藤大姨柔聲說。「老闆精心設計了菜單，一直忙到昨天，聽說今天早上已經完成了。」

最近太一郎頻繁前往筒屋跟角助商討宴會事宜。

「因爲這是筒屋的喜事，老闆說，想推出跟筒屋有關的料理。」

「那麼是稗子或小米那類食物嗎？」

「那樣的話跟喜事就不相稱了，大概會用紅豆做成紅豆飯吧。」

「這樣嗎？」

阿鈴認爲如果只是這樣，似乎不怎麼好玩。阿藤大姨看著阿鈴若有所思的表情，笑了出來。

「看來阿鈴也長大了，竟然會爲老闆的工作設想。再說妳也恢復了精神，眞是太好了。」

阿鈴擱下筷子，草草合掌低聲說：「我吃飽了。」阿藤大姨回說：「吃飽就好。」

「大姨，妳以後都會叫阿爸老闆嗎？」

「是啊，應該這樣叫嘛。」

「叫阿母老闆娘？」

「是的。」

「那，七兵衛爺爺和阿先大媽呢？」

「應該叫大老闆和大老闆娘。」

「好難喔。」

「怎麼會難，每家鋪子都這樣啊。筒屋那邊也是有個退休的大老闆，還有現任老闆和阿園她阿爸的小老闆。」

阿鈴雖然腦袋裡明白，卻還是覺得不自在。之前阿藤大姨和阿母一起在高田屋工作，兩人情同姊妹，現在卻必須尊稱阿母爲「老闆娘」……阿藤大姨以前會拍拍阿爸的背，鼓勵他說：「太一郎，要振作啊！」而現在竟要向阿爸行禮稱他「老闆」……

自己的生活在改變。阿鈴搬到這兒後立刻病倒了，始終沒時間細細體會這些變化。等到病好下了床才發現，不知不覺中自己的世界全變了——這令阿鈴覺得有點寂寞。

阿藤大姨收拾阿鈴吃完的食案放到洗碗槽。四周非常安靜，座燈旁有兩隻小羽蟲，振翅的嗡嗡聲聽得清清楚楚。

這房子面對水路，所以羽蟲比高田屋宿舍多。阿藤大姨說過，恐怕要比以前提早一個月掛蚊帳，也曾憂心地低聲說：水邊雖然涼快，但蚊子一定也多，夏天夜裡有客人上門時，大概必須準備很多驅蚊木（註），這種東西往往是一筆無形的花費。她說這話時口氣裡透著不解：「幹嘛選上這種

註：通常用榧樹，別名野杉，窮人家用榧樹鋸屑。

水邊房子開舖子？」這些時候總是令阿鈴感到不安。

阿鈴站起身，心想，睡前到阿母那邊看看也好。阿母應該在裡屋記帳。

這時，阿鈴突然察覺有人站在廚房門口。雖然只瞥見人影，看不清面貌，從髮髻看來似乎是個女人。她當下以爲是阿母。

「阿母。」

阿鈴叫了一聲，站在洗碗槽前背對阿鈴的阿藤大姨也回過頭，看向阿鈴注視的地方。

「老闆娘？」大姨也叫了一聲。

阿鈴眨著眼。剛才看到的人影已經消失。座燈的昏暗火光勉強照到廚房門口，廚房外的泥地卻一片漆黑。春天夜晚的黑暗總是特別濃稠。

漆黑中吹起一陣暖風，呼地吹進屋內拂過阿鈴臉頰。座燈火焰搖曳著。

「阿鈴，老闆娘在裡邊榻榻米房呢。」阿藤大姨邊用抹布擦手說。

「嗯，可是剛才我好像看到那邊有人。」

「是阿律從澡堂回來了吧？」

「是嗎？那我去向阿母道晚安了。」

阿鈴走出廚房在走廊上跑，母親的小榻榻米房位於通往二樓的樓梯後面。那是個四蓆半的小榻榻米房，帳房格子屛風內有矮桌、算盤和帳簿，所有用具一應俱全，阿母坐在那兒看上去很威風，令阿鈴感到很驕傲。

走廊上只在樓梯口擱一盞瓦燈，沒有其他燈火。有客人上門時，這盞瓦燈會換成蠟燭，那是因爲燒魚油的瓦燈會破壞料理的香味，讓宴席氣氛顯得窮酸。等客人回去後，則會再點起瓦燈。阿先大媽曾叮囑過阿母：在這種小地方花心思省錢，是經營舖子最重要的訣竅。

對阿鈴來說，阿先大媽相當於奶奶的身分，只是她比七兵衛爺爺小了十幾歲，不好意思稱她爲奶奶，所以阿鈴都稱她「阿先大媽」。

阿鈴手擱在紙門上，聽到小榻榻米房內有談話聲，是阿爸和阿母。阿鈴側耳傾聽，他們似乎在討論宴席菜色。

「所以用豆腐皮這樣包起來……」

「包起來送出去是可以，但是老人家如果不方便吃也不好吧。」

「就算是古稀喜宴，要是每樣料理都是軟食，其他客人也會吃得不盡興吧。」

兩人很熱中地商量著。阿鈴決定不打攪他們，悄悄轉身回到樓梯下。

突然，她聽到有人走上二樓的咚咚腳步聲。

二樓只有儲藏室和被褥室以及兩間榻榻米客房。阿鈴一家三口住在樓下東側房間。阿藤和修太從高田屋宿舍通勤來船屋，沒有房間。而阿律起居的三蓆房間則在阿鈴一家人的榻榻米房隔壁。這時候到底是誰有事到二樓？

阿鈴急忙繞到樓梯下仰望二樓，隱約看到一雙纖弱雪白的孩子的腳，正登上樓梯往榻榻米房跑去。

阿鈴眨眨眼，無法確信剛才看到的景象。那是誰？這個家除了我，應該沒有其他小孩。

這時彷彿有人在眼前啪地拍了一下手，她突然想起一件事。對了，是那個扮鬼臉的孩子。那個不知是誰家的女孩。是不是她？

阿鈴跑上樓。二樓一片漆黑，樓下瓦燈已經照不到二樓。阿鈴平日怕黑，可是現在也顧不得害怕，只想趕快追上對方。

那雙光腳丫啪嗒啪嗒地跑到二樓後，阿鈴察覺有人咻地拉開右邊榻榻米房的紙門。原來在那邊！阿鈴跑了過去，畫著朦朧月色圖案的紙門，在她鼻尖前啪地關上。阿鈴用力拉開紙門。

房內因關上擋雨的滑門而漆黑一片，然而十蓆大榻榻米房內的東西阿鈴卻能看得一清二楚。

——眞是的，我簡直變成貓了。

阿鈴居然能在黑暗中看到東西。仔細想想，剛才看得到紙門花紋也很奇怪，二樓根本沒有任何燈火。

耳邊傳來很大一聲「哼」。

阿鈴嚇一跳，轉頭看向聲音傳來的方向。

「扮鬼臉！」

有個小女孩坐在壁龕多寶檯上晃著雙腳，黑暗中隱約發白的臉正對著阿鈴扮著大鬼臉。

阿鈴目瞪口呆，無法出聲。她目不轉睛地望著對方，女孩放下手不再扮鬼臉，卻噘著嘴瞪著阿鈴。那張臉正是阿鈴高燒不退、痛苦不堪時，在枕頭上仰望看到的臉。是同一個女孩。

「……妳是誰？」

阿鈴好不容易問出口。女孩再度用鬼臉代替回答，這回扯下另一邊下眼皮。

「鬼——啦！」

女孩比阿鈴矮許多，瘦得只剩皮包骨。她穿著紅底染白梅小碎花的衣服，但衣服下襬短得可笑，露出枯枝似的小腿。

「妳是誰家孩子？」阿鈴挨近女孩一步，問：「妳從哪裡來的？住在這房子嗎？妳叫什麼名字？」

女孩不再扮鬼臉，雙手規規矩矩擱在膝蓋上，歪著頭望著阿鈴。阿鈴心想，簡直像跟一隻流浪貓講話：來啊來啊，不用怕，來這邊，來這邊我就給妳飯吃——可是小貓只是眼睛發光一步步後退。

這時身後有人大聲呼喚阿鈴。

「是阿鈴嗎？」

阿鈴跳起來。回頭一看，只見阿藤大姨在身後舉著蠟燭，她也嚇了一跳，尖聲說道：

「阿鈴？是阿鈴吧？妳在這兒做什麼？」

「大姨！」

阿鈴險些衝到阿藤大姨身旁，好不容易才待在原地。她回頭望向壁龕多寶櫺，可是那兒已不見女孩身影了。

「阿鈴，到底怎麼了？一個人爬到這麼黑的地方。」

阿藤大姨靠過來，有點粗魯地抓住阿鈴手肘。阿鈴目瞪口呆，無法自櫺子移開視線，自言自語地問：

「大姨，妳看到剛才那女孩嗎？」

「什麼？」阿藤大姨皺著眉頭說：「女孩子？」

「她剛才坐在壁龕那檯子上，穿著紅衣，兩隻腳晃來晃去，還對我扮鬼臉。」

阿藤大姨高舉手中蠟燭，讓燭光照到壁龕。榻榻米房內出現一個圓形光圈，黑暗退到四方角落。

「沒人啊，阿鈴。」

「剛剛還在的。大姨沒看到嗎？」

「沒看到呀。」

阿藤大姨說完，舉著蠟燭挨近壁龕。燭光晃動時，阿鈴眼角瞄到從陰暗的房間角落匆匆跑開的白皙瘦弱小腳。

「啊！那邊！」

阿鈴用力拉扯大姨袖子。蠟燭傾倒，蠟淚滴答地落在榻榻米上。火焰搖搖晃晃地變小。

「燙燙燙！阿鈴啊，妳不可以拉我呀。」

阿鈴奔向看見小腳的地方，但那兒只剩黑暗，阿鈴的腳丫子踩在冰冷的榻榻米上。

「阿鈴，妳是不是睡迷糊了？」阿藤大姨笑著說。阿鈴雖然有很多話想說，卻想不出可以壓倒大姨爽朗笑聲的話。

「來，我們下樓。沒事到這地方來小心會碰到鬼。」

這時阿鈴腦中也點起了蠟燭。鬼？

「大姨，這兒有鬼嗎？」阿鈴像要撲到大姨胸前似地問道。「這兒是鬼屋嗎？大姨也看到鬼了？」

大姨舉起握著蠟燭的手往後仰，避開阿鈴。

「阿鈴，危險啊！」

「可是大姨……」

「這屋裡沒鬼。怎麼可能有鬼呢？這裡可是妳阿爸和阿母新開張的料理舖啊，不可以說不吉利的話。」

大姨斥責她。不過一看到阿鈴垂頭喪氣的模樣，她又恢復笑容摸摸阿鈴的頭，接著說：

「我說鬼會跑出來只是嚇唬妳的，沒想到妳怕成這樣，對不起啊。」

大姨伸出空著的手想牽阿鈴，阿鈴本想握住大姨的手，卻臨時改變主意跑到壁龕多寶櫺前。

「阿鈴？」

多寶櫺上沒放任何東西。本來就是設計用來裝飾的，櫺子深處還不到三寸，頂多只能擱個小花瓶或香爐。

不管女孩再怎麼瘦，眞的可以坐在這兒嗎？

難道那孩子——不是坐著，是浮在半空中？

阿鈴感到全身冰冷，急忙跑回大姨身邊拉住她的袖子。

「哎呀，怎麼回事？阿鈴。」阿藤大姨笑著用蠟燭照亮阿鈴腳邊。

那天晚上阿鈴睡不著，一直在想鬼的事。鬼到底是帶著什麼樣的表情，又是怎麼出現的呢？在親子三人成川字型睡在一起的小榻榻米房裡，此刻阿鈴睡在阿爸和阿母中間，總算有勇氣想些可怕的事。

阿鈴曾經聽過一些可怕的鬼故事。以前還住在押上宿舍時，每次碰到悶熱的夏夜睡不著覺，七兵衛爺爺總是在蚊帳內講鬼故事陪阿鈴睡。妖貓啦，狐仙附身啦，被踩到影子而死去的女孩啦，擅長游泳的武士被含恨而死的溺死鬼抓住腳而溺死啦……七兵衛爺爺很會講故事，有次阿鈴聽完後當晚嚇得尿床，被阿母狠狠罵了一頓。阿鈴在尿濕的被褥旁哭泣時，七兵衛爺爺偷偷過來頻頻向阿鈴說：「對不起，對不起。」阿母聽到後，也狠狠訓了七兵衛爺爺一頓，那時爺爺只是乖乖地垂著頭挨罵。

那天晚上爺爺帶著阿鈴到夜市，對阿鈴說：妳想要什麼就買什麼。阿鈴看中一隻表情看起來像在笑的紙糊狗狗，夜晚就抱著那狗狗睡著。阿鈴那時想，那隻紙糊狗狗在阿鈴睡著時也會睜眼醒著，要是有鬼想嚇阿鈴，狗狗會汪汪叫地把鬼趕走。

阿鈴從來沒去過雜技棚或戲棚子，阿爸和阿母也沒有那個閒情逸致，一家人從沒聽過從那裡流傳的恐怖故事。七兵衛爺爺說過他有一幅掛軸，上面畫著非常可怕的女鬼，但是自從尿床事件以後，無論阿鈴再怎麼苦苦哀求，他也不讓阿鈴看那幅掛軸。

阿鈴每次問大人：鬼到底是什麼模樣；大人總是舉起雙手垂在胸前晃來晃去，睡眼惺忪地發出奇怪聲音說：「好恨呀。」那種鬼根本不可怕。雖然聽說鬼沒有腳，可是沒有腳又怎麼能到處走動？

今晚阿鈴看到的女孩有兩隻腳，而且不要說走路，甚至還到處亂跑。她沒有做出怨恨的表情，也沒有雙手晃來晃去。對了，從來沒聽說過有扮鬼臉的鬼。好奇怪。

如果那孩子是鬼就非常奇怪。

可是如果那孩子不是鬼，那就更奇怪。那孩子到底打哪裡來的？

七兵衛爺爺買的那隻紙糊狗狗，搬家時沒有帶過來。啊，要是有那隻狗狗在就好了……改天請人幫忙找找看好了。要是還在押上宿舍，就請人帶過來。愈想愈嚇人，眞是氣人，自己眞的有點怕起來了。

阿鈴對著天花板扮了個鬼臉。

「扮鬼臉，哼。」

阿鈴發出聲音這麼說後，心情總算舒暢一點。睡在一旁的阿母「嗯？」地抬起身。

「阿鈴，什麼事？」

阿母雖然抬起上身，眼睛卻緊閉著。阿鈴屛息假裝睡著。一會兒阿母又啪嗒躺下，沒多久阿鈴也睡著了。

親子三人各自的鼾聲，在狹窄的小榻榻米房內呼呼地來來去去。牆壁和榻榻米、天花板也一起安靜地入睡。

然而，如果擅長徹夜守更的紙糊狗狗在場，牠大概會在夜色最深的丑時三刻（註）看到很有趣的畫面吧。

註：半夜兩點。

會看到熟睡的太一郎腳邊坐著一個身穿灰衣的瘦削按摩人。

會看到熟睡的多惠枕邊有個苗條女子的身影自右而左地穿過。

還會看到熟睡的阿鈴臉龐上頭，有個罩住阿鈴、目不轉睛地盯著阿鈴睡臉的小女孩身影。女孩穿著紅底碎梅和服，從過短的袖子中露出骨瘦如柴的胳膊。

女孩表情很悲哀，好像隨時都會哭出來。所以即使阿鈴身邊有紙糊狗狗在，牠或許不會汪汪叫著趕走女孩，因爲她看起來太可憐了。

東方的天空染上魚肚白時，三條影子突然消失蹤影。消失時，按摩人用陰鬱的聲音呢喃著：他肩膀太硬，必須花一番工夫；但這話似乎並非特地說給任何人聽。

這天，五穀批發商筒屋一家人以船屋的第一組客人身分來訪。

宴席預定自傍晚進行到晚上。西邊天空剛隱約染上紅光時，雙腳不便的主角大老闆便領著筒屋一家人的轎子隊抵達船屋。角助夫婦事前曾告訴太一郎夫婦，在宴席開始前他們想先爲船屋的首航道賀。

角助夫婦讓大老闆坐在榻榻米房的大座墊上，吩咐專屬下女負責照料，才跟在多惠身後參觀船屋。太一郎不能離開廚房，而且在宴會開始前他不想讓角助夫婦得知今晚到底會端出什麼料理，於是早早回到崗位。角助則不時發出讚嘆並慰勞多惠，愉快地四處走動。

阿鈴跟筒屋女兒阿園、小丸起初也跟在大人身後參觀屋內，但小丸沒多久便看膩了，一會兒說要到河道釣魚，一會兒又說要到儲藏室玩捉迷藏，不停嚷嚷地四處亂跑，阿鈴跟阿園氣喘吁吁地在他身後追趕。阿藤大姨眼尖，發現這件事，她右手拿著糖果、左手握著一把稗子趕過來說：

「你們到河道旁撒稗子看看，會飛來很多麻雀和燕子喔。要在太陽下山前撒，小鳥才會飛來。小心別掉進河裡！」

幸好阿藤大姨解圍，阿鈴和阿園才能坐在河道旁舔著糖果望著小丸追逐麻雀和燕子玩。

「小丸，不要太靠近河邊！」

阿園大聲叮嚀小丸，眞不愧是姐姐。嘴裡含著糖果竟然還能這樣大喊，簡直像變戲法。阿藤大姨給的是變色圓糖果，舔著舔著顏色會變。剛才阿園嘴巴大張斥責正要踩麻雀的小丸時，隱約見到她口中的糖果是紅色的。

阿鈴取出口中的糖果，是橘紅色。實在不可思議，這糖到底怎麼做成的呢？

「阿鈴，妳搬到這兒會不會很無聊？」

阿園在小丸頭上敲了一記，回到阿鈴身邊歪著頭問。這女孩細長的脖子到下巴的線條很有女人味，將來一定會成為美女。河水的漣漪映在她的圓眼睛上。

「有點無聊。」阿鈴老實回答。「因為七兵衛爺爺不在嘛。」

「那個爺爺人很好。」阿園的口氣宛如在鑑定什麼。「一把年紀了還會陪我們賽跑。我家老爺爺連走路都走不好。」

「因為已經古稀了嘛，眞受不了。」

「說得也是，實在受不了。」

兩人如此交談，姑且不論談話內容，阿鈴覺得自己彷彿已經長大了，在進行一場大人的對話。

「我阿爸帶來很貴重的掛軸說要給船屋當賀禮，等一下會打開給大家看吧。」

「什麼掛軸？」

「是惠比壽神在釣魚的掛軸，釣的是鯛魚呢，眼睛以下有這麼長的鯛魚。」阿園豎起雙手食指做出有一尺長的動作。「聽說是吉祥物。」

「謝謝，角助叔叔總是這麼體貼。」

「我阿母說他只有體貼這點好。」

「我阿母也說過，阿爸要是像角助叔叔那麼體貼就好了。」

正確說來，阿鈴並沒有親耳聽到多惠這麼說，只是偷聽到阿藤向阿律轉述多惠這麼說過而已，此刻卻煞有介事地有樣學樣。嗯，這種對話，眞的很像大人。

「阿鈴，妳知道今天會端出什麼菜嗎？」

「不知道，阿爸不告訴我。他說要是告訴我，我一定會跟妳說。」

阿園高高揚起嘴角，笑容像個成熟女人。阿鈴心想才幾天不見，阿園就學會這種表情啊。

「那當然啦，伯伯都把我們看穿了。」

阿鈴回說：嗯，看穿了；接著不經意地望向小丸。小丸正不時撿起腳邊的小石子拋到河裡。他其實是想用小石子打水漂兒到對岸，但因爲用力過猛，石子只撲通撲通地掉進河裡。

小丸身邊隱約可見穿著紅衣的人影。

阿鈴倒吸了一口氣，急忙站起。

是那女孩。紅底染白梅小碎花。那女孩站在小丸身邊也朝河道丟石子，石子俐落地橫切水面，水黽似的輕快滑過水面。

「喂，妳！」阿鈴大叫。

糖果當下在口中轉了一圈，咕嚕落到喉嚨裡，阿鈴嗖地喘不過氣來。

阿鈴想再大叫，張開嘴巴卻發不出聲音，只發出寒夜裡冷風吹過沒關牢的滑門縫隙時所發出的咻咻聲。

「阿鈴，妳怎麼了？」

阿鈴喉嚨很痛，兩眼發熱，眼珠好像要迸出來一樣。

「阿鈴！」

阿園在阿鈴眼前舞動雙手，似乎在大叫什麼。小丸停下扔石子的手，看向這邊，在他身後依舊可見紅衣。紅衣女孩躲在小丸背後。阿鈴拚命想叫出聲，那孩子打算把小丸推進河裡。危險，危險——可是發不出聲。眼前逐漸發白，霧氣聚攏，頭在團團轉。

「阿鈴不好了！」

遠處傳來阿園的叫聲。

此時，有什麼東西像一陣風快速地挨近阿鈴，把她整個身子抬起。阿鈴雙腳浮在半空，瞬間又倒轉過來變成頭下腳上。阿鈴腦裡閃電般閃過一個光景：以前曾爬到押上宿舍院子一棵老櫻樹上，雙腳勾在最下面橫伸出來的樹枝，像猴子一樣倒掛著又笑又叫，結果挨了一頓罵。

頭頂是河道地面，腳底是逐漸染紅的天空。阿鈴眼珠子發熱，張著嘴巴，鼻尖刺痛起來。快要喘不過氣來了。

啪！有人的手拍著阿鈴的背部。阿鈴背脊咯吱作響。

啪！再一次，啪！

就像設有機關的玩具，阿鈴口中猛然飛出圓糖果，頓時恢復呼吸。她深深吸進一口氣，哇地一聲發出聲音。她並不想哭，卻聽到哭聲，阿鈴正覺得奇怪，才發現原來是小丸在哭。

那一陣風再度將阿鈴轉了個圈，阿鈴眼前可見條紋模樣的衣領，頭上傳來說話聲：

「慢慢呼吸，要慢點。」

回過神來時，發現有個陌生男人抱著她，那男人正緩緩蹲下身，打算讓阿鈴站在地面。阿鈴想按照對方吩咐慢慢呼吸，卻只能像狗伸出舌頭喘氣那般呼呼喘氣。想哭，又想笑，但喉嚨很痛。想說話，卻只是不停咳嗽。

「阿鈴！」

阿園拋下已經停止哭泣卻滿臉淚痕的小丸奔過來。陌生男人望向阿鈴腳邊，伸手拾起一個東西。

「很少見呢，是青色的。」

男人手中捏著從阿鈴喉嚨飛出的變色糖果。

「難得看到可以變成青色的，不過妳差點被這顆糖害死。」

阿鈴逐漸理解是這位伯伯救了自己，但還無法發出聲音，沒辦法向對方道謝。阿鈴不停咳嗽，阿園摟著阿鈴背部，像姊姊或母親似的向對方行了個禮。

「謝謝大人。」

陌生男人笑著說：「哪裡，沒什麼。」

他看上去年齡跟太一郎差不多。穿著條紋單衣，腰上佩著長刀短刃。身材很高，卻很瘦，彷如披著衣服的衣架，肩膀骨頭都突出來。剃光的額頭光潤油亮，看上去兩眼之間距離很遠。阿鈴覺得很像什麼，想了一下：像鮟鱇魚？

這位伯伯是武家人。他在這兒做什麼？

一旁的狗好像要回答阿鈴的疑問一樣汪地吠叫。阿鈴回頭一看，有隻大小跟阿鈴喜歡的紙糊狗狗差不多大小的白狗，正豎起耳朵睜著圓眼睛看著這邊。狗兒脖子繫著粗繩，牽繩一端在地面拖著。

「知道了，知道了。」救了阿鈴的那位陌生武士笑著呼喚白狗，拾起粗繩一端說：「好了，走吧。」

看來這位武家大人正帶著狗在河道散步，碰巧發現阿鈴被糖果哽住差點噎死。

「沒事了嗎？」他安撫頻頻搖尾巴催促的狗，回頭問阿鈴。

「是的，已經沒事了。」阿鈴總算可以說話，雖然聲音有點沙啞，但確實是自己的聲音。「謝謝大人。」

「哪裡，哪裡。」

武士跨出大步。他那光著腳趿拉的雪履已經磨損不堪，每走一步就掀開一下。狗兒高興得在他腳跟旁撒歡。

男人和狗沿著河道走向鄰家宅邸，阿鈴蹲在地面目送。只見他拐過隨處剝落斷裂的寒傖木板圍牆，消失在宅邸北側。

「那人是阿鈴的鄰居。」阿園說。「妳知道他是什麼人嗎？」

「阿母說過他是旗本。」

阿鈴摸著發痛的喉嚨，站起身來。她心想，最好不要說出阿藤大姨說過他是「窮旗本」這件事。

「回去吧？」阿園牽著小丸的手說。「還好沒被阿母他們發現，要不然一定會狠狠挨一頓罵。」

阿園突然覺得很累似地嘆了一口氣。慶賀宴席才剛要開始，她卻看似很想回家。

因此阿鈴也就沒說出心裡的疑問：呃，阿園，妳看到小丸身邊那個穿紅衣的女孩嗎？

總之女孩已經消失。河道上的漣漪看上去涼颼颼的，阿鈴打了個哆嗦。

「筒屋」這名稱在五穀批發商中是個很罕見的字號，在所有商家中也很稀罕。其實，這字號其來有自。

說起來「筒屋」本來並非字號，而是通稱。本來的字號很平凡，取自上上一代開業老闆的故鄉地名「三河屋」（註），而「筒屋」這個稱呼，正是到舖子買五穀的客人開始叫的。

無論白米、五穀、味噌、醬油或油，客人到零賣舖子買東西時一般都會自備容器，三河屋當然也不例外。可是屢次看到腳力不好的老人及奉命來買東西的小孩因雨天路滑或不小心跌倒，將剛買的一升紅豆或稗子整個撒在地上，上上代老闆左思右想：有沒有即使失手掉落或跌倒時，五穀也不會撒出來的容器？他和老闆娘商量，請熟識的棉布批發商幫忙，最後訂作了大小兩種袋子。大的可以裝一升紅豆，小的可以裝半升五合，裝入五穀後勒緊繩子，即成筒狀的袋子。棉布很耐用，耐磨損。客人來購物時，先量好客人要的五穀再裝入袋子，之後請客人下次再帶來。也就是說，袋子是免費提供的，對舖子而言這其實是一筆大開銷。

但老闆依舊決心試試看，結果意外地廣受好評。於是客人對這家用筒狀袋子賣五穀的舖子，不再稱呼其爲三河屋，直接就叫「筒屋」；這正是「筒屋」字號的由來。

只是不久後發生了各種麻煩事，他們不得不改變這種對每位來舖子的客人都給袋子的做法。有些客人弄丟前回給的袋子又捧著方木盒來買；有些客人則表示只想買袋子。此外，流失客戶的鄰近

註：三河國，愛知縣。

五穀批發商也故意找碴，花錢僱人接二連三來買最便宜的稗子。結果，筒屋因此蒙受不小的損失。畢竟無論買的商品再怎麼便宜，都必須給新客人袋子裝，這樣一來，新客人越多，筒屋就得損失越多袋子。

最後只好換個方式，客人索取時才給袋子，而且不單賣袋子。下回客人再來買東西時，如果帶袋子來，就繼續用袋子裝五穀。此後筒屋就一直以這種方式做生意，現在的老闆和角助自然也不例外。

今天慶賀上一代老闆古稀的宴席，重頭戲正是體現筒屋名稱由來的筒狀料理。

這是太一郎的苦心傑作。雖說這回是食材豐富的春季宴席，但光是依次送出應時料理也沒什麼意思，太一郎左思右想：有沒有更適合筒屋的菜色呢？苦思的成果正是筒狀料理。

這天的菜單考慮到主角大老闆的年紀，加上事前打聽了大老闆口味的好惡，大致上都選擇鬆軟上口的料理。小菜是芥末拌油菜花，盛在類似小酒杯的小碗中，另有兩小片烤花椒江珧（註一）。鰹魚季節還早，再說老人家近來幾乎不吃生鮮東西，因此略過生魚片。碗湯是銀魚豆腐湯，其次是澆上味噌的竹筍、煎蛋捲，之後是烤鯛魚，最後才是費心製作的筒狀料理。

扁魚碎肉撒上切碎的青菜，製成筒狀後先蒸一下，再用細絲土當歸和豆腐皮包成筒狀用湯汁煮，盛在碗中後澆上浮著紅豆的勾芡，意謂五穀批發商本業和喜事的雙重意義。太一郎擔心料理太燙，會燙著老人家和孩子，他觀察著宴席上的狀況，等到時機適宜，才一齊送出。

結果備受好評。客人打開碗蓋，看到裡面盛著筒狀的豆腐皮捲時，熱鬧氣氛頓時高漲，有人憶起剛用筒狀袋子做生意時的辛勞和回憶，這話題又勾起其他話題，眾人聊開了。

擔任女侍的多惠聽著筒屋一家人的愉快笑聲，下樓到廚房，笑著向太一郎和年輕的修太報告好消息。兩人的表情明顯鬆了一口氣，打今早起始終繃著臉的太一郎，此刻總算放鬆了。

「看來沒白費工夫在該怎麼捲豆腐皮，沒人抱怨不方便吃呢。」

「這表示我們沒有白費時間。」太一郎說。

接下來只剩下換口味的清爽醋拌涼菜和大老闆喜歡的毛豆飯，最後是水果。

「對了，老闆娘，剛剛阿藤姊要了些煎蛋捲，說是小姐愛吃，要給小姐配晚飯。」修太說。

「曖，我說過不能給她吃客人的料理。」

多惠皺起眉頭，太一郎則搖著頭說：「有什麼關係，只不過是一道菜。」

「是啊。我也想問小姐，跟大老闆的煎蛋捲比起來味道怎麼樣。」

修太還是個表情倔強稚氣未脫的小夥子，因爲在高田屋受過嚴格訓練，他的動作俐落，講話遣詞也很乾脆。廚藝雖還不及格，認眞的態度一點也不輸給年輕時的太一郎。目前雖然只負責廚房的準備工作，但是因爲擅長做雞蛋料理，今晚的煎蛋捲工作大半交由他負責。

高田屋七兵衛親手傳授的煎蛋捲，是七兵衛年輕時在別處學來的做法，甜得像是甜點，煎得像長崎蛋糕（註二）般鬆軟。阿鈴一家人還在高田屋時，每逢七兵衛說要做煎蛋捲給大家吃，阿鈴和宿舍的孩子們總是興奮得又叫又跳。

註一：江珧，一種貝類。

註二：做法於十六世紀日本室町幕府末期，由葡萄牙人傳來。質地細緻綿密。

「那，阿鈴吃過晚飯了？」

「是的。阿藤姊馬上回來，說可以幫我們的忙。」

多惠最近沒時間照顧阿鈴，都讓阿藤負責照料，連飯都幾乎無法一起吃，爲此她很心疼阿鈴。夜晚雖然躺在阿鈴身旁，卻沒有餘力好好瞧瞧孩子的睡臉，每天頭剛沾到枕頭就沉沉入睡。阿鈴是個乖孩子，雖沒開口抱怨，但心裡一定覺得寂寞。儘管光是一盤煎蛋捲不足以補償她，至少可以撫慰她一下——多惠邊想著邊上樓回到熱鬧的宴席。

修太功力還不行，遠不及七兵衛爺爺。這是阿鈴下的評語。七兵衛爺爺做的煎蛋更鬆軟，兩者簡直像紡綢跟抹布之別。

阿藤送來晚飯陪阿鈴吃了一會兒，但是由於今晚有客人上門，她焦急地坐不住，途中便離開了。阿鈴獨自吃了晚飯，想起七兵衛爺爺的口頭禪，說吃飯時要仔細嚼，嚼得越仔細就能像烏龜那樣長壽，所以她努力咀嚼。不過聽著自己的嚼飯聲，越聽越寂寞，最後還是大口大口地吞下飯。

飯後阿藤也沒回來。阿鈴整齊排好空碗盤，合掌說聲「我吃飽了」，打算將食案搬到廚房。老是自己一個人，實在很無聊。

阿鈴早已恢復精神，彷彿沒發生過差點被糖果噎死那回事。救了阿鈴的那位長得像鮟鱇魚的武士看上去不像無所事事的米蟲少爺，應該是鄰家的長坂大人吧。下次碰到他時，得好好向他道謝才行。

可是要是跟雙親一起碰到那位帶狗散步的長坂大人，就麻煩了。差點被糖果噎死的事得保密才行，萬一長坂大人無意間向阿爸阿母說出這件事，自己肯定會狠狠地挨一頓罵。不過，或許武家大人不會隨便拿這種事閒聊？

——還是偷偷告訴阿藤大姨好了？

大姨，妳給的變色糖哽在喉嚨，我差點噎死呢。可是，如果這麼說，阿藤大姨大概會嚇一跳，在罵阿鈴之前可能會先向阿鈴道歉，那也不好，畢竟又不是阿藤大姨的錯。

那要不要告訴大姨那個紅衣女孩的事呢？那個女孩令人心裡發毛。大姨，這房子好像眞的鬧鬼喔……

阿鈴雙手捧著食案來到今晚點著蠟燭的樓梯底下。她發現有人坐在樓梯中央，朦朧的光圈籠罩著他，阿鈴清楚看見對方的白襪和裙褲摺痕。是客人嗎？大人吩咐過，在家中碰到客人時要默默行禮致意，阿鈴照辦行禮後，打算走過樓梯底下。

不料樓梯上的人突然呵呵笑起來。

阿鈴抬頭看去，竟和坐在樓梯那人四目交接，她嚇了一跳，差點打翻食案。

那人不是今晚的客人，是位年輕武士。他穿著繡有家紋的禮服裙褲，悠閒地坐在樓梯上，雙肘擱在膝上，雙手交握，笑臉俯視著阿鈴。

「晚安。」那人說。

阿鈴目不轉睛地仰望他，跟糖果哽在喉嚨那時一樣，喘不過氣來。

仔細一看，阿鈴才發現那人的身體是半透明的。今晚透過樓上宴席的燈火和樓梯底的燭光，連樓梯的木紋都看得一清二楚。而阿鈴竟透過那人的臉和肩膀清楚看見木紋，甚至連白襪腳尖到髮髻頂端之間有幾層樓梯，也看得一清二楚。

阿鈴全身僵硬站在原地，那人突然鬆開交握的雙手。阿鈴慌忙往後退。結果那人又笑了出來。

「妳不用怕，我不會對妳做什麼。」

對方的聲音爽朗好聽，五官也很端正。年齡大約二十出頭。濃眉、雙眼清澈、臉頰光滑，看上去很年輕。

就算對方是半透明人，但如果是美男子就不怎麼可怕。對於相貌普通的人來說，這麼說可能失禮，但是這個世上就是如此。阿鈴自樓梯底下悄聲問道：

「武士大人，你是幽靈嗎？」

「嗯。」坐在樓梯的人說。「妳怎麼知道？佩服，佩服。」

看樣子是個親切的幽靈。

「你怎麼坐在那裡？」

對方微微聳肩說：「我也不知道，我一直都在這裡呀。我倒想問妳，妳父母爲什麼在這種地方開料理舖？」

有關這事阿鈴也沒向雙親問個明白。是啊，爲什麼呢？

「我想他們一定是看中這裡。」

「之前的那間料理舖倒了啊。」年輕武士悠閒地搔著後頸說。阿鈴透過他的臉龐看到他搔著後頸的白皙手掌，好像在看幻影。不可思議，卻很美，阿鈴看得入迷。

「上來吧，我們聊一下。」

那人拍拍自己坐的那一階樓梯，呼喚阿鈴。

「妳叫阿鈴是吧？」

阿鈴低頭看了一眼手中的食案。樓梯上的武士似乎察覺了阿鈴的猶豫，哈哈笑道：

「妳把那端去廚房，我在這兒等妳。」

阿鈴應了聲「是」，小跑步到廚房。廚房沒人在。阿藤大姨大概也到榻榻米房幫忙了。阿鈴把碗盤浸在洗碗池中盛著水的木桶內，再把食案整齊地擱在架上，急忙回到樓梯口。

對阿鈴來說收拾食案是份內的事。雖然目前阿藤大姨負責洗大家的碗盤，但日後這應該是阿鈴的工作。在每天的例行公事之間，趁著空檔和幽靈聊天，實在可笑。阿鈴以爲自己在做夢，擰了一下臉頰，好痛。

回到樓梯一看，半透明武士還在，正望著阿鈴。

「那麼用力擰會糟蹋妳可愛的臉蛋。」武士爽朗地說。「女孩子最好不要隨便搓弄臉頰。妳根本不必特地確認，我既不是夢中人，也不會消失。」

阿鈴把手貼在臉頰上，點了點頭。她攀著扶手登上樓梯，戰戰兢兢地坐在武士旁邊。

在他身旁一看，武士的身體依舊透明得很不實在，卻又可以看到裙褲的筆直摺痕，實在很不可思議。

而且這幽靈身上隱約傳出一股香味，既像焚香味又像花香……

「上頭好像很熱鬧呢。」武士說。

他隔著肩膀右手拇指比向榻榻米房。的確，樓上不但傳來說話聲也聽得見五音不全的歌聲。酒香和飯菜香也飄到樓梯這裡。阿鈴和武士兩人背著二樓的燭光，像在玩捉迷藏似的。

「今天的客人中有個跟阿鈴差不多年紀的女孩，妳跟她很要好吧？」

「是的，她叫阿園。」

「對方以客人身分前來，阿鈴就被冷落在一旁，很無聊吧。當生意人的孩子就是這點可憐。」

看樣子是個通情達理的幽靈。

「請問……」

「嗯？」

「武士大人剛才說你一直待在這裡？」

「嗯，是啊。」對方露出白皙的牙齒笑道。「阿鈴，如果妳想用恭敬的語氣，不能用『你』，要用『您』，這才是敬語。」

「是。大人您剛才說過……」

「不必重複用『您』和『大人』這兩個敬語。再說妳不必對我那麼客氣，就照妳平常說話時那樣就行了。」

「是。」阿鈴眨眨眼。

「又怎麼樣呢？我的確一直待在這裡。」

「是……那個，爲什麼呢？」

「什麼爲什麼？」

「武士大人是幽靈吧？」

「嗯。」

「而且一直待在這裡是吧?」
「是啊。」
「那麼,就是說,那個,你在對這間屋子作祟?」
「不作祟就不能待在這裡嗎?」
阿鈴又眨眨眼。
「所謂作祟應該做些什麼?」武士抱著手臂,手支在下巴,想了一會兒說:「是做壞事嗎?」
「故事中的幽靈都是這樣。」阿鈴小聲說。「七兵衛爺爺說的。」
「例如做這種事?」
武士說完,右手掌左右搖晃,突然自右而左吹過一陣冷風戲弄阿鈴頭髮。
「還是這種事?」
武士這回啪地一聲彈了手指。瞬間,樓梯下的小榻榻米房、廚房、走廊上的蠟燭及瓦燈全眨了一下便熄滅了。阿鈴腳邊漆黑得像蒙住一塊黑布巾。頭上榻榻米房依舊發出溫暖的光線,也聽得到喧鬧聲。
「要不然就是這種事?」
武士保持坐在樓梯上的姿勢,飄然凌空浮起約一寸,就像阿鈴在二樓黑暗的房間內看到的那個紅衣女孩一樣。
「我能做很多事,」武士飄然落到原地,又露出白皙的牙齒笑道。「但對生活處世沒什麼用處。不過幽靈本來就不需要煩惱那種事,這也是當然的吧。」

阿鈴腦中同時浮起一堆疑問，卻不知該先說哪一件，也沒有自信能說得得體，最後只低聲說了一句「好像在變戲法」。

「阿鈴喜歡變戲法？」

「是的。不過只看過一次。」

「在哪裡看的？東兩國嗎？」

七兵衛爺爺說那裡的戲棚子不正派，從來沒帶阿鈴去過。

「是以前還住在高田屋那時，七兵衛爺爺認識的爺爺表演給我看的。」

「是嗎？我在東兩國的臨時戲棚子看過。」武士口氣帶著幾分自誇。「那兒有個非常漂亮的女人，名叫麗蘭。這女人眞的美得要命，她在觀眾眼前，從空無一物的地方取出一個美得像龍宮的小箱子擱在手心，打開那箱子……」

武士比手畫腳地熱心描述，然後突然察覺阿鈴的表情，張著嘴停下來。阿鈴也默默地仰望他。

「阿鈴，」武士放下雙手，故意咳了一聲，問：「妳從剛才一直在說『七兵衛爺爺』，他到底是誰？也住在這裡嗎？」

阿鈴搖頭說：不是。

「那正好。妳能不能說一下你們到這兒來的經過？不只我，大家都想知道。」

「大家？」

「嗯，大家。妳應該見過其他人了吧？阿梅和阿蜜，還有笑和尚老頭子。」

「見過？……那麼，那些人都跟您一樣是幽靈？」

「是的，事到如今妳也不必太吃驚吧。」

不，阿鈴還是吃了一驚。她情不自禁地站起身，指著樓上榻榻米房說：「我之前在黑漆漆的房間裡看到一個小女孩……」

「她就是阿梅。」

「穿著梅花圖案的紅衣？」

「是啊。阿鈴生病時，笑和尚不是幫妳做指壓了？」

原來是那個按摩人！

「那人也是幽靈？」

「他手藝很好，可惜是幽靈。老頭子雖然老是繃著臉，但他額上的橫紋不是很像在笑的嘴巴形狀嗎？所以才叫笑和尚。」

阿鈴一屁股坐在樓梯上。

「大家都是幽靈？」

「對不起啊，」武士又搔搔後頸。「其實還有其他人。」

「其他？總共有幾個？」

「連我在內有五個。」

「五個都對這房子作祟？」

「我剛才不是說了，作祟這說法很不好聽嗎？我們又沒有做壞事。」武士又意有所指地加了一句：「至少目前還沒有。」

因爲這話太嚇人，阿鈴愣了好一會兒，實在問不出口武士最後那句「目前還沒有」是什麼意思。武士也心知肚明，沒有繼續說下去。

阿鈴在腦中仔細回想看到紅衣女孩以及按摩人幫她按摩時的事，前後想了一遍。阿鈴很快就接受女孩是幽靈這件事。可是那按摩人怎麼會是幽靈——不過，的確，沒聽見拉門聲他就出現在枕邊，按摩結束後又突然消失，明明沒人請按摩人來——

卡在阿鈴內心那種又驚訝又似恐懼、又荒謬的感覺，像要散去，卻又像全部攪和在一起。阿鈴雙手貼著臉頰呼出一口大氣。她沒打算這麼說，卻不知不覺說出口：「唉呀，原來如此。」而且說得很大聲。

樓上傳來拉門聲，接著是腳步聲。一盞蠟燭靠過來。

「噯，阿鈴。」

樓梯上響起阿藤大姨的叫喚。

阿鈴站起身仰望大姨，一旁坐著的武士也回頭仰望樓上。

「妳在這裡做什麼？」大姨笑著問阿鈴。

她手中捧著盛有空碗盤和酒瓶的食案。阿鈴目不轉睛地盯著阿藤大姨，再回頭看看身旁的年輕武士。他向阿鈴使個眼色。阿鈴再度望向阿藤大姨。

「大姨。」

「什麼事？」大姨邊回應邊一步步走下樓，問：「阿鈴，妳吃完飯了？」

大姨在阿鈴上方。

「大姨。」

大姨下到跟阿鈴同一階的樓梯板。

「煎蛋捲很好吃吧？」

大姨就站在武士坐著的位置，阿鈴看到武士和阿藤大姨的身影重疊在一起。

「大姨。」

大姨的條紋衣服下可見武士繡有家紋的袖子。

「妳今天不能和阿園她們玩實在很可憐，但是妳要忍耐一下。再說小丸好像很睏了。」

「大姨。」

阿藤大姨一手托著食案，另一隻手摸著阿鈴額頭說：

「阿鈴，妳怎麼了？一直叫大姨。唉呀，妳怎麼全身在發抖？難道又發燒了？」

阿鈴自大姨臉上移開視線，垂眼望向一旁浮在半空中的武士。他雙肘撐在膝上，扶著下巴望著阿鈴。

——大姨看不到嗎？

阿鈴用眼神相詢，他點頭說：「看來目前只有妳看得到我們。」

「阿鈴？」

阿藤大姨蹲下身探看阿鈴的臉。阿鈴心不在焉地回說：

「沒事，大姨，我沒事。我沒有不舒服。」

阿藤大姨眼神充滿疑問，但可能是想到捧著食案站在樓梯上很危險，就咚咚咚跑下樓。她在樓梯口再度仰望阿鈴，口氣比剛才更嚴厲，說：

「妳坐在那兒小心會著涼，快回房，聽到沒？」

阿鈴等阿藤大姨走向廚房後才呼出一口大氣，接著向一旁的武士說：「武士大人，您不能待在太亮的地方嗎？」

「唔，不怎麼舒服。」

「要是熄掉座燈的話，您可以待在我房內嗎？」

「嗯，我想不用熄掉，只要調暗一點就行了。」

「那我們走吧。」阿鈴開始下樓。「一直坐在這裡聊天的話，我會頭昏眼花的。」

「那可就不好了。」年輕武士說完就消失了。阿鈴回到裡屋小榻榻米房，關上紙門，讓座燈燈芯縮短到剛好沾上油的長度，燈光暗下來後，武士又突然出現。這回他將雙肘擱在火盆邊緣。

「這樣很剛好。好，繼續聊吧。」武士爽朗地說。「阿鈴一家人究竟為什麼來這裡？」

雙親為何在此處開料理舖的來龍去脈，阿鈴其實也不太清楚，但她還是儘可能地說明她所知道的一切。年輕的武士幽靈興味盎然地專心傾聽，不時頻頻點頭或「嗯，嗯」地隨聲附和，有時用火箸戳灰或伸出手掌在燒紅的炭上取暖，簡直不像個幽靈。

「這麼說來，開料理舖這事不是妳父母的心願，而是高田屋七兵衛的夢想？」

「是的，不過阿爸和阿母也很想開料理舖。」

「妳父親似乎是個手藝高明的廚師。」

「您看得出來？」

「今天的宴席料理好像很受客人好評。」

「阿爸絞盡腦汁，下了一番工夫，他說要做出跟筒屋名稱由來有關的料理……請問……」

「什麼事？」

「您那樣用火炭烘手可以取暖嗎？」

武士縮回火盆上的手掌，連連搖手說：

「不，完全沒感覺。只是不做點什麼總覺得閒得無聊。阿鈴覺得冷吧？」

聽武士這麼一說，阿鈴才察覺背部和膝蓋一帶涼颼颼的，明明緊緊挨著火盆。

「對不起啊，不知爲什麼，只要我們一出現，屋子裡好像會變冷。」

「所以大人們才說幽靈是夏天的風物。」

武士發出笑聲說：「不是的，我們終年都會出現，反正也沒其他住處。」

「那個……武士大人，您爲什麼住在這裡？其他人也是，爲什麼大家都在這裡……那個……那個住處？

個……」

七兵衛爺爺每次講怪談時都是怎麼形容幽靈出現的呢？是留在這世上？還是徘徊迷路？

「妳是不是想問我會爲什麼在這種地方迷路？」

「啊，是的！是的。」

「傷腦筋。」武士又抓起火箸歪著頭戳著灰說：「阿鈴，我們並不是迷路。死不瞑目倒是眞的，不過不是迷路才到這裡來。我們生前都死在這附近。再說，這裡以前是墳場。」

「墳場？有墳墓的地方？」

「是啊。阿鈴，這房子從前是座墳場。說是從前，也不過三十年前。這附近的人應該都知道吧。」

阿鈴環視小榻榻米房，用手掌拍著榻榻米問：

「在這底下？在這地面下？」

「是的，這裡是墳場。道路另一頭有座小寺院。」

「可是都沒人提起這件事。」

「那當然啦。既然蓋了這麼好的房子，事到如今大概也沒人會再提舊事。」

「那寺院最後怎麼了？」

「發生火災燒掉了，全部燒得精光。」

「再蓋不就好了？」

「喂，喂，不要嘛嘴。妳把臉弄成這樣，小心長大後會嫁不出去。」

阿鈴慌忙用手壓住嘴巴縮回嘴唇。武士看著覺得好笑地說：「女孩子眞好玩。」

「我不知道好不好玩，不過，我將來不嫁人。」

「不嫁人？爲什麼？」

「要是嫁人，我必須離開這個家吧？嫁人就是去當別人家的人吧？我才不要。」

阿鈴是眞心這麼想。

「是嗎？」武士隔著火盆凝望阿鈴，笑道：「看來妳很喜歡妳父母和高田屋七兵衛呢。」

「是的。」

「妳想永遠跟他們在一起吧。」

「我想趕快幫舖子做事。」

現在雖然還不行，但是再過幾年，也許可以幫忙送菜也可以洗碗。

「既然這樣，阿鈴乾脆也當廚師好了。」

阿鈴心想，這人怎麼說這種話？果然是武士身分，不懂世間民情。

「我不能當廚師。」

「爲什麼？」

「女人不能當廚師。」

「那又是爲什麼？」

武士認眞回問，阿鈴有點爲難。

「這是規定。」

「誰規定的？」

「誰……很久很久以前就這麼規定了。」

「是誰告訴阿鈴的？」

沒人特別告訴阿鈴。只是女人不能當廚師，也不能進舖子廚房，是一直以來的規定，在高田屋也一直是這樣，因此阿鈴從來沒想過「爲什麼」不可以。

「武士大人，比起這件事更重要的是，」阿鈴這回故意噘起嘴巴問。「爲什麼沒有重蓋寺院呢？爲什麼在墳場上蓋了這棟房子呢？」

年輕武士發出「唔……」一聲，搔著下巴說：「要向阿鈴說明這件事，就必須說些很難懂的事。」

「爲什麼？」

幽靈搔著下巴，微微歪著頭，眼神帶著笑意俯視阿鈴。

「原來女人到了妳這個年紀就開始學會問爲什麼、爲什麼了。」武士說。「實在傷腦筋。」

阿鈴聽不懂對方的意思，只是望著幽靈。這時她才仔細看清武士身上衣服的家紋。

這是……什麼？是藤花。順著圓圈內側畫有兩串藤花，模樣雖漂亮，但不知道是不是藤花本來就給人無常的印象，這家紋看上去也給人孤寂的感覺。

幽靈似乎發現阿鈴在仔細打量自己衣服上的家紋，故意抱起手臂將袖子甩到身後，藏起家紋。阿鈴有一種被人揭穿自己的惡作劇的感覺。然後，她突然想到：眞是的，我還沒問對方的名字。

「武士大人……」

「什麼事？」

「那個，您叫什麼名字？」

年輕武士幽靈笑開了。他誇張地揮著右手敲鼓般拍了一下自己的額頭，說：

「噯，太失禮了，原來我還沒有自報姓名啊。嗯？我知道妳叫阿鈴，妳卻只知道我是個幽靈。眞是對不起。」

他愉快笑著說：就叫我玄之介吧。接著又說：

「也有人叫我玄大人或阿玄，不過阿鈴還是叫我玄之介吧，嗯。等妳到了非叫我玄大人不可的年紀時，這樣叫也無所謂，不過現在稍嫌太早。」

好——阿鈴無精打采地回了一聲。從剛才開始就只有這位大人一副開心的樣子，阿鈴卻愈來愈覺得像被狐狸迷住了。

不，難道我眞的被什麼妖物迷住了？迷路的幽靈出現在人世，還快活地說了一大堆話，本來就很怪。幽靈應該更——該怎麼說呢——看上去不是更若有所思，更悲哀，更沉默寡言嗎？

這人，眞的是幽靈嗎？

阿鈴突然叫道：「南無阿彌陀佛！」

玄之介瞪大雙眼僵在原地。阿鈴用食指指著他的臉又大叫。

「南無妙法蓮華經！」

大概在一兩秒之內，兩人都維持著抱著手腕和伸出食指的姿勢。

「我沒看過這種狐拳（一種划拳）。」玄之介先捧腹大笑，繼而低頭望著自己抱著手腕的姿勢，說：「阿鈴的手勢是獵人，可是我的姿勢呢？我如果是村長便是我贏，但村長的姿勢應該是雙手擱在膝上吧？還是現今的狐拳跟我那時代不一樣了？」

阿鈴依舊頑固地伸出食指。玄之介斂起笑容，突然往前探出臉說。

「別擔心，我眞的是幽靈。妳用手指戳我的臉看看。」

阿鈴有點猶豫，指尖左右搖晃著。

「快呀，戳戳看，不用客氣。」

玄之介邊說又往前探出臉。結果阿鈴指尖碰到他的鼻子——照理說應該碰到了。但實際上阿鈴的手指卻落了個空，穿過他的臉。

「看吧，我說的沒錯吧？」阿鈴手指依然停在他的臉中央，玄之介說：「妳大可放心。」說自己是眞的幽靈再叫人放心，這道理雖然很怪，但是阿鈴還是收回手指，點點頭說：

「我以爲是狐狸或狸貓化成幽靈出現呢。」

「那太失禮了。」玄之介的表情看似眞的在生氣。「那些畜牲蠢得很，不會在鎭上出現的。牠們只會在自己地盤內矇騙那些闖入者。」

「呃……是嗎？」

七兵衛爺爺說過，狸貓雖然很笨，但狐狸很聰明。

「再說每個幽靈都怕佛經這道理也說不通。這樣的話，和尚不就不能成爲幽靈了？」

阿鈴瞪大雙眼說：「不能這麼說，會遭報應的。」

「爲什麼？」

「和尚很偉大，他們積德，心乾淨得像清水一樣，就算死了也不會成爲幽靈。」

玄之介誇張地皺起眉頭說：「妳眞是個正直的女孩，不過人不能總是按正理做事的。啊，眞替妳擔心。」

玄之介用力搔著後頭，接著說：

「阿鈴長大後應該會成爲大美人，可是對破戒和尚太無戒心。妳啊，或許搬來這裡對妳比較好，因爲這裡有我這個通曉世故人情的男人在嘛。嗯，從今天起，我來當妳的人生老師好了。就這麼辦。」

跟這人講話，腦筋只會愈來愈混亂。阿鈴雙手按住臉頰，彷彿不這樣做的話，混亂的頭似乎就會從肩膀掉下去。

「阿鈴，如果和尚都如妳說的那樣，個個都值得敬重的話，對面的寺院也不會被關掉了。」

咦，話題又轉回來了。沒錯，這就是阿鈴的問題。對面那座寺院爲什麼在發生火災後沒有重建呢？

「那個和尚不值得尊敬嗎？」

「嗯，完全不值得尊敬，只是一直到發生火災前都沒人知道。寺院燒得精光，眾人整理廢墟時才發現住持做過的壞事。」

「住持做了什麼事？」

玄之介再度像個孩子般將雙肘擱在火盆上，望著阿鈴說：

「這個啊，就是不想說給妳聽，我才轉移話題，妳眞要我說嗎？」

「可是……」

話聽到一半，很不痛快啊！

「聽完後嚇得尿床，我可不負責喔。」

「我才不會尿床！」阿鈴鼓起雙頰。

「眞的嗎？」

「我沒那麼小，像小丸那種小孩子才會尿床！」

玄之介仰頭哈哈大笑，露出整齊的牙齒。這個幽靈沒有蛀牙呢。想到這，阿鈴又覺得輕鬆起來。

「既然如此，那就當妳不是小孩子吧。」

玄之介望著火盆內的火炭。火炭燒得溫暖通紅，火光映在他眼中。這樣的玄之介不像個幽靈，似乎只要伸手就碰得到他，但是如果伸手了又撲空，只會令人感到悲哀吧。因此阿鈴也學他把手肘擱在火盆上。

「對面那寺院叫興願寺，宗派是……總之他們就是念誦阿鈴也會唸的佛經。」

阿鈴點頭說「是」。

「寺院就在船屋正對面，現在那兒不是成了防火空地嗎？長了很多雜草。」

玄之介說的沒錯，對面是空地。那地方不大，大概跟船屋差不多大。

「本來是座很正派的寺院，歷史也很悠久。深川這一帶開發後馬上就蓋了那座寺院，所以擁有很多當地的地主信徒，寺院雖小卻很有錢，裡面有尊華麗的金佛像。和尚呢，住持以下大概有五、六個，這些和尚並沒有跟住持狼狽爲奸。」

「狼狽爲奸？」

「啊，這個，就是幫忙的意思。不過，幫忙好事時不能這樣講，只有幫忙壞事時才能說『狼狽爲奸』，妳懂嗎？」

嗯，要記住。

「只是和尚們大概很怕住持吧。那住持眞的很可怕。另一個理由就是和尙們不願意相信住持竟然會做出那種事。只要裝做不知情，就等於什麼事都沒發生。阿鈴應該也有這種經驗吧？就算尿床了，只要把被褥藏起來，沒看見濕痕的話就等於沒尿床。」

「我剛才不是說過我不會尿床嗎？」

「說過了。」玄之介笑了出來。

我也做過很多裝做不知情的事——玄之介繼續說：「賭債、騙女人，只要當做沒去賭博或這女人不存在就沒事了。有關這點，賭債比較容易矇混，女人就不行。她們會追問到底，逼問爲什麼、爲什麼。爲什麼要拋棄我？爲什麼那小女孩比我好？爲什麼你這麼無情？爲什麼騙了我……」

玄之介繼續喃喃自語。阿鈴漸漸知道這人說話有離題的毛病。

「那個興願寺住持做了什麼事？」阿鈴回到正題。

「嗯？對了，我們是在聊這件事啊。」玄之介搔著下巴說。「他殺了人。」

說到壞事，阿鈴也認爲大概是這種事，但聽在耳裡還是很不舒服。她緊閉雙唇，望著玄之介。

「而且殺了很多人，殺了一座小山那麼多的人。他像削芋頭一樣隨便殺人，把屍體埋在居室後面。火災燒掉寺院後，從廢墟挖出很多骨頭，事情就是這樣。」玄之介望著阿鈴，問：「很噁心吧？」

「嗯。」阿鈴老實點頭。

「雖然這例子很罕見，但是人就是做得出這種事。」

「住持為什麼要殺那麼多人呢?為了搶錢?」

「不是,他只是想殺人。」

「那不是……」

阿鈴本來想說「很怪」,但是看玄之介表情嚴肅,只得閉嘴。

「這些都是事後拼湊興願寺和尚們說的話才得知實情,說起來火災是遭人縱火,而縱火者就是住持。起火後的騷動中,有幾個和尚看到住持逃離寺院。可是那時沒人責問或阻止住持。據說其中一個和尚望著寺院逐漸燒毀時,暗自心想:啊,這下總算可以結束這段可怕的災難了。他說,住持是一時鬼迷心竅才會誤入歧途。」

「他為什麼……要放火逃離寺院呢?」

「不知道。」玄之介搖頭說。「我剛才也說過,直到發生火災時,至少寺院外沒有人發現住持做的壞事。他根本沒有必要逃得這麼匆忙。」

阿鈴害怕起來,她保持面向火盆的跪坐姿勢,挪著膝蓋挨近玄之介,問:

「那個,住持後來被捕了嗎?抓到他了吧?」

「沒抓到。」

阿鈴想哭。啊,搞不好今晚眞的會尿床。

「阿鈴,妳別怕成那個樣子。住持當時都六十多歲了。我剛才不是說過這是三十年前的事嗎?他應該早就死了。」

那更恐怖了。要是死了,這回不是眞的會變成鬼嗎?鬼應該沒有壽命吧?至少應該比人長壽。

那不是有可能突然回到這裡嗎？

阿鈴再也忍不住，雙手蒙住眼睛抽抽搭搭地哭起來。

玄之介狼狽不堪地呼喚著：「喂，喂，阿鈴。」

看到阿鈴放聲大哭，他手足無措地尖聲說：

「別哭了。所以我剛才就說了嘛，這事聽了很不愉快，是妳纏著要我說出來的。拜託妳不要哭了好不好？」

他的說詞有些孩子氣，很好笑。阿鈴心裡這麼想，可是眼淚卻不停湧出，無法說停就停。

「這樣好了，阿鈴，萬一那個住持……那個，怎麼說呢，變成陰魂回來了，我會保護妳，妳儘管放心。所以妳不要哭了好不好？」

「眞的？」

「當然是眞的。」

「那我就不哭了。」阿鈴淚眼汪汪，硬擠出笑容說。「眼淚馬上就停了，您等一下。」

阿鈴自小抽屜內取出草紙擤了一下鼻涕，吸了一口氣後，眼淚似乎也止住了。儘管心裡因爲害怕而涼颼颼的，但擦把臉後的確覺得舒坦許多。

「好了，我不哭了。」

玄之介明顯鬆了一口氣，垂下肩來。

「哎呀呀，女孩子眞難應付。」他語帶感慨地說。「眼淚眞是最強的武器啊，嗯。」

他像是在說服自己。

「總之，因爲有這層內情就沒有重蓋寺院。也就是說，興願寺就像從來就沒有存在過一樣，消失得乾乾淨淨。而本來蓋著寺院的土地也因爲不乾淨而一直空著，成了防火空地。」

玄之介皺起眉頭又說：剩下的是墳場問題。他接著說：「這也是當然的，既然興願寺沒了，施主就必須移到其他寺院，祖墳也得遷走。」

一切手續都愼重地辦理。住持手下的和尙們當然受到上頭嚴厲的審問和處罰，全被判了死刑，但處刑日期延至墳場遷移結束後。畢竟有些墳墓年代久遠，不是施主絕後就是傾家蕩產逃出當地或家破人亡，事實上已成無主孤墳，改葬時需要深知內情的和尙協助才行。

「墳墓全都遷走後再整平土地，這裡暫時變成了空地。」

「果然，那件事之後，這裡有段日子一直是空地吧？」

玄之介探看阿鈴的臉，似乎擔心阿鈴又會哭出來。

「爲什麼必須一直空著？」

「因爲……」

「因爲這兒曾是墳場嗎？不過這道理說不通。墳場絕對不是不乾淨的地方，至少跟興願寺那塊土地不一樣吧？這裡是祖先長眠的土地，不是最乾淨的嗎？」

玄之介說，所以現在的地主收購了這塊土地。又說：

「最初蓋了一棟十家毗連的大雜院。那時這一帶發展得很快，人越來越多，大雜院很快就住進房客。只是興願寺的壞名聲太響亮了，聽說也有房客覺得可怕。這時，地主的忠誠房東一一上門拜訪，向對方說了我剛才對阿鈴說的那番話，說服對方。或許房東也擅自減了一些房租吧。對了，那房東正是介紹這裡給妳父母的那個人，我記得他的名字叫孫兵衛。」

阿鈴目不轉睛地望著玄之介，仔細打量，像在觀察他。

「怎麼了？」玄之介有點狼狽。

「那棟大雜院是不是發生過什麼事？」

「爲什麼這麼問？」

「要不然這裡不會有現在這棟屋子。」

玄之介猛力摩搓著人中說：「唔，有關這點，以後再慢慢說明好了。凡事都要按順序進行，阿鈴。」

阿鈴不肯作罷，她探出身子問：

「不要騙人。玄之介大人果然……不，您或許什麼事都沒做，但您的同伴卻一直在這兒，有時候也會做出什麼壞事吧？是不是？所以那棟大雜院才會拆掉。後來蓋了這棟房子，成了料理舖，可是也因爲您的同伴作怪而關門，這回又換了我們搬進來，是吧？」

「不，根本沒人做壞事。」玄之介慌張地舞動著雙手否認。「妳這樣說等於找碴。沒有人做壞事，我可以向妳保證……」

話還沒說完，樓上榻榻米房已傳出尖叫聲。

6

阿鈴嚇得跳了起來，頭髮幾乎倒豎。榻榻米房傳出的尖叫實在太駭人，叫喊的人聽起來像是走投無路了，而且尖叫的還不只一兩人。

「救命啊！」男人的叫聲中夾雜女人的尖叫，是筒屋老闆娘。

「哎呀，糟了。」玄之介用手掌拍了一下額頭，輕飄飄地起身。「阿鈴妳待在這兒，我去看一下。」

「我也要去！」

樓下傳來雜沓的腳步聲，臉色大變的太一郎、修太、多惠衝了過來。修太手中還握著擂槌，多惠睜大雙眼，眼珠快要迸出來地抓著太一郎的袖子，嚇呆了。

玄之介趁阿鈴注意力轉移到他們身上時，飄著上樓。阿鈴正想追趕時，太一郎叫住阿鈴。

「阿鈴，妳在那兒做什麼？」

「阿鈴，不要動！」

「阿鈴小姐，快下來！」

三人同時說或問著不同的話，阿鈴嘴巴一張一合，沒回話，也沒聽任何命令，決定去追玄之介。太一郎跟著衝上樓，年輕的修太則兩級做一級地跑上來，差點撞上阿鈴。阿鈴鑽過他袖子下，又穿過跑在前頭的父親身邊，衝進燈火通明的榻榻米房。

阿鈴情不自禁「啊」的叫出聲。

客人用的漆器食案都打翻了，小盤子和小碗散了一地，酒瓶也倒了，太一郎精心製作的料理撒在榻榻米上成了汙穢的垃圾。溢出的酒和料理混在一起，發出一股令人想捂住鼻子的味道。所有座燈都點著，房內很亮。

筒屋一家人與宴客約二十人嚇得一屁股坐在地上，彼此摟在一起或抱住對方，擠在壁龕附近。小老闆角助張開雙手護著背後的妻子和兩個小孩。今天的宴席主角大老闆像是暈了過去，躺在牆邊。大老闆雪白的襪底清晰可見沾著醬油，這光景令阿鈴印象深刻。

「阿鈴，閃開！」太一郎衝進房內，問道：「角助，怎麼回事？到底發生什麼事？」他已經顧不得禮貌，追問朋友。

角助沒有回答，不，應該說是回答不了。他望向上方，視線在比太一郎的頭更高、座燈亮光照不到的天花板四方角落，像在尋找什麼似地轉來轉去。

「角助，怎麼了？」太一郎想奔向他，不料卻往前摔倒。女人們又發出尖叫，縮著手腳。阿鈴以為父親絆到打翻的食案，跑向俯臥的父親，卻發現父親背部的衣服唰地裂成兩半，露出肌膚。

眨眼間肌膚滲出鮮血。阿鈴又驚又怕，腳步踉蹌，跌在父親身上，雙手抵著他的背。太一郎疼得呻吟了一聲。

「來了！」角助大喊。

阿鈴感覺頭上吹過一陣冷風，銳利得如刀刃的風。窗戶和格子紙門都沒打開，榻榻米房內卻颳著強風，阿鈴的頭髮散開，凌亂飛舞貼在臉上。

「別再惡作劇了，蓬髮！」

是玄之介的聲音。他的聲音跟剛才迥然不同，凜然精悍。

「再不住手，小心給你好看！」

阿鈴從凌亂的髮絲間隙中看到了。她看到在全身僵硬、擠在壁龕旁的眾人面前，玄之介飄在半空中。他伸開雙手，眼角上揚，緊閉雙唇。

冷風這回從榻榻米房的右方吹至左方，一個客人衣服下襬唰一聲地裂開。阿鈴護著俯臥的父親，趴在他背上閉上眼睛。

「眞是不聽話的傢伙！」

玄之介怒吼，發出中氣十足的「呀」一聲。房內某處的食案又被打翻，撞到牆壁砰一聲地摔壞了。

「阿鈴，阿鈴！」是阿藤大姨的叫聲。趴著的阿鈴從垂在眼前的散亂髮絲間，尋找大姨的身影。然後在大老闆穿著襪子的腳邊，發現大姨圓滾滾的臉龐，她的下巴像掉了一樣，不停地打哆嗦。

「阿鈴，危險！」阿園哭出聲來。「快逃，快逃！」

躲在角助背後的阿園面無血色地哭叫著。這時，阿鈴發現不僅是阿園、角助和筒屋老闆娘以及衣服下襬被砍破的那個穿著高雅的婆婆，所有的客人都望向阿鈴所在的位置上方。好像大蜜蜂飛進屋內時——不，是巷子內出現瘋狗時，男人們手中各自握著頂門棍和竹竿、梯子、柴刀，把女人小孩趕進家中，眾人一齊目不轉睛、屏氣凝神緊盯著那隻瘋狗。

阿鈴屏住氣息，緩緩抬頭看向自己和太一郎的上方。

眼前有刀尖。刀尖映出阿鈴的鼻子。冰冷的氣息吹在臉上。

阿鈴緊緊抓住太一郎的衣服後領，藉著父親的體溫鼓起勇氣，視線順著刀尖往上移。她看到一隻體毛濃密的手臂握著刀柄。那是一隻連手背上都長滿體毛的粗壯手臂。沒了袖子的骯髒衣服，污垢斑斑、皺巴巴的領口，敞開的胸口露出濃密胸毛，樹幹般的脖子。

那脖子上有個頭髮蓬亂、粗獷男人的頭。

「阿鈴，快逃，會被砍。」阿園哇哇大哭。「不快逃不行呀。」

然而阿鈴卻忘我地凝望頭上那男人。唉呀，這張臉是怎麼一回事？好像一個沒捏好的飯糰，輪廓歪曲、凹凸不平。凌亂的濃眉左右長度不一，高度不同，連方向都不一樣。鼻子醜得像煮爛的蕃薯，鼻子下是厚嘴唇，上唇和下唇彷彿想儘可能遠離對方似地往反方向翹曲。

那一頭垂落在臉上的亂髮中，有一雙紅眼正瞪著阿鈴。那是酒鬼的眼睛——阿鈴想；不，是不喜歡酒卻酗酒的酒鬼的眼睛——阿鈴又更正。七兵衛爺爺也常喝酒，但從來沒喝成這樣。

「你要是砍了那孩子，我絕不饒你。」玄之介威嚇他說。「前陣子不是跟你說了？不能惡作劇也不能嚇人。就算你這麼做，也絕對無法活過來，也不能得到安息的場所。」

「啊，啊。」

蓬髮男發出叫聲，刀尖依舊指著阿鈴的鼻尖。他也許是想反駁玄之介，舌頭卻不靈轉，聽不懂他在說什麼。

「喔，喔。」男人又說了什麼。不知是不是多心，阿鈴感覺對方的口氣比剛才的「啊」軟弱一些。

「那孩子不是你的敵人。」玄之介突然像哄騙小孩似地說。「那孩子不會對你做什麼，她是這家人的孩子，因某種緣份搬到這兒來而已，你看她不是還小嗎？仔細看，你有什麼理由非得嚇她不可？」

「喔。」蓬髮男又說。阿鈴看清了他跟玄之介一樣，雙足都浮在榻榻米上一尺高。

——原來這人也是幽靈。

「離開吧。」玄之介企圖說服對方。「你不能待在這兒，總之目前不能待在這兒，不要讓這家人爲難。」

蓬髮男幽靈微微歪著頭望向阿鈴。阿鈴依舊趴在地上抬頭望著他，從正面看上去，男人白濁的右眼珠清晰可見，原來他患有眼病。

「你不要在這兒鬧事。」阿鈴小聲說。「我阿爸和阿母會很爲難。拜託你，請你不要在這兒鬧事。」

男人翹曲的雙唇笨拙地動了動。阿鈴想，這人……這位幽靈也許說話不方便。

蓬髮男似乎想說話，努力地牽動嘴角，看得令人心疼，最後總算擠出一句話：

「偶，撲要。」

接著便咻一聲地消失。瞬間，吹起一陣令耳垂和鼻尖發痛的冷氣，阿鈴暗自吃驚時，他已失去蹤影。

這時，有女人突然想到似地哭了出來。阿鈴發現自己像緊抓住救生索般抓著太一郎，他的後領已被鮮血沾濕了。

善後工作很費事。

多惠讓修太去請那位曾在阿鈴生病時親切診治的醫生。據說修太來到榻榻米房入口，看到白晃晃的刀子在房內亂飛，立刻就癱軟下來，握著的擂槌根本沒派上用場，全身發抖死命抓著紙門，因為太用力了，事後才發現指頭穿入紙門破了個大洞。他大概覺得沒面子，飛毛腿般死命跑去叫醫生。阿鈴認為修太也許只是想趕快逃離這個家而已。

傷患很多，所幸需要醫生治療的只有筒屋大老闆和太一郎兩人。被砍破衣服下襬的女客，小腿和腳踝都沒事。阿園在逃跑時摔倒，嘴角裂開，小丸也在額頭撞出個腫包，但兩人都只是唸唸哄小孩的咒文便能痊癒的輕傷。

大老闆雖然沒受傷，卻因為驚嚇過度，眼前發黑昏厥過去。經醫生搶救甦醒後，仍面如土色、手腳冰冷，無法起身，最後眾人決定用門板抬他回去。

太一郎背部的傷沒有阿鈴想像的那麼嚴重。只是傷口長達一尺，自右肩胛骨到左肩胛骨用尺量過一般筆直。太一郎當時也昏迷不醒，但不是傷口造成的，而是摔倒時額頭不幸猛力撞上翻倒在榻榻米上的小碗造成的。

房內凌亂不堪，像是天翻地覆過後的賞花宴席。後來發現幾張翻倒的食案桌腳被砍斷了，也有自中央砍成兩半的。窗格子也斷了。菜餚的湯汁滲入榻榻米，地上又濕又黏，打掃起來一定很麻煩，搞不好必須請榻榻米舖來重新更換。

然而，遠比這些事更嚴重的，是船屋失去了第一組客人筒屋的信賴。不但糟蹋了古稀喜筵，還害大老闆臥病在床。而且發生的事並非食物出紕漏或火災、強盜這類偶發事件，而是不知何處飛來一把發光駭人的白晃晃刀刃，四處亂砍地攻擊客人。

是的，這點最教人難堪，眞的很難堪。一夕之間，船屋從一家想靠廚藝吸引客人好揚名江戶的新料理鋪，淪落爲鬧事的鬼屋。

筒屋的角助雖然一臉僵硬，還是很擔心太一郎的傷口，他安慰多惠和阿鈴，並安撫家人不讓他們口出怨言。他請眾人今晚暫且先回家，便帶著眾人默默離去。可是這麼做也無法堵住其他客人的嘴。即使筒屋因爲關心船屋而緘口不言，遲早還是會從某個客人口中洩露出今晚的騷動始末。這種事對服務業來說，是致命的打擊，傳言散播的速度大概會比修太跑去叫醫生的速度更快速地傳遍深川這一帶吧。

客人離去，醫生說聲明天會再來也告辭後，太一郎懊惱得捶打枕頭，多惠則掩面哭泣，阿藤和阿律明知必須整理房間卻怕得不敢進去，修太則坐在泥地發呆。

阿鈴一人坐在樓梯中央凝望著黑暗。

她想不通，事情太奇怪了。她心頭的疑問勝過恐懼。

——我看見了，明明看得很清楚。

看到那個蓬髮男。

——可是大家都沒看見。

無論問哪個當事人，角助、阿園、阿藤和修太都說只看到「在房內飛舞的刀刃」。他們異口同聲說半空中倏然出現一把刀，四處亂砍一番後又突然消失。

——原來大家也看不見玄之介大人。

當然也聽不到他們的對話。玄之介為了保護大家，伸開雙手站在蓬髮男面前時，除了阿鈴，沒人聽到他說服蓬髮男的過程。

世上有這種事嗎？

「玄之介大人。」阿鈴雙手圈住嘴巴悄聲呼喚。「玄之介大人，請您出來。」

阿鈴和他兩人的談話也中斷了。蓋這棟料理鋪之前，這兒到底蓋著什麼樣的大雜院呢？發生過什麼事？之前的料理鋪為什麼倒閉？住在這兒的幽靈們以前有沒做過什麼壞事？剛才那場騷動發生前，阿鈴正打算問玄之介這些問題。

「玄之介大人，您快出來呀。」阿鈴不耐煩地哼了一聲。「不要躲了，快出來呀。」

父母在裡屋悄聲談話，母親的聲音中帶著哭腔。阿藤說：「時間也晚了，修太今晚就在這兒過夜吧。」不過膽子小的修太很想回去。阿律說男人太少很怕，正努力說服修太今晚留下來。那些對話聲雖然忽大忽小，仍可以清楚聽見。

「玄之介大人，」阿鈴稍微提高音量。「再不出來我就哭給您看。聽到了嗎？我要哭了。」

這時，樓梯上有個發出香味的影子輕飄飄地滑過阿鈴背部，雍容華貴地坐在阿鈴身旁。

「好可憐，不要哭。」

阿鈴瞪大雙眼。身旁是個年紀跟阿母差不多，五官端正，美若天仙的艷麗女子。

「妳……是誰？」

女人緩緩張開塗著口紅的嘴唇，露出白牙無聲地笑著。

「妳也是幽靈？」

女人的肌膚細膩透明，身上穿的縐綢衣服也是透明的。透過袖子可以看到腰帶花紋，是用絲線繡出各種表情的小不倒翁花紋。連阿鈴這個小孩子也看得出那腰帶很昂貴。

「是的，我也是幽靈。」女人說完伸出白皙的手指摸摸阿鈴散亂的頭髮。

阿鈴沒有被觸摸的感覺。因爲女人的手指直接穿過阿鈴的頭髮。

「我摸不到有生命的東西，不過笑和尚老頭可以。」

「笑和尚爺爺是那個按摩人？」

「是的，妳見過他了吧？」

阿鈴點頭說：「我生病時，他幫我按摩。」

「那老頭子既乖僻、吝嗇又頑固，但是手藝很好。」

「妳是……」

「我是阿蜜。」女人又微微一笑。「不過，阿鈴，妳今晚應該不想再跟幽靈說話了吧？看妳眼睛都快睜不開了。」

她說的沒錯，阿鈴已疲憊不堪。

「阿玄今晚也不能再出現了。我們必須花一番力氣才能在陽世出現。就跟你們跳進河裡游泳一樣，再怎麼會游泳的人，也不可能游一整天吧？道理是一樣的。」

這比喻很易懂。

「妳想叫我時，用這個。」

自稱阿蜜的女人伸手滑進略微鼓脹的腰帶內，取出一面小鏡子。是個古老的小銅鏡，跟阿鈴的手掌差不多大，邊緣有一小部分浮出銅鏽。

「對著這鏡子呼喚我的名字，如果我在附近，可以馬上趕來。」

阿蜜說畢便消失了。

——別擔心，好好睡，今晚不會再發生可怕的事。

阿鈴內心響起阿蜜的溫柔喚聲。

獨自留在原地的阿鈴，膝上擱著一把小銅鏡。阿鈴拿起那把鏡子細看，接著——打了個大呵欠。

距筒屋大老闆的古稀喜筵那晚，又過了三天。

三天裡下過一次雨，雨又變成冰雹，只有一天是大晴天，那個晴天夜裡，阿鈴看到一顆流星。

對船屋眾人來說，這三天過得鬱鬱不樂。很久以前，品川宿驛的驛站，有個跑起來比野狼還快的送信人，在市內很有名。可是自深川船屋傳出去的壞風聲，速度比那送信人還快，而且很勤快。筒屋宴席那晚的怪談不到一天便傳遍深川各町。現在連十戶毗連大雜院最裡邊廁所旁的人家都知道這件事。

風聲傳遍後，最初的一星期，眾人的傳言還有事實的八成；第二個星期，內容被人添枝加葉，到了第三個星期已完全成爲另一個怪談，教人不知所措。不知何時，在榻榻米房亂飛的刀竟變成那把聞名的妖刀村正，而且鬧事的是一個身穿紅色皮帶串連鐵片甲冑的古代武士幽靈，最後還傳成那幽靈砍死了大老闆，以致有人特地到筒屋弔唁。眞是令人受不了。

三天中，筒屋的年輕老闆角助四度造訪船屋。每次都和太一郎兩人湊著頭，皺著眉討論事情。最初角助只是一味安慰頻頻道歉的太一郎，之後兩人開始同時抱著頭，每討論一次，兩人的臉色就比先前更陰沉。

高田屋七兵衛直至今天才總算前來探視太一郎，算是來得相當晚。七兵衛當然也提心吊膽地關注船屋第一組客人宴席進行得如何，因此騷動第二天他就得知一切。但他卻故意不到船屋露面。

事已至此也不用多說了。開料理鋪本來就不是太一郎的心願，而是七兵衛的夢想。照說船屋這回碰到倒楣事，七兵衛應該比太一郎更難受才對。太一郎頂多是丟了面子，但七兵衛到了這年紀，竟得眼睜睜地看著自己長年來的夢想粉碎於波濤中。

然而七兵衛卻按兵不動，他一直守在本所相生町觀察太一郎和多惠會如何解決問題。後來看那對年輕夫婦似乎束手無策，才不慌不忙地趿拉著鞋子上門。

七兵衛開口第一句便說：「你們就當做船屋多了個賣點好了。」

阿鈴見到好久不見的七兵衛爺爺，本想纏著爺爺說說心事，但阿爸和阿母都跪坐在爺爺面前聽他諄諄教誨，她無法介入，只好和阿藤大姨兩人擠在走廊，耳朵貼在紙門上偷聽。因爲無法看到三人的表情，只能從聲調判斷談話內容。七兵衛爺爺的聲音似乎格外開朗，頻頻發出笑聲。

「老闆，這種危險的事怎麼可能當做賣點？」太一郎的聲音透著疲憊。「聽說筒屋大老闆一直臥病在床。雖然不像謠傳說的已經喪命，但我們確實糟蹋了他們特地舉辦的古稀喜筵。」

「那是因爲大家都沒有心理準備。」七兵衛豪爽地說。

「沒有心理準備？」

「是啊，以爲不會出現幽靈，卻出現了，才會嚇得爬不起來。」

「任誰看到幽靈都會嚇得爬不起來。」多惠有氣無力地說。阿鈴似乎可以看見阿母按摩著脖頸的動作。事件以來，阿鈴也察覺阿母頭髮掉得很厲害。

「可是啊，多惠，另一方面也有不少好事之徒，他們也想嚐嚐嚇得爬不起來的滋味，那怕一次也好。」

「想看幽靈？」

「嗯，是的。」

「這麼說來，老闆，你是要船屋以『會出現幽靈的料理鋪』做爲號召？」

「是的。剛才起我不就在說這件事嗎？這可是個千載難逢的良機，正所謂的『轉禍爲福』。人再怎麼長壽，也很難得在一生中碰到能夠應證諺語的事，我這回也是第一次呢。」

「老闆說得那麼輕鬆……」

「輕鬆好啊，再煩惱下去也沒用。再說，那個揮舞長刀的幽靈還是什麼的不一定還會出現，也許從此不會再出現了。搞不好那個幽靈，不是出在船屋，而是附身在筒屋大老闆身上。你大概從來沒有這麼想過吧？」

太一郎和多惠都默默無言，在走廊偷聽的阿藤對這意見瞪大雙眼。阿鈴覺得好笑起來。

「嗯，的確沒有這樣想過。要是眞的那樣，該有多好。」

七兵衛嚴厲地說：「不好。這就是你想得還不夠遠的地方。你聽好，就算幽靈不再出現，還是會留下那家料理鋪鬧鬼的風聲。風聲會一直留著，也許等你死了風聲還在。這種事只要發生過一次，便永遠抹滅不掉。」

「那不就走投無路了！」

「所以才叫你將計就計利用這點。」

太一郎的聲音激動起來：「可是老闆，我討厭做這種丟人的事！我想靠我的廚藝讓船屋聞名江戶，不想做靠幽靈出名的無恥之事！老闆應該也懂得我的心意吧？」

房裡傳出阿鈴熟悉的七兵衛爺爺的呼氣聲。想必他正張開鼻翼瞪大雙眼，一副無話可說的表情吐著氣。

「你太天真了。」

太一郎沉下臉說：「我哪裡天真？又怎麼天真了？老闆不也將這個夢想託付給我嗎？」

七兵衛答非所問說：「你還記得北極星的事嗎？」

太一郎沒馬上回答，但阿鈴記得。

北極星一年到頭都掛在北方上空，是最明亮的銀星。七兵衛曾指著那顆星星告訴阿鈴：那顆星眼總是在北方發光，萬一迷路或走錯路了，只要找到那顆星眼便能知道方向，妳千萬要記住。

「北極星又怎麼了？」太一郎賭氣地回問。

「北極星處在正北方，想往北方前進時，只要朝它走去就絕不會錯。可是，太一郎，話雖這麼說，卻不是朝北方直走就能抵達北極星。北極星在萬里之遙的天空上，而你走過的地面不僅有山谷也有沼澤，必須歷盡辛苦才能走下去。你懂嗎？」

太一郎默不作聲。但隔著紙門的阿鈴卻比剛才更能感覺到父親的存在。人在生氣的時候，存在感更強。

「我也不是叫你一直用『幽靈料理舖』當號召。」七兵衛的笑聲有些怯弱，又說：「謠言不長久，只要在這段期間拿幽靈當賣點就行了。我是要你貪婪一點，要是沒有那種碰到任何麻煩也要往好處扳回的毅力，料理舖這種奢侈生意根本做不下去。」

阿鈴突然感到寂寞，在七兵衛和雙親談話還未結束前便悄悄離開。她走出舖子繞到河道，一屁股坐在地上。帶著河水味的風吹來，吹亂阿鈴的頭髮。今天不巧是陰天，棉花舖在整個天空做生意，而且賣的不是光潤的絲棉，而是灰暗的舊棉花，也許是有人在爲天神重彈棉花。

可愛的紫草花在阿鈴的腳尖旁隨著水面吹過來的風搖曳著，阿鈴伸手撫摸著花。阿母在宴客的大榻榻米房插花時，曾告訴阿鈴，花也有表裡兩面，而阿鈴眼前的這朵花不但有表面，看上去甚至還有臉。此刻那張臉像在安慰著阿鈴。

阿鈴凝望著水面一陣子，耳邊突然傳來踏著草地的沙沙聲。她抬眼一看，原來是七兵衛爺爺正朝自己走來。他走路的樣子看起來精神抖擻，阿鈴心想爺爺曾喊過腰疼，不知道要不要緊，還未開口發問，七兵衛已撩起下襬塞進腰帶坐在阿鈴身邊。

「阿鈴覺得怎麼樣？稍微習慣這邊的生活了嗎？」

阿鈴回答得比自己想像中更支支吾吾。雖然回答了，但到底說了什麼，連自己都聽不清楚。

「妳好像不大開心，嗯？」七兵衛豁達地說。「妳才搬到這兒就生了一場大病，這回又出現幽靈，難怪會不開心。妳想回高田屋嗎？」

阿鈴堅決地搖頭，說：「爺爺，我很想念高田屋，但是我不能一個人回去。」

七兵衛斂起一直浮在嘴角的笑容，一本正經地點頭說：「是啊，妳就是這麼懂事。不，應該說妳已經大得能說出這種話了。」

七兵衛說完又自己同意這話般地頷首。阿鈴覺得跟七兵衛爺爺之間的距離變遠了。住在高田屋時，阿鈴好幾次見識過爺爺不容分說斥責阿爸和阿母的光景，但那時也沒有現在這種感覺，爲什麼呢？

「在榻榻米房亂飛的妖刀很可怕嗎？」

「嗯，爺爺，我嚇了一大跳。」

「怕得晚上會尿床嗎？」

「我要是再小一點就會。」

阿鈴覺得有很多話湧上喉嚨。爺爺，不只刀在亂飛，我還看到一個蓬髮武士。另外還有好幾個幽靈。那些幽靈幫我按摩，安慰我，而且還對我扮鬼臉。聽說這房子的來歷很可怕，鄰近人家雖然不說出來，但是大家都知道得一清二楚呢。

然而阿鈴什麼都沒說。她知道自己一開始便不打算說，而湧上喉嚨的那些話語也知道它們不能溢出阿鈴的喉嚨。

「看來這房子似乎發生過很多不吉利的事。」七兵衛摸著下巴說。「本來想找房東問個究竟，找了半天找不到人，好像慢了一步。那個狡猾的老頭子聽說這場風波後，馬上跑到在王子（地名）的親戚家去了。算了，等風聲過了他應該會回來吧。」

這時阿鈴感覺一旁有人的動靜。雖然看不到影子也沒聽到腳步聲，更感覺不出體溫，但確實有人在身邊，阿鈴大致猜得到是誰會以這種方式出現。

「問鄰居比較快。」

七兵衛聽阿鈴這樣說，笑瞇瞇地說：「不會不會，誰肯老實說出來？他們知道說出來一定會挨罵，罵他們爲什麼不早點告訴我們。」

「可是生氣也沒用吧？」

「嗯，沒用。」

阿鈴本來想說：我贊成剛才爺爺對阿爸說的話。既然躲不掉那些流言，乾脆招攬想看幽靈的客人，對生意比較有幫助。與其悶悶不樂，不如開開心心過日子。再說，阿鈴知道住在船屋的幽靈並非每個都會惡作劇，所以更加贊成了。

但她仍沒說出口，她認爲說出來會對不起阿爸。孩子和死腦筋的大人之間隔著一條雖狹窄卻很深的水溝，比眼前這條溢滿淡綠河水的河道還深。

「阿鈴不用太擔心。」七兵衛說完摸摸阿鈴的頭，站起身說：「爺爺和阿爸、阿母都在妳身邊，幽靈不會再嚇唬阿鈴了。大人會好好監視，不再讓這種事發生。」

阿鈴點頭「嗯」了一聲，七兵衛豪邁地笑著說：「那就好，那就好。」之後跟來時一樣精神抖擻地沿著河道走回船屋。

阿鈴一直目送著七兵衛，一邊悄悄移動身子，偷偷跟蹤他到遠一點的房子角落。七兵衛走到認爲阿鈴已經看不到的地方時，走路姿勢突然失去精神，彎腰駝背，肩膀也垂了下來。

阿鈴心想，果然是這樣。爺爺是來幫阿鈴打氣的，才裝出不在乎的樣子。其實這回的事受到打擊最大的就是把夢想託付給阿爸的七兵衛爺爺啊。

阿鈴回到河道邊，玄之介果然坐在剛才七兵衛坐的地方。他露出兩條小腿，坐姿實在很不規矩。阿鈴挨近他，玄之介笑著說：

「那就是高田屋爺爺？」

阿鈴雙手叉腰，質問：「您是不是一直躲著我？」

「哎呀，阿鈴竟然也學會這麼責備久未露面的男人了？」

玄之介縮縮脖子。阿鈴走到他身邊，拾起腳邊的小石子拋向水面。

「其實我也覺得沒臉見阿鈴，才一直沒出現。」

「您明明說過這兒的幽靈不會做壞事的。」阿鈴撅起嘴說。「胡說八道。」

「不是全都是胡說。」玄之介舉起半透明的手搔著半透明的頭。透過他的右小腿，阿鈴剛才摸過的紫草花搖曳著。

「那是個可憐的男人。」

「那個蓬髮人嗎？」

「嗯，是的。」

「那人也埋在這裡的墳場？」

玄之介搖頭說：「如果好好下葬了，不會現在還在人世迷路。我也是一樣。」

阿鈴腳邊響起撲通聲。一看，水面出現個一寸大的漣漪。

「河裡難道有大魚？」

「嗯，當然有。」玄之介探出身子。「有超過八寸的鯉魚，也有鰻魚和泥鰍。」

「我都不知道。」

「因爲河水很深嘛，再說這附近的河道禁止店家擅自釣魚或捕魚。」玄之介笑著轉向阿鈴，說：「老實說，阿鈴，我躲了三天，絞盡腦汁想補償妳們一家。今天是想跟妳商量一件事才現身，妳願不願意聽？」

阿鈴在他身邊蹲下。

「妳去參拜過上野的弁天神嗎？」

阿鈴搖頭答說：「阿母討厭那種熱鬧地方。」

「是嗎？應該是吧。妳父母好像都是正經人，大概從沒去過那邊的茶館幽會吧。」

玄之介跟七兵衛爺爺一樣，也總是自問自答。

「不過妳應該知道那邊有個叫不忍池的大池子吧？池內開了很多荷花，很漂亮。」

「我看過畫。」

「是嗎？原來七兵衛沒帶妳去吃荷葉飯啊。池之端一帶有很多料理舖都摘不忍池的荷葉包飯蒸，很好吃，我以前很愛吃。」

是嗎——阿鈴望著玄之介的尖下巴。

「要扶植船屋，首先要做出招牌料理。妳請妳父親用這條河道裡的鰻魚或泥鰍做成料理如何？當然其他地方也吃得到鰻魚和泥鰍，不過這裡的魚不用本錢，可以賣便宜一點。這辦法很好吧？」

「可是您剛剛說這兒禁止捕魚……」

「大規模捕魚當然不行，不過偷偷抓些給船屋客人吃的份的話，不會被捕的。」

阿鈴環視靜謐的河道水面問：「這兒的魚好吃嗎？」

「好吃，我可以保證。」

「您吃過？」

「嗯，很久以前。」

換句話說，玄之介生前就住在附近。

「你父親看來是個規規矩矩的正經人，如果比喻成衣服的話，可惜他的縫邊太窄，做事太一板一眼。而我是個先天布料和後天縫工都不好的男人，不過縫邊很寬，我絕不會看錯。妳阿爸老是那樣繃得緊緊的，大概很快就綻線。不要一直去想該如何自鬧鬼傳聞中拯救船屋，最好趕快給他運用廚師頭腦做事的機會，讓他去思考如何調理鰻魚，這不是個好主意嗎？」

阿鈴的小小腦袋也覺得這主意不錯。要是老爲幽靈煩惱，阿爸和阿母遲早會病倒。讓他們轉移注意力的確是個好主意。

「起初可能會像七兵衛說的那樣，都是想看幽靈的客人，反正這也是生意。不過，如果鰻魚和泥鰍料理便宜又好吃，一定會有慕名而來的客人。料理風評如果越來越好，總有一天，大家應該會忘掉幽靈的事。」

「……應該？」

玄之介用一根手指搔著臉頰說：「嗯。」

「是啊。」阿鈴嘆了一口氣，伸出雙腳。「現在也只能這麼做了，可是難的是該怎樣告訴阿爸這個主意。就算我說了，眼前阿爸大概也聽不進去，頂多罵我明明是個小孩子還這麼神氣。」

「孩子其實不像父母所想的那麼幼稚，父母卻往往不知道。」

玄之介說完，眯起眼像在想心事。阿鈴想，他現在的表情很像一個人，以前曾在哪裡看過，像誰呢？有點像那個幾年前在高田屋做過事的年輕人呢。他是做水槽工作的（在料理舖廚房地位最低的人，負責洗滌），有陣子阿藤大姨像弟弟一樣疼愛他，但是一次因爲某事他被七兵衛爺爺狠狠斥責一頓後，便離開了高田屋。那時爺爺說：那種體貼男人不可靠。

「這樣做好不好？」玄之介經過一番深思熟慮後說。「就說神明出現在阿鈴夢中對阿鈴啓示，這樣就方便編故事，也容易說出口吧？」

「什麼神？」

「什麼神都好，只要是妳父母拜的神。」

「稻荷神可以嗎？高田屋後面有座稻荷神社，阿爸和阿母以前一直都會去拜拜。」

「可以是可以……不過，一般善男信女只要定時供奉稻荷神，任誰都可能得到幫助吧？所以最好是更稀罕的神。反正是編故事，最好是容易打動妳父母的神。」

阿鈴心想，這眞是個冒瀆神明的主意，不過玄之介是幽靈，這也是沒辦法的事。

「反正是神在夢中的啓示，沒必要編得太複雜。妳只要對他們說，神出現在夢裡特地給了指示。明早醒來後立刻告訴妳父母。不，等等，這樣好了，妳就比平常更早起床，跑去叫醒兩人，說夢到一個奇怪的啓示，懂不懂？」

最近雙親因爲大小事忙得很，阿鈴總是一個人睡。

「我要比阿爸阿母更早起嗎？」

「是啊，然後跑到兩人枕邊說。這麼做才逼眞。」

阿鈴沒信心。她早上一向比其他人晚起，母親多惠常爲了這件事罵她。

「沒辦法，那我去叫醒妳好了。天亮前我比較容易出來。可是，阿鈴，妳不要睡得迷迷糊糊就說出我的事喔，妳千萬要記牢現在編的故事。」

「我知道。」

「妳父母要是覺得奇怪，想仔細追問時，妳就說夢中的事記不清楚，沒看得很仔細，裝出天眞的樣子矇混過去。這樣比較逼眞。妳只要強調是一個令人感恩、眼淚都快流出來的夢。」

「好像有點隨便……」

「這樣才好啊，反正本來就是胡扯。」

阿鈴笑了出來。這時，她突然想到一件重要的事。

「玄之介大人。」

「怎麼了？表情突然變得這麼溫順。」

「爲什麼只有我看得到船屋的幽靈？」

玄之介柔和的表情立即繃緊。很像醋醃青花魚。

「這次的事讓我明白了一件事，就是其他人完全看不到幽靈。之前也是這樣，扮鬼臉的阿梅、阿蜜、笑和尙和蓬髮武士，還有現在跟我說話的玄之介大人，除了我，其他人都看不到。爲什麼呢？是看到的人比較奇怪？還是看不到的人比較怪？」

玄之介抱著手臂，表情嚴肅得令阿鈴有些意外。

「雙方都不奇怪，阿鈴。」他的口吻很認眞。

「眞的？」

「嗯，眞的。」玄之介將下巴埋在衣領內，凝望著河道的淡綠色水面，接著說：「因爲發生筒屋宴席的騷動，我們的談話中斷了？妳還記得嗎？」

那時談到這地方在蓋這棟房子之前是座大雜院。

「是，當然記得。」

「就跟妳猜的一樣，大雜院老是鬧鬼，結果沒人肯租房，拆毀了大雜院之後才蓋了這棟房子，可是還是鬧鬼，這房子就成了空屋，後來你們才搬來船屋。這就是事情經過。」

玄之介望著阿鈴繼續說：

「換句話說，至今為止的歲月中，有不少人看得到我們或感覺到我們的動靜，要不然不會有鬧鬼傳聞吧？是不是？並不是只有阿鈴看得到。」

原來如此。

「可是為什麼現在只有我看得到？」

「這個嘛……」玄之介歪著頭說。「大概妳身邊的大人都是耿直的老實人，要不然就是沒有多餘的心力吧？」

阿鈴聽不懂這句話的意思。

「總之，再過一段日子就能明白吧。也許除了阿鈴還有人看得到我們。」

「你是說，只要大家更習慣船屋，就看得到你們？」

「嗯，應該是這樣吧。」

玄之介抱著手臂仰望上空，像漱口一般嘴巴一張一合地說：「所以阿鈴看得到我們並不奇怪，只是跟其他人比起來，妳確實有地方與眾不同。」

阿鈴暗吃一驚，問：「什麼地方？」

「妳看得到我。」

「是。」

「也看得到阿蜜。」

「是。」

「看得到笑和尚。」

「不只看到，他還幫我按摩療治。」

「然後是阿梅，連那個鬧事的蓬髮也看得到。」

總共五人。

「這點很奇怪。」玄之介百思不解地噘著嘴。

「爲什麼？大家都是住在船屋的幽靈吧？都看到不好嗎？」

「不是不好，而是至今爲止沒有人能全部看到。」

看得到阿蜜的人看不到玄之介，看得到玄之介的人卻看不到阿梅。尤其能看到蓬髮或感覺得出他的動靜的人非常少，反之，笑和尚在五人中是最容易被人看到的。

「不過我知道笑和尚爲什麼最容易被人看到，原因大概出在那老頭子身上，他有什麼竅門吧。」

「竅門？」

「笑和尚跟我們不同，那老頭子摸得到阿鈴，阿鈴也感覺得到老頭子的觸摸，要不然他根本不可能進行按摩。」

阿鈴驚叫一聲，按住嘴巴。經他這麼一說，事實的確如此。

「笑和尚那老頭子在之前的大雜院和船屋之前的料理舖都是這樣。他不是尋常幽靈，他摸得到人也被摸得到，是個特例。」
「爲什麼只有笑和尚爺爺是這樣呢？」
玄之介愉快地呵呵笑道：「那老頭子按摩的工夫非常好，阿鈴也馬上好起來了是吧？」
「嗯！」
「笑和尚對自己的能力很自傲，只要看到身體不好的人就想治療，而身體不好的人也想趕快好起來，這兩種心意契合，笑和尚才能超越幽靈的障礙成爲技術一流的按摩人。」
玄之介又篤定地說：何況對那老頭子來說，觸覺等於視覺，這點也起了很大的作用。
「再說，很多人身體都有病痛，每個人都想活得健健康康卻無法如願，而且大人們個個都是一身疲累，所以笑和尚的存在更具有被活人察覺的價值。」
這段說明有點難，而且說法有矛盾。
「可是，這樣說的話，不就等於如果沒有被人察覺的價值，幽靈就不能待在這兒了？」
玄之介沒有馬上回答。他依舊仰望上空，鼓起一邊臉頰，似乎有心事。
「玄之介大人？」
玄之介又鼓起另一邊臉頰，吐出一口氣，笑著望向阿鈴說：
「阿鈴搬到船屋後是不是有點寂寞？」
玄之介突然改變話題。阿鈴結結巴巴地回答：「寂寞？」
「妳跟朋友和私塾的同學分開了，七兵衛爺爺也很少來走動，父母親爲了生意忙得很，阿鈴卻沒事可做。不是嗎？」

「……嗯。」

「或許因此阿鈴才看得到我們。」

的確，跟玄之介聊天很有趣，阿鈴也喜歡溫柔的阿蜜，可是阿梅只會扮鬼臉，看來無法跟她交朋友，蓬髮更是讓人害怕。

「總之，我們五人都是無法升天，在人世迷路的陰魂。」玄之介堅決地說。

「說什麼陰魂，請不要這樣說。」

「妳不喜歡？」

「聽起來很怪，因爲你們完全不像陰魂嘛。陰魂應該更恐怖才對，七兵衛爺爺說過的。」

玄之介故意誇張地瞪著白眼說：「搞不好我們也很恐怖啊。」

阿鈴噗哧地笑出聲，玄之介也跟著大笑。

「阿鈴很體貼，是個乖孩子，不能摸妳的頭實在太遺憾了。」

玄之介低頭望著自己半透明的雙手感慨良深，接著說：

「嗳，阿鈴。」

「什麼事？」

「我們五人一直待在這兒。我對妳說過，我們一直待在這兒，可是那不完全是事實。」

阿鈴望著玄之介。透過他那挺直的鼻尖看得到天空。

「我們的確一直待在這裡，可是，並非一直都有確實身在此處的感覺。」

阿鈴把手貼在胸前問：「你是說，感覺……自己在不在？」

「嗯，是的。只有活人在附近並察覺到我們的存在時，我們才能感覺到自己的存在。這兒還是空屋那時候，我也不清楚自己是怎麼過的。那時我到底做了什麼呢？我確實待在這兒，但只是飄來飄去而已。那也是當然啦，畢竟我們早就死了，其實不應該待在這世上的。」

阿鈴雖然深知這點，但玄之介說得這麼直接，還是令她有點感傷。

「我們也知道我們離去對船屋比較好，因為我們，妳父母才多了不必要的麻煩。對不起啊，阿鈴。」

對方這樣賠罪，叫人該怎樣回應呢？

「到底該怎樣做才能順利渡過冥河呢？」玄之介傾著頭，下巴歪向了一邊，說。「是不是我們缺少了什麼？我們到底對什麼事執著而待在這兒呢？」

「您自己也不知道嗎？」

玄之介頭傾得更歪了，他說：「這個……我想不起來。明明知道記憶遺失了什麼，卻不知道到底丟在哪兒。」

知道的話便能升天嗎？

「我幫你們好不好？」

阿鈴說出口後自己也嚇了一跳，玄之介也目瞪口呆。可是一旦說出口，阿鈴反而覺得這是理所當然的事。

「只要找出玄之介大人和其他人留在這世上的理由，再解決問題就可以了吧？那樣的話，我來試試看。」

玄之介緊閉雙唇，嗯、嗯地頻頻點頭，笑道：

「是啊，也許阿鈴辦得到，畢竟妳能同時看到我們五人。我們也不會要求太多，不會叫妳牽著我們的手帶我們到冥河。那樣妳會迷路，恐怕回不到陽世來。」

阿鈴也笑了笑，這時，腦中突然有什麼閃過。冥河河灘、圓石子、迷路。以前好像說過這樣的話——不，感覺好像做過這樣的夢。

（真奇怪。）

那道閃光立即消失。果然是自己多心？

「不過事情越來越好玩了呢。」

玄之介不理會阿鈴的困惑，掌舵般地用力動著肩膀這麼說。聽起來像在逞強。他又說：

「我至少必須把這件事告訴阿蜜和笑和尚兩人，可以吧？」

「是，當然可以。」

「是嗎？」玄之介微微一笑。阿鈴想，那笑容怎麼看起來有點悲傷，難道是自己多心？

「既然如此，就這麼辦。」玄之介又像個逆流而上的船夫，用力晃了一下肩頭。他說：「可是在這之前，阿鈴妳明天早上得要先好好演場戲。等我們離去後，如果船屋仍舊沒有口碑料理的話，還是只能關門大吉……這可不行啊。」

翌晨天還未亮，阿鈴遵照玄之介的囑咐在雙親面前演了一齣戲。畢竟還是會緊張，不用玄之介來叫醒，阿鈴自己就爬出被褥了。她跑到只隔一扇紙門的父親房間說起不可思議的神明啓示時，彷彿覺得不是在編造故事，說到最後甚至微微噙著淚。因此這齣戲的效果很好。

天一亮，雙親馬上準備前往高田屋。太一郎說，就算要在環繞船屋的河道偷偷捕鰻魚或泥鰍，一想到東窗事發時的麻煩，還是應該先打個招呼請上頭高抬貴手。而這事找通達人情世故的七兵衛商量最適合。

「大家到池之端吃一次料理也好。」太一郎總算恢復明朗的表情說。「很久以前老闆帶我去過一次，現在完全忘了荷葉飯的味道。」

多惠看起來也很高興，嚷著說：一定要去吃。阿鈴心想，好久沒聽到母親的歡笑聲了。

「阿鈴也快去準備，我們要到爺爺和阿先大媽家。」

經父親催促，阿鈴慌忙辯解：昨晚因爲做夢睡得不好，現在睏得頭幾乎要從脖子掉下來，想待在家睡午覺。

「可是阿律要跟我們一起去，修太又回高田屋了……家裡只有妳跟阿藤大姨兩個人呢。」

阿律膽子小，出現幽靈作祟以來總是找機會離開船屋，還在見習中的修太又因爲客人不來沒事可幹，回高田屋後就不再來了。

「沒關係，阿母，大姨在可以放心。而且今天天氣這麼好，天空很晴朗呢。」

和煦的晴空遠方拖著一條像傳說中天女霓裳羽衣般美麗的雲。而今日照射在船屋屋頂、窗口的陽光也似乎更溫暖、明亮。

「既然這樣，那阿爸和阿母會在天黑前回來。」說完他們便出門了。阿律以不時快超過主人夫婦的步伐離船屋越來越遠。阿鈴和阿藤併排站在門口目送三人。

「那女孩大概不能用了。」

待阿律苗條的背影拐個彎不見蹤影後，阿藤喃喃自語。

「是說阿律？」阿鈴問。

「嗯，是的。」

「她還是很怕幽靈。」

「看她那個樣子，日後也許只會顧著自己而怠慢客人。不過這種事等客人願意上門後再來擔心吧。」

阿藤一副自暴自棄的模樣說完，又趕緊換上笑臉說：

「唉呀，我眞是的，竟說出這種話。別擔心，阿鈴，妳不用擔心鋪子的事。」

阿鈴甜甜一笑，裝出天眞的樣子。阿藤大姨說這種口是心非的話，以爲我眞的會安心嗎？這是阿鈴第一次質疑阿藤的勸慰。她想，這是不是表示我有點長大了？畢竟最近常跟玄之介大人和阿蜜這些大人幽靈說話。

即使客人不來，阿藤也有種種家務瑣事要做。剩下阿鈴一人時，她鬆了口氣到廚房用勺子舀冷水直接就口喝——父母不在家時才能這麼做——之後緩緩登上通往二樓的樓梯。她在中央的樓梯板坐下，悄聲呼喚：「玄之介大人？」

溫暖的陽光自門口和格子窗射進來，灰塵在金色亮光中飛舞。

「玄之介大人，快出來呀。」

阿鈴叫了兩次，突然發現一件事。目前爲止從來沒在大白天見過幽靈。在河道旁看到阿梅那次也是在傍晚……。笑和尚爺爺幫自己按摩時，雖然記不清是傍晚還是深夜或早晨，但四周確實很昏暗。

太粗心了。原以爲單獨在家可以呼喚幽靈出來，跟他們盡情聊天並商量今後的事。既然這樣，應該跟雙親一起去見七兵衛爺爺的。阿鈴敲了敲自己的頭。

不過要是在暗一點的地方呼喚看看會怎麼樣呢？如果幽靈們在人世只能出現在暗處，那麼躲進儲藏室或壁櫥呼喚也許行得通。

阿鈴精神抖擻地站起身，豎耳傾聽。看樣子，阿藤似乎在清掃樓上的房間。於是她便咚咚地下樓前往雙親房間。

壁櫥內塞滿被褥和衣箱等雜物，不過只要扭身鑽進去還是足以容身。阿鈴捲起袖子時才想起一件重要的事，又急忙回自己房間。她打開裝衣服和內衣的衣箱，從最底層抽出阿蜜給的小鏡子，藏進懷中後，打算再鑽進壁櫥。

阿鈴的背部用力擠進被褥和被褥之間的縫隙，雙手抱著膝蓋。四周都是棉絮味，有點喘不過氣來，但她不害怕。不僅不怕，甚至覺得很好玩。她伸出腳尖使勁關上壁櫥的門，擋住外面的亮光。壁櫥內一片漆黑，四周感覺變得很狹窄。

「玄之介大人，玄之介大人。」

阿鈴試著呼喚。起初她小聲呼喚，不久聲音漸漸大起來。

沒回應，難道他現在不在船屋？

阿蜜給阿鈴小鏡子時說「要是在附近會馬上出來」。如果「附近」指的是船屋內，那「遠方」到底是什麼地方？

「玄之介大人？」

沒反應，也許他正在睡覺。

阿鈴費勁地扭動右手從懷中取出小鏡子。她確實感覺手中抓著小鏡子，只是四周漆黑得像看不見月亮和星星的深夜，什麼都看不到。

「阿蜜，阿蜜。」阿鈴憑藉手上的觸感，對著小鏡子悄聲呼喚：「要是妳在附近請妳出來，我是阿鈴。」

阿鈴呼喚了幾次後屏息等待，卻聽不到阿蜜回應，也感覺不出她的動靜，更聞不到她的髮香。

難道就算躲進暗處，在大白天還是行不通嗎？

阿鈴大失所望之下，突然覺得四周又窄又擠，喘不過氣來。啊，眞傻，出去吧——這麼想時，冷不防手中的小鏡子動了一下。阿鈴嚇一跳，差點放開鏡子。瞬間，鏡子發出白光，清晰地浮現在黑暗中，阿鈴入迷地把臉湊近鏡子。

下一刻，小鏡子中央突然伸出一隻雪白小手，啪地打了阿鈴一巴掌。

阿鈴情不自禁「哇」一聲拋出鏡子。鏡子無聲地落到堆滿東西的壁櫥某處，阿鈴四周又是一片漆黑。

阿鈴心臟怦怦跳，挨打的臉頰火辣辣地發疼，眼角甚至滲出眼淚。對方毫不留情地狠狠打了阿鈴一巴掌。

——那隻小手。

只有阿梅才會做這種事。她對阿鈴扮鬼臉還嫌不夠，還打了阿鈴一巴掌。

——眞氣人，看我不打回去怎麼可以。

阿鈴下定決心，以拘束的姿勢費勁地扭動手足，開始摸索掉落在某處的小鏡子。不久，右腳腳尖碰到鏡子冰冷的邊緣。鏡子似乎掉在被褥和衣箱間的縫隙。阿鈴把臉貼在被褥，儘可能伸長手，好不容易才拾起鏡子。

鏡子再度發出銀光。這回亮光一直增強，清澈白光看上去很神聖，亮得足以叫醒熟睡的人，卻不刺眼。壁櫥內像點亮座燈一樣，照亮了每個角落。

阿鈴著迷地望著鏡子，鏡子中央再次出現剛才那隻小手。小手上下晃動，在招呼阿鈴「過來，過來」。阿鈴順著那手勢把頭湊近鏡子。

白手如彎曲的鞭子再度自鏡子中飛出，抓住阿鈴後又猛然扯住阿鈴的右耳。

「好痛！」

阿鈴尖叫，同時感覺整個身子被拉進鏡子。阿鈴留下一聲「哇」，像兔子掉落洞穴般被吸進鏡子內。

回過神來時，阿鈴發現自己身處在非常冷的地方。

這兒跟壁櫥內一樣，四周一片漆黑。不同的是這兒非常潮濕，也聽得到不知何處傳來的水滴聲。

阿鈴眼睛逐漸習慣黑暗後，慢慢看清自己四周的東西。

四周是一圈石壁。她伸手觸摸，摸到濕潤的苔蘚，扭動雙腳時發現膝蓋下有水，一動就傳來水聲。

一陣風吹過，吹亂阿鈴的頭髮再拂過她的額頭。阿鈴受風吸引，情不自禁地抬眼往上看。

夜空切成一塊圓形。天空很高，那圓形比沖涼用的澡盆還小，中央浮著爪痕般的細長新月，正在俯瞰阿鈴。

——這兒是哪裡？

是井底。

阿鈴察覺這件事後全身發抖。

——我掉落井底了。

附近沒有能抓或能踩的東西能夠讓阿鈴爬到井口。她在狹窄的井底踱步，腳底黏上一層泥濘。抬起右腳看，趾縫間也沾滿泥巴。阿鈴噁心地雙腳啪嗒啪嗒亂踩，這回左腳尖鉤到了什麼東西。摸黑拿起那東西看，是一個細長柔軟，類似竹籤的東西。這是什麼？阿鈴想了想才恍然大悟。是桶箍。汲水的吊桶壞了，水桶掉到井底在水中腐爛，只剩下桶箍。

周圍比剛才明亮許多，是月光射進井內。阿鈴再度抬頭仰望，快要滿月了，應該花上半個月才能變大的月亮，轉眼間就變成圓形，月光也增強。

不久即成飽滿的滿月，接下來月亮竟開始變瘦，亮光也隨之轉弱。沒多久月亮像闔上眼皮似地躲進夜空中，四周又一片漆黑。

然而不到一口氣的時間，夜空又出現白色細長的月亮，跟剛才一樣開始變大。

望著再三反覆的月圓月缺，阿鈴察覺一件事，這表示時間在流逝。阿鈴掉進井底後，日月在阿鈴頭上流逝。

——是做夢？

如果是夢，這是個寒冷、可怕又孤寂的夢。

——是誰的夢？

到底是誰做了這種寒冷、可怕又孤寂的夢？

肚子發出咕嚕聲。

——好餓啊。

阿鈴俯視自己的肚子嚇了一跳。月光照亮阿鈴，她身上穿的不是今天早上那件藍底染小花紋的衣服，而是穿著染梅花的紅衣。

這是……阿梅的衣服。

阿鈴舉起雙手。月亮開始月缺，月光逐漸轉弱。微弱亮光下勉強看到的是已經不能稱之爲手臂的東西。

是骨頭。是比月亮更白更亮、瘦削可憐的骨頭。

——阿鈴。

有人在搖阿鈴的肩膀。

——阿鈴呀。

阿鈴心想，不要這麼用力搖。我的手臂是骨頭，用力搖會掉。如果掉了，野狗會叼走。

——阿鈴，妳怎麼睡在這兒，阿鈴！

是阿藤大姨的聲音。

阿鈴突然醒來，眼前是阿藤那張正在笑的大圓臉。

「眞是的，妳幹嘛鑽進壁櫥？」

阿藤說完扶起阿鈴。四周充滿亮晃晃的溫暖陽光。阿鈴發現自己坐在雙親房間的壁櫥前。看來是阿藤從壁櫥內拉出阿鈴。

「大姨，我……」

「妳在壁櫥裡睡著了。」

阿藤在胸前環抱著用束帶束起袖子的粗壯手臂，笑著俯視阿鈴。

「我小時候也經常惡作劇躲在壁櫥內，不過從來沒在裡面睡著。妳眞是悠閒啊。」

阿鈴雙手揉著眼睛。四周不冷，也不覺得寒冷了。雙腳都很乾淨，沒沾上泥巴。手臂也圓滾滾的，並不是骨頭。

阿藤告訴阿鈴：老闆娘說過昨晚天氣變涼覺得很冷，所以我想找出棉胎比較厚的蓋被來曬，打開壁櫥一看發現妳睡在裡面，害我嚇了一跳。

「妳跟大人一樣在打鼾呢，身子硬邦邦的，是不是做了惡夢？」

「嗯……」
「誰叫妳睡在那麼窄的地方，大概喘不過氣來才會做惡夢。」
「一定是這樣，我……」
「阿鈴，」阿藤收起笑容，擔心得皺起眉頭。「妳是不是怕幽靈，晚上睡不著覺？白天才會這麼睏？」
事情完全相反，阿鈴卻答不出話。她只支支吾吾地擦著臉，阿藤又一副什麼都了解的表情繼續說：
「妳不想讓妳阿爸和阿母擔心才一直忍著不說嗎？我明白。太一郎和多惠想說舖子上軌道之前得日夜操勞，才讓妳睡在其他房間，其實妳還是想跟阿爸和阿母睡成川字型吧。這樣妳也比較安心，平常就這樣睡了嘛，何況在鬧鬼的房子一個人睡應該更可怕。」
阿藤誇張地上下擺動粗壯的肩膀，嘆了口氣又說：「多惠得多加把勁才行呀。」
「我不怕，大姨。」阿鈴察覺阿藤一反常態地口氣裡透露著責備，忙說：「我已經不是小孩子。剛才也是在壁櫥裡覺得很舒服才睡著的，眞的。」
「妳眞是個乖孩子。」阿藤臉上依舊掛著憂鬱表情，摸一摸阿鈴的頭說：「等我曬了蓋被，我們再一起吃中飯，我已經做好飯糰了。」
阿鈴「嗯」一聲點頭，這時她發現那把小鏡子已回到懷中。鏡子似乎不想讓阿藤大姨看到而聰明地自己躲了起來。她摸了摸鏡子，還有點溫溫的。
這天下午，阿鈴已經受夠了，不再想呼喚幽靈們出來。她想，反正天黑後他們大概會現身，乖乖等比較安全。被吸進鏡子內做的那個夢太恐怖也太悲哀，令阿鈴整個人悶悶不樂。

太陽剛下山時，太一郎和多惠在暗紅色的夕陽映照下返家，一臉神采飛揚。兩人跟今早出門時一樣精神抖擻，兩眼炯炯有神，不過父親眉宇間浮出碰上棘手事的嚴肅線條。

「大老闆那邊怎麼樣了？」阿藤慰勞招呼兩人，但還是忍不住問道：「有沒有好主意？」

太一郎和多惠彼此互望一眼。兩人嘴角都隱約帶著笑容，但又似有些爲難，令人掛心。

「老實說，有客人了。」太一郎先開口。「是老闆找來的。」

「啊，那不是求之不得嗎？」阿藤拍手歡呼。

「而且是兩組。」多惠撫平凌亂的髮髻說。「阿藤姊，聽說那兩組客人想來一場『驅靈比賽』。」

「什麼是『驅靈比賽』？」

當天夜裡。

阿鈴認爲應該到了適當時刻，正想呼喚玄之介時，玄之介自動現身了。眾人早已睡熟，阿鈴壓低聲音說出高田屋七兵衛找來的新客人一事。玄之介深感興趣，歪著頭聽著，頻頻表示很不可思議。

「至今爲止我還從未聽過也沒見過『驅靈比賽』這玩意兒。」

阿鈴也是，父母和阿藤大概也是。一次來兩組客人理當感恩，但究竟能否順利接下生意則令人有點擔心。

兩組客人是八丁堀再過去的南新堀町的舖子：淺田屋和白子屋。淺田屋是菸草批發商，白子屋是榻榻米蓆面的批發商，不知是不是因爲兩家生意都忌諱濕氣，舖子相鄰，和氣融融，連續三代都維持自家人似的好交情。兩家舖子規模都不大，碰到其中一方人手不夠時，另一方就會過去幫忙，連傭工間的交情也很好。淺田屋主人名叫爲治郎，老闆娘叫阿初，成家已三十年。白子屋主人長兵衛和妻子阿秀是青梅竹馬，兩人都剛好四十歲。就年齡來說，淺田屋是哥哥，白子屋則是弟弟。

但是淺田屋夫婦沒有孩子，便收養爲治郎姊姊的兒子作養子，打算讓他將來繼承家業。這位二十三歲的繼承人叫松三郎，去年春天剛娶了滿二十歲的阿陸。而阿陸則是白子屋老闆娘阿秀年齡相差一大截的表妹。換句話說，本來交情要好的兩家因爲阿陸這樁婚事成爲眞正的親戚。

白子屋那邊有一對正值青春期的兒子和女兒，長男道太郎十八歲，以繼承人身分在父親手下學做生意。長女阿靜十五歲，是個猶如梅花初綻般可愛的女孩，在靈岸島和八丁堀一帶是有名的小町姑娘（註）。

淺田屋這對年輕夫婦和白子屋的兄妹也和父母輩一樣，交情很好。尤其阿陸和阿靜的交情甚至比親姊妹還要好，不管是參拜神社寺院、看戲還是購物，總是兩人相偕出門。

如此親熱往來地打成一片時，有一天兩人察覺了對方的秘密——兩人至今為止說不出口的事。

原來阿陸和阿靜時常看到幽靈。

據說看到的並非恐怖的幽靈。她們有時會看到朦朧人影，待定睛細看時人影已沒入黑暗中。只是幽靈若出聲，她們聽得到；若觸摸她們，也會有感覺。幽靈如果想透過阿陸和阿靜向世人訴說什麼時，他（她）們也會出現在兩人夢中傾說。

這些幽靈不會出現在舖子內，通常是兩人出門時，在她們到訪的建築物或橋上、路邊現身，即使周遭人很多，看不到的人就是看不到，也就沒人察覺此事。

此外，淺田屋和白子屋上門的客人偶爾也會揹著幽靈前來。尤其阿陸正隨婆婆阿初學做老闆娘，常在舖子裡招呼客人，據說曾看到老主顧舖子掌櫃的肩上朦朧浮現女人的臉。

白子屋阿靜則是有一次在母親阿秀病倒時，看到了前來診治的町醫生背上緊緊揹著一個男童的幽靈。她本想告訴醫生，但怕嚇著醫生最後還是沒說出口。

當兩人向對方傾訴自己的秘密後，都如釋重負，也覺得找到了同伴。之後才鼓起勇氣各自向父母和丈夫、哥哥說出自身與眾不同的能力。

雙方父母聽了都大吃一驚，但他們也深知媳婦和女兒個性老實耿直，沒多久也就釋懷了。

——再說，這種能力或許對世人有益。老實的淺田屋爲治郎這麼認爲。

——也許女兒受到神明的庇護，才具有這種靈力。如果是這樣就不應該隱瞞或視若無睹吧？腦筋靈活的白子屋長兵衛則這麼想。

經過一番商量，兩家打算將媳婦和女兒的能力用來助人。具體的做法則是：兩家都在舖子前掛上小招牌寫著：「被幽靈纏身的人，想見過世親友的人，萬事商量皆可承接。」這是半年前的事了。

結果反應熱烈，大獲成功。

實際上，阿陸和阿靜的靈力似乎是貨眞價實的。有一個旗本宅邸的總管前來懇求她們解決長年爲害一家人的怨靈；也有某家大商號老闆娘來拜託，說是因爲老闆在指定要讓愚鈍的長男還是賢明的次男繼承家業前，便驟然辭世，無論如何得召回死者靈魂，問他該將家業傳給誰；還有個年輕媳婦哭著央求想見見年幼夭折的孩子靈魂，問他在陰間寂不寂寞，有沒有迷路，不問清楚的話，實在是茶飯不思。眾人上門求助於阿陸和阿靜，並都各自得到滿意的結果。事情至此，就算沒有宣傳，風聲照樣傳開，而且愈傳愈加油添醋。爲了這項「工作」，淺田屋和白子屋甚至僱了專人照料兩人起居，還特關一室供這方面客人專用。

然而，很諷刺的，不，或許該說是理所當然的演變。

註：小野小町是日本歷史上著名的美人，相傳容貌美麗絕倫，其名成為後世美女的代稱。

阿陸和阿靜的「能力」越獲好評，博得的掌聲越大，本來交情甚好的兩人竟日漸疏遠。半年過後的現在，彼此憎恨對方如寇讎，碰面時甚至互不理睬，實在傷腦筋。

儘管平時再怎麼腦筋清楚的人，然而只要爲人父母，總是免不了有偏袒自家兒女的私心。當媳婦和女兒勢成水火後，雙方父母也因疼愛自家媳婦和女兒而討厭起對方來。事情至此，結局不問可知。持續了三代的好交情連根毀掉，據鄰居說，最近甚至連舖子招牌都看似背對背一般。

其實只要冷靜地想，便知道阿陸和阿靜同時做起這種事本身就是個錯誤。近在咫尺的兩人同時做同樣的事受到眾人矚目，要她們不競爭、不在意對方，絕不可能。而且上門請託的人總是不負責任地比較起兩人的優劣，說什麼阿靜能力比阿陸強，不不，阿陸比阿靜更可靠等等，不啻是火上加油。

鄰居們深知兩家交情深厚的過往，也從中說和，設法解決眼前無奈的局面。可惜一切努力只是徒勞。旁人越是諄諄告誡、好言相勸，兩家越是怒不可遏。簡直束手無策——這是周遭人的心聲。

榻榻米蓆面批發商公會中有個幹部一向行事果斷，他建議既然兩家因爲互相較勁，演變成怒目相向的境地，不如乾脆在眾人面前進行比賽，輸家爽快退出，以後不再從事任何祓除幽靈或召喚靈魂的事，而贏家也不能因此驕傲自滿，必須比以前更誠實認眞，用心爲人解決困擾，這樣不就好了？

一向積極競爭的淺田屋和白子屋對這項提議大爲贊同，兩家都不想輸，打算趁機一舉打敗對方。因爲大人的插手，讓原本只是兩家子女的爭執，演變成一場鬧劇。而事到如今也沒人再出面相勸，要兩家別做這種傻事。「驅靈比賽」就此成定局。兩家都鬥志昂揚、摩拳擦掌，據說那慷慨激昂的光景就好似生死攸關的關之原合戰（註）前夜。

可惜事情沒有那麼簡單。首先，該請誰來當比賽裁判？兩家相關人等或深知內情的人都不行。據說雙方爲此找來了同業商量，最後決定敦請一位德高望重的舖子主人當裁判。在那之前，兩家的糾打拌嘴事件層出不窮，兩隻手的指頭都不夠數。

再來是要決定比賽對象的「幽靈」，這也不是易事。如果是想得知十年前過世的丈夫在陰間過得如何之類的委託，很難比較出阿陸和阿靜靈力的優劣，因此遲遲無法決定比賽方法。有沒有規模更大、更難解的幽靈作祟，足以讓眾人明顯判別出哪一方的眼力與靈力勝過對方呢？

最後，眾人選中了船屋。

「可是，」玄之介把雙手揣在懷裡，仰望著天花板說：「船屋是料理舖，光是跳神的傢伙來胡說亂舞也做不成生意啊，到底是怎麼回事呢？」

玄之介困惑的表情很逗趣，阿鈴情不自禁地笑了出來。

「笑什麼？這個問題對你們而言，應該比我更憂心吧？」

「話是這麼說沒錯，可是眞的很好笑嘛。」阿鈴笑個不停。「聽說阿靜小姐和阿陸小姐都是大美人，要是她們喚出玄之介大人，您會不會高高興興地聽從兩人吩咐？」

「不要說傻話。」玄之介一本正經地說。「可不是每個美人都能使喚我的。」

阿鈴笑著說明，船屋還是會端出餐食，生意方面不用擔心。又說：

註：德川家康與石田三成爭奪天下之役。

「不過『驅靈比賽』畢竟不是吉利的事。既是想超渡幽靈或驅趕幽靈，不就跟和尚做法事差不多，所以不好用葷食。他們指定出素菜，而且顏色不能太花俏。淺田屋指定的是黑色，白子屋則說要跟他們的字號一樣，儘量想辦法多用白色食材。」

「非黑即白……兩家人在開什麼玩笑？」玄之介嗤之以鼻。

「我阿爸現在可是傷透腦筋呢，說實在難辦。」

「想當然吧，真令人同情。」玄之介微歪著頭望著阿鈴，又說：「嗯，這樣菜色的問題算是有結論了，不過妳父母，那個……該不會也在期待阿陸或阿靜真的能趕走幽靈？」

阿鈴搖頭說：「阿爸和阿母都沒說。」

聽說連帶來這樁生意的七兵衛對此也不抱期望。

「對於想利用幽靈讓船屋成名的七兵衛來說，太早趕走幽靈也不好吧。」

「是嗎？不過，要是阿陸小姐和阿靜小姐真的驅走了幽靈，不也是一種宣傳？幽靈趕跑了，風聲卻傳開了，這是最好的結果。也許七兵衛爺爺也是這麼打算，如果事情真的成功了，就算是意外的收獲。爺爺個性可精明了。」

「是嗎？妳真是人小鬼大呢。」玄之介感到好笑。「可是，阿鈴，妳覺得呢？」

「覺得什麼？」

「妳看得到我，」玄之介指著自己的鼻尖說。「也看得見阿蜜，看得到笑和尚、蓬髮和阿梅。而且妳也打算查出我們在人世徘徊的原因，好讓我們得以離開這兒。這樣的話，根本不必請那些人來，妳就直接對父母說：我也能做同樣的事，不就好了？」

阿鈴哈哈大笑，說：「這樣不就眼睜睜看著一筆生意跑掉啦？」

船屋眼下懸著一個迫切的問題：要是客人一直不上門，就會沒飯吃。

「妳這小孩眞是鬼靈精。這麼說來，妳也不看好阿陸和阿靜的靈力嗎？」

「這就不知道了。也許阿陸小姐和阿靜小姐跟我一樣，看得到玄之介大人和其他人呢？要是這樣，我就跟她們好好說明，再勸她們和好，一起找出你們迷路的原因。我想這是最好的結果。」

對了、對了，更重要的是——阿鈴換個坐姿說：「我白天看見很奇怪的幻象。」

阿鈴說出在壁櫥內看到的那個如夢的光景。玄之介聽完表情變得很嚴肅，柔和的臉頰線條頓時緊繃，額頭擠出幾條皺紋。

他低聲說：「那是……阿梅。」

「玄之介大人也這麼認爲嗎？」

「嗯，聽說那孩子是掉進古井死去的。」

「水井？在什麼地方？」

阿鈴回想起玄之介至今爲止告訴她的、關於這塊土地和興願院的事。到底哪裡有水井呢？

「水井在興願寺那邊，蓋寺院時一起挖的。很愚蠢吧？這附近水井的水根本不能喝，只會湧出帶海沙的鹹水。指揮工程的人根本不清楚這附近的土質吧。」

派不上用場的水井後來立即加上了蓋子。

註：三河國，愛知縣。

「古井本來就危險，應該立刻填起來的，卻放著不管。結果害阿梅掉進井裡。那孩子眞是可憐。」玄之介難得消沉地說。

阿鈴胸口感到隱隱作痛，那並不是單純覺得阿梅可憐。阿鈴心裡有一半堅持自己是在憐惜阿梅，但另一半卻知道並非如此。

那是——吃醋。玄之介表情沉痛地同情阿梅的境遇，讓阿鈴略爲吃味。

阿鈴被這樣的自己嚇了一跳。

「玄之介大人，」她想揮去這種情緒，連忙問道：「這麼說來，阿梅是興願寺的孩子？如果只是住在附近，不可能進入寺院吧？」

玄之介的濃眉垂得像是字跡拙劣的八字，喪氣地搖著頭說：「不知道。」

「不知道……」

「我們完全不知道阿梅是誰家的孩子，爲什麼會掉進古井。也不知道那孩子爲什麼會離開喪命的古井，在這裡徘徊。」

「唔……」

以前興願寺對面那塊土地，現在已成防火空地。從外觀看，看不出有古井的遺跡。難道已經填平了？所以阿梅才過了馬路到這兒來？

「阿鈴應該也清楚，那孩子光是扮鬼臉不說話，乖僻得很，很難應付。」

玄之介又悄然嘆了一口氣，宛如自己是阿梅的父親。

「可是，阿鈴，先不管阿梅的事，阿梅再令人傷腦筋也不會做出惹眼的壞事。不過蓬髮就不同了，老是大吵大鬧，要解決問題得先從他下手。」

玄之介說完這些，聲音又怯弱下來，接著說：

「阿鈴啊，阿梅她……妳能不能多多關照她？妳們都是女孩子，也許妳能比我們更親近那孩子。最好……對，最好和她交朋友，妳覺得怎麼樣？」

阿鈴點點頭。玄之介都這樣拜託她了，能不答應嗎？

小小阿鈴心裡懷著許多煩惱，父親太一郎則為了「驅靈比賽」的宴會菜單絞盡腦汁。全得準備素菜，淺田屋要黑色料理，白子屋則是白色；這問題實在棘手。

不巧的是，因為阿鈴夢中出現的啓示，太一郎決定要用河道的泥鰍、鯽魚和鰻魚當做船屋的招牌料理，這陣子的心思全花在怎麼煮魚。話說回來，這還是他第一次烹調素菜，在高田屋時，他從來沒做過正統的素菜。

太一郎決定找島次商量。

島次在本所二目橋橋畔的林町經營外送料理舖「林屋」，因為高田屋七兵衛從中說合，跟他約定船屋開張後，如果人手不足或有困難，就請他過來幫忙廚房的活。萬萬沒想到「船屋」才開張就災難不斷，沒客人上門，至今島次也只來過「船屋」幾次。不過他也知悉幽靈作祟的事，默默關注著船屋的動向。太一郎打算跟島次正式見上一面，彼此聊聊，順便向他報告目前為止發生的事。

島次已經快五十歲了，比太一郎年長許多，曾在高田屋工作兼見習一段時間。太一郎不知道他跟七兵衛結識的來龍去脈，七兵衛也沒說明。

但是七兵衛對島次似乎相當熟悉，他曾告訴過太一郎關於島次的種種。據七兵衛說，林町的外送料理舖是島次雙親開的，島次上頭有個大兩歲的哥哥，照說他並沒有資格繼承舖子。

島次從小躲在哥哥身後過日子，勤快工作，幫忙哥哥，只可惜廚藝遠不及兄長。不僅如此，哥哥獨當一面後，就連哥哥栽培的年輕小伙子也很快趕過島次。七兵衛說到這裡，連忙補上一句。

——島次絕不是廚藝不好。

也許是太一郎當時的表情像在說：請這種人來「船屋」當幫手可靠嗎？

——他只是不起眼，怎麼說呢？他沒有下工夫鑽研菜色，少了想讓客人驚喜的衝勁，也無意跟同期的廚師伙伴競爭，缺乏做出頂尖料理的企圖心。

應該說他沒這麼多心眼，不夠精明吧。

——但是如果是決定好要做某種料理，他可以做得完美無缺，沒有人比他更可靠了。讓他當你的幫手一定沒問題。

聽了這話太一郎總算信服。

島次在掌管「林屋」的哥哥之下，默默地工作到四十歲。他沒有成家，不喝、不賭、不嫖。聽說大家常在背後批評他，說他活著沒有目標，是個無趣的男人。他在不在場都沒人在意，話少得令人不安，就像個遊魂一樣。島次在「林屋」的風聲不太好，但他本人似乎不以爲意。

就在島次四十二歲大厄那年，哥哥突然暴斃。很晚成家的哥哥留下了身體欠佳的妻子和四個年幼的孩子，最大的今年十歲。

按血緣來說，島次理當繼承舖子。可是舖子裡有個比島次更受哥哥重視，哥哥培育許久的年輕廚師，比起教人摸不透的島次，這個年輕人在店內更有人緣。對方也野心勃勃，想要從島次手中搶走舖子，總是一副「林屋」接班人的氣勢。

只是再怎麼說，他都沒有繼承舖子的資格，況且島次也不可能默不作聲——正當鄰人和老主顧憂心「林屋」的未來時，當事人島次竟爽快地答應把舖子讓給哥哥看中的年輕伙計，並且表示願意像以前協助哥哥一樣，在年輕人手下工作。

——這樣比較適合我，也可以留住客人。

島次說。

可是這麼一來，又衍生出其他問題。要是沒有血緣的第三者掌管了「林屋」，哥哥留下的妻兒立場就變得很尷尬。體弱多病的老闆娘現在已經無法工作，孩子們也還小。雖然「林屋」的新老闆信誓旦旦地說，絕不會怠慢恩人的遺孤，但是如果仰賴等同於篡奪了舖子的他堅守誓言，實在跟賭博沒有兩樣。

結果，島次又爽快地說：那我就跟大嫂成家好了。

他說，只是形式而已，並不是眞的要成爲夫婦，只是孩子們長大成人前的權宜之計。在孩子們大得足以打算自己的將來之前，自己和大嫂成親，待在「林屋」，也可以壓制新老闆的氣焰。

有道理，這樣的話還說得過去。事實上島次是個光棍，哥哥過世後，也有人慫恿島次迎娶大嫂，繼承「林屋」。雖然島次最後的決定有些不同，不過這麼做至少讓亡兄的妻兒有個安定的居所。

就這樣，島次十年前突然多了妻子和四個孩子。七兵衛苦笑著說：不過夫妻感情不太好。過世的丈夫個性豁達，儘管一動氣就大吼大叫，不過火氣沒多久便消了，個性單純。而島次個性陰鬱，沉默寡言，跟兄長比起來遜色很多。兄弟倆的外貌也相差甚遠。島次的哥哥膚色白皙，容貌俊秀，這在廚師中並不罕見，但他年輕時尤其吃香，女人一個換一個；島次卻身材瘦小，加上左眼幼時受過傷，視力不好，眼神也沒什麼神采。

——總之就是這樣，那傢伙其實在「林屋」沒有容身之處。

七兵衛說完，皺著眉頭抱著手臂接著說：

——他是個爲人著想的好人，可惜自己卻從來沒遇過好事，過得很不順遂。

太一郎回說：眞是孤寂的一生啊。七兵衛也苦笑地說：確實如此。

七兵衛找島次商量到「船屋」幫忙的事時，已經獨當一面的「林屋」新老闆和島次的妻兒們，都勸說島次這是好事，叫他乾脆住進船屋幫忙。其實老闆和島次的妻子這幾年來爲了「林屋」繼任者的事，爭吵不休，一見面就針鋒相對，但是在想趕走島次這件事上，倒是意見一致。

——新老闆打一開始就視島次爲眼中釘；島次的妻子則想讓自己的孩子繼承「林屋」。長男承襲了亡父的廚藝天份，只要好好栽培，假以時日應該可以成材。既然孩子都長這麼大了，她也不需要島次了。

總之，兩人都不把島次放在眼裡。「林屋」傭工連打零工的還不滿十人，卻分爲現任老闆派和長男派，鋪子裡暗潮洶湧。長男派站得住理，但是撐持「林屋」還擴大規模的現任老闆，也不可能簡單一句「明白了」就爽快讓出鋪子經營權。一方說只是暫時託你管理而已，另一方則說自己正式繼承了鋪子，因爲這種永遠沒有共識的爭論，因此「林屋」眼前狀況不太好——七兵衛如此總結。接著說：

——所以，太一郎，我希望你能善待島次。他是個勤快的男人，這點我可以保證。

半年前太一郎和島次初次見面時，確實覺得對方極其陰鬱、孤僻，讓人不大舒服。那次的酒席規模雖小，畢竟是準備下酒菜的正式酒席，島次在席上不但一言不發，連酒也沒喝。對他說話，不是點頭就是搖頭，根本沒正眼看過太一郎，像是做了虧心事一般畏畏縮縮的。

一般說來，矮小的男人大多個性好強，太一郎認爲島次內心或許也很好強。島次冷靜地審視自己與哥哥徒弟間的強弱之別，考慮客人的心情，主動讓出位置；而且爲了讓家中安定下來，接受了明知討厭自己的女人和不親近他的孩子。若不是具有相當的膽量，這種事絕對辦不到。不過太一郎也覺得，島次的好強和寬宏大度似乎無法安居於他瘦小的身軀，本人才因此痛苦不已。他如果是膽小自私的男人，一定會選擇逃避或是只考慮自己，這麼一來，他的表情也不至於這麼陰沉吧。

那天酒席結束後，有件事令太一郎印象深刻。分手時，島次對七兵衛及太一郎深深鞠躬道謝，他鞠躬的方式乾脆俐落，太一郎對此很有好感。

島次大概也知道七兵衛對太一郎提過「林屋」種種不愉快的家務事，否則按常理，太一郎不可能請比自己年長又經驗豐富的島次來當幫手，說好聽點是幫手，其實不過只是助手罷了。而島次明知太一郎深知底蘊，但他道謝的方式卻又不卑不亢，好像在說往後將努力以赴協助老闆，有著年輕人般的熱情。

太一郎認爲不能用外表去評斷島次這個人。世界上也許也有個性剛直、豁達開朗但五官陰鬱的人。也許島次的心地雪白得像剛搗好的年糕，不說謊也不善隱瞞，只是因爲眼神不好看起來猥瑣。人的外貌不能代表心地，不，或許有時候內外是一致的，但人的外表不一定全是眞實。

——也就是說，跟島次先生能不能順利合作，能否激發他的長處讓他幫助船屋，全看我的器量。

太一郎於是下定決心，也很期待跟島次共事。然而「船屋」開張以後，竟然演變成目前這種境地，至今爲止還沒機會讓島次參與。

——這回正是好機會。

太一郎精神抖擻地前往「林屋」。

外送料理鋪有兩種經營方式，一種是將做好的料理送到客人家；另一種是廚師帶著食材到客人家，在客人家廚房當場烹調。不過即使是前者，也必須借用客人家的廚房，將料理重新加熱和裝盤後，才能端上桌。

烹調器具一般由廚師自行準備。享用外送料理是一件相當奢侈的事，不是常人享受得到的，儘管如此，富商或武家的廚房用具還是不敷廚師使用。而盛料理的碗盤則事先和客人商量，看是由舖子帶來或使用客人的，有時爲了一餐奢華料理，舖子還得向同行借用碗盤。

「林屋」只接受帶食材前往客人家烹調的訂單，舖子外並沒有掛出顯眼的招牌，也不像包飯舖高田屋——不時飄出足以吸引過路人的飯菜香氣，或是光聽店員的吆喝聲便知道是飲食店的氛圍。陳舊的二層樓房子，規模雖大卻安靜無聲。

太一郎問了一聲：「有人在嗎？」馬上出來一個女傭，她似乎正在幹活，大膽地露出臂膀。對方聽到太一郎的來意，吃驚地問：「是找小老闆嗎？」看來島次在「林屋」被稱作小老闆。

「這麼說來老闆您是……」女傭沒鬆開袖子的束帶，目不轉睛地望著太一郎，問：「深川的船屋老闆？」

「嗯，是的。」

太一郎回答後，女傭瞪大雙眼問：「聽說您那裡出現幽靈，鬧得很厲害，之後怎樣了？幽靈有再出現嗎？」

太一郎不知所措地回答：「沒有出現，驚動大家了，眞是抱歉。那之後什麼事都沒發生。」

「唉呀，」女傭毫不遮掩失望的表情。「那眞是太遺憾了。」

女傭要太一郎稍等，匆忙進到裡屋。太一郎在意著沾著初春塵埃的鞋子，同時心裡也覺得不太愉快。

沒多久，島次悄無聲息地出來。當時太一郎正低著頭，直到島次的影子出現眼前時才發現，著實嚇了一跳。這人的舉止確實再有精神一點比較好。

太一郎迅速說明來意，島次跪在要進內室的地板邊緣，似乎沒有請他進屋的意思。如果只是說明來意，站著也能說明。但是接下來要商量的事情總不能也這樣站在廚房後門談吧——太一郎暗忖著。

「我明白了。」島次爽快地回答。「既然這樣，我當然義不容辭，雖然我沒資格對菜單說三道四，但也許可以替太一郎先生出一些主意。」島次難得說出這番得體的話來。

「那太好了。」

「對不起，家裡談話不方便，請您移駕到外面。」

太一郎無所謂。早知如此，應該先派阿律或阿藤請島次到「船屋」來的。只是他顧及島次也許會覺得自己這麼做太盛氣凌人，才決定作罷。

兩人走到松井橋一帶，進入河邊一家蕎麥麵舖。一路上兩人無語。太一郎很喜歡煮蕎麥麵的味道，興沖沖地告訴島次，但島次只是冷淡地回說：「這裡的蕎麥麵不好吃。不過客人很少，很安靜。」

舖子內果然空無一人。

「這回您眞是接到了一筆很少見的生意呢。」島次一坐下馬上切入正題。「我從高田屋老闆那邊聽說了來龍去脈，想不到竟有這麼有趣的客人。」

太一郎苦笑道：「老闆說管對方是幽靈還是什麼，只要能當做舖子的賣點什麼都好。可是我卻沒辦法想得這麼輕鬆。不過如果是要做菜，那就另當別論了。」

島次環抱手臂，歪著頭問：「可是，送出眞正的素菜行得通嗎？」

「這是對方的要求。」

「不過，客人不是因爲喪事來做法事的吧？」

「是爲了顧及心情上的問題吧。」

「那兩位巫女小姐的心情？」

「是的。」

「兩位小姐以前做過類似的事嗎？」

這點太一郎並不清楚。

「不知道……你爲什麼這麼問？」

「如果有前例，我想知道那時的菜單。」

「當參考嗎？」

島次依舊抱著手臂搖著頭說：「我想知道當時是不是送出眞正的素菜。」

島次很在意這點，太一郎覺得很奇怪。

「這點很重要嗎？」

島次短小的額頭堆滿了皺紋，說了：「我只清楚外送料理鋪的事，也許料理鋪的情況不大一樣。不過一般來說，外送料理鋪接到的生意，通常辦喜事和辦喪事的客人都有，可是料理鋪的話，應該是辦喜事的客人比較多吧？」

的確是這樣。

「辦法事時送出的素菜確實像太一郎先生說的，心情上的問題很重要。無論是週年忌辰、七週年忌辰或十三週年忌辰，因為是替死者祈求冥福的料理，必須謹慎處理，避開葷菜也算是一種淨身過程。」

太一郎點點頭。

「可是這回，坦白說，只是一種遊戲。雖然不知道到時出現的會是妖怪還是幽靈，這種事我不懂，但是都跟淺田屋和白子屋的人無直接關係吧。兩位小姐進行驅靈比賽，就跟比誰的衣服漂亮那種事差不多。」

「嗯……有道理。」

「既然如此，我覺得送出正式的素菜有欠妥當。往後要是有客人想做法事找料理鋪時，萬一想起『啊，不是有船屋嗎？以前那裡曾辦過一場荒唐的驅靈比賽，曾做出正統的素菜。』不是反而對船屋不好？」

太一郎大吃一驚。不僅僅是對島次說的話，還有對他的滔滔不絕，講的話句句頭頭是道感到吃驚。島次極端沉默寡言的理由也許很簡單，他只是不想浪費時間在無謂的對話上頭吧。

「島次先生說的確實有道理，您提醒了我一件重要的事。」

太一郎用力點頭，表達自己的贊同之意。面對島次，就算表現得稍嫌誇張也沒關係，最好清楚地表示自己的意向和心情。

「在驅靈比賽這種鬧著玩的場合，的確不適合送出正統的素菜。可是該怎麼做好呢？總不能直接對白子屋和淺田屋的人這麼說吧，畢竟他們是客人。」

「藉口嗎……」

「是的，要給對方留面子。」島次摸著下巴，望著起毛的榻榻米，說了：「只好想些藉口。」

「我們先不說明，直接端出一道無論外觀和口感都像素菜的菜餚，如何？不需要每道菜都下功夫，只需要一道就可以了。」

「不先說明，直接把那道菜加進菜單？」

「是的，等料理全部出齊後，把菜單送給客人過目，再加以說明。怎麼說明都行，譬如說『在這種宴席上如果送出正統的素菜，對兩家來說不吉利，也觸楣頭，才會擅自加進一道葷菜來避邪』

……你覺得怎麼樣？」

「島次先生，您想的眞周到。」

太一郎打從心底讚嘆。島次搖著手淡然地說：「只要說的像是眞有那麼一回事，什麼理由都好。」

這的確是個好主意。等到菜單呈給客人看時，料理已經吃進肚子，對方想必不會怎麼抱怨。

「反正兩家本來就不是前來享用美食的。」太一郎不禁苦笑著說。「白子屋和淺田屋兩家打一開始就是爲了驅靈比賽。搞不好連菜單都不用給他們看也說不定。」

「你說的沒錯。」島次的眼神微微亮了起來。「要是到時雙方只專注在贏輸上頭，吵了起來，根本不會在乎菜餚好壞。但是對船屋而言，日後如果有客人聽聞驅靈比賽的風聲前來，……我們可以給那些客人看當日的菜單，向他們說明我們下過多少苦心在菜餚上頭，這點最重要。」

太一郎鬆了一口氣，同時感到很高興。船屋能夠得到島次的幫忙，眞是個意外的收穫。高田屋七兵衛老闆的判斷果然沒錯，他的心底升起一股暖意。

蕎麥麵總算送上桌，花這麼長時間才煮好一碗麵，擺明了就是廚師手藝不好。兩人都點了花卷蕎麥麵（註），但是湯汁混濁，紫菜也黏在一起，光看就不好吃。

「這種麵光看就不想吃。」太一郎悄聲說道。「他們到底抱著什麼心態做生意啊？」

島次依舊雙手揣在懷裡，在冒著不夠熱的蒸氣的麵碗前沉思，根本沒看一眼眼前的麵。

「主菜怎麼辦？」島次喃喃說道。「不好決定用白飯還是麵類吧，畢竟雙方菜色得分成黑白兩色。」

這一點太一郎倒是想得簡單，兩家都用裝飾幾粒黑豆的白飯不就行了？頂多淺田屋的飯多加些黑豆就成了。

「還是你有更好的主意？」

註：蕎麥麵上撒了烘過的碎紫菜。

島次搖頭說：「現在一時想不出來。不過，白米飯能變的花樣不多。」

「嗯……可是麵類也很難做成黑色的吧？就連鄉下的蕎麥麵也不是黑的。」

「這事的確不好辦。」

兩人慢條斯理地吃著麵，邊吃邊討論該如何在料理上下工夫，也就不計較麵的味道了。太一郎說得投入，島次則不時提出意見，兩人熱烈地討論著。

「不過，太一郎先生，」島次臉頰肌肉放鬆下來，表情很愉快。「料理舖實在很有趣呢。外送料理舖做的菜差不多都定下來了，無法盡情展現廚師手藝，就這點來說，兩者很不一樣。」

「我很高興你能這麼想。我希望島次先生能大力幫忙船屋。老實說，因爲有幽靈作祟，修太怕得要死，很想回高田屋。不然，請您代替修太來船屋……」

受當時氣氛感染，太一郎興奮之下脫口而出，不過話才說到一半就慌忙閉口，因爲島次的臉色突然沉了下來。

「噯，我光爲自己想，說出了這種話，眞是對不起。畢竟島次先生還有林屋。」

太一郎慌忙解釋，不安地端起蕎麥麵的空碗。

「沒關係，您不用道歉。」島次依舊沉著臉，喃喃說道。「七兵衛老闆大概跟您說過了，事到如今也用不著隱瞞。林屋根本不需要我，我已經待不下去了。要是我離開那個家，大嫂和侄兒們一定很高興。」

島次到現在依舊稱自己的老婆爲「大嫂」，稱孩子們爲「侄子」。太一郎沒法回應，默默地望著他。

「太一郎先生可能認爲我不夠乾脆吧。」島次抬起眼，歪著嘴角小聲地說。「明明沒那個器度繼承哥哥的事業，卻還一直賴在林屋……」

「沒那回事。雖然令兄的孩子已經長大成人，但那也是因爲你接納令兄的妻兒，一直照顧他們才有今日吧？爲了不讓林屋被外人搶走，你不是一直在監督著嗎？」

太一郎換了個坐姿，雙手擱在膝上望著島次，說道：

「島次先生太小看自己了。您經驗豐富，腦筋又靈活。這絕不是客套話，今天和你談過話後，我是眞心這麼認爲。」

島次笑得一張臉都皺了起來，說：

「不行呀，太一郎先生，你心眼太好，小心會上了別人的當。」

「我是說正經的。」

「我當然知道。不過是出些主意而已，您可不能這麼輕易信任我。太一郎先生眞的出身很好呢，七兵衛老闆也這麼說過。」

這句話令太一郎很意外。「什麼出身好？如果高田屋不收養我，我早就成爲廢物，要不就餓死街頭了，不會有什麼好人生或好下場的。」

「啊，那當然，您也吃過不少苦頭。」島次依舊掛著笑臉搖著頭說。「我不是這個意思……噯，不說了。」

過了將近一個時辰，始終沒有新客人上門。太一郎在蕎麥麵店前和島次分手，島次誠懇地鞠了個躬，便背過身快步朝林屋走去。太一郎目送他瘦小的身影好一陣子，莫名覺得悲哀起來。爲了擺脫這種心情，他故意把心裡的話說出聲來：「接下來，是黑白料理啊……」

他把腦筋轉到宴席的菜色上頭，歸途一直在想這個問題。來到船屋附近，遠遠就看見翻修過的嶄新屋瓦，當他聞到河道傳來的河水味時，忽然靈機一動。

——對了，最近考慮的事趁好派上用場。

就用河道裡的鰻魚、泥鰍和鯽魚。白子屋的白色料理就端出不加調味的烤鰻魚，淺田屋的黑色料理則用泥鰍和鯽魚，乍看之下要像素菜，也就是不能保留食材原有的樣貌。這正是讓太一郎發揮廚藝的好機會。

——這下可有趣了。

太一郎挺直背脊，精神抖擻走回船屋。

陽光越來越炙熱，白晝也一日比一日長。櫻花的季節早就過了，大家正盼著躑躅和藤花的花信。即使客人個性再怎麼古怪，舖子還是得仰賴客人上門才能存活。或許是天氣變好，人的心情也跟著輕鬆起來，阿鈴看著父母和阿藤忙著準備驅靈比賽宴席，心裡很高興。最近的日子大抵過得還算愉快。

其實阿鈴自己也很忙碌，爲了該如何「袚除」蓬髮，幾乎每天都跟玄之介聚在一起商量。

據玄之介說，他也不太清楚蓬髮生前的名字和身分。

「那傢伙就像外表那樣，本來是個武士。只是看他的打扮和寒酸的模樣，淪爲無業武士可能很久了。」

「是誰殺死他的？」

阿鈴說完，想到「殺死」這個字眼帶著的露骨惡意，覺得有點膽寒。

「蓬髮說話不方便。」玄之介皺著眉說。「他那天大鬧宴席時，妳也聽不懂他在說什麼吧？」

是的，蓬髮那天的叫喚，阿鈴大半都聽不懂。

「最後他叫了一句『偶，撲要』，那大概是『我不要』。那傢伙每次鬧事都會這麼喊，所以我只聽得懂這句話。」

「他到底不要什麼呢？」

「知道的話就不用這麼辛苦了。」

玄之介滿不在乎地說。阿鈴想捶他卻撲了個空，玄之介見狀咯咯大笑。

「妳還可以加一句，唉呀，玄大人眞討厭，人家不喜歡壞心眼的男人。」

「現在不是開玩笑的時候！」阿鈴氣呼呼地換了個坐姿。

「知道了，知道了，妳的表情也不必那麼可怕呀？」

時値黃昏，兩人依舊坐在樓梯中央。斜射進來的最後一道陽光把通往廚房的走廊一端染成暗紅色。樓下偶爾傳來阿鈴父母討論菜單的熱烈議論聲，他們似乎已經在試做料理，香味不時飄過來。

「那男人腦筋不笨。」玄之介說。「劍術也好，但是話卻說得很糟糕，生前想必無法在武士間出人頭地，恐怕連生計都有困難。如此一來，只能仗著劍術好，淪落到以非法手段賺錢的地步。既然他走上那條不歸路，最後想必是遭狐朋狗黨殺害的吧。」

「這麼說他幹過什麼殺人、搶劫的勾當了？」

玄之介沒有立刻回應，揚起一邊眉毛斜眼望著阿鈴。

「妳不要聽了又怕得哭出來。」玄之介事先叮囑。

「什麼事都嚇不著我了。」

「眞勇敢。好，那我就說了……我之前提過那個興願寺殺人和尚……」

「嗯。」阿鈴聽了還是暗吃一驚。

「妳認爲他是用什麼方法殺了那麼多人呢？」

「什麼方法……像是下毒之類的？」

「唔，殺人也各有方法。就像阿鈴說的下毒，或者把人勒死，或是從高處把人推落或用重物壓死等等。對武士來說，最簡單的方法……就是用劍砍人。」

阿鈴又害怕了起來，縮著身子挨近玄之介，可惜玄之介沒有肉身，阿鈴無法從他身上得到慰藉。

「和蓬髮來往這麼多年，我幾度懷疑那傢伙可能受雇於興願寺住持，住持八成把他當成殺人工具。」

「興願寺住持拜託蓬髮殺人嗎？」

「應該沒有這麼簡單。蓬髮當時可能是走投無路了，要不就是住持抓住他的把柄，以此威脅他。」

「蓬髮提過這方面的事嗎？」阿鈴問。

玄之介搖頭說：「怎麼可能。只是那傢伙以前……就是這兒還是大雜院那時，有次打算砍一位湊巧來大雜院拜訪的和尚。」

「砍和尚……」阿鈴瞪大雙眼。

「那個和尚完全看不到蓬髮，也不覺有異。對方的年紀、體格和興願寺住持相仿。蓬髮一看到那人的光頭和袈裟，馬上衝出去揮舞著長刀。」

就像筒屋宴會上那樣。

「那天蓬髮鬧得比平日更厲害，反覆大叫著我不要、我不要。我跟阿蜜好不容易才勸住他，但是那傢伙還是一直揮著長刀哭喊著不要、不要。」

阿鈴想起在筒屋宴席發生的事，想起來還是餘悸猶存。只不過一想到蓬髮可憐的遭遇又難過得說不出話來，或許玄之介消沉的聲音也有影響吧？

「不僅如此，蓬髮和笑和尚也合不來，好幾次拿刀追趕笑和尚。笑和尚吃了幾次苦頭，最後眞的生氣了，就不再跟我們一起出現了。」

阿鈴聽完也覺得蓬髮生前一定跟「和尚」有什麼牽扯。而且這地方以前有一座興願寺那種恐怖寺院，會將二者聯想在一起也不奇怪。

「這只是我的猜測而已，也不好說太多。不過我認爲筒屋宴席那天，可能客人裡有令他想起和尚及寺院的人，他才會現身。蓬髮很少在人前出現，每次現身都有他的理由。」

這點很値得調查。

「這附近有沒有人知道興願寺事件的詳情呢？」阿鈴問。「玄之介大人和這件事也沒有直接的關聯吧？不過，既然是三十年前的事，一定還有親眼目睹或聽聞騷動的證人，還記得這件事的始末。我來打聽看看好了，也許能發現和蓬髮有關的線索。」

「有道理，我正想這麼提議。」玄之介愉快地笑著說。「阿鈴腦筋很靈光，眞是太好了。」

「嘴巴再甜也沒有獎賞的，哼。」阿鈴噘著嘴。

這時，照在走廊上的最後一絲夕陽消失了，四周暗了下來。接著突然傳來年輕女孩的呼喚。

「請問有人在嗎？有人在嗎？我是白子屋的女兒阿靜。請問有人在嗎？」

剛傳來啪嗒啪嗒的腳步聲，就看到阿藤慌慌張張跑出來，直說：「唉呀，唉呀。」

阿鈴依舊坐在樓梯上，伸長脖子探看樓下。來訪者不是出現在船屋正門，而是在後門叫喚。

「會有什麼事？」玄之介喃喃自語，摸著下巴說：「這樣不太好吧。」

「爲什麼？」

「當然不好，阿靜本人來這兒，不就是想比阿陸早一步察看現場嗎？妳不覺得這麼做很狡猾？」

來訪者在阿藤帶領下從廚房後門跨上走廊，她穿著白色的衣服，身後似乎還跟著一個隨從……

碰巧這時阿藤點亮了走廊牆上的蠟燭，阿鈴正好看個清楚。對方穿著清爽的白衣，絲綢腰帶紮得很高，下巴抬得高高的，是個漂亮女孩。另一個是穿著染有白子屋字號外褂的高大男人，一副保鏢模樣亦步亦趨跟隨在她身後。大舖子的千金絕不會獨自一人在外面閒晃，尤其是來深川這一帶更得謹慎小心。

「突然造訪眞是失禮，在此鄭重向各位道歉。」

男人向阿藤頷首後這麼說，用詞雖然客氣，舉止卻很粗魯，似乎覺得傭工之間彼此招呼，這種禮數也就夠了。

「老實說阿靜小姐今天午後，突然看到船屋的方向積著邪氣，這樣一來驅靈比賽可能無法順利進行，便過來看看。如果能袪除邪氣的話就順便袪除，因此才特來造訪。」

趾高氣揚的口氣好像在說：値得感恩吧，你們應該很高興、感到光榮吧。阿鈴開始討厭起這個裝模作樣的隨從。

「好討厭。」阿鈴扯著玄之介的袖子說。他抿嘴笑著說：「我倒是看得很愉快，眞有趣。」

這時太一郎和多惠也從廚房出來，頓時一陣騷動。如果一行人要上二樓的客用榻榻米房，阿鈴打算躲起來，不過太一郎和多惠領著不速之客到樓下的小房間去。

阿鈴躡手躡腳下樓，躲在走廊轉角探看房內動靜。裡頭斷斷續續傳來隨從說話的聲音，太一郎必恭必敬地回應著。

阿藤打開紙門走出來，大概要去準備茶果，阿鈴趕忙躲到柱子後面。抬頭一看，發現玄之介也一起躲著。雖然阿藤根本看不到他，但阿鈴不是不能理解他的心情。

「到底要怎麼祛除邪氣？撒鹽巴？」

阿鈴問。玄之介搔著脖子說：「如果是撒鹽巴，至少對我們沒用。」

阿藤端著托盤從廚房回來，小跑步跑向小房間。阿鈴迅速從柱子後跑向廚房，廚房裡沒有人，爐灶上生起炭火，上面擱著鐵壺，炊具都整理乾淨，連水滴都擦乾了。像是大砧板的工作檯上擺著幾道菜。看來下午已經試做了幾道菜，接下來正要試吃以及考慮裝盤。

「這道菜還眞特別。」玄之介將臉湊到一個盤子前，湊近鼻子聞。

「您聞得到味道嗎？」

「當然可以，妳可不要小看我。」

玄之介聞的那道菜狀似年糕或湯圓，做成圓形的，上面淋著黑得發亮的醬汁，乍看之下很像造型優雅的紅豆年糕。阿鈴也湊近鼻子哼哼地聞著，卻聞到一股跟紅豆餡完全不同的腥味。

「這是……」

「看起來不怎麼好吃。」阿鈴不禁脫口而出，不過說得很小聲。「阿爸大概還在試做吧。」

玄之介已經在聞第二道菜了，這道一眼就能看出是烤星鰻，但是彷彿能在舌尖溶化的星鰻皮竟被剝去了一半。阿鈴在高田屋時，七兵衛經常帶她去品嚐美食，以阿鈴這年齡的孩子來說，她對吃食算是很講究。她覺得很奇怪。烤星鰻的皮又香又好吃，爲什麼要特地剝掉魚皮呢？再加上星鰻皮本來就薄，一旦剝掉魚肉就會鬆開，賣相不好。這條星鰻應該是花了很多錢買來——想到這裡，阿鈴想起一件重要的事。

「對了，玄之介大人。阿爸說過總算得到了在河道捕魚的批准。」

這是昨晚的事。很晚才上床的雙親，睡前聊了一會兒鋪子的事，被阿鈴聽到了。話題不外是該如何省錢，阿鈴假寐偷聽也聽得很不是滋味。不過當阿爸提到河道的鰻魚和泥鰍時，聲音特別開朗，阿鈴聽了也很高興。

「說批准應該也是私下批准的吧。」玄之介聞著其他盤子，說：「大概是向捕吏行賄，請對方睜一隻眼閉一隻眼吧。」

「嗯，好像是這樣。」阿鈴墊著腳尖探看玄之介手中的盤子，問：「那是什麼？」

「妳認為呢？」

像是果凍，上頭淋上淡白色的醬汁，只是果凍並非平日看慣的半透明狀，而是有黑斑花紋。

「味道可能很不錯，不過……」

「好像蛙卵啊。」阿鈴說。玄之介皺著眉頭說：「我也這麼認為，只是不好意思說出口。妳真是不孝。」

「可是……」阿鈴就是這麼想的嘛，有什麼辦法？

玄之介環視了工作檯上的盤子，嘆道：「黑白料理畢竟不容易。無論什麼山珍海味，保持食材本色就很美，現在卻要特地去掉本來的美感做成黑白料理。」

是嗎——阿鈴用右手食指沾了一下蛙卵上的白色醬汁，舔了舔。嗯，很辣。

「唉呀，阿鈴妳不可以這樣啊。」

阿鈴遭到大聲斥罵，跳了起來。她的指頭還塞在嘴巴裡，根本無從辯解。

阿藤大姨先是板著臉瞪了阿鈴一眼，又馬上轉回笑臉。她俐落地走近爐灶，看來是要換茶水。

「那是太一郎先生還在試做的料理，不好吃吧？」

阿鈴老實點頭，說：「白色的東西是什麼？有點辣。」

「裡面加了山葵，爲了讓顏色變白，又加了白芝麻。」

「這個有斑紋的果凍呢？」

「那也加了芝麻，其實很香的。」

玄之介已消失無蹤，阿藤突然出現大概嚇到他了，廚房只剩阿鈴和阿藤。

「大姨，阿律和修太在哪裡？」

父母不過暫時離開，廚房就變得空無一人，實在很奇怪。

阿藤沉下圓臉，一輩子也沒剃過的粗眉（註）歪斜得不像話。

「他們兩個回高田屋了。」

「回去了……」

「是呀，阿律膽子很小，被幽靈嚇得要死，常喊著要辭職。修太也是，明明還年輕，竟然說在這裡工作會被壞東西附身，眞是一點志氣都沒有。」

阿藤用力將鐵壺擱回爐灶，水滴了下來，炭火發出呻吟般咻咻作響。

「我去汲水給鐵壺添水。」阿鈴乖順地說。「大姨，我在這裡守著，免得貓來偷吃。客人還要待上一段時間吧？」

阿藤回復心情笑著說：「阿鈴眞是乖孩子，不過沒關係，太一郎先生和多惠馬上就回廚房了。」

「客人要回去了？」

「不是，好像還有事。我現在要帶他們參觀房子。」

阿鈴瞪大雙眼問：「在屋內四處看嗎？」

「是啊，說是要找出積存邪氣的地方，再祛除邪氣。說是在丑寅（東北方）方向。」

「那個人，眞的是白子屋的阿靜小姐嗎？」

正把茶具擱在托盤上的阿藤停下動作，噘著嘴告誡說：「不能稱人家是『那個人』。」

「對不起，可是她眞的是白子屋的小姐嗎？眞的是本人嗎？」

「是啊，不然還會是誰？」

阿鈴借用玄之介的話，說：「這麼做不是很狡猾？要是阿陸小姐知道了，難道不會生氣嗎？」

阿藤莫名其妙地問：「淺田屋爲什麼會生氣？」

阿鈴說明：「在決定菜單之前，比賽的日期還沒辦法決定不是嗎？現在只排定在這個月舉行，雙方還沒決定日期，阿靜小姐先來探路實在不好。」

阿藤用指頭搔著髮髻，她似乎沒想到這個問題。

「可是，那該怎麼辦呢？難道要對她說妳這樣做太狡猾，趕他們走？」

註：江戶時代已婚婦女必須剃眉毛，一次也沒剃過，表示終身沒結婚。

「可是……」

「萬一惹惱了白子屋，他們取消比賽，到時該怎麼辦？這麼一來船屋就會失去兩組客人。阿鈴還是個孩子可能不懂，對眼前的船屋來說，他們可是非常重要的的客人。要是惹火了他們，船屋大概就經營不下去了。我們不能莽撞行事。還是阿鈴有更好的法子？說來給大姨聽聽。」

阿藤很少這樣執拗地斥責阿鈴，形勢急轉直下，阿鈴垂著頭盯著工作檯上的菜盤。那些顏色晦暗的菜餚看上去就跟阿鈴一樣垂頭喪氣。

「小孩子不用擔心太多。」

阿藤說完，似乎想要彌補自己過於嚴厲的口氣，摸著阿鈴的頭說：

「懂嗎？乖，小心不要打攪客人。太一郎先生回廚房後也許會做飯糰給妳，妳肚子餓了吧？」

阿藤自顧自說完，走了出去。阿鈴感覺像是捧著對方強塞過來的行李，呆立在原地，愈想愈生氣，卻毫無辦法。

愛你又想你　今晚沒出息　見了又只會　說些無聊話——

太一郎和多惠並沒有像阿藤說的立刻回到廚房。阿鈴坐在廚房角落的空桶上，百無聊賴地晃著雙腳，聽到門口傳來彈撥三弦琴的樂聲和歌聲，阿鈴抬起頭。

——這聲音是……？

是阿蜜。阿鈴急忙走出廚房，環視四周，嬌艷的歌聲順著走廊傳來。唱歌的人像是喃喃自語般柔聲唱著，但是一字一句都清晰可聞。

阿蜜斜坐在後門的地板邊緣上，風姿綽約地抱著三弦琴，臉貼著琴頭，正在彈三弦。

阿藤剛剛點燃的蠟燭不知何時熄滅了，黑暗在戶外靜謐地降臨，一點一滴地滲進屋內，天花板和牆壁的界線漸漸模糊不清。只有阿蜜白皙的脖子、手背和指尖隱約發出亮光，像一朵在黑暗中盛開的葫蘆花。

「噯，乖孩子來了。」

阿蜜察覺到阿鈴的動靜，停下彈琴的手，轉頭對阿鈴微笑。琴聲停止後，阿鈴感到一陣冷風拂過臉頰。

「妳好一陣子沒出現了。」阿鈴說。

她有些顧忌地挨近距阿蜜二尺遠的牆邊。不是因爲害怕，而是出於害羞和緊張。阿蜜實在太美了。

阿蜜輕啓紅唇呵呵笑道：「我總是隨心所欲。」

錚——她彈了一下三弦。

「再說，妳也沒有對著鏡子呼喚我不是嗎？阿玄對妳很溫柔，妳似乎心滿意足了？」

阿鈴知道自己現在滿臉通紅。

「哎呀，好可愛，乖孩子像喝醉酒了呢。」阿蜜愉快地笑著又斜倚著三弦琴頭。

早已死心了　死心什麼呢　死心我永遠　永遠不死心——

握著象牙撥子的柔軟手指白得宛如不合季節的雪。阿鈴著迷地望著阿蜜，陶醉在她的歌聲裡。

阿蜜唱罷一段，換一隻手握著撥子，手指像梳髮一樣在髮髻間游走，那動作和阿藤剛剛在廚房做的一樣，但是阿蜜行雲流水般靈巧的手指、高舉手肘時的優雅以及袖口露出的手臂光潤的肌膚，跟阿藤比起來彷彿是迥然不同的生物。

——不，不是生物。

阿鈴雖然看呆了，還是趕忙自我更正。

——阿蜜可是幽靈，也難怪美得不像陽世裡的人。

「噯，乖孩子。」阿蜜換了坐姿面向阿鈴，說：「聽說妳打算化解蓬髮的怨念？」

阿鈴如夢初醒般渾身顫了一下。她說不出話，雙眼迷濛地望著阿蜜。阿蜜把三弦擱在一旁，往前挪動膝蓋，伸手摸著阿鈴的臉頰。

「這地方黏著東西……是飯粒？」

臉上似乎黏著吃食。阿鈴又羞得滿臉通紅，反倒因此回過神來。

「我剛才在廚房。」

「偷吃東西？」阿蜜毫無責備之意，只覺得好笑地說。「是啊，已經到了肚子餓的時刻吧。」

阿鈴在阿蜜身邊蹲下，聞到阿蜜身上的香味。高田屋後面有一塊地，種著很多紫丁香，阿鈴很喜歡那兒，每次經過時總會用力吸著花香。阿蜜讓她想起那時的事。

「妳認爲我辦不到嗎？」

「是說讓我們升天嗎？」阿蜜反問，溫柔地俯視阿鈴說：「不是，也許妳辦得到，因爲妳是個乖孩子。」

她不是認眞的，可能只是安慰，不，也許是取笑我——阿鈴這麼認爲，默不作聲地垂下頭。

「我是眞心這麼認爲。」阿蜜像是讀出阿鈴的心思，又說：「孩子的心就像剛換過榻榻米又沒有家具的嶄新房間，東西可以愛怎麼放就怎麼放，打開窗戶的話，太陽照得進來，因爲沒有其他的阻礙物。」

是嗎？可是我也有很多壞念頭的——阿鈴在心裡這麼說。

「那是當然的啊，不過孩子不像大人那樣心思複雜，想些不必要的事，這正是孩子的優點。」

阿蜜說的話有點難懂，壞事跟不必要的事有什麼不同？

樓梯那邊傳來腳步聲和人聲，逐漸接近，大概是客人要回去了。阿鈴站起身挨近牆邊。

「阿靜小姐，謝謝妳特地來這一趟。」

太一郎和多惠在樓梯底下恭敬地行禮，身穿白衣的漂亮女孩抬起下巴接受行禮。

「這樣一來你們就可以安心了。」女孩的聲音格外尖銳。「我已經完全祛除這兒的邪氣，你們可以安心了。總之在驅靈比賽之前不會再發生意外了。」

阿藤邊笑邊用恭維的口氣說：「可是祛除乾淨了，不就沒有必要再舉辦驅靈比賽嗎？」

女孩怒氣沖沖地揚起雙眉說：「不能想得這麼簡單。今天只是祛除房子裡的邪氣而已。眞要鎭住邪氣，程序必須更周密。」

阿藤喪氣地縮著肩膀賠罪：「對不起，失禮了。」

「妳看，」阿蜜用修長的食指指著一行人說。「那些全是想著不必要的事的大人。」

「阿蜜……」

「那女孩是誰呢？」

「是白子屋的阿靜小姐。」

阿鈴說完，阿蜜優雅地歪著頭。

「眞的嗎？」她用指尖攏起垂落的頭髮。「也許是黃昏時分來訪的恐怖妖怪呢……」

阿靜突然造訪和「驅邪」一事，並沒有澆熄船屋眾人對「驅靈比賽宴席」的熱情。翌日天一亮，太一郎和多惠就進廚房埋頭苦幹，阿鈴吃完早餐後，二目橋的島次也來了，再加上阿藤，廚房裡熱鬧得很。

今天是個完美的五月晴天，天氣很好。風吹過船屋的走廊、榻榻米房、柱子和橫樑，清爽宜人。地板乾燥光滑，光著腳踩在上頭很舒服，也不會留下腳印。在這麼舒服宜人的日子，就算聽了可怕的興願寺住持犯下的惡行──即使對方比手畫腳敘述生動──應該也不至於嚇得逃走。再說大人們都在忙，偷偷跑到外面大概也沒人會察覺。阿鈴下定決心，好，今天就到外頭打聽有關興願寺的傳聞以及從前的鬧鬼事件。

阿鈴打算先找上房東孫兵衛。

阿鈴沒見過房東，七兵衛爺爺說他是一個八十出頭、耳背得很厲害，身體很硬朗的老爺爺。上次幽靈鬧事之後，七兵衛爺爺想去找他理論，因爲房東明知鬧鬼，卻故意隱瞞，大家都上了他的當。可是房東動作很快，不知逃去哪裡了，一直不在家。等騷動告一段落之後，房東若無其事地回來，遇見阿爸時，支支吾吾地避談鬧鬼一事，還向阿爸說：聽說發生了怪事，不過搬家得花很多錢，不如請人來驅邪，店繼續開下去吧。竟然說得出這種話，實在是隻老狸貓。

他都活到了八十歲，一定聽說過興願寺的事，問他最快。問題是，如果單刀直入地問，老狸貓肯定不說。他要是肯說，一開始就會有所表示。

到底該怎麼做呢？阿鈴絞盡腦汁。這可是個大難題，畢竟連阿爸阿母都上了他的當，租下了這棟鬼屋；孫兵衛想必不好對付。

阿鈴反覆思量，才想到可以利用私塾一事。

說來傷心，阿鈴在新家還沒交到朋友。搬家以來一直忙著自己和家裡的事，幾乎沒機會交朋友。她覺得這一個半月來以來，似乎交了許多朋友、認識了很多人，可是仔細想想，這些朋友都是幽靈啊，想到這連阿鈴自己都忍俊不住。

住在高田屋宿舍時，周遭有好幾個年齡相仿的孩子，總是玩在一起，阿園和小丸也時常來玩，自己身旁都是熟人。學寫字時也一樣，就在宿舍內召集孩子，由年長的孩子指導年幼的孩子，大人閒暇時也會客串老師，大家開開心心地練字。

船屋的事定下來時，阿母有些過意不去，對阿鈴說：「阿鈴，對不起，搬到深川以後妳會孤零零一個人，可是只要到私塾上課，馬上可以交到朋友。阿母去問房東，幫妳找家好私塾。找個曾在武家大人宅邸學過禮儀、有教養的女老師來教妳。」

然而多惠至今仍未去找私塾，接二連三的意外使她完全忘了這回事。阿鈴也無意為了這件事責怪阿母。

現在想想這樣也好，正好能配合阿鈴的計劃。她打算去拜訪房東，找他商量該去哪家私塾上課。

孫兵衛再怎麼狡猾，也不至於不幫年幼的阿鈴找私塾吧，不然還算什麼房東呢？無論如何都要請他幫忙。

要是房東願意介紹私塾，阿鈴再裝做快哭出來的模樣，就算是老狸貓，看到小孩子在自己眼前哭也會很傷腦筋吧，不然就眞的大哭給他看。老狸貓要是問阿鈴爲什麼哭，阿鈴就說：

——大家都說我家有鬼，這種壞風聲害我交不到朋友。我很想到私塾上課，不過去了不知道大家會不會欺負我，想到這我就很傷心。

就像個小孩子抽抽搭搭地這麼哭著說。等老狸貓慌了陣腳，再趁勝追擊，說：

——我也看到幽靈了，但不知道它們是誰，晚上總是怕得睡不著。

這時要哭得更厲害，這樣老狸貓會更手足無措吧。

——房東先生，您住在這兒很久了吧？如果您知道什麼事，求您告訴我。那些幽靈是誰？他們從哪裡來的？這樣下去我會怕得連飯也吃不下。我不會告訴別人的，請您告訴我。

怎麼樣，是不是個好主意？阿鈴向玄之介說出這計劃時，玄之介揚起眉毛說。

——阿鈴，妳知道這方法叫什麼嗎？這就叫眼淚戰術。

玄之介摸著下巴慨然興嘆：每個女人天生就是眼淚戰術的高手。

——在男人眼裡看來這種做法跟直接問差不多，不過應該行得通。大抵說來，女人的眼淚可以溶化一切。

因此阿鈴現在興致勃勃，充滿信心。雖然至今不曾假哭，但是只要有心一定辦得到。一定要成功才行。

阿鈴知道孫兵衛的住處。聽說他就住在海邊大工町的最南邊，只要說要找一家屋頂木板參差不齊、造型像座燈的房子，就找得到。阿鈴精神抖擻地出發，這是她第一次仔細打量海邊大工町的各棟大雜院，小舖子擺出的商品，蔬菜舖前看似好吃的青菜和茄子；又看到木桶舖前面有個直徑約阿鈴雙手張開那般大的木桶，裡面有各色金魚在游泳。在一個名字很稀罕、叫「安惠」的大雜院門口，她聽到了夫婦吵架的爭執聲，路過的人都在看笑話；還看到不知誰家曬在二樓的涼被隨風吹到太平水桶上。街上發生的各種趣事讓阿鈴又驚又喜，走著走著就來到了房東家。眼前的確實是棟座燈造型的老房子，用不著確認屋頂的狀況，屋簷下就掛著一盞白燈籠，正面寫著平假名「房東孫兵衛」幾個黑字，寫著漢字的那一面則朝屋內掛。由此可見孫兵衛掌管的房客普遍都是不識漢字的低下階層。阿鈴還看不懂燈籠上全部的漢字，她只是猜想那可能是房東的名字。

阿鈴伸直背脊，盯著燈籠內側，突然有人喚她：

「喂，妳！」

出聲的似乎是個聲音尖銳的男孩。阿鈴轉向對方之前，那聲音又繼續說：

「妳在這裡做什麼？阿梅。」

阿梅？

阿鈴與其說是驚訝不如說是感到莫名其妙。聲音的主人比阿鈴高一個頭，瘦得像竹竿似的。男孩右手握著長柄掃帚，挺直背脊站著，揚起嘴角壞心眼地笑著。那男孩明明面向阿鈴卻沒看著她，他望著阿鈴的左肩後方，彷彿在呼喚躲在該處的人。

阿鈴還沒開口，他又尖聲問道：「是妳帶阿梅來的？」

這回他問的是阿鈴。那雙不懷好意的白眼打量著阿鈴。阿鈴看清他的臉後才發現，那男孩不是在笑，他的嘴角有個扭曲的傷疤，因此嘴巴也歪了，看起來像在笑。

「哩是誰？」嚇了一跳的阿鈴舌頭轉不過來。「找伙做什麼？」

男孩這回眞的笑了。他大笑說：「妳是白痴嗎？」

阿鈴覺得臉頰發燙，情不自禁地握緊雙拳。但是男孩根本沒看阿鈴的手，他又望向阿鈴肩膀後方，把掃帚扛在肩上。

「怎麼，要回去了？」他像在叫住離去的人。「阿梅，妳不是有事來找我嗎？」

阿鈴突然被雷擊中頭頂似地恍然大悟。她迅速轉過頭去，脖子差點就抽筋了，她看到被風鼓起的紅衣袖子飄然拐過眼前毗鄰的兩家舖子之中的青菜舖。不，紅衣袖子不是被風鼓起，而是像溶入風中般逐漸消失。

這小子叫的阿梅是我知道的那個扮鬼臉的阿梅。

那孩子直到剛才都一直附在我身上，跟著我到這兒來。

發現這點，阿鈴雙腿一軟，癱坐在地。

房東孫兵衛不僅早年喪妻，兩個兒子也比他先走一步，現在孑然一身。

這十年來，都是由地主託他掌管的這棟大雜院裡的主婦們每月輪番照料獨身的他。不過孫兵衛雖然耳背，身體素來健壯，精力充沛，大部分的事都可以自己料理。因此主婦們只需要幫忙做飯就行了。

抱著癱軟在屋簷下的阿鈴進屋的，正是這個月當班的主婦。她親切地看顧阿鈴，名字叫阿松，身材雖然不算高大，卻孔武有力，只用一雙手就輕易地抱起阿鈴。她給阿鈴水喝，撫摩著阿鈴的背部，溫柔地招呼她，還頻頻斥罵那男孩。看來她似乎誤會是男孩惡作劇才把阿鈴嚇到腿軟。

阿鈴好不容易才開口說話，她向阿松道謝，並結結巴巴地說明男孩沒有對她做什麼。奇怪的是，白白挨罵的男孩期間一直扛著掃帚站在屋簷下，一句辯解也沒有，也沒回話，只是斜睨著阿鈴和阿松。

「乖僻勝眞的沒做什麼嗎？」阿松說話的速度很快。「妳不用客氣，老實說沒關係。妳沒事了嗎？」

膝蓋已經不再顫抖，也不再頭昏眼花，阿鈴深深吸了一口氣，回答：「是的，已經沒事了。眞的，他沒有對我惡作劇。」

屋簷下的男孩「呸」了一聲，把掃帚扛到另一個肩頭走開了。阿松對著那瘦削的背影大聲斥責：「好好掃地！不要以爲房東不在就偷懶！」

那聲音大得阿鈴耳鼓震動不已，她從來沒有被這麼大聲責罵過。

「他是這大雜院的孩子嗎？」阿鈴問。

阿松像在趕蒼蠅似地揮了揮手，皺著眉頭說：「是的。」

「他很愛惡作劇嗎？」

「他才沒那麼可愛呢。妳還要喝水嗎？」

「不用了，謝謝。我已經完全好了，謝謝。」

阿松像是很讚賞阿鈴的回答，縮回下巴笑著說：「妳很有禮貌呢，叫什麼名字？」

「鈴。」

「阿鈴啊。」阿松睁大雙眼說。「唉呀，妳是那家料理舖的孩子？阿爸是太一郎先生，阿母是多惠老闆娘吧？」

阿鈴嚇了一跳，對方竟連阿爸阿母的名字都知道。

「是，是的，我家就是船屋。」

阿松心神不寧地轉動眼珠，她的心裡想必相當不安。只是她大概以爲孩子看不出來，擠出微笑說：「那是家很體面的料理舖呢。雖然我們這種窮人終生無緣光臨，不過這麼棒的舖子就在附近，我們也沾了光呢。」

既然她連阿鈴一家人的名字都知道，當然不可能沒聽說船屋有幽靈作祟的事，看來阿松不過是在說些女人常會說的客套話。阿松自己若是回到十二歲，站在阿鈴的立場，恐怕也會一眼看穿這樣的謊言。難道她忘了這個年紀的少女心思有多敏感嗎？

「可是，阿鈴，妳來這裡做什麼呢？」

由於阿鈴沒回應她的應酬話，阿松又恢復俐落的口氣。

「我想請教房東先生有關私塾的事。」

阿鈴說出事先想好的開場白，阿松邊聽邊嗯嗯、啊啊，有一搭沒一搭地回應著。

「妳一個人來嗎？」

「是的，阿爸和阿母都在忙舖子的事。」

「妳眞乖。可惜房東先生今天一整天都不在，他去參加集會，而且還有其他事情要忙。房東先生不只掌管這兒，他還有其他大宅院要管。」

好。

阿鈴心想太遺憾了，明天再來好了。不過藉此認識了這位大姨倒是好事，打聽的對象愈多愈好。

而且還有剛才那個男孩的事。阿鈴天眞地望著阿松，問：「大姨，剛才妳叫那男孩的名字很怪，是不是叫他乖僻勝？」

阿松笑著回答：「嗯，是的。那小子叫勝次郎，性子彆扭又乖僻，大家都叫他乖僻勝。」

「那孩子的阿爸和阿母不生氣嗎？」

「怎麼會生氣？他是孤兒。小時候被房東收養，大家一起養大他的。」

所以即使被大姨大聲使喚「快去掃地」，他也沒法回嘴嗎？

「那孩子，」阿松指著自己的嘴角說：「臉這邊不是有個傷疤嗎？我記得是他三歲那時，一場大火燒了他家，他阿爸阿母和哥哥以及還是嬰兒的妹妹都燒死了，只剩下那孩子。那傷疤正是那時燒傷的，其他地方總算治好了，只留下臉上的疤。」

他的遭遇眞是可憐，又可怕。

「那場火災就發生在這一帶？」阿鈴緊張地問。

孫兵衛不可能毫無理由收養失去家人的勝次郎，可能當時孫兵衛也是勝次郎家的房東，才會撫養房客留下的孤兒。這麼說來，勝次郎以前的家很可能就在附近。不，說直接點，勝次郎的家也許就在船屋所在地之前蓋的大雜院？

阿鈴會這麼認爲，是因爲勝次郎看得到阿梅，他似乎早就認識阿梅了。

阿梅死在興願寺的古井裡。可是興願寺三十年前就成了廢墟，古井當時也塡平了。也就是說，阿梅是在三十年前左右死的，可是勝次郎怎麼看都跟阿鈴差不多大，頂多十三、四歲，根本不可能認識生前的阿梅。阿鈴之所以認為「他早就認識阿梅」，指的是他認識「身為幽靈」的阿梅。不僅如此，他跟阿梅似乎很親近。

——妳不是有事來找我嗎？

他彷彿像在跟青梅竹馬說話。

勝次郎是在哪裡遇見阿梅的幽靈？又是怎麼樣跟阿梅成為朋友的呢？看來應該是地緣關係。勝次郎失去家人的凶宅，就位於興建船屋前那塊遭到幽靈作祟的土地上，因此他才有機會看到阿梅？

然而阿松乾脆地搖頭說：

「乖僻勝是外地人。剛才不也說過了，房東先生也掌管其他土地和租房。那孩子家以前住在神田一帶。」

原來如此，那確實是外地人了。那他為什麼能看見阿梅呢？

阿鈴已經恢復精神，雙腳也恢復了力氣，在這裡胡思亂想也沒用，不如問本人比較快。阿鈴向阿松道謝，穩穩地站直了。

「我會再來找房東先生的。」

「房東先生不知道什麼時候回來呢。」阿松擔憂地說。

「我知道，我會託勝次郎先生代我轉告私塾的事。對了，勝次郎先生也到私塾唸書嗎？我去向他打聽是唸哪個私塾。」

阿松咯咯大笑說：「妳叫他乖僻勝就好了。叫他勝次郎先生，他恐怕也不會理妳。那小子應該沒到私塾唸書。」

阿鈴回到孫兵衛家，卻沒看到勝次郎。她從面街的大雜院繞到後巷的大雜院，果然在那裡發現勝次郎，他依舊把掃帚扛在肩上，正看著大雜院的小孩子聚在井邊灰撲撲的地上踢石子玩。

「那邊的你。」

雖然阿松那麼說了，阿鈴還是不好意思直接叫他乖僻勝，因此選了中間的稱謂。可是乖僻勝沒反應。

「那邊的，房東生先家的你。」

正在玩的孩子回頭扯著乖僻勝的袖子，說：「有人在叫哥哥。」可是乖僻勝依舊不理阿鈴，他指導孩子中最年幼的女孩，指點她要把石子踢到哪裡。

「我在叫你呀，那邊的。」

阿鈴怒氣沖沖快步挨近，她雙手叉腰連聲叫著「就是你啊」、「就是你啊」。

「我的名字又不叫『你啊』。」

乖僻勝一邊替小女孩踢石子一邊回答。

「那就叫你乖僻勝，我就是在叫你啊。我有事想問你，你能不能回答我？」

乖僻勝一臉愉快，他不看阿鈴，又說：「想請教人家事情時，應該有禮貌一點吧，船屋大小姐。」

阿鈴嚇了一跳，第一次有人叫她「大小姐」，這種稱呼應該是用來指大商舖的千金才對。

「我也不叫『大小姐』，我叫阿鈴。既然你知道我是船屋的女兒，事情更好辦了。乖僻勝，你為什麼……認識阿梅？」

乖僻勝又開始教其他男孩踢石子。他回說：「向人家打聽事情，可不能空著手來啊，阿鈴大小姐。」

阿鈴這回眞的生氣了，問道：「你要我付錢？」

乖僻勝總算回頭看了阿鈴，他從肩上卸下掃帚，說：「妳只要幫我打掃廁所就行了。」

一瞬間，阿鈴彷彿聽到肚子裡那個裝著憤怒的袋子，袋口細繩斷裂，但在這個緊要關頭，得像大人一樣有風度才行，於是阿鈴決定取出另一條細繩綁住袋口，強忍住怒氣。

「幫你打掃的話，你就願意回答我的問題？」

阿鈴逞強地說。乖僻勝有些吃驚，眨著眼說：「妳眞的要打掃？」

「當然。不過是打掃廁所這種小事。」

老實說，阿鈴從來沒有打掃過廁所。在高田屋和船屋，掃廁所都不是阿鈴的工作。不過事到如今總不能輕易認輸。

「要掃就給妳掃，跟我來。」

乖僻勝帶阿鈴來到大雜院巷子盡頭，愈挨近，臭味愈刺鼻，阿鈴當下就後悔了。高田屋和船屋的廁所無論什麼時候都打掃得乾乾淨淨，同樣是廁所，兩者眞是天差地別。

乖僻勝一臉看好戲地說明打掃順序，把工具遞給阿鈴，嘿嘿笑說：「我在這兒看熱鬧。」

大雜院廁所因爲使用的人多又隨便，極其骯髒，惡臭令阿鈴差點窒息。腳踏板很潮濕，已經開始腐爛，要是不小心重重踩下，很可能會裂開，掉進糞坑地獄。阿鈴按照乖僻勝的指示邊掃邊拭淚，不是氣憤得落淚，而是惡臭刺激眼睛。

等阿鈴滿頭大汗清掃完畢，出來時已噁心得大概三天吃不下飯，而乖僻勝早就不知跑到哪裡去了。這回阿鈴眞的氣極了，四處尋找乖僻勝，但他不在井邊也不在房東家，大雜院其他地方也不見蹤影。阿鈴抓住在大雜院大門附近玩耍的孩子一問，孩子說哥哥到河道釣鯽魚去了。阿鈴氣得大吼：哪個河道？孩子嚇得哇哇大哭，大雜院居民紛紛跑出來，害得阿鈴只能落荒而逃。

回到船屋時，阿藤剛好在後門，叫了一聲「哇，阿鈴好臭！」飛奔過來。

「妳到底做了什麼好事？」

阿鈴氣得說不出話來，無法說明事由。讓阿藤幫忙沖洗後，仍是怒氣未消。下回再遇見乖僻勝那小子，絕對要把他推進廁所裡！

更令人氣憤的是玄之介聽完竟然哈哈大笑。

「看來阿鈴嚐到世間的辛酸了。」玄之介裝模作樣感慨地說。

兩人又併坐在樓梯中央。太陽雖然還沒下山，但是剛才大批烏雲聚攏過來，天色突然暗了下來，風中夾雜著雨水味。啊，傍晚陣雨要來了——正當阿鈴這麼想，就聽到玄之介喚她。

「阿鈴沒住過大雜院，從小在香味中長大，應該更難受吧。飲食舖的廁所，一向必須打掃得比一般人家乾淨。」

「我氣成這樣，玄之介大人還笑？」

「噯，不要這樣瞪我嘛。」

玄之介安慰阿鈴時，外面傳來霹靂啪啦的雨聲。

「啊，這雨來得正好，就讓雨水洗去一切吧。」

「絕對不行！」阿鈴噘起嘴。「我一定要給他好看！」

玄之介又笑道：「我懂妳的心情，可是乖僻勝畢竟勝妳一籌，到時候搞不好還會被他反咬一口，還是算了。」

「可是……」

「只要見到孫兵衛就可以打聽以前的事了，下回再遇到乖僻勝，不理他就好了。」

「可是，不問他不就弄不清楚那小子跟阿梅的關係嗎？」

玄之介雙手揣在懷裡「唔」地呻吟一聲，接著說：「之前的料理舖關門以後，這房子空了很長一段日子。也許乖僻勝擅自跑進來，看到了阿梅？」

乖僻勝看起來跟阿梅很親近，可是阿梅卻只會對阿鈴扮鬼臉？她明明跟乖僻勝很要好不是嗎？

「更重要的是，阿梅爲什麼跟著阿鈴一起出門呢？」玄之介覺得很奇怪。

「我也討厭阿梅！」阿鈴大喊：「很討厭很討厭很討厭！」

轟隆隆霹靂靂！某處落雷了。

阿鈴自己也覺得沒出息，竟然爲了受騙掃廁所這件事，整個人有氣無力的。驅靈比賽的日子一天天逼近，阿鈴成天在家無所事事。所幸雙親忙著準備宴席，既要決定菜單，還要備齊碗盤，兩人朝氣蓬勃地投入工作，沒察覺阿鈴一直悶悶不樂。隨著日子過去，阿鈴連想都不願再想起乖僻勝還有被他騙的事。幽靈們也許是看到了阿鈴的臉色，大家都躲著不現身。

然後，到了淺田屋和白子屋的驅靈比賽當天。

這天天氣晴朗，陽光燦爛。宴席說好傍晚開始，船屋眾人一早就開始準備，每個人都忙碌不堪。

中午過後，葬儀社來了，他們在淺田屋和白子屋預定的二樓兩個榻榻米房圍上了帷幕。兩家大概也覺得用黑白兩色裝飾太誇張了，帷幕分別選用了淡藍色和白色的。房內感覺頓時涼爽起來。壁龕多寶擱檯上擱著燒線香的爐具，壁龕則裝飾著白木蘭花。木蘭花不可能在夏天開放，挨近一摸才發現原來是用白絲綢製成的假花，像是用過了許多次，湊近一聞隱約聞得到線香味。

有客人上門時，大人不准阿鈴隨便進廚房。雖然沒照到面，但那位島次先生似乎來幫忙了。阿鈴不曾跟他好好說過話，有一次阿爸曾叫她過去簡單打個招呼。當時阿鈴覺得這人很陰沉，沒待多久便離開了。既然這次要做的是驅靈比賽的料理，他確實比年輕開朗的修太更適合。

大人們叮囑阿鈴：今天的客人想必讓妳很好奇，但是千萬不能亂跑。阿鈴一直被關在房內，過中午後大人們吩咐她練習針線活兒，不知道從哪裡找來一大堆舊手巾，叫她縫成抹布。阿鈴只得一針一針地縫，天氣熱得讓她情不自禁地打起瞌睡，此外還得不時側耳傾聽外面的動靜。

日落前整整一個時辰（兩小時），白子屋率先抵達船屋。阿鈴聽到眾人此起彼落的招呼聲，悄悄溜出房間躲在樓梯後面。

長兵衛和阿秀夫婦都穿著適合夏天的薄絲綢衣服。雖然他們穿著淡灰色或薄雲色等顏色高雅的華服，但是夫婦倆體型福態，看上去有些可笑。他們站著一起搧扇子的模樣簡直就像不合季節的雪人在納涼。

更令人吃驚的是阿靜。她跟先前來「驅邪」時不一樣，全身穿著斂衣般的白衣，披了白頭巾。不是常見的那種在眼睛和鼻子露出三角形開口的高祖頭巾，而是罕見的尖帽子造型，下襬垂到雙肩。光看就很熱。

兩個隨從下女都是不到二十歲的年輕女孩，也穿著近乎純白的衣服，臉上抹著厚厚一層白粉。一般來說下女陪小姐外出時不會化妝，這兩人的白粉塗得像能樂面具那般厚，可能另有涵義。替白子屋準備的菜餚以白色為基調，難道他們是為了配合菜餚才穿白衣前來？如果眞是那樣，那可眞是講究。

「事前說好要準備一份餐點給擔任裁判的客人。」

阿藤領著一行人到二樓後，下樓和多惠低聲討論著。

「但是這樣還是多了一人份啊。總不能也送料理給下女吧？這麼一來反而少了一人份。」

「聽說多的那一份是要給祖先的。」多惠一本正經地回答。「聽說老闆娘祖母的御靈總是陪在阿靜小姐身邊，阿靜小姐的靈力也是多虧有曾祖母的御靈相助。所以每次一定會準備祖先的食案。」

「唉呀，原來是這樣啊？」阿藤佩服地搖著頭。「原來是有曾祖母在保祐，難怪上次阿靜小姐來船屋時，看起來一點也不怕，膽子很大。」

但是他們這麼早來做什麼呢？阿鈴抱著膝蓋苦思。難道會跟上次一樣在屋內亂晃？那我得躲好才行。

不久，阿鈴背部感到一陣寒意。她仍是蹲坐在樓梯旁，回過頭一看，笑和尚竟以同樣的姿勢坐在自己身後。

「哇哇！」

阿鈴忘我地大叫，情不自禁往後跳開，她想起現在的狀況，趕忙蹲下。所幸廚房裡很熱鬧，似乎沒人聽到阿鈴的尖叫。阿鈴悄悄回到樓梯旁，面對著笑和尚。

「爺爺，您在這裡做什麼？」

笑和尚無言地睜大白眼。

「不要嚇我，我的心臟差點停止。」

笑和尚蠕動著皺巴巴的嘴唇，一臉不高興。

「不會停止。」他嘰嘰咕咕地說。「是我治好的，怎麼可能停止？」

阿鈴很感動，因爲笑和尚說話了。先前他幫阿鈴按摩治療時，阿鈴正發著高燒神智不清，笑和尚也只說些「這邊這樣」那類的隻言片語。這還是阿鈴第一次跟他好好說話。

「那時候很謝謝您，多虧您治療，我現在完全好了。看，變得這麼健康。」

阿鈴稍微展開袖子，笑和尚又蠕動著皺巴巴的嘴唇，像是在笑。

「您知道今天客人在我家進行驅靈比賽嗎？」

笑和尚揚起幾乎掉光的眉毛，額頭深深擠出皺紋，望向樓上。

「是眞的，也許她們看得見爺爺你們。」

阿靜和阿陸如果眞有靈力，也許可以幫忙笑和尚他們早日升天——阿鈴飛快地說明。可是，笑和尚聽完雙唇緊閉，表情嚴峻，嚇得阿鈴後退一步。

「我才不想升天。」笑和尚吐出這句話。

阿鈴張大嘴巴。

「可是，爺爺……不升天的話必須一直在人世迷路，得一直當幽靈呀。」

笑和尚以混濁的白眼瞪著阿鈴說：「這有什麼不好？」

「可是……」

「而且我根本沒有迷路。我在這裡治療病人，也幫妳治病，妳卻要趕我走，眞是忘恩負義。」

阿鈴答不出話，沮喪地坐在地上。笑和尚說得也有道理，阿鈴並沒有徵詢過每個幽靈，問他們是想升天還是想待在這裡。想讓他們升天離開船屋，是阿鈴單方面的期望。

可是——

「可是，爺爺，玄之介說願意助我一臂之力，讓大家升天。所以我……以爲讓大家升天是件好事……難道不是嗎？一直當幽靈，不難過嗎？」

笑和尚鼻子哼哼出聲說：「誰會難過了。」

「……」

「那小子只是在妳面前逞強而已。他其實也想待在這裡，誰會希望自己消失？」

笑和尚依舊蹲著，用瘦削的手指搔著自己凹陷的臉頰。仔細一看，他的身子是半透明的，隱約可見他身後的地板。就算挨得這麼近，也感覺不到他的氣息，只感到一陣寒意。

「怎麼會……」

可是即便如此，笑和尚仍說不想消失，還說玄之介其實也不想消失。阿鈴完全混亂了。

「還有，」笑和尚繼續說。「那個叫阿靜的女孩根本不可靠。她連自己的父親患了胃病也不知道，還說什麼靈力。」

「白子屋主人？」

「是啊，所以我才現身。現在治療的話還來得及。」

阿鈴回頭仰望樓梯上方。湊巧這時島次先生捧著大托盤從廚房出來，阿鈴趕忙把頭縮回。島次爬上樓梯，托盤上擱著茶具和幾個漆器小盤子。阿鈴沒看清楚，可能是盛著水果。

「咦，」笑和尚低聲說道。「那人是誰？」

阿鈴本想回說那人是來幫忙的廚師島次，卻沒說出口。原來笑和尚指的不是爬上二樓的島次，而是站在樓梯下仰望島次的男人。

那人比島次高大，五官酷似島次，眼神專注地盯著島次的背影。他身上圍著白圍裙並用束帶綁起袖子，一身廚師打扮。

然而，他的身體是半透明的。

「是外人。」笑和尚鼻子哼哼地呼著氣說。

幽靈沒有呼吸，照理說不可能用鼻子發出粗氣，笑和尙卻辦得到。

「那人也是幽靈吧？」

阿鈴的視線無法移離那個酷似島次的男人。透過男人的身體可見廚房飄出的白煙和熱氣。

「他是跟著剛才上樓的廚師進來的。」笑和尙不悅地說。「看來他附身在那個廚師身上。」

阿鈴望向島次消失的樓梯上方，似乎還沒有人要下樓。阿鈴下定決心，從樓梯底下溜出來，跑向那個半透明的男人。

「請問……」

不料，阿鈴衝過頭了，竟然直接穿過了他的身子。瞬間，阿鈴找不到對方的所在，她東張西望找著，腦袋一片混亂。

這時多惠剛好從廚房出來，抱著細孔笊籬。

「阿鈴，妳在那裡做什麼？」

阿鈴聽到母親的叫喚總算停止打轉。她用眼角確認笑和尙的光頭還在樓梯底下之後，才笑著對多惠說：「有客人來，熱鬧一點果然好，阿母。」

多惠看似很高興，滑潤的額頭和太陽穴浮出汗珠，雙頰紅潤，表情歡樂就像個年輕女孩。阿鈴心想，對靠客人吃飯的店家來說，有客人上門眞是最佳良藥。

「嗯，是啊。今天大家都很忙，妳要當個乖孩子。」

「我知道。有沒有我可以幫忙的？」

多惠笑容滿面地說：「還沒有，妳回房去練習針線活兒，練練字吧。」

阿鈴答應後，多惠快步上樓。手中的笊籬盛滿白色粉末，好像是鹽。大概是白子屋要的東西。阿鈴再次環視四周，還是找不到那個酷似島次的男幽靈。她只好躡手躡腳地回到笑和尚身邊，從這裡看也看不見那個幽靈。

「我是不是嚇到他了？」

笑和尚沒回答阿鈴的問題，而是目不轉睛地目送一級一級上樓的多惠。由於他看得太認眞了，阿鈴突然不安起來。

「爺爺，我阿母身體也有地方不舒服嗎？」

笑和尚剛才不也是一眼就看出白子屋主人有胃病嗎？

「沒有，沒有。」因爲阿鈴還是不停追問，笑和尚眨著細線般的小眼睛，總算自樓梯移開視線，說道：「妳阿母的腳可是上等貨。」

阿鈴聽了很無力。「什麼嘛？我還在擔心我阿母該不會生病了呢。」

「妳是個傻孩子。」笑和尚壞心眼地歪著嘴巴說。「而且還是個野丫頭。我現身時妳千萬不要那樣衝過來，我會昏頭轉向的。」

「那個幽靈不知到哪裡去了。爺爺，你想他是誰？」

笑和尚歪著頭丟下一句「不知道」，又說：「爲什麼我得知道這種事？」

「我沒問您知不知道，我是在問您認爲他是誰。」

看來笑和尚個性相當乖僻，不好應付。

「什麼都不認爲。」笑和尚又哼了一聲，說：「他跟那廚師長得很像，應該是他的親人。這種事很常見。」

「很常見……是指幽靈附身在親人身上？」

「這很常見。」

「對親人作祟嗎？」

「不知道，要看附身的理由吧。」

事情大概就像笑和尚說的吧。不過船屋已經一屋子幽靈了，島次還帶其他幽靈進來，眞會給人找麻煩。

「我要回去了。」笑和尚說。他費勁地起身，伸了伸懶腰。阿鈴突然想到，幽靈也感覺得到自己的體重嗎？老幽靈的腰腿也不方便嗎？如果是這樣，笑和尚幫自己治療不就好了？

「爺爺，今天會很熱鬧唷，等一下還有一組客人要來。」

阿鈴對著笑和尚的背影說。老人沒有回頭，飄到走廊盡頭時忽地消失了。阿鈴望著老人消失的走廊地板和牆壁交界處，突然想起一件事，又小聲呼喚：「可不要爲了治療白子屋老闆突然跑出來啊，大家會嚇一跳的。」

笑和尚沒有回應。這麼重要的事應該早點說的啊！

「爺爺，拜託您啊，想出來時先告訴我一聲。」

「聽妳這麼說，看來妳不相信白子屋和淺田屋的兩個巫女有靈力囉？」

身後突然傳來聲音，阿鈴嚇得跳了一尺高。

「哎呀，妳那種表情，小心眼珠子掉出來唷，我幫妳接好不好？」

是阿蜜。她就坐在從下方數來第三級的樓梯上，笑著伸出手放在阿鈴的下巴下。

「啊，阿蜜。」

阿鈴挨近她腳邊，坐在第一級樓梯上。今天阿蜜用梳子捲著髮髻，穿著白底染藍色大喇叭花的浴衣，也沒帶三弦琴來。像是剛洗完澡的模樣，非常美麗。由於她側著身子坐，腿從衣服下襬的開叉露出來，右腿自膝蓋以下無所遁形。

「要是落入白子屋阿靜和淺田屋阿陸的羅網裡，我們這些無處可去的幽靈想必會被叫到她們跟前，坦承我們至今仍在這世上徘徊的理由吧？這不正是驅靈比賽的目的嗎？」阿蜜愉快地說。「到時不管是笑和尚還是我，就算不想出來也身不由己。妳不認爲嗎？」

阿鈴嘆了一口氣說：「是啊，事情本來應該是這樣。不過笑和尚爺爺說她們根本不可靠。」

「我也這麼認爲。」阿蜜邊說邊伸手順著髮髻。「妳想想看，阿靜先前來『驅邪』時，我們一點感覺也沒有。」

聽阿蜜這麼一說，確實是這樣。

「我總覺得頭昏腦脹起來，愈來愈糊塗了。」阿鈴洩氣地說出眞心話。

「有什麼關係。別管什麼驅靈比賽了，妳只要高興有客人上門就行了。客人是什麼樣的人，跟我們無關，也跟妳無關，當然也跟妳父母沒有關係。」

簡單說來，事情就是這樣。阿鈴看著阿蜜的臉，想起另一件更重要的事。

「阿蜜。」

「什麼事？」

「笑和尚爺爺說他不想升天。」

阿蜜默不作聲地望著阿鈴。阿鈴則盯著自己的腳邊。

「阿蜜也覺得現在這樣很好，不想升天嗎？妳也不想消失吧？」

阿蜜眨了眨眼，溫柔地笑著說：「妳覺得我們待在這裡礙事嗎？」

阿鈴吞下回話。礙事？她從來沒有這麼想過。可是，船屋如果要成為一間正派的料理舖，絕不能傳出鬧鬼風聲——不過，現在的客人是因爲有幽靈才上門的，高田屋七兵衛也打算靠這些客人打響船屋的名聲，這麼一來幽靈怎麼會礙事呢，船屋反而需要幽靈的存在。

阿蜜輕輕摸著阿鈴的頭。阿鈴雖然感覺不到阿蜜手指和手掌的觸感，但是頭皮感覺得到一股寒氣。

「我老實告訴妳吧，其實我們自己也不知道爲什麼會變成這副模樣？爲什麼會待在這裡？」

人死後會怎麼樣？

死後又會到哪裡去呢？

自己會成爲另一個人嗎？還是自己依舊是自己，然後前往跟現世完全不同的地方呢？

那一邊的生活跟現世相似，還是不一樣呢？阿蜜邊說邊屈指細數。

「我們不知道答案，畢竟我們也是第一次死去。阿玄、笑和尚和阿梅都一樣。我們只知道身邊處境相同的幽靈，而一般人死後到底去了哪裡，我們完全不知道，也無從知道。」

是不是就跟我不知道大雜院的孩子過著什麼樣的生活一樣呢？阿鈴想。

「我不知道升天之後會怎麼樣。一般說來，人死後都會升天，如果妳勸我升天，我也認爲應該這麼做，也覺得過意不去。可是我不知道該怎樣做，也不知道爲什麼自己不能升天。難道我死得很慘嗎？」

「不過啊，」阿蜜說到一半，噗哧笑出。

「運氣不好死去或慘死的人多的是，我雖然不長命，活著的時候也看過不少遭大水沖走或活生生被火燒死的人，可是那些人並沒爲都成爲幽靈呀。」

阿蜜咯咯笑著，摸著阿鈴的頭繼續說：「如果說是生前做了壞事而不能升天，這也不合道理。做壞事的人死後會下地獄遭閻羅王拔舌頭，不是嗎？」

「嗯，七兵衛爺爺是這麼告訴我的。」

「是呀，那我們爲什麼會處在這種不上不下的狀態呢？有『苦衷』的死人明明多得數不清，爲什麼只有我們這樣呢？還是說，阿鈴，也許我們已經『升天』了，我們其實一點都不奇怪。」

阿鈴小小的腦袋裡再度轉起漩渦。也許眞的就如阿蜜所說，幽靈們其實安於現狀，也許他們不必去其他地方，他們現在正是過著「陰間」生活。如果眞是這樣，死亡就一點也不恐怖了，死後生活反而更平靜。

「淺田屋的人好像來了。」

聽阿蜜這樣說，阿鈴抬眼一看。門口站著四個身穿黑衣的人正在頻頻喚人。

「這下全員到齊了。」阿蜜含笑說道。「接下來事情會怎麼發展呢？」

太陽下山後宴席才開始。

在這之前不是傳來唸經聲就是聞到刺鼻的焚香味，有時聽到跺腳的咚咚聲、喧嘩笑聲，相當吵雜，不過沒發生任何與主角幽靈有關的怪事。

正如客人指定的，黑色漆器材質的方形食案上，全是黑白兩色的菜餚。白子屋若是煮白豆，淺田屋便是煮黑豆。還有澆上白芝麻調味汁的豆腐；用煮軟的海帶裹著同樣煮成黑色的小魚；芋頭煮軟磨碎，包著調味過的烏賊再做成圓形；小蕪菁切成菊花狀浸漬甜醋，上面再撒些黑芝麻。

湯是清湯，湯料則是前些日子令阿鈴作噁的「蛙卵」果凍，不過今天的「蛙卵」飄出海帶湯頭的清香。太一郎在廚房向送湯的阿藤說：這湯最重要的就是要看準時間喝，動作要快。

「這道湯的獨到之處在於，湯入口時，湯料會在口中溶化。因此希望客人喝湯時不要用筷子。或該說，客人覺得喝這湯不需用到筷子的話，就表示這湯成功了。」

燒烤料理則是烤星鰻。只是今天表面上是素菜宴席，當然不能整條魚送出去。當星鰻魚皮邊緣滋滋滲出油時，趁熱剔出魚肉，在擂缽內搗碎，混入山藥、湯汁和蛋白，再倒進容器凝固。成品乍看之下像是豆腐，澆上勾芡的醬汁便完成了。給白子屋的就這麼送出去，但給淺田屋的要怎麼辦呢？太一郎在星鰻豆腐上面蓋上了一層薄薄的、像是海苔的東西，海苔因星鰻豆腐的熱氣柔軟地吸附在豆腐上頭，如此一來就完成了。這道菜有一股海水的香氣，巧妙之處在於用筷子劃開時，吸了水氣的海苔會混入白色的星鰻豆腐裡，吃著吃著，星鰻豆腐也漸漸變成黑色的。

油炸料理也是用星鰻。白子屋的是夾在瓜果薄片內油炸，佐以混入香柚皮的鹽巴；淺田屋的則塞進香菇菌褶內油炸，佐料是醬油偏多的黑色天麩羅沾汁。

燉煮料理則令太一郎很頭疼。時鮮蔬菜顏色多樣，賞心悅目，對廚師來說硬是要將這些食材弄成白色或黑色，實在覺得很糟蹋。可是爲求方便直接選用芋頭和海帶，又顯得無趣。

太一郎和島次左思右想，最後決定選用早熟的南瓜。白子屋的是將南瓜皮全部削去，加鹽和糖煮成清淡口味，再搗碎塞入切成兩半剔出蛋黃的白煮蛋內，朝下盛在白色碗盤，最後澆上煮南瓜的湯汁；淺田屋的則是不削皮的南瓜用醬油熬煮，再和同樣用醬油煮的香菇、黑豆一起盛在漆器裡。爲了熬煮出食材的光澤，製作時很費事。

白子屋最後一道是白飯，另加一碗飄著薑絲香味的雞湯，醬菜是白蘿蔔。雞湯上如果有浮油，客人一眼就看得出那是雞湯，必須多次過濾而且頻頻舀出浮油直至湯汁變得透明，再灑上能夠吸浮油的豆腐皮。爲了去掉雞肉味，竅門是加進料酒調味。淺田屋的最後一道菜則是深色的手工蕎麥麵，雖然沒有附湯，但是蕎麥麵佐料有兩種：一種是普通柴魚汁，另一種是在紅味噌湯裡加入茄子，鹹味加重。紅味噌湯用了深色味噌，更加深了茄子皮的顏色，讓佐料看起來更黑。

飯後先送上焙茶，之後再送上玉露茶和甜點。白子屋的是白豆餡湯圓和白湯圓淋上白糖汁；淺田屋的是黑羊羹，以及混入紅豆沙一起揉成的灰色湯圓，淋上黑糖汁。

「客人們好像吃得很高興。」

阿藤送上甜點後，捧著托盤奔回廚房向太一郎報告。她的雙頰興奮得紅通通的。

「尤其是淺田屋的人，他們說本以爲會吃到一堆紫菜或海帶，沒想到全猜錯了。」

尤其是星鰻豆腐特別獲好評。老闆爲治郎剛用筷子劃開豆腐時，還嚷著：「啊，這不是白色的嗎？」像是總算挑到了毛病，大聲嚷嚷著。但爲治郎說著說著，發現碗裡的星鰻和海苔漸漸混在一起，最後變成黑色的，令他心服口服，相當佩服。

「他還說，要是我們取巧把烤焦的東西送出來，他打算翻桌呢。沒想到我們竟然辦得到。」

太一郎用手巾擦拭額上的汗珠，開心地笑道：「就算客人開出的條件再嚴苛，料理舖也不可能送烤焦的東西給客人。淺田屋老闆還眞是糊塗呢。」

餐點全部出完後，客人們請太一郎和島次到各自的房間打招呼。

「現在必須向客人坦白，說那不是眞正的素菜。」

島次鬆開袖子上的束帶，一本正經地對太一郎說。他跟太一郎不一樣，阿藤興奮地來報告期間，依舊眉頭深鎖。

「我們擅自用了星鰻和雞，如果說明後客人仍然滿意的話，我們才算成功。」

太一郎點頭，說道：「做菜時，我完全忘了這場宴席是爲了驅靈比賽而辦的。」

「對我們來說最重要的菜餚本身。」

阿鈴依舊躲在樓梯後面，看著兩人整理好服裝自廚房出來。接著她發現一件事，在有些疲憊但神情愉快的父親和垂著頭的島次身後，那個酷似島次的幽靈又出現了。

阿鈴睜大雙眼，差點站了起來。那個幽靈表情比剛才看到時更不高興了，他的眼神既像憤怒又像憎恨，冷冷地盯著島次瘦削的背影。

太一郎和島次上樓前往榻榻米房，幽靈無聲地跟在兩人身後。焦急的阿鈴遲疑了一會兒，還是決定跟著他們。太一郎先走進了白子屋的房間，紙門敞開著，房內的燈光投射在走廊上，迸出熱鬧的談話聲。那個說話口齒不清的聲音應該是長兵衛的。阿鈴覺得納悶，難道今天的宴席上有提供酒嗎？

所幸多惠和阿藤都不在走廊上，阿鈴把身子緊緊貼在牆上，傾聽著房內的對話，太一郎似乎正在說明今天的料理。看樣子今天的宴席上沒出現幽靈？不對，現在更重要的是那個酷似島次的幽靈在哪裡？阿鈴環視四周，不見剛才那個表情兇狠的幽靈。

「有點太鹹了。」

一個年輕女孩的聲音這麼說。是阿靜吧。

「鹽能夠驅邪，食物太鹹會妨礙我招靈。」

太一郎拘謹地低聲回應：「這麼說來，今天小姐那方面沒成功嗎？」

「是的，不能說很成功。」阿靜簡單伶俐地回答。「只是……我感覺到一股瘴氣，有個能量很強的靈魂存在，因爲太強烈了，剛進房時我的頭很暈。」

「眞的，這孩子一進到房間就臉色發青。」阿秀的聲音接著說。「讓她喝水又撫摩她的背，才總算回過神來。」

「那麼，小姐是不是吃不下……」

太一郎似乎有點難以啓齒，聲音都嘶啞了。阿鈴豎起耳朵。要是吃不下，怎麼知道味道太鹹呢，應該多少吃下一些。

「那頭巾一直沒卸下嗎？」島次問。平素說話冷淡的他，此時依舊聲音生硬，不夠圓滑。只是更令阿鈴吃驚的是，阿靜現在似乎還披著那頂古怪的頭巾，那她要怎麼吃飯呢？

「這頭巾很重要。」阿秀氣憤地說。「招喚靈魂時需要這頂頭巾，你們有意見嗎？」

太一郎慌忙打圓場說：「不是那個意思，老闆娘。我們無意找麻煩，只是想知道客人們對今天的菜還滿意嗎？」

「不是說太鹹了嗎？」阿秀盛氣凌人地說。「招靈沒成功全是這些菜的錯。」

阿鈴覺得有點可笑，緊閉著嘴強忍著不笑出聲來。什麼啊，原來是阿靜失敗了。還是她想推說是先前來驅邪時，祛除得太乾淨了？

笑和尚一開始就不認爲阿靜有靈力，他說阿靜連父親的病都沒察覺，還敢自稱靈媒。連幽靈都這麼說了，應該不會錯。阿鈴也很想問問阿靜：我在這屋內看見的幽靈中，妳有沒有看見誰？

「眞是很對不起。」太一郎的聲音很沉穩，絲毫聽不出不愉快。阿鈴想，阿爸果然很了不起，能顧及鋪子的立場，壓抑自己的情緒。一般來說，廚師的自尊心都很高，但光有自尊心也不能做生意。不對客人低聲下氣，就拿不到應有的報酬。

「我們應該更愼重行事，仔細聽取各位意見，再決定菜單。」

「正是這樣。」阿秀不容分說地申斥。阿鈴想，這大姨眞是高傲。

「不過先前小姐光臨舍下時，一點都沒有不舒服的樣子，也對我們說些體貼入微的話，我們才放心……」

太一郎還未說完，阿靜突然插嘴問道：「先前？我來過這裡？」

「是的，小姐不是一個人來了嗎？看過房間並作法驅邪，說是要祛除房間的邪氣。」

阿靜提高聲音說：「什麼？」

「我女兒怎麼可能一個人來這裡，絕對不可能！」阿秀似乎也很緊張，聲音大了起來。「你怎麼可以這樣胡說八道！到底是什麼意思？」

「我們……」

「住口！」

房內忽然傳出嘩啷一聲，似乎有人打翻食案，或是大力拍打食案。

「我明白了，是不是淺田屋囑咐你們這麼說，是吧？要你們胡言亂語，好攪亂阿靜的心，還故意送出太鹹的菜妨礙阿靜，打算讓我們丟臉是吧。你說！淺田屋到底給了你們多少錢？」

這下事情麻煩了！樓梯上傳來腳步聲，不是多惠就是阿藤。她們聽到聲音，可能會上樓查看。無處可躲的阿鈴在走廊上狼狽不堪，要是被發現就糟糕了！

這時一陣冷風拂過阿鈴的臉頰，阿蜜突然出現在樓梯扶手前。阿蜜從空無一物的暗處像掀開布簾般撥開黑暗出現，飄到阿鈴身邊。她跟宴席開始前作相同打扮，髮髻和浴衣的組合在天完全黑了的此刻，看上去有些單薄。

「不要動，我把妳藏起來。」

阿蜜說完在阿鈴身邊蹲下，像要保護她似地用身體遮住阿鈴。

「這樣躲在阿蜜背後就行了嗎？」

「嗯，躲著吧。雖然有點冷，別見怪啊。」

事出突然，阿鈴沒時間細問，她半透明的身體眞能藏人嗎？她儘可能縮著身子，躲進苗條的阿蜜身後，情不自禁地想攀住她那摸不著的背和肩膀。

多惠憂心忡忡地探看二樓的情況，爬上樓梯。這期間，白子屋房內的怒氣越來越盛，阿秀和阿靜的聲音也越來越大。太一郎勸她們息怒的聲音被蓋住了，斷斷續續地聽不清楚。

有人打開淺田屋房間的紙門，阿藤露出頭來。看來她服侍完客人後，順便留在房裡陪客人聊天。阿藤臉上還半帶著笑容，但是長年擔任女侍的她光是察覺客人可能在生氣，就足以令她全身緊張。她現在也一臉緊張兮兮。

阿藤身後，淺田屋的阿陸也探出頭來。阿陸和丈夫松三郎手牽著手，縮著脖子探看情況，臉上還帶著微笑。她似乎對白子屋那邊發生了什麼事很感興趣。

「哎呀，哎呀，」阿蜜露出苦笑。「眞老實，還在笑呢。」

「淺田屋大概認爲是自己贏了。」

阿蜜微微回頭，問說：「贏？贏什麼？」

「驅靈比賽啊。白子屋的阿靜小姐承認今天失敗了嘛。」

阿蜜仰著喉嚨呵呵笑道：「哎呀，阿鈴，誰都沒贏也沒輸。妳看嘛，她們之中有誰看到我跟阿鈴了？」

沒人看到。她們怎麼可能看得到？

「我知道，笑和尙爺爺也說她們不可靠，雖然不知道阿靜小姐和阿陸小姐到底會什麼，至少在這個家裡，她們看得到的東西比我還少。」

「是啊。」阿蜜點頭，斜睨著淺田屋的那對年輕夫妻悄然挨近白子屋的房間。爲治郎和阿初也跟在後頭，阿藤拚命想說服四人回到房間，但是白子屋房內的爭執越演越烈，阿藤的努力全白費了。

「什麼事？白子屋到底在吵什麼？」爲治郎搖晃著肚子好奇地探看房內。「接下來就要比賽了，怎麼能鬧事啊。」

「可是，」阿鈴縮在阿蜜身邊繼續說。「她們招喚靈魂的能力是眞是假，跟驅靈比賽的輸贏完全是兩回事。阿爸和阿母都不能像我這樣跟阿蜜說話，只能聽從白子屋和淺田屋單方面的說詞。而且驅靈比賽又不能不定出輸贏。」

「原來如此，說得也是。眞是一件麻煩的事呢。」

「我應該早點阻止的。」

後悔深深刺進阿鈴胸口，她很氣自己。

「我不該讓他們接下幽靈比賽宴席的，老實告訴阿爸阿母我看到的一切就好了，這樣就不會被那些騙子利用。這陣子我還在期待阿靜小姐和阿陸小姐如果眞有靈力，也許可以幫助妳們順利升天，我實在是個傻瓜。」

阿鈴情不自禁說出眞心話。阿蜜在一旁溫柔地看著她，默默笑著。

「可是，笑和尚爺爺說不想升天，還說玄之介大人也這麼想。是啊，誰都不想消失的嘛。阿蜜也這樣想吧？是我太傻了。」

眼前這情況根本不是什麼驅靈比賽，甚至連一場宴席都算不上，這不過是交惡的兩家人糟蹋了太一郎的一番心血，毀了這場宴席，藉機吵架罷了。

阿蜜安慰噙著淚的阿鈴說：「妳現在不能哭，我懂妳的心情，妳不用這麼自責，現在先擔心這場混戰要怎麼收尾吧。」

淺田屋的人都來到走廊，紛紛交頭接耳。這時白子屋房內似乎又有人打翻食案。多惠頻頻道歉，想幫忙阿藤說服淺田屋眾人回房，卻只是徒勞。爲治郎粗魯地推開多惠想闖進白子屋房內，被推開的多惠撞到牆壁，阿鈴見了氣得想衝出去。

「噓，不要動。」阿蜜阻止阿鈴，說：「看，阿鈴妳看。」

阿鈴順著阿蜜的指尖望去，差點哇地叫出聲，忙用雙手按住嘴巴，僵在原地。

不知何時蓬髮已經站在樓梯扶手旁。他跟上次出現時一樣，衣衫凌亂，垮著雙肩，半瞇著白眼，吊著眼睛看人。他像是剛跑著過來似地氣喘吁吁，右手握著白晃晃的刀刃，鬆了一半的腰帶垂落在走廊上。房裡洩出的亮光照著他，地上卻看不到任何影子。

「果然出來了。」阿蜜眨著眼說，不知爲何她的眼裡滿是同情。「可能是聽到了女人的聲音才出來的，上次也是這樣。」

阿蜜指的是筒屋宴會那次。阿鈴無法自蓬髮身上移開視線，雙手緊抱怦怦跳的胸膛，屏住氣息。

「筒屋那一次，大老闆差點被殺呢……」

「是啊，不過那次他是聽到筒屋年輕老闆娘的聲音才出來的，這回也是。」

「阿蜜，妳知道那位武士的事嗎？」

「什麼都不知道，我只是猜的而已。阿玄說了什麼嗎？」

「什麼也沒說，他說他也不清楚。」

「我也一樣。不過那人一定跟女人有過什麼牽扯，這種事，我的直覺絕對不會錯。」

阿鈴在內心自問：這種事到底是指哪種事呢？阿蜜彷彿聽到阿鈴的心聲。

「一定跟戀愛有關。」阿蜜笑著回答。「阿鈴，不要動，躲好。」

結果，你一言我一句在走廊上爭執不休的一行人全擁入了白子屋房間，房內有人在尖叫。阿鈴當下以爲蓬髮會受到尖叫刺激，又會鬧事，打了個寒顫。但他只是肩膀上下起伏，喘著大氣，一步也不動。

聽到尖叫聲後，蓬髮雙眼恢復生氣，怔怔地望著前方。阿鈴發現他的眼睛佈滿血絲。

「那人……」阿鈴的手臂泛起雞皮疙瘩，說：「很像喝了酒腦筋不正常的人。」

「是發酒瘋。」阿蜜訂正。「阿鈴，妳看過這種大人嗎？」

高田屋七兵衛的老朋友裡有個人一喝酒就鬧事，阿鈴三歲時，他曾在高田屋喝了酒大吵大鬧，當時阿先還抱著阿鈴躲進壁櫥裡。雖然忘了細節，阿鈴卻清楚記得男人當時滿佈血絲的眼白，以及他離開後還聞得到的強烈體臭。那味道夾雜著汗味和酒味，令人作嘔，卻又有一股像點心的甜味，令人發毛。

「你鬧夠了吧！」

一個刺耳的尖叫聲響徹四周，爲治郎咚一聲地滾出走廊，緊接著阿初也摔在他的大肚子上。

「所以我就說不想跟那些人攪和在一起！我們太傻了，竟然和他們辦什麼荒唐的驅靈比賽！這些人爲了貶低阿靜什麼事都做的出來！」

「什麼？妳再說一次看看！」

爲治郎掙扎著起身，不認輸地反駁，唾沫自他口中大量噴出。阿鈴心想，好髒啊！眼角則緊緊盯住蓬髮，確認他還待在原地一步也沒動。阿鈴冷靜得像個大人，觀察眼前的一切。同時她又因後悔、憤怒、驚訝、恐懼，背上冷汗直冒，如果可能，她眞想抱住阿蜜。

嘎噠嘎噠！咕咚咕咚！陸續傳來東西摔壞的聲音，太一郎頻頻喊著「住手！」。接著島次摔了出來，滾到走廊上，雙手撐在地上。

「你們這些卑賤的廚師懂個屁！」白子屋的長兵衛大吼。「不准你們碰阿靜！不要不懂裝懂！我們要回去了！再也不來這種教人不愉快的地方了！」

「輸贏還沒定！」爲治郎手扶著紙門撐著身子，也大吼回去。「我家阿陸跟你家阿靜不同，是眞貨，只要較量一下就知道。爲了讓世人看清眞相，我們才同意辦這種莫名其妙的比賽。你們不要因爲牛皮要被捅破，就想逃走，沒那麼便宜！大騙子！我要告訴全江戶，到時候看你們怎麼丟人，活該！」

「我不是冒牌貨！」阿靜哭叫起來。

聽到她的哭聲，蓬髮有了反應，他全身顫抖了一下，嘴巴開開的。阿鈴緊張起來，彷彿下一刻蓬髮就要舉起握刀的手，再次衝進房內揮舞……

這時，島次猛然站了起來，他的臉猶如刻壞了的面具，沒有任何表情。臉色蒼白得像棉花，雙眼像板牆上的節孔一般漆黑，映不出任何光亮。

阿鈴看得毛骨悚然。阿蜜則僵著脖子，瞇起雙眼。

島次身後又出現那個幽靈，島次的背部跟那個幽靈的腹部幾乎貼在一起，而且，距離持續貼近

——貼近——貼近貼近——幽靈半透明的身體終於完全與島次重疊了。

島次開口。

「你們通通滾出去。」他說。他的聲音像是來自地底，顫抖，嘶啞。「通通滾出去。全都滾出去。再不滾，小心我殺死你們。」

眾人嚇得噤聲。島次搖晃著上半身，嘴角垂下一道唾液。

「喔，喔。」蓬髮發出聲音。阿鈴立刻轉頭看他，看到蓬髮佈滿血絲的雙眼湧出淚水。

「你竟敢這樣對我們說話……」白子屋長兵衛瞪著島次惡狠狠地說。「對客人再無禮也要有個分寸，你這個蠢蛋！」

長兵衛掄起拳頭，撲到島次身上打他。眾人以為像是呆立在強風中的稻草人般搖晃著身體的島次會不堪一擊，不料島次像隻貓似地敏捷閃開，繞到長兵衛身後。

「白子屋老闆，危險！」

有人大叫警告，叫聲未歇，長兵衛已被島次抄了一腳往前摔倒。島次騎在他背上，雙手緊緊掐住他的脖子，長兵衛發出短促的叫聲，不久便出不了聲也喘不了氣，手腳啪嗒啪嗒地掙扎，瞬間滿臉通紅。

「爸爸！」阿靜尖叫著飛奔過來。呆立原地的眾人聽到阿靜的叫聲，這才像是被潑了冷水一般回過神來，衝向島次。

阿鈴張大嘴巴看著這場突如其來的鬧劇。阿蜜默不作聲微微瞇著眼，目不轉睛地凝望眼前光景。

蓬髮呆呆站在大喊大叫又打又抓的眾人之外，不停地哭泣著。要是把他的眼淚串起來，可以串成一條念珠，剛好讓阿鈴戴在手上。那是一大顆一大顆足以做成念珠、閃閃發光的純淨眼淚。

阿鈴輪流看著眼前這場混戰和哭得像個小孩的蓬髮，感覺像在做夢，她不敢相信自己家裡竟會發生這種事。眼前的光景太可笑了。

「快住手！你想殺死白子屋老闆嗎？」

淺田屋爲治郎噴著唾沫大吼，掰開島次掐著長兵衛脖子的手。長兵衛喉嚨發出呼哧聲，一邊咳嗽一邊爬著逃開。

「咦，哎呀。」阿蜜大吃一驚，拉高聲音說：「阿鈴，妳看！」

被爲治郎和太一郎壓制住的島次突然安靜下來，彎下膝蓋無力地垂著頭，宛如斷線的木偶。阿鈴看見那個酷似島次的幽靈自島次身上飄然而出。

「喂，你。」阿蜜迅速站起身向幽靈搭話，如撥子彈了一下琴絃般投以質問：「你擅自闖進別人地盤鬧事，實在不像話。你到底是何方神聖？」

大人們要照顧長兵衛，又要將昏迷不醒的島次抬到房內，一陣混亂。阿鈴在阿蜜身後，雙手支在牆上撐起身子——膝蓋在打哆嗦——雙手發汗，全身冷汗直流。

與男幽靈對峙的阿蜜表情可怕得判若兩人，指甲也瞬間變尖，嘴巴含毒。她縮回下巴重新站穩，體內逐漸蓄積力量，好隨時趁機撲上去。

面對阿蜜的那個幽靈揚起右邊的嘴角，看似在笑，雙眼炯炯發光，令人想起水面上的浮油映著陽光的畫面。

「明明是個女人口氣還眞嗆，阿姐。」幽靈前後搖晃著垂下的雙臂，跨出一步，挨近這裡。

「我是什麼人跟阿姐無關吧。」

阿蜜文風不動，毫不畏縮。她眉頭深鎖，微微歪著頭，但背脊挺得很直。

「當然有關係，這兒是我的地盤，你沒打聲招呼就在這兒鬧事，讓我丟盡顏面。」

酷似島次的幽靈這次眞的笑了。阿鈴很害怕。因爲他口中露出的牙齒又尖又長。

「那可眞是抱歉啊。可是，阿姐，我也有我的苦衷。那個人……」男幽靈努努下巴指向昏厥的島次所在的房間。不知何時走廊上已經沒有人，大人們似乎都暫且回房了。幽靈接著說：「是我弟弟。妳聽著，阿姐，十年前我被他殺死。」

阿鈴沒時間爲這句話吃驚，因爲忽然傳來像是野獸的咆哮聲；原來是蓬髮，他正雙手掩面蹲在地上呻吟。他並非單獨一個人，玄之介也站在他身旁。玄之介低頭看著蓬髮，宛如面對一個不得不設法搬走、但一個人又搬不動的大型行李，束手無策地抱著胳臂，兩條眉毛垂得不能再低。當他發現阿鈴看著他時，向阿鈴點頭微笑，表情似乎在說：總之現在先看事態會如何發展。儘管阿鈴腦中還是一片混亂，玄之介的笑臉安撫了她，讓她暫時鬆了一口氣。

「那人名叫島次，是這兒的廚師。」阿蜜像要確認般地，一字一句地問幽靈說：「他眞是你弟弟？」

「絕對不會錯，是我弟弟。」

「你叫什麼名字？」

「我叫銀次，請阿姐多多指教。」

阿蜜沒客套回應，眉毛和眼睛都成一直線，問：「你恨島次，才附在他身上？」

「那當然，恨他的理由很多。他奪走我的舖子，奪走我的老婆和孩子，還奪走了我的性命。」

「島次知道你附在他身上？」

「當然知道，我經常在他夢中出現。」

「你想怎麼處置島次呢？像今天這樣讓他在人前作怪，好像也對你沒有好處。」

「我想要搶走島次的身體。」銀次大方回答，再次露出他長長的尖牙，笑道：「我要把他的靈魂從身體趕走，再進入他的身體，用那傢伙的身體過完下半輩子。我想回到老婆和孩子身邊。」

他激動地回答。阿蜜眨了眨眼，像是要重新測量細小東西的尺寸，凝望著銀次幽靈。

在這短暫的沉默中，房內又傳出嘈雜人聲。銀次幽靈瞄了房內一眼。

「島次好像醒來了。」他說得飛快。「阿姐，我在妳地盤鬧事，可能令妳很不愉快，但還請妳通融一下。我花了這麼多年才讓島次的靈魂衰弱，只要再加把勁，就能把那小子的靈魂從鼻孔揪出，趕走了。到時候，我不會再給阿姐添麻煩，如果阿姐需要，日後我也可以幫阿姐做些法事。」

他說完後，飄著轉過身，如被風吹散的淡霧消失在阿鈴和阿蜜眼前。

「這下可傷腦筋了。」

阿蜜雙手叉著腰喃喃自語。阿鈴緩緩走向玄之介。蓬髮雖然已經不再呻吟也不再哭泣，卻仍雙手掩面蹲在地上，前後搖晃著身子。

一群人自房內蜂擁而出。先走出來的是長相粗獷、氣得滿臉通紅的淺田屋爲治郎，阿初、阿陸和松三郎則隨後趕上，像賽跑一般快步離去。沒過多久，面無血色、眼圈發黑的白子屋長兵衛也出來了，他似乎還有點頭昏眼花，腳步踉蹌。阿秀在一旁攙扶著他。躲在他們背後的是個阿鈴沒見過的年輕女孩——看那打扮應該是阿靜，白頭巾大概是在騷動時弄掉的，阿鈴看到她的華麗髮髻。她身後跟著走得東倒西歪的隨從下女。

阿鈴眨眨眼。嗯？阿靜？

「白子屋老闆，白子屋老闆，我眞的不知道該怎麼向你們賠罪……」

太一郎支支吾吾地說著追在眾人身後，不過白子屋一行人似乎沒人聽進去。他們在阿鈴眼前通過，逃也似地下樓。

「阿爸。」

阿鈴拉住沒發現女兒的太一郎的袖子，問說：「阿爸，那個是阿靜小姐嗎？跟先前來的人不一樣啊。」

太一郎起初像是沒聽到阿鈴的話，阿鈴緊抓著他的袖子，重複說了好幾次，他才總算認出阿鈴，停住腳步。

「什麼？」

阿鈴耐住性子再說了一次。白子屋一家人這時已經下樓，正在門前穿鞋。太一郎挨近他們，仔細打量那女孩的側臉，張大嘴巴說：「眞的呢……」

「又有什麼事！」長兵衛嫌囉唆地回頭睨了太一郎一眼。「我受夠了……滾開！快滾！」

長兵衛粗暴地推開太一郎，太一郎踉蹌了一下。長兵衛粗壯的脖子四周清晰可見烏青的瘀痕，阿鈴看了背脊發冷。那是島次的指痕，不，應該說是銀次幽靈的指痕。

阿靜一次也沒回頭，白子屋一家人逃之夭夭離開船屋。客人全都離開了。

太一郎呆立在玄關，近乎哭泣般地喃喃自語：這到底是怎麼一回事？阿鈴不想看父親哭泣，求助般仰望樓梯上方。

然而阿蜜、玄之介和蓬髮都失去蹤影，從樓上吹來一陣冷風，拂過阿鈴的頭髮。

當天夜裡，阿鈴獨自偷偷跑到二樓榻榻米房。

即使驅魔比賽以如此悲慘的方式結束，勤快的船屋眾人也不會把善後工作留到隔天。榻榻米房已經清掃得很乾淨，燭火也熄滅了，沒有一絲傍晚宴席的痕跡。也許是因爲宴席上有人打翻食案和碗盤，阿鈴隱約聞到榻榻米上還帶著食物湯汁的味道，但很快就聞不到了。

船屋內鴉雀無聲，並非大家都睡著了。大人們在廚房，太一郎和多惠都垂頭喪氣，一向堅強的阿藤也難得的噙著淚。島次一直昏迷不醒，最後只好請來醫生診治，同時遣人通知林屋。剛才一個自稱島次侄子的人帶來幾個年輕人，用門板把昏迷的島次抬回去了。

阿鈴稍稍打開面向河道的窗戶的防雨滑門，細長的月光照了進來，關上面向走廊的紙門後，房內只剩下黑暗和手掌寬的月光陪著阿鈴。

阿鈴深深嘆了一口氣，她雖然很累但並不睏，心情沉重但精神亢奮。

「如果可以跟誰說說話該多好。」阿鈴對著黑暗呼喚。「有人在嗎？有人願意現身嗎？今天來了一個陌生的幽靈，大家是不是都嚇一跳了？沒人願意跟我說話嗎？我有很多話想說呢。」

沒回應。還是到樓梯那邊看看吧，跟平常一樣坐在樓梯中央，也許玄之介會現身——阿鈴正想離開窗邊時，眼角瞄到一個發光的物體，就在房間另一個角落。

蓬髮坐在那兒，雙手抱著身子蹲坐著。在發光的是他的臉頰。

原來他又在哭了。

阿鈴一點也不害怕。最初遇到他時，這人的確胡亂揮著刀，不過他並沒有砍阿鈴。

阿鈴腳底摩擦著榻榻米，一步步挨近，在蓬髮身邊也蹲了下來。

「謝謝您出來。」阿鈴儘可能溫柔地說。「我早就想跟武士大人說話了。」

蓬髮顫抖了一下，像隻飢餓、孤獨、老是遭人怒斥或丟石子的野狗。

「武士大人，您爲什麼這麼難過呢？」阿鈴問。

阿鈴也知道自己的問題太直接，對方也許不好回答，但是在今天的混戰之後，阿鈴不想再花心神拐彎抹角說話了，光想像就令她想吐。

「武士大人，您說話是不是不方便？那我要怎麼做才能安慰武士大人呢？請其他幽靈出來會不會比較好呢？」

蓬髮轉了轉濕潤的眸子，怯生生地望向阿鈴，他鬍子沒刮的下巴、肩膀和雙手都在打著哆嗦。阿鈴不禁感到悲哀和同情。黑暗中，蓬髮的身體不像是半透明的，感覺就跟活人一樣有血有肉。阿鈴情不自禁地伸出雙手想擁抱他，待手臂撲了空，她才回過神來。

蓬髮嘴巴顫動，吐出話聲：「偶，偶……」

「嗯，」阿鈴點著頭鼓勵他。「嗯，什麼？」

「偶，偶，殺，殺，了人。」

我殺了人。

阿鈴睜大雙眼，無言地點頭催促他繼續說。蓬髮尋求依靠似地望著阿鈴，顫抖著嘴唇，又說：

「殺，殺，殺了，很多。」

「您殺了很多人嗎？」

蓬髮像個頭沒接牢的木偶人，歪著頭，生硬地點頭。

「您爲什麼那麼做呢？」阿鈴遲疑片刻，又下定決心繼續說：「難道跟以前興願寺住持做的事有關係嗎？」

蓬髮雙眼瞪得老大，眼角彷彿會「咻」一聲裂開似的。他突然抽回身子，阿鈴以爲他想逃走，緊張了一下。原來蓬髮只是嚇得雙腿發軟，坐下來而已。

「我眞是的。」阿鈴鬆一口氣笑了出來，心情也平靜許多。「我還沒告訴您我的名字呢，我叫鈴。武士大人叫什麼名字呢？」

蓬髮右手頻頻擦著臉頰，像在看什麼恐怖東西似地望著阿鈴，對阿鈴的發問連連搖頭。

「您不想說出自己的名字嗎？」

蓬髮又用力搖頭。

「沒偶。」

是沒有名字的意思嗎？

「您沒有名字嗎？每個人應該都有名字的。」

「沒偶。」蓬髮眼神緊張，堅決地回說。「殺，人，搜以，沒偶。」

名字是很重要的線索，可是既然他說沒有，追問下去也沒有意義。而且不可思議的是，阿鈴突然覺得跟蓬髮有種親近的感覺。一直以來緊閉的那扇門似乎打開了，蓬髮從裡面走了出來，快步挨近阿鈴。難道他發生了什麼事，想向阿鈴——船屋的人——求救嗎？這跟以慘劇收場的驅魔比賽有什麼關連嗎？當時，蓬髮爲什麼沒有像上次那樣鬧事，只是大聲哭個不停呢？

「武士大人，您待在這兒很久了嗎？」阿鈴問道。

蓬髮像小孩一樣用力點頭，那動作讓阿鈴想起小丸，她覺得自己彷彿變成姊姊了。

「在這兒很痛苦嗎？想到其他地方嗎？還是想一直待在這兒？」

蓬髮抬起下巴，傾著頭，像是在觀察阿鈴。阿鈴雖然不覺得害怕，卻有些害羞。他到底在看什麼？好像要在我身上尋找什麼似的。

「殺了，人，不能，到，好地方。」蓬髮喃喃自語地說。「小姐，不用，豬道，那種素。」

「嗯，謝謝。」

蓬髮聽了像是嚇了一跳，抽回身子望著阿鈴。阿鈴甜甜一笑說：「武士大人很體貼呢。」

樓下傳來腳步聲，阿鈴縮著身子，側耳傾聽腳步聲的主人會不會上樓，不過腳步聲順著走廊逐漸遠離了。

「武士大人，」阿鈴轉向蓬髮。「爲什麼您今天哭得那麼傷心？今天來這兒的人當中，有人做了什麼事讓武士大人想哭，或是讓您想起了傷心事嗎？」

蓬髮又低下頭全身打著哆嗦，阿鈴也在他身邊縮起身子。

靠近一看，蓬髮的身體跟玄之介一樣，有些透明，就算伸手也摸不到吧。而且就跟和其他幽靈在一起時一樣，待在他身邊感覺得到陣陣寒氣。

就像面對玄之介、阿蜜和笑和尚一樣，阿鈴現在已經不怕蓬髮了。

「那個，素壞男人。」

蓬髮抱膝蹲坐著，低聲說了一句。

「那個，是誰？」

蓬髮不作聲，眨巴著眼，眼淚又落了下來。

「是那個……叫銀次的幽靈嗎？他是島次先生的哥哥，他說自己被島次殺死了。」

蓬髮沒回應。阿鈴決定繼續說下去。

「我也不清楚島次先生是個怎麼樣的人，也沒有跟他好好說過話，可是他願意跟阿爸一起幫船屋做事，我猜他應該是個好人。而且阿爸很中意島次先生，很信任他。這回爲了設計驅魔比賽宴會的菜單，阿爸常找島次先生商量。我阿爸很體貼，不過他自己是打拚過來的人，所以很討厭懶人。七兵衛爺爺也這麼說過……啊，七兵衛爺爺就是栽培我阿爸當廚師的人，不是我眞正的爺爺，但他就像我眞正的爺爺一樣。這樣說，您聽懂嗎？」

阿鈴抬起眼滴溜溜地望著蓬髮，他依舊眨著淚眼，不過確實看著阿鈴。阿鈴笑了笑，又繼續說：「討厭懶人的阿爸和島次先生要好，就表示島次先生也很勤快。七兵衛爺爺也教過我，他說大人不管再怎麼壞，就算去賭博、去不好的地方玩或是偷東西，只要肯工作，不至於眞的淪落到太悲慘的地步。反過來說，變壞的人都是懶人。我沒見過很多例子，都是聽大人說的，不大清楚。不過既然七兵衛爺爺這樣說，我想……」

阿鈴爲了不讓對話中斷，一直滔滔不絕地說著，說到後來連自己也不知道到底想說什麼，她慌慌張張地想了一下，接著說：「島次先生是個勤快的人，所以我認爲他不是壞人。」她確認內容順序，繼續說：「那個叫銀次的幽靈說，十年前島次先生殺死了他，我想可能是有什麼誤會吧。殺人可是罪大惡極的壞事，只有眞的很壞的人才做得出來吧？」

阿鈴聽到一聲長長的嘆息，是冰冷的氣息。

原來是蓬髮在嘆氣，阿鈴吃驚地望著他。

「偶，以尖，素懶人。」

蓬髮用平靜得近乎溫柔的語氣說：「搜以，才，殺人。小姐，說的，沒湊。」

阿鈴覺得自己咻的一聲掉到洞穴底。殺人可是罪大惡極的壞事，只有眞的很壞的人才做得出來。哎呀，我眞是的，蓬髮才哭哭啼啼坦承自己殺了人，都聽他說了這麼多，我竟然說出這種話。阿鈴提到島次和銀次的事時說得一時忘我，話就脫口而出。

我到底想做什麼？想害這個幽靈傷心難過，想讓他生氣嗎？我到底在想什麼啊，眞是個大笨蛋！

「我……」

阿鈴想說些話安慰蓬髮，卻想不到適當的話，只好默不作聲。阿鈴以爲這句話應該會讓蓬髮很難過很尷尬，甚至想找個地洞鑽進去；但是蓬髮看上去卻很平靜，臉上甚至掛著至今爲止最溫柔的表情。

「那個，素恐怖，男人。」蓬髮說。「小姐，不要，接近。」

「是島次先生？還是叫銀次的幽靈？」

蓬髮立刻回答：「兩個都素。」

「兩個都是？不過島次先生……」

阿鈴睜大雙眼，目不轉睛地盯著蓬髮的臉。仔細一看，可以發現他臉上有很多傷痕：有刀傷留下的、有青斑、有彎彎曲曲的形狀、指甲抓傷的痕跡，還有些地方凹陷下去；大小種類不同。這些傷痕爬滿他的整張臉，令人看了不舒服。他的右眉尾還因爲疤痕甚至長不出毛髮來；鼻子歪曲，上下嘴唇也不對稱。

阿鈴腦中突然閃過一個念頭——這些傷痕是不是這個人生前殺人時留下的？在犯下那種恐怖的罪過時遭人砍傷的？是不是被殺的那些可憐人抓傷或搥打這個人，試圖逃走或反擊，而這些舉動就留下無數傷痕在這張臉上？

眼前這個人極爲危險，極爲邪惡。他本人不也承認了？不管他現在看起來再溫柔、再可憐寂寞、再怎麼孤獨，這人確實曾經滿不在乎地砍死很多人，全身沾滿了受害者的鮮血，因罪孽報應才迷了路，無法前往西方淨土，是個罪無可赦的壞人。

這種壞人說的話可以相信嗎？

在阿鈴這個年紀，很難掩藏自己內心眞正的想法，即使不表現在臉上，也會透露在眼神裡。

蓬髮似乎也察覺到了。他的臉突然癟成皺巴巴一團，縮著肩膀，身子比剛才更蜷曲。

「素的，」蓬髮小聲說：「偶，素，壞人。」

「對不起，我……」

阿鈴趕忙挨近蓬髮，但他已不再看著阿鈴，只是望著地面，聲音不帶情感地說：「可素，小姐，那個男人，接近，不要。」

「因爲島次先生是壞人？」

「不要。不要不要不要。」

蓬髮激烈地搖著頭。

「您認爲島次先生眞的殺死了銀次先生嗎？」

蓬髮揪著自己的頭髮。

「殺了，殺了，殺了。偶，殺了，親，兄弟。」

瞬間，一陣冰冷得近乎刺痛的冷氣裹住阿鈴的身子。好冷！阿鈴縮著肩膀，鼻子受到刺激，迸出個噴嚏。

回過神來時，蓬髮已經消失了。

我殺了親兄弟。

阿鈴心中有個重要的角落，那裡總是有阿爸阿母在，而蓬髮消失前吼出的那句話，現在也緊緊卡在那個地方。

殺了親兄弟。

蓬髮殺了自己的哥哥或弟弟。是的，一定是這樣。

那是他第一次殺人嗎？如果是如此，蓬髮是不是因爲殺了親兄弟，才就此脫離正道，墮入不斷殺人的恐怖人生呢？

還是，那是他最後一次殺人？是不是蓬髮的兄弟看不慣蓬髮的殺人行徑，勸阻蓬髮，而蓬髮卻——殺了給自己忠告的兄弟？

答案到底是哪一個，恐怕只有本人才知道。阿鈴沒把握蓬髮還肯不肯跟她說話，就算肯，也沒把握他肯告訴阿鈴。不過，如果蓬髮是對殺了親兄弟一事深深悔恨，因而無法升天，那就能解開他為何在島次兄弟在場時現身，並且放聲大哭的疑問。島次和銀次的兄弟鬩牆，明顯觸痛了蓬髮內心的傷痛，足以讓蓬髮的傷痕再度流出鮮血。島次殺了銀次，弟弟殺了哥哥，殺死哥哥並奪走哥哥的人生；至少銀次這麼堅持並因此附在島次的肉體上。在蓬髮看來，這跟過去自己做過的事一模一樣。

阿鈴又想起阿蜜說的話。她說，蓬髮的靈魂會徘徊人世，跟年輕女孩脫不了關係，每當有年輕女孩出現，蓬髮就會心煩意亂地現身。

兄弟和年輕女孩。阿鈴試著從大人的角度去想：難道是兄弟倆喜歡上同一個女人？

這麼想的話，銀次幽靈對島次的怨言也就能解釋了。

——老婆被奪走，鋪子被奪走。

假若島次喜歡上哥哥銀次的妻子，也就是自己的大嫂呢？然後他按捺不住自己的私情而殺死礙事的哥哥？

事實上，島次的確和大嫂成家了，也養育哥哥的孩子。阿鈴從父母和阿藤透露的隻字片言中，知道了這些事。

驅魔比賽宴席以悽慘結果告終後，隔夜清晨，船屋靜謐得像在守夜。平素跟清晨六刻鐘響同時起床的太一郎和多惠仍躲在被窩裡，阿藤似乎也還在睡。昨晚三人悄聲談到深夜，難怪起不來。阿鈴想，就算早睡，大家一定也累得很，讓他們愛睡多久就睡多久吧。

睡著時就不必去想船屋的事。驅魔比賽變成那樣，結果只是雪上加霜，使船屋的經營更加艱難而已。不但幽靈沒有驅除，白子屋和淺田屋也因各自的理由勃然大怒，想必已經把船屋的美食和籌備宴席的苦心忘得一乾二淨了。雖然事先已經收了一半的錢當做訂金，用來備貨，但剩下的尾款收不收得到還是個問題。

船屋……也許會倒閉。

只要起床，就得面對這些現實問題。即使太一郎和多惠還沒有面對現實的氣力，想要多休息一下，也實在無法苛責。希望他們至少可以睡得很熟不要做夢。

就跟之前筒屋的事那時一樣，高田屋七兵衛至今還沒遣人過來，也不見本人踢著灰塵從本所過來。

這回船屋眞的完了，至少讓太一郎他們睡到滿意爲止吧——這或許是七兵衛體貼的父母心。

不過阿鈴不能睡。就算不考慮船屋的困境，她還有一大堆問題想知道、待確認。

大人不在或是還沒起床時，嚴禁阿鈴自己用火種生火，因此阿鈴起床後雖然又渴又餓，但飯桶只剩下一些冷飯，不能燒開水也就不能用熱水泡飯，更沒開水可喝。「算了。」阿鈴拿著勺子直接從水缸裡舀了水喝，說了聲「好！」就從船屋出發了。

阿鈴打算先到島次家，她聽說他哥哥銀次留下的外送料理舖「林屋」位於本所二目橋橋畔。她想就算不直接上門，也能打聽到一些事。昨晚林屋的人用門板抬著島次回去，事情鬧得那麼大，目擊的鄰居現在一定急著想說給別人聽。

事實上的確如此，與林屋比鄰的蔬菜舖和魚舖、對面的點心舖以及路過叫賣涼水的小販都在談論島次的事。

阿鈴很謹愼地四處轉悠。她只要說：我住在船屋旁的孫兵衛大雜院，船屋老闆娘給我一些零用錢，拜託我來探聽林屋伯伯的身體怎麼樣了。阿鈴以一副天眞的表情這麼說，鄰居就主動說給她聽。

「是嗎？妳眞是懂事，竟然幫忙來探病。妳要向那個船屋的老闆娘多要一點零用錢呀。」

「島次先生自己的舖子明明也很忙，何必到那間料理鋪……叫磚屋來著？他幹嘛要去那兒幫忙呢？」

「大概是欠人家什麼人情吧。」

「可是幫忙就幫忙，怎麼還被打到用抬的回來？不是聽說從昨晚一直昏睡到現在，睡得像個死人嗎？肯定被打得很慘。」

林屋鄰近居民不但不清楚船屋的名字，也不清楚昨晚到底發生了什麼事，更不知道有驅魔比賽這種荒唐宴席。大家不過抱著看熱鬧的心情閒聊，也有些替島次擔心。阿鈴在內心暗自嗯、嗯地點頭。

「我可不可以見見林屋老闆娘呢？船屋老闆娘交代，如果方便的話，她希望我可以直接問候，回去以後她會多給我零用錢的。」阿鈴問。

胖嘟嘟的蔬菜鋪大姨人很好，笑著拍胸脯說：「既然這樣，妳在這兒等著，我去幫妳問問阿高老闆娘。」

蔬菜鋪的伯伯也很親切，還特地為阿鈴做了糖水。阿鈴早上沒吃飯，很感激有這碗糖水。

喝完糖水後，蔬菜舖大姨陪著一個身材瘦削、尖下巴的女人回來。那女人穿著深紫條紋衣服，不知是不是衣服顏色映在她臉上，臉色看起來很糟。

「這是林屋的阿高老闆娘。」蔬菜舖大姨很有精神地介紹。她回過頭對著瘦削的女人，隨意揮手示意阿鈴，說：「看，就是這孩子。」

「唉呀，眞是辛苦妳了。」

瘦削的女人邊說邊挨近阿鈴，身上傳來刺鼻的線香味。

「妳回去以後轉告老闆娘，島次的內人阿高說，非常謝謝她派人來探病。」

那麼，她就是銀次從前的妻子，現在則是島次的妻子。原來她叫阿高。

阿鈴規矩地行禮，一副眞有其事的樣子表達問候，用詞雖然鄭重，卻說得支支吾吾的。蔬菜舖大姨笑得很開心，笑說：「這孩子眞懂事。」

阿高始終一本正經地聽著阿鈴轉述的問候，那表情不像在說「丈夫變成那樣，我可是在氣頭上」，也沒有「特地來探病眞不好意思」的感覺。很明顯的，她根本沒有聽進去，只是不能讓人看出這一點，只好做做樣子。她的眼睛一直骨碌碌地轉個不停。

不待阿鈴說完，阿高一副迫不及待的模樣，又挨近一步問：

「那麼，有沒有帶什麼東西來探病？」

「啊？」

阿鈴眞的呆住了，蔬菜舖大姨也張大了嘴巴，接著才哈哈大笑說：

「唉呀，阿高老闆娘，這孩子只是幫忙跑腿，沒帶東西來探病啦。」

阿高臉上明顯浮現失望的神色，教人看了都不好意思。她說：「是嗎？我還以爲……」

「對不起。」阿鈴縮著肩膀道歉。「船屋老闆娘只交代我，過來問一下島次先生身體怎麼樣了。」

「島次啊，沒什麼大礙。就頭上，」阿高用手在自己額頭上示意說。「多了個這麼大的腫包，沒性命危險。」

她的口氣像在說：眞遺憾，沒有性命危險。

「請問島次先生能說話了嗎？」

「已經醒來了，應該能說話了吧。醫生說身體沒問題，但是他一句話也不肯說，跟丟了魂一樣。」

阿鈴在心裡皺著眉。昨晚昏倒之前，島次的舉動明明跟平常一樣……他到底怎麼了？

接著阿鈴想起銀次說的話，暗吃一驚。

在那場混戰中，銀次幽靈不是這麼回答了阿蜜？

——我想要搶走島次的身體。

——只要再加把勁，就能把那小子的靈魂從鼻孔揪出，趕走了。

阿鈴覺得脖子上的汗毛都倒豎起來。轉醒的島次一句話也沒說，是不是正如銀次所說，島次的靈魂已經被趕出去了，銀次進入而且佔據了他的身體？要是開口說話，從島次口中傳出的，該不會是銀次的聲音？

——是陰魂的聲音。

「咦，妳怎麼了？」

回過神來時，阿鈴發現蔬菜舖大姨正擔心地看著她。

「妳怎麼臉色發青啊。」

阿高也一臉詫異。阿鈴急忙搖頭，擠出笑容。

「那麼我就回船屋了，向大家報告島次先生不要緊。」

「是啊，回去要小心。辛苦妳跑這一趟了。」

蔬菜舖大姨笑嘻嘻地慰勞阿鈴，但阿高卻一聲不吭。她的尖下巴本來就讓她顯得刻薄，不說話時看起來又更兇了。阿鈴跑著離開蔬菜舖。

一跑到看不到林屋的地方，她的心情總算平復下來。雖然胸口還在怦怦跳，但停下腳步深呼吸後，心跳也漸次平緩。

島次、銀次、阿高還有大哭大喊的蓬髮幾個人的臉，在阿鈴小小的腦袋裡轉來轉去，誰是誰都分不清。爲了轉移注意力，轉換心情，阿鈴拚命絞盡腦汁。殺死兄弟——要將這些糾結在一起的臉龐回歸原主，這句話正是關鍵。

阿鈴很想知道，十年前銀次到底是怎麼死的？這不能僅憑猜測，必須知道前因後果。然後再跟蓬髮見面，問他是否也經歷過跟島次兄弟相同的遭遇。要表達出阿鈴對蓬髮的關心，這麼做最好。只要蓬髮明白阿鈴的心意，就能夠得到他的信任，之後便可以一起思考要怎麼幫助他。

可是要怎麼做才好呢？剛才那種假裝天眞孩子受託辦事的方法，也只能打聽到那種程度而已。到底該問誰、又該怎樣問才好呢？要找到以前就和島次熟識的人……

阿鈴停下腳步，眼睛睜得大大的。扛著扁擔的涼水小販迎面走來，經過時對阿鈴笑了笑。不，也許他是看到阿鈴的表情，才忍不住噗哧地笑出來。

我眞是個笨蛋！阿鈴用手掌啪地打了一下額頭。不是有個七兵衛爺爺嗎！

本所相生町的高田屋和往常一樣飄出飯菜香味，走近後看得見廚房窗櫺飄出熱氣。員工工作的動靜，漆器疊放的聲響，大聲斥責助手的聲音，在在都令阿鈴懷念不已。

那是阿鈴熟悉的家，她直接繞到院子打開小門進去。四處雜亂地種著花草，阿鈴小心翼翼避免踏到這些精心照料的花草前進，來到七兵衛寢室旁。以前住在這裡時，每逢下雪，阿鈴總會和七兵衛在院子裡堆雪人，夏天則是捕捉誤闖到院子裡的青蛙和螢火蟲。

要是不開船屋，一直待在這裡有多好——阿鈴突然湧起一股刺穿內心的強烈感情，幾乎要掉下淚來。阿爸和阿母如果不離開這裡該多好，那麼大家就不用經歷這一切辛苦了。

啊，現在說這些話也沒用。再說阿鈴也有自己的理由，不能拋下船屋。

白天的話，七兵衛大概在舖子那邊。房間外的窄廊上只有阿先一個人，她正在大花瓶中插上夏胡枝子。阿鈴從灌木叢後走出來時，她並沒有立即察覺。

「阿先大媽。」阿鈴低聲呼喚。阿先嚇了一跳，抬起臉來，看到阿鈴時，手中的園藝剪刀掉了下來。

「唉呀，唉呀，這不是阿鈴嗎？」

阿先跪起身來。阿鈴又一陣難過，拚命壓下想哭的情緒。

「妳自己一個人來的？不要站在那裡，快過來。」

阿鈴聽從她的話挨近窄廊，阿先很快靠過來摟住阿鈴。阿鈴脫下一只鞋子，另一只仍套在腳上，全身埋在令人懷念的阿先的味道裡，那是混和了阿先肌膚、髮油味、袖口內香包的味道。如果阿鈴有祖母的話，祖母身上大概不會是這種味道吧。

「我聽說了，你們昨天很慘啊。」阿先近乎有些鼻酸地說。「阿爸和阿母很失望，妳也很難過吧。太可憐了。」

「阿先大媽聽誰說的？」

「大概半個時辰前，妳阿爸來過了，剛才又跟爺爺一起出門了。」

「回船屋嗎？」

「這我就不知道了。他們說要到島次先生家探視，七兵衛爺爺的表情很可怕呀……」阿先看著阿鈴的臉，問道：「妳從早上到現在都到哪去了？妳阿爸擔心死了。去哪裡玩了？」

阿鈴決定暫時不說出實情，答道：「嗯，我有朋友住在船屋附近的孫兵衛大雜院。」

「是嗎？那就太好了。」阿先摸著阿鈴的頭髮，總算安心似地跪坐下來。又問：「早上吃了嗎？還沒吃吧？」

「嗯，不過人家給我一碗糖水喝了。」

「那種東西怎麼能填飽肚子。妳等一下，我去拿點東西來。」

阿先放著插了一半的花不管，急急忙忙跑到廚房。阿鈴一屁股坐下，用力擦拭淚眼朦朧的雙眼，嘆了一口氣。

七兵衛既然出門了，她就失去來這兒的目的。不過來了也好，再怎麼說昨晚的事阿鈴心裡也很難受，很需要別人安慰。

阿先很快就回來了。阿鈴看到托盤上擱著熱騰騰的味噌湯、白飯、泡菜和煎蛋捲，還有一小片沾醬油料酒的烤魚，肚子咕咕地叫著。

「噯，好像有青蛙在叫。」阿先噗哧笑出聲說。「快，儘量吃，可以添第二碗。」

阿鈴狼吞虎嚥，吃著吃著逐漸恢復精神。人啊，無論再如何氣餒，只要吃得下飯就沒事，就可以繼續撐下去——這是七兵衛的口頭禪，阿鈴深有同感。

阿先笑著看阿鈴吃飯。阿鈴吃完合掌後，她收下托盤出去，又端來一盤切片瓜果。

「雖然瓜果時期還早。」

她勸阿鈴吃，自己又插起花來。夏胡枝子開著可愛的粉紅花和白花，這花的花季也快結束了。世人都說夏天一結束幽靈就不會出現，然而船屋卻不是這樣。

「阿先大媽，」阿鈴大口吃著瓜果，問：「大媽知道島次先生的事嗎？」

阿鈴聽說是七兵衛介紹島次給船屋當幫手的，既然七兵衛和島次的交情連對方的廚藝都清楚，阿先也許也知道一些事。

阿先喀擦喀擦剪著園藝剪刀，微微歪著頭說：「不知道，我不太清楚。」

「他廚藝很好，七兵衛爺爺才拜託他到船屋幫忙吧？」

「好像是這樣。」

阿先悠悠地回答，然後突然望著阿鈴問：「怎麼回事了？阿鈴，妳掛意島次先生的事嗎？」

「不是，沒有。」

阿鈴慌忙搖頭。阿先停下握著剪刀的手，她那比實際年齡年輕、有著美人尖的光潔額頭微微聚攏，擠出皺紋。

「大媽怎麼了？」

阿先瞄了一眼清純的夏胡枝子花，慢條斯理地說：「昨晚的宴席是爲了辦驅靈比賽吧？」

「嗯，是的。」

「結果幽靈出現了沒有？」

阿鈴點頭。對阿鈴而言，船屋的幽靈平常沒事也常出現，但是昨晚那場驅靈比賽本身，從結果看是失敗了。

「好像沒成功。阿爸還挨罵，說是菜太鹹才沒成功，說什麼鹽有驅邪的力量。」

阿鈴的語氣逐漸轉成抱怨。白子屋阿靜和淺田屋阿陸根本就是冒牌貨，就算送出完全沒有鹹味的菜，她們也沒辦法招靈吧，然後又會找出其他藉口辯解。

是嗎——阿先喃喃自語，咬著瓜果的阿鈴停下動作，她發現阿先額頭上的皺紋比剛才更深了。

「沒出現幽靈，島次先生卻變了一個人……明明沒出現幽靈。」

阿先像在確認般反覆這麼說。阿鈴暗吃一驚，很在意阿先的話。她把吃了一半的瓜果擱回盤子，靠近阿先。

「阿先大媽，您怎麼了？」

「嗯？」阿先擠出笑臉說。「沒什麼，沒什麼，妳吃瓜呀。」

「我是沒什麼，但是大媽的表情卻好像有什麼。」

「啊呀，」阿先用手做了個自上而下擦臉的動作問：「是這種表情嗎？」（註）

兩人同時笑了出來。阿鈴快速地轉著腦筋。阿先大媽似乎很掛意島次的事，要怎麼問出她在意的事呢？

「大媽，」阿鈴膝蓋併攏端正跪坐，一本正經地說。「其實我昨天看到了可怕的東西。」

「可怕的東西？」

「嗯，島次先生昏倒時……我在島次先生身邊看到一張模糊不清的男人的臉。」

阿鈴決定賭一把，說出來後覺得中了大獎。因爲阿先明顯沉下臉來。

「是什麼樣的男人？」阿先挪了挪膝蓋，把手輕輕擱在阿鈴手臂上，溫柔地握住。「妳很怕吧？應該……沒跟對方對上眼吧？」

阿先愼重其事的表情反倒令阿鈴更害怕。

「沒有，只是模糊看到影子而已，也許是我看錯了。」

「什麼長相？」

阿鈴又下了賭注，繼續說：「總覺得跟島次先生很像。」

阿先用力握住阿鈴的手臂。

阿鈴將自己的小手擱在阿先的手上，問道：「大媽，您怎麼了？大媽知道什麼事嗎？」

阿先垂下眼微微搖頭，小聲地說：「阿鈴，這事妳千萬不能告訴七兵衛爺爺，爺爺很討厭這種

註：阿先在此是模仿「無臉女人」的動作和阿鈴說笑。「無臉女人」是日本常見的民間鬼故事。傳說有人在深夜的林間小道看到一個無臉女子，出於好奇尾隨於後，但女子瞬間消失無蹤，好事者攔下路人詢問是否看見無臉女子，路人以手撫臉，答道：「你看到的是不是這樣……」

事。」

「嗯，我知道，我不說，絕對不說。」

阿先望著阿鈴的臉，鬆了一口氣，說：「剛才我也說了，我不清楚島次先生的事。關於舖子的事……尤其是廚房和菜刀那些事是七兵衛爺爺的工作，跟我無關哪。」

阿先是個俐落掌管家務、勤快又可靠的老闆娘，但她確實不插手生意上的事。

「只是船屋開張不久時，島次先生曾來找過七兵衛爺爺。因爲爺爺介紹他到船屋當幫手，他來道謝。他是個重禮數的人。」

當時島次被帶到阿鈴現在所在的房間隔壁，阿先端著酒菜到鄰房打招呼。

「島次先生鄭重地向我問候，我留下來跟他們聊了一會兒。過世的哥哥留給他的……」

「是外送料理舖林屋。」

「是的，是的。他說舖子生意很好，是哥哥的遺孤在照料，所以目前有空。島次先生絕不是個可親的人，而且話很少，但是和七兵衛爺爺卻聊得很愉快。妳也知道爺爺喜歡勤快的人。」

當時明明氣氛融洽，阿先卻感覺肩膀和腰部一帶冷颼颼的。

「那個時節已經不冷了，我覺得很奇怪。而且那天天氣很好，院子裡滿是陽光。」

由於還有家事，加上覺得冷了起來，阿先打算起身告退時，無意中望向院子。

「結果啊，」阿先倒吸了一口氣，越過阿鈴肩膀指向院子說：「在那棵南天竹後……那邊不是種著兩棵南天竹嗎？我看到一個臉色很壞、用束帶綁著袖子的男人，不出聲地站在那邊。」

阿鈴回頭望向院子。南天竹現在沒有結紅果實，但還是一眼就認得出是南天竹。以前住在這兒時，阿鈴時常惡作劇摘南天竹的果實而挨七兵衛的罵。七兵衛說：南天竹是「轉禍爲福」的吉祥樹，可以避邪招福，不能傷害。七兵衛雖然不喜歡鬱悶的鬼故事或因果報應的話題，但很喜歡跟商人有關的吉祥物。

當然現在那裡沒有人，只有沐浴著夏末陽光的南天竹。倘若樹裡住著會說話的精靈，大概會反問：爲什麼妳們兩人都用可怕的表情看著我？

「那男人的臉……」阿鈴目不轉睛地望著南天竹。「也很像島次先生吧，大媽。」

「很像。」阿先微微打著哆嗦回應，那哆嗦通過彼此握著的手，也傳到阿鈴手上。「當下我甚至以爲有另一個島次先生站在院子，以爲是他靈魂出竅。」

可是就在阿先吃驚地眨著眼時，南天竹旁的男人消失了。七兵衛和島次依舊在房內愉快地聊天。

「我怕得要死，藉故要去拿酒離開。可是不管到走廊還是廚房，都冷得牙關打顫。」

過一會兒島次告辭後，阿先問七兵衛：那個島次先生看上去有點陰沉，最近是不是有家人過世？

「七兵衛爺爺哈哈大笑說，那人一向就一副無精打采的表情。說到家人過世，只有十年前一個叫銀次的哥哥過世，最近應該沒有什麼事。」

阿先聽完才恍然大悟，剛才站在南天竹後面的男人也許就是島次過世的哥哥，銀次的幽靈。

「所以五官才那麼相像。」

阿先不露痕跡地詢問，從七兵衛口中得知島次和銀次以及林屋的家務事。所幸當時七兵衛喝了酒心情很好，不疑有他，說了很多。

「結果啊……」阿先看著阿鈴的臉，爲難地笑了。「噯，講這種事給妳聽，萬一妳晚上做惡夢，都是我害的。」

「沒關係，大媽，話聽到一半反而不好受。」

「也是。」阿先點頭說。「七兵衛爺爺說，直到過世前一天銀次先生都很健康，看不出異常，因爲死得太突然，連驗屍公役都來調查。結果查不出可疑的地方，公役判斷是病死的，可是爲什麼他會暴斃，原因一直不清楚。」

阿鈴感覺腳邊緩緩升起一陣冷氣。

「我聽完以後覺得更害怕。」阿先說著望了望院子。「站在那邊的銀次先生，表情眞的很怨恨，而且目不轉睛……只是盯著島次先生。不，應該說是瞪著島次先生。到現在我還忘不了他的眼神。」

大媽，那眼神，我也看過——阿鈴在心裡這麼說。

阿先的側臉僵硬，一直凝望著院子，彷彿現在也看得見銀次的幽靈站在那邊。人的眼睛不僅看得到眼前實際存在的事物，也能看到留在心底的景象。

外面傳來賣感冒藥的小販的叫賣聲，大概還是個新人，叫賣的旋律有點走調，他像是爲了彌補這一點而叫得特別賣力。阿先回過神來眨眨眼，望著阿鈴。

「大媽，妳不要緊吧？」

「嗯？啊，不要緊，我說了可怕的事給妳聽了。」

阿先取下塞在腰帶的手巾，幫阿鈴擦拭因瓜果汁液而黏糊糊的手。阿鈴住在這兒時，阿先也時常這樣照料自己，她覺得很懷念。

阿鈴突然想到，問說：「大媽，大媽除了看到那個……很像銀次先生的幽靈……還看過其他幽靈或是可怕的妖怪嗎？」

「這個啊，」阿先微微一笑。「我也不清楚，應該沒有吧。雖然聽過上了狸貓的當或狐狸附身那種事……不過眞正看到幽靈，那次還是第一次。」

「大媽來過船屋很多次吧？也沒在船屋看過什麼嗎？」

阿先笑著問：「船屋有什麼嗎？」

原來如此。阿鈴不由得抓著耳垂皺起眉頭。

玄之介曾說過：看得到幽靈的不只阿鈴一人，過去也有人看得到。船屋的人日後也有機會看得到玄之介他們。只不過，阿鈴比較特殊的是，一開始就看得到所有的幽靈——

原來阿先大媽也看得見銀次的幽靈。沒想到在意想不到的地方，竟然還有人看得見幽靈。要是阿先到船屋，也許可以看到幽靈中的某人。不過阿爸和阿母卻始終看不見幽靈。

爲什麼呢？

「是不是看得見的人就看得到幽靈，看不見的人就看不到呢，爲什麼會這樣呢？爲什麼大媽看得到銀次先生，七兵衛爺爺卻看不到呢？」

「這個啊……」阿先微微皺起眉頭。「阿鈴，妳說昨天在昏倒的島次先生身邊看到男人的臉，這事告訴妳阿爸和阿母了嗎？」

阿鈴搖頭說：「阿爸和阿母因爲昨天的事沮喪得很，已經夠受了，我不想再說些有的沒的。」

「說得也是，眞是個體貼的孩子。那麼他們也沒對妳說什麼嗎？」

「如果是幽靈的事，什麼都沒說。」

「是嗎？這麼說來，太一郎和多惠他們應該看不到……」

後面那句話小聲得像在自言自語。

「阿爸他們一直什麼都沒看到，一個也沒有。阿藤大姨也是。雖然阿律和修太嚇得離開船屋，但他們不是因爲看到幽靈才離開的，這點我最清楚。」

阿鈴不經意地說。阿先似乎嚇了一跳，低頭望著阿鈴，問道：「阿鈴……難道妳昨天不是第一次看到幽靈？妳在船屋也看過其他幽靈了？」

阿鈴緊張起來，她還不打算全盤托出。

「不是，我不是那個意思。」

「眞的嗎？我眞是的，竟然沒想到有這個可能。聽到船屋有幽靈作祟，我應該……妳也知道七兵衛爺爺的個性，他不可能考慮到這種事……但我應該多替妳著想才對。」

阿先把手貼在額頭，表情顯得很懊惱。

「小孩子啊，眼睛不像大人那麼混濁，往往看得到大人看不見的東西。所以啊，在船屋做壞事的幽靈，妳也許比太一郎和多惠看得更清楚、更仔細吧？妳眞的沒看到什麼嗎？」

這一剎那，阿鈴猶豫著到底該繼續說謊，還是一口氣和盤托出。一顆心像是雞蛋一樣滾來滾去，像要逃離自己的手心。

——乾脆全講出來吧？

如果是阿先，應該可以接受玄之介和笑和尚他們的事。

那顆「心」蛋又在滾來滾去，這次滾到「好，說出來」這一邊入口時停住了。

阿先又說：「要是妳看得到附在船屋的幽靈，事情就不能再拖下去，得趕緊請個法師來除靈。不能像妳七兵衛爺爺那麼悠哉，說什麼想利用幽靈讓船屋出名，得早日把幽靈收拾掉才行。」

阿鈴大吃一驚，睜大了眼睛。阿先像要趕走追小孩的狗，一副可惡又氣憤的表情，口氣也強硬許多。

「收拾……大媽，是說請法師來讓幽靈升天嗎？」

「我不知道會不會升天，誰也不知道那些遊魂會去哪，不過至少可以把它們趕出船屋。」

——哎呀，這樣可不行。

怎麼可以把幽靈趕出船屋，阿鈴根本不希望那麼做。

阿鈴想：不管來了什麼法師，大概都無法把船屋的幽靈趕走，畢竟船屋本來就是他們的，阿鈴一家人是後來才來的。就算法師來了，玄之介和阿蜜大概只會在一旁笑著看熱鬧。可是如果阿鈴放任大人那麼做，玄之介他們可能會很失望，也許再也不跟阿鈴要好，也不會原諒阿鈴。

阿鈴立刻收好那顆滾來滾去的「心」蛋，儘可能挺直背脊，打斷阿先的話，說了：「大媽，妳放心。我昨天是第一次看到幽靈。眞的！」

「眞的嗎？妳不能對大媽說謊。沒看我這麼擔心嗎？」

「我沒有說謊。」阿鈴甜甜地笑著。「所以大媽也不要皺著眉頭了好不好？」

玄之介若是看到這光景很可能會苦笑著說：

——阿鈴，妳現在就那麼會演戲，將來一定不堪設想。千萬不要變成可怕的女人啊。

等了一會兒，七兵衛還沒有要回來的跡象，大概是去島次家探病完，又到船屋去了。阿鈴向阿先告別，離開高田屋。如果現在趕回船屋，也許能趕在七兵衛跟雙親討論善後時抵達。阿鈴快步走了一陣子，可是來到猿子橋時，又改變了心意。她放慢腳步，雙手支在欄杆上俯視河道水面。水面映著阿鈴的臉，那雙大眼睛也在仰望阿鈴。

爲什麼有人看得到幽靈，有人卻看不到呢？爲什麼同一個人可以看到某個幽靈，卻看不到另一個幽靈呢？

阿鈴看得到船屋的幽靈和銀次，阿先則看得到銀次幽靈，可是七兵衛卻看不到，爲什麼呢？假若有人具有能看到幽靈的「眼睛」，這種人無論走到哪裡，只要那裡有幽靈，他應該都看得見才對。也許阿鈴就是這種體質。眞討厭，雖然還不確定自己就是這種體質。

如果是這樣，阿先的例子又無法解釋了。阿先說她在看到銀次幽靈之前從來沒有類似經驗，也看不到船屋的幽靈，她只看得見銀次。這不是很奇怪嗎？阿先算不算有看得到幽靈的「眼睛」呢？

阿先說，小孩子能看到大人看不到的東西。可是之前阿鈴在河道看到拋石子的阿梅時，當時在場的筒屋阿園和小丸卻看不到。那時阿鈴看到阿梅打算要推小丸落河，想大叫警告，結果糖果哽在喉嚨。姑且不管阿梅是不是危險的幽靈，可以確定的是，她的個性很彆扭，這就足以令阿鈴感到威脅。那時，只有阿鈴察覺到阿梅的存在，她清楚看到了阿梅身上的紅衣，阿園和小丸卻看不到。那個救了差點噎死的阿鈴的武士——瘦瘦高高，帶著狗狗的鄰居旗本——不知看到了沒有？啊，眞是失策，那時候應該問他才對。

阿鈴清楚看見自己映在水面上的臉。這是「我」，是阿鈴。跟看得到這張臉一樣，我也看得到玄之介大人和阿蜜，笑和尙甚至還爲我按摩。我也看得到蓬髮哭泣的臉，甚至感覺得到他高大的身軀因爲悲傷而顫抖。阿梅扮鬼臉的表情也實在氣人！清楚得令人想按住她，給她一個耳光。

阿梅眞是可惡！這時阿鈴想起一件事。

住在孫兵衛大雜院的乖僻勝，設計我掃廁所的那小子，他能看到阿梅，他看到阿梅跟在我身後。不只是這樣，他似乎還跟阿梅很熟。他甚至還說：

——阿梅，妳不是有事來找我嗎？

乖僻勝爲什麼看得到阿梅？他又怎麼看待自己看得到阿梅這件事呢？他看不到其他幽靈嗎？看得到銀次幽靈嗎？

阿鈴靈機一動：或許，哪個幽靈讓誰看到、不讓誰看到這一點，正是當事者幽靈徘徊人世的「關鍵」？

阿鈴拔腿跑向孫兵衛的大雜院。

氣人的是，房東孫兵衛又不在，乖僻勝也不見蹤影。巷子內四處可見玩耍的小孩子，乖僻勝似乎沒跟他們在一起。

上次照料過阿鈴的阿松和兩個年紀相近的大姨在一起，井邊堆滿了衣服，她露出粗壯的手臂在洗衣板上用力搓洗著衣服。其中一個大姨則用腳踩洗著一件藍染外褂，阿鈴請教她孫兵衛的去處，她沒停腳，爽快地跟阿鈴說，今天有人自川越來找房東，房東帶著他去淺草參拜觀音菩薩了。

「妳還沒找到私塾嗎？」阿松還記得阿鈴，親切地問她。

「是的，還沒找到。大姨，妳知道乖僻勝在哪裡嗎？」

「那小子跑去釣魚了，大概在附近的橋上吧。」

這一帶河道縱橫交錯，有那種成年男子跑步就可以跳過的窄河道，也有流經二十尺便是盡頭的小河道，不一而足。至於橋，要是擱著一塊木板的無名橋也算在內的話，起碼就有十座。他到底在哪座橋上？阿鈴焦急地在附近跑來跑去。

結果，在距孫兵衛大雜院東邊半町（約五十五公尺），有條與其說是河道不如說是積水的小水溝，乖僻勝正在那條河道盡頭的小橋下。那裡水流很淺，橋下長著茂密的蘆葦，乖僻勝將衣服下襬塞在腰間，躲在蘆葦叢中垂著長釣竿，混濁的河水看起來不像有魚棲息。

阿鈴跑得上氣不接下氣，站在橋上調勻呼吸。這座橋只是併排著幾塊凹凸不平的木板架成的，能透過橋面縫隙看見橋下。阿鈴抓住搖搖晃晃快腐爛的欄杆，探出上半身，乖僻勝的頭剛好就在阿鈴腳尖前。

「喂，你！」

阿鈴出聲叫喚，乖僻勝卻不理不睬。釣竿柔軟地彎成弧線，文風不動。定睛一看，那釣竿只是一根把葉子仔細剝掉的柳枝而已。

「你，乖僻勝！我有話跟你說，你聽著！」

阿鈴也知道自己叫喚的樣子就像要找對方吵架，只是因爲有過打掃廁所的舊恨，這也沒辦法。實際上阿鈴的確氣憤，氣得差點忘掉東跑西跑到底想找他問什麼。這世上確實有人能讓你一見面就發火。

乖僻勝別過臉。不，他應該只是望著釣竿前端，然而看在阿鈴眼裡，他的態度正是「別過臉」。

「喂，你還記得我吧？前幾天你才騙我打掃大雜院的廁所不是嗎？我是船屋的阿鈴，去找孫兵衛房東問私塾的那個阿鈴，你記得吧？」

耳邊傳來嗡嗡聲，有什麼東西飛過阿鈴側臉，陽光太強看不清是什麼，不過想也知道這種地方蚊蟲很多。

乖僻勝依舊望著釣竿前端，說：「不知道妳找我有什麼事，但不要大聲嚷嚷好不好？魚會嚇跑的。」

「這地方能釣到什麼？不是沒有魚嗎？」

「妳眞煩，根本什麼都不懂。」

「乖僻勝，我有話要問你才來找你的。」

「想問人家事情，就不要在人家頭上大喊大叫。」

「那你要我怎麼辦？我又不能下去。你上來吧。」

乖僻勝突然轉頭仰望阿鈴。從他的方向看來，阿鈴背後正是太陽，他看似很刺眼的樣子。

「找我幹嘛？妳是誰？」

「我剛剛不是說過了！」

「我記性不好，忘了。」

阿鈴咚地跺了一下腳，整座小橋都搖晃起來。

「我是想問阿梅的事！」

乖僻勝正打算把臉轉回釣竿的方向，聽到阿梅這個名字，他又仰頭問了：

「阿梅怎麼了？」

「前幾天我來孫兵衛大雜院時，阿梅跟在我身後，你不是叫住她，還問阿梅在這裡做什麼嗎？我記得一清二楚。」

乖僻勝把臉轉向前方，在蘆葦中移動腳步，響起一陣嘩啦水聲。阿鈴幾乎要把身體折成兩半探出欄杆，朝著他喊：

「你知道阿梅是幽靈吧？我不知道原因，但那孩子就住在船屋。也許船屋蓋好之前她就在那裡了。你爲什麼看得見阿梅？你以前就認識阿梅吧？爲什麼？」

「我什麼都不知道。」

「你明明知道。我……」

「大小姐，妳腦筋有問題。」

「什麼？」

「阿梅是誰？船屋是長坂大人宅邸旁那家料理舖吧？雖然我不太清楚，但聽說給客人做什麼驅靈比賽料理，很有名。那種東西眞能吃嗎？」

看來驅靈比賽的風聲傳得很遠，甚至傳到跟料理舖無緣的孫兵衛大雜院居民耳裡。

「眞不好意思，我們舖子的菜可好吃了，在這一帶甚至不會輸給平清。」

乖僻勝抬起下巴，哈哈大笑說：「料理幽靈給客人吃的舖子還眞會逞強。」

阿鈴大怒，情不自禁地揮舞著拳頭，又探出身。

「誰說我們料理幽靈，不要亂說！」

乖僻勝迅速瞄了阿鈴一眼，發出「嗚哇」一聲跳到一旁。阿鈴以爲自己駁倒他了，瞬間得意起來，可是她並沒有得意多久。

支撐阿鈴身子的欄杆發出不祥的嘎吱聲。

「眞危險。」乖僻勝露牙笑著。

「什麼危險？」還沒說完，阿鈴已經連同壞掉的欄杆一起跌落水中。

「小姐，妳運氣也太壞了。」

阿松遞給阿鈴一杯盛滿熱開水的茶杯笑著說。茶杯是紅梅圖樣，很舊了，杯緣還有兩個缺口。

阿鈴脫掉濕透的衣服，跟阿松借了浴衣穿，上面再披件全是補丁的背心。本以爲現在不是冬天，掉進像小水窪的河道沒什麼大礙，但是濕透的衣服貼著身子，跟脫掉衣服跳進河裡游泳或在洗澡盆淋浴完全不同，還是冷得很。眼前這杯熱開水對阿鈴很受用。

阿松用她粗壯的手臂搓洗了阿鈴的衣服，衣服現在正掛在孫兵衛家後面的竹竿上隨風飄蕩。阿松翻看阿鈴的衣服，愉快地笑著說：「這花紋很漂亮，是用妳阿母的衣服改的？這種魚鱗花紋啊，有給女人避邪的意思在裡面。可是小姐妳也眞有本事，身上穿著避邪花紋的衣服，竟然還掉到河裡。」

乖僻勝洗了釣具，收起，從魚簍內取出小魚——那種水溝原來眞的釣得到魚啊——處理後開始做魚漿。他站在廚房的背影有模有樣，剖魚動作也遠比阿鈴像樣。

「房東會回來吃晚飯嗎？」

阿松到後院確認阿鈴的衣服乾了沒有，在後院大聲問乖僻勝。

乖僻勝邊剖魚邊回答：「說好要回來吃晚飯，不過不確定。他說參拜完以後，要送客人回花川戶的租船旅館。」

「唉呀，這樣啊？那大概會在那裡喝酒。要是喝了酒就不會回來了，也許會在那裡過夜。」

阿松斜睨著乖僻勝的背影，又說：「你要好好看家，不要以爲房東不在就使壞。就算沒做壞事，你也讓這位小姐吃了苦頭。眞是的，老做些不像樣的事。」

乖僻勝只是「嗯」或「啊」的應著，一次也沒回頭。阿鈴想起上回來的時候，阿松也是這樣不客氣地斥責乖僻勝。

阿鈴雖然吃了乖僻勝的苦頭，不過也是他從水中把阿鈴拉起來，還把被濕衣服下襬纏住腳沒辦法走路的阿鈴揹回這裡。他一看阿鈴掉到水裡，就樂得哈哈大笑；但是當全身濕透的阿鈴嚇得要死，膝蓋和手肘撞到河底隱隱作痛哭了出來時，他馬上停止大笑，拉起阿鈴。那時他的表情很認眞，焦急地問阿鈴哪裡痛撞到哪裡了。阿鈴哭個不停時，他罵著「不要哭，笨蛋不要哭！」在水中不知所措地嘩啦嘩啦走來走去。

之後到此刻爲止，他一直沒跟阿鈴說話。

阿松用手掌合著阿鈴的紅腰帶用力拍打，說著「大概要一個時辰才會乾」，走回房裡。

「小姐，妳家是船屋對吧？通知一下家人比較好，要不要讓他們來接妳？」

阿鈴慌張地搖著頭說：「不、不用了，不用叫人來接我。等衣服乾了，我可以一個人回去。」

「是嗎？不要緊嗎？」

「不要緊，反正也沒受傷。」

「那，我幫妳梳頭好了。」

阿松力氣很大，讓她整理髮髻有點痛。

「小姐長得很漂亮呢。」阿松仔細端詳著阿鈴的臉愉快地說。「雖說妳有事找房東，但一個人在外面亂跑很危險的，還是小心點。」

「是，不過……阿松大姨，我不是什麼小姐。」

「爲什麼？妳不是料理舖的小姐嗎？生活跟我們不一樣啊。好了，紮好了。」

阿松拿小鏡子給阿鈴看，鏡子大概很久沒打磨，照起來模糊不清，但看得出來歪斜鬆亂的髮髻已經重新紮好。也許是鏡子照得不清楚的關係，阿鈴覺得鏡中的自己五官很有大人的樣子，自己都嚇了一跳。

「小姐，我還有事不能待在這裡，妳要不要跟我一起回我家？雖然我家比這裡小又亂七八糟，還有孩子在吵……」

阿松以嚴厲的目光瞥了乖僻勝一眼，繼續說：「在這裡跟乖僻勝一起看家也沒意思吧？」

「謝謝大姨。」阿鈴恭敬地行禮道謝。「不過在衣服晾乾之前，要是乖僻勝……不是，勝次郎先生不介意，我想待在這裡。」

阿松縮起下巴，斜眼打量著阿鈴，懷疑地說：「這樣好嗎？我想妳會很無聊哨。算了，如果有事不用客氣，儘管叫我。」

阿松離開時，乖僻勝已經剖好魚，正用菜刀剁細魚肉，把魚肉拋進擂缽。他握著用了很久已經變短的擂槌，以前端咚咚敲打著魚肉，開始磨碎。

阿鈴默不作聲，看了一會兒。乖僻勝磨碎魚肉的動作雖然熟練，但每次轉動擂槌時，擱在濕抹布上的擂缽也跟著左右搖晃。做這種事時最好有人在一旁幫著按住擂缽。

阿鈴悄悄站起身走到廚房，伸出手問：「我幫你按住好不好？」

乖僻勝只是轉動眼珠瞄了一眼阿鈴，不作聲。阿鈴伸出雙手緊緊按住擂缽，問道：「這是什麼魚？」

乖僻勝並沒有回答。他的動作俐落，緊實的鮮魚肉轉眼就磨碎了。阿鈴看得興味盎然。

「你每次都像這樣做菜嗎？」

乖僻勝依舊沉默不語。

「我家是料理舖，阿爸很會使菜刀。這也是當然啦，他是廚師嘛。不過你也很內行。」

乖僻勝不作聲，像章魚一樣噘起嘴。

阿鈴笑著說：「剛才眞謝謝你。」

乖僻勝畫著圓圈轉著擂槌，低聲問：「謝什麼？」

「謝什麼？你不是把我從河裡拉起來？」

「是我害妳掉下去的吧？」

「不是，我不是被你害的，不過……」

阿鈴突然覺得很好笑，雙手按住嘴巴笑了出來。

「你眞的很怪，搞不懂你到底是親切還是壞心眼。」

「反正我腦筋不好。」

「我不是那個意思。」

難不成乖僻勝不懂親切和壞心眼兩個字的意思不同？他好像把阿鈴的話全都聽成在指責他了。他跟孫兵衛房東兩人平常過著什麼樣的生活呢？阿松大姨每次對乖僻勝說話都很兇，大雜院其他人也是這樣嗎？

難道因為——乖僻勝是孤兒？還是因為他個性彆扭？

阿鈴一放手，擂鉢又咕咚咕咚地搖晃起來。乖僻勝總算停止轉動擂槌，抬起頭來，嘴唇往下撇成兩個併排的ㄟ字，望著阿鈴問：「妳來這裡做什麼？妳到底想做什麼？」

雖然說來話長，不過阿鈴不但說出阿梅的事，也說了搬進船屋至今的經過，包括驅靈比賽宴席的情形。阿鈴覺得，乖僻勝並不壞，但是個性很難親近，若是想從他口中探聽出什麼，自己必須先坦白說明事由，否則他不會認眞應對。

果然如阿鈴所料，乖僻勝認眞地聽阿鈴說話，期間沒有插嘴也沒有分心。

「搬家以來，只有我一個人看得到船屋的幽靈。」阿鈴說完，對乖僻勝點著頭說：「可是上次來這裡時，我發現你也看得見阿梅。你知道我那時爲什麼會嚇一跳了吧？」

乖僻勝又歪起嘴來，他一歪嘴表情就顯得很怪。明明不要歪嘴比較好，難道這是他的習慣？

「我是到河道釣魚時看到阿梅的。」乖僻勝突然這麼說。

「船屋四周的河道？」

「嗯，那邊釣得到鯉魚和鰻魚。」

原來如此。她想起還曾爲此跟玄之介商量，要偷偷用河道的魚做出別致的料理，當做船屋的招牌菜。可是後來船屋因爲驅靈比賽的事鬧得天翻地覆，阿鈴完全忘了這檔事。

「讓人發現了不是會挨罵嗎？」

乖僻勝揚起嘴角變成倒豎的乀字，看上去很得意。

「我才不會笨到讓人發現。」

據說是在兩年前的初春時。

「可是那時那房子還是空屋吧？」

「是啊，明明是空屋，卻有個女孩在二樓窗口望著我，嚇了我一跳。」

乖僻勝說，他當時以爲有人住進去了。

「可是我問房東，房東說不可能，覺得很奇怪。房東說那不是妖怪就是陰魂，又說不止那房子，那一帶全遭到興願寺殺人住持作祟……」

乖僻勝說到這裡連忙閉嘴，臉上明顯露出「說太多了」的表情。阿鈴趕忙搖頭說：「沒關係，繼續講。我也聽說過那個可怕住持的事。」

乖僻勝瞪大眼睛問：「妳聽誰講的？」

「其中一個幽靈告訴我的。聽說是三十年前的事了，當時鬧得很厲害。」

「妳眞勇敢。」

「爲什麼？」

「因爲妳看起來毫不在乎，一點也不怕。」

乖僻勝看似打心底佩服阿鈴，阿鈴有點得意。凡事一副事不關己的勝次郎，只有在驚訝時會老老實實地回應，這點也很有趣。

「上次我來這裡，老實說不是爲了私塾的事，我是想請孫兵衛房東告訴我三十年前事件的詳情。」

「妳問那種事想做什麼？」

「我想幫幽靈們升天。」

乖僻勝這回皺起了眼皮。他的表情眞靈活。

「什麼意思？」

「我想，船屋的幽靈是因為各自的心結才待在那裡的，而那心結一直沒解開，所以，要讓他們升天，最重要的是解開他們的心結吧？這就必須先查出以前發生了什麼事。」

「妳眞笨，這種事問本人不就知道了？」

「沒那麼簡單。有些事連本人也不清楚，而且又不是每個幽靈都可以把話說得很清楚。阿梅也是，她只會對我扮鬼臉，從來沒跟我說過話。」

乖僻勝用力摩搓著人中說：「那小子……原來……」

「阿梅會跟你說話嗎？她都說了些什麼？」

乖僻勝斜著眼想了一下，小聲地說：「她也很少跟我說話。不過她常說待在那裡很無聊。」

兩年前的初春，乖僻勝看到站在空屋二樓窗口的女孩好幾次，覺得心裡發毛。再加上孫兵衛說的，更是愈想愈恐怖。另一方面，也挑起他的彆扭脾氣，想要確認那女孩的眞面目。於是某天他偷偷潛入空屋。

「白天潛入的？」

「當然是白天，可是那種空屋白天不也都昏昏暗暗的？」

乖僻勝先推測出那間有窗口的房間的方位，踏著佈滿灰塵的樓梯走去，果然發現有個穿紅衣、約莫八歲的女孩，規矩地坐在陽光燦爛的窗口旁。

「我看得一清二楚。起初還在想搞什麼鬼，根本就不是什麼陰魂，只不過有人跟我一樣偷溜進來而已。」

然而鬆了一口氣的乖僻勝正打算開口時，那女孩竟然消失得無影無蹤。

「我嚇了一跳，看了看四周，發現她就坐在我後面。那時啊，我嚇得以爲膽子會從嘴巴蹦出來。」

阿鈴一想像那個畫面，就覺得又同情又好笑，用袖子壓在唇上笑著。乖僻勝沒有生氣，只是蠕動嘴唇，笑笑地接著說：「我問她，妳是誰……她就說她叫阿梅。我又問，妳在這裡做什麼，她說什麼也沒做，但沒辦法離開這裡。」

沒辦法離開這裡——

「我問她，妳是陰魂嗎？那小子竟然反問什麼是陰魂？我說陰魂就是幽靈，死後不能升天的人會變成這種可怕的東西，阿梅那小子說，我不可怕啊。又說自己一個人很寂寞。」

玄之介和笑和尚、阿蜜都沒有在乖僻勝面前出現嗎？

「你沒有看到其他幽靈？」

「嗯。」乖僻勝迅速點頭，接著好像想說什麼卻遲疑不決，眼珠滴溜溜地轉。

「怎麼了？」

「沒什麼。」

總之，他就是這樣跟阿梅成爲朋友的。

「阿梅不會對你扮鬼臉？」

「不會，她很乖巧。」

「跟對我的態度完全不一樣嘛。」

阿鈴有點生氣，學乖僻勝把嘴巴歪成ㄟ字。

「上次阿梅不是跟在我身後來到這裡嗎？以前發生過那樣的事嗎？要是她眞的不能離開那棟房子，這不是很奇怪？」

乖僻勝不知爲何又吞吞吐吐起來。這麼突然，他是怎麼了？

「以前……有過兩次。」

「來這裡？」

「嗯。」

「她一個人出來？」

「不是，跟上次一樣，都是跟在別人身後。那個……跟在她合得來的人身後。」

「我跟阿梅完全合不來啊。」

「那小子……她認爲跟妳合得來。」

「那她可以跟我說嘛。」

乖僻勝心神不定地拉著耳垂，望著門口，一副希望有救兵出現的模樣。

「怎麼了？怎麼突然慌慌張張的。」

「啊？沒有啊。」

阿鈴直視他的眼睛，問道：「你爲什麼看得見阿梅，有沒有想過這個問題？」

乖僻勝這回打算拉扯另一邊的耳垂。阿鈴笑著撥開他的手說：「不要那樣做，耳朵會變大，會變成從天竺過來的大象一樣。」

乖僻勝放下手，挨罵似地垂下眉毛，噘起嘴說：「我……什麼都不知道。」

「好奇怪。」阿鈴總覺得不對勁。到底是自己說的哪句話讓乖僻勝突然緊張起來了呢？「阿梅……她說過為什麼在你面前出現的理由嗎？」

一定有共通點才能讓兩人都看得到幽靈，而那共通點或許就是線索。

「你問過她理由嗎？」阿鈴繼續追問。

乖僻勝竟一反常態，表情悲哀，支支吾吾地說：「阿梅說……我是孤兒才看得到她。因為我們都一樣，那小子也是孤兒，以前兩次她跟在別人身後來這裡時，那兩人也是孤兒，所以我才相信她說的。」

阿鈴沒有立即理解他說的話隱含的深意，只是點頭同意：「嗯，有道理。」然後，她瞪大眼睛說：「那……照這個說法，我不也是孤兒了？」

乖僻勝又歪著嘴。他大概早就猜到阿鈴會想到這點，剛剛才那麼坐立不安。

而阿鈴則驚訝於自己腦中所迸出的想法。

「告訴你，我不是孤兒。」阿鈴情不自禁地繼續說。「我阿爸和阿母都很健康，他們一直是我阿爸和阿母。我有家，不是孤兒，絕對不是。你不要亂說。」

阿鈴噘著嘴，愈說愈生氣。乖僻勝拉著耳垂。

「我什麼都沒說啊。」他低聲說。「妳不要亂生氣。」

「也許因為我們都是女孩子，阿梅才在我面前現身。」阿鈴說。「可是我有阿爸和阿母，那孩子沒有，她很生氣，才對我扮鬼臉也說不定。」

嗯，是的。一定是這樣。這麼一說不是很有道理？

乖僻勝俯視擂缽內的魚漿，突然想起來似地喃喃自語：「要放味噌才行，還得放薑。」

乖僻勝那種想轉移話題的態度令阿鈴不快。她很想得出令人折服的結論，說明阿梅跟自己的連繫。不過阿鈴不喜歡剛才的答案，她想要更確切的答案。

當然這只是一種孩子氣的任性，阿鈴只是想得到滿意的答案而已，自己卻不自覺。

「對了，我之前做了個怪夢，你想聽嗎？」

乖僻勝從廚房櫃子取下裝味噌的小罐子，阿鈴跟在他身後邊走邊繼續說：「我在壁櫥內睡著，結果做了個夢。我掉到一個像是井底的地方，抬頭一看，月亮一下子圓一下子缺。我想那是表示經過了那麼多的日子，後來，我慢慢變成了骨頭。」

乖僻勝把一塊拇指大小的味噌拋進擂缽，是味道刺鼻的紅味噌。

「我想，這表示我在夢中是具屍體，隨著時間慢慢變成骸骨。我在想，這個夢是不是曾經發生在阿梅身上的事？那孩子是不是掉進井底死了？至於我爲什麼會做這種夢，那是因爲我們都是女孩子。」

乖僻勝將味噌罐放回原位，拿起隨意擱在櫃子旁的草袋，從裡面拉出的正是印有筒屋字號的五合棉袋子。

「咦，你也到筒屋買稗子或小米嗎？」阿鈴問。儘管好像是自己岔開了話題，但是看到了熟悉的筒屋袋子，阿鈴不禁高興起來。

乖僻勝沒回應，將筒屋袋子擱在一旁，伸手自草袋內取出一塊乾癟的薑塊。

阿鈴拿起筒屋袋拉開袋口抽繩，裡面有半袋漂亮的淡綠色稗子。

「這是用來做稗子年糕的。」乖僻勝從阿鈴手中拿過袋子，說：「房東喜歡吃。」

「你要做？」

「不然誰要做？」

乖僻勝開始削薑皮，阿鈴站到他身邊繼續說：「我跟筒屋一家很熟。小老闆角助叔叔跟我阿爸是朋友，阿園跟我也是朋友。」

乖僻勝用大菜刀靈巧地削著薑皮，動作依舊純熟。

「船屋的第一組客人就是筒屋，他們來慶祝大老闆的古稀之慶。因爲筒屋的木棉袋很有名，我阿爸絞盡腦汁想出了跟袋子有關的料理，對方很高興呢。」

阿鈴當然沒忘記，正是在那次的宴席首次發生幽靈作祟事件，但是她不想在這時候告訴乖僻勝。

「我阿爸做了你正在做的這種魚板，是白肉魚，用豆腐皮裹起來，再用湯頭煮熟。大老闆直誇好吃好吃……」

乖僻勝切碎薑片，口氣冷淡地插嘴說：「要是我，就不會那樣做。」

「啊？你說什麼？」正得意地誇耀父親廚藝的阿鈴怔了一下。

「我說，要是我，不會在筒屋喜筵上送出那種菜。」

乖僻勝用雙手掬起切碎的薑末拋進擂缽，拿起擂槌。

「筒屋是五穀舖吧？他們賣五穀，一直到大老闆古稀之年生意都很好吧？那他們的喜筵應該送出代表舖子商品的五穀的料理才有道理，因爲他們是託五穀的福才能賺錢的。」

阿鈴怒上心頭，說：「那種東西不是料理舖會端出來的美食！」

「一定要美食不可嗎？」

乖僻勝大聲地說，瞪著阿鈴。他的氣勢之強，令阿鈴畏縮地退後半步。

「妳大概以為在江戶人人都吃得到白米飯，只有特別喜好五穀的人才會吃五穀吧？那當然啦，我們房東也很喜歡吃稗子和小米。可是也有人是窮得吃不起白米。還有人故意不讓別人吃白飯，害得有些人明明白米飯就在眼前卻得吃稗子和小米。五穀舖的客人正是這些人。既然是五穀舖的喜宴，那讓他們先吃五穀，對著五穀合掌說托福托福，應該也不會遭報應才對。」

阿鈴臉上發熱，氣得心裡直翻騰。這小子，果真是乖僻勝。乖僻到這種程度實在不尋常。

「如果是你，你打算做什麼菜？難道你能做出不輸我阿爸的菜？」

乖僻勝鼻子微揚說：「那當然，我做給妳看。有客人願意花大把錢，料理舖才能採購什麼鮮魚青菜雞蛋吧。有好的材料，再怎麼蹩腳的廚師也做得出好菜。我才不會那麼挑剔，就算只是五穀，我也能做出正式的喜宴料理。」

阿鈴肚子裡的怒氣如熊熊烈火，那股熾熱令嘴唇、聲音、話語都像炭爐上的鐵絲網般焦黑了。

個性好強的阿鈴沒哭出來。

此刻她也還不想走。

她舉起小小右手狠狠地甩了乖僻勝一巴掌。

啪地一聲，清脆響亮。

「我討厭你！」

阿鈴發出被怒火烤焦的嘶啞聲音，左手握拳擊向乖僻勝的肩膀。乖僻勝任由阿鈴打他，但他一直盯著被打的肩膀，彷彿上頭黏上什麼東西。

「我也討厭妳。」他很快的小聲說。「妳馬上回家去，快滾。」

「你不說我也會回家！」

阿鈴大聲說完，跑了出去。她從廚房一路跑出孫兵衛大雜院，才發現衣服下襬太長纏住雙腳，差點絆倒。糟了，自己的衣服還掛在孫兵衛家的竹竿上，現在身上穿的是阿松向孫兵衛大雜院的人家借來的。

——怎麼辦？

阿鈴嘴角下垂成乀字。

最後阿鈴就那一身打扮回到船屋。

船屋大門緊閉，安靜得像在辦喪事。阿藤一個人在門口旁的小房間看家。

「唉呀，阿鈴，妳怎麼了？這身衣服是怎麼回事呢？」

阿鈴看到阿藤突然就放寬心，撒嬌地哭出來。阿藤拿出阿鈴的衣服細心爲她換上，並爲她重新綰好髮髻。

阿鈴當然不能告訴阿藤自己遠征孫兵衛大雜院的理由，阿藤也不是會深究孩子的話的人，因此阿鈴只說，不忍看阿爸和阿母傷腦筋，自己又幫不上忙，心情不好，就到外面散步，結果在快壞掉的木橋上滑了一跤，掉進河裡。正好孫兵衛大雜院的大姨路過，把她救了上來——阿鈴這麼說瞞騙過去。

「大姨幫我洗了衣服，可是我很想回家，等不及衣服晾乾。」

阿鈴抽抽搭搭這麼說。阿藤頻頻說著「是嗎？是嗎？」摟著阿鈴安撫。

「妳嚇壞了吧。好像沒受傷，身上痛不痛？」

「嗯，不痛。」

「那妳去躺一會兒，大姨去幫妳要回衣服。是孫兵衛大雜院的什麼人？那個救妳上來的大姨叫什麼名字？」

因爲是臨時編出的謊言阿鈴沒想太多，立刻就被問倒了。要說出阿松的名字很簡單，可是一旦阿藤和阿松見面，阿鈴到孫兵衛大雜院找乖僻勝、以及顧著跟他說話掉進河裡的事可能就會敗露，這可就糟了。

「大姨她……沒說出名字。」

阿鈴硬是又撒了謊。

「她只說住在附近的孫兵衛大雜院。」

「是嗎？」阿藤圓胖的臉上雙眼圓睜，問道：「那妳在哪裡換衣服的？」

「在孫兵衛房東家，衣服也晾在那邊。」

阿藤輕易就相信了。

「如果是房東家找起來很容易。大姨去幫妳要回衣服，順便好好謝謝對方。」

「現在就去？」

「是啊，現在去比較好吧？」

「孫兵衛房東現在應該不在家。」

要是阿藤去了，碰到乖僻勝，那小子也許會多嘴說溜什麼。不過孫兵衛並不知情，聽說還耳背得很，應該會立刻相信阿藤的話，將衣服還給阿藤。

「不在家？可是阿鈴，妳不是在房東家受人照料嗎？」阿藤又自問自答：「啊，我明白了，是房東娘照顧妳的吧。」

「是……不是呢，總之房東現在不在家。大姨，明天再去好了，再說借來的衣服也要洗乾淨再還人家吧？」

阿藤帶著明顯蔑視的眼神打量阿鈴借來的那件衣服。洗得發白的楓紅花紋，許多地方用其他布料縫上大補丁，其中一個補丁一看就知道是用蓋被補的。

「這衣服不用還了吧。」

「那該怎麼辦呢？」

「找件還過得去的舊衣服送還人家，這種情況要這麼做才不會失禮。」

「是嗎？」

「阿鈴，妳記住。如果向別人借手巾，不能光洗過就送回去，那太不像話了。我們跟那些用一條手巾向當舖借錢過日子的人不一樣哪。」

「那要是借了油傘，也必須買把新傘還人家嗎？」

「油傘比較麻煩。除非是很破的傘，不然將借來的那把送還對方就行了，不過至少得帶盒點心做回禮。」

「破傘就不用還，丟掉嗎？」
阿藤誇張地搖頭說：「怎麼成，借了破傘，要買新傘還人家。」
「那不是反倒要破費了？」
「這是應該的，有頭有臉的舖子必須這麼做。」
「可是這樣借傘的人不會覺得難為情嗎？因為借給人家的東西被嫌太舊，被當成垃圾丟掉了。」
「借破傘給別人的人才失禮，對於失禮的人，我們要買新傘送回去，讓對方明白怎樣做才合乎禮儀。」
阿藤威嚴十足，說得斬釘截鐵，阿鈴雖然感到疑問還是點頭稱是。阿松稱她「小姐」一事隱約閃過腦海。
「阿鈴肚子餓不餓？早上到現在都沒吃東西吧？」
「不，不餓。阿爸跟阿母呢？」
「高田屋大老闆來了，他們一起出門，今天大概很晚才會回來，阿鈴要乖，陪大姨一起看家。」
阿藤連珠砲似地說完，換了一口氣，嘆息著往下說：「話說回來，船屋眞是多災多難。太一郎先生……老闆也眞辛苦。」
「他們去哪裡呢？」
「這……不知道。」
阿藤自以為搪塞過去，但阿鈴旋即明白，阿藤大姨清楚三人的去處，只是不想告訴她。
——等一下再問玄之介大人。

待會兒坐在樓梯中央呼喚看看，如果是阿蜜現身也好，只要聽阿蜜唱上一小段曲子，那滑潤的歌聲就能安撫自己和乖僻勝吵架後不舒坦的心情。

阿藤起身到廚房，回來時端著托盤，小盤子上放著葛粉糕。

「大老闆帶來的點心，是阿鈴最喜歡吃的船橋屋的葛粉糕。」

阿鈴很高興，一口氣全吃光，連盤子上甜膩的黑糖汁也舔得一乾二淨。

阿藤喝著麥茶看著阿鈴吃葛粉糕，她難得這樣無所事事閒坐著。阿藤大概也累了，看上去很沮喪，大概是替船屋的未來感到不安，很難過吧。

「七兵衛爺爺很擔心船屋的將來吧。」

阿藤又裝糊塗說：「大老闆擔心的是島次先生的健康。他那時突然發起瘋來，搞不好是被狐狸附身了。都是因爲做了什麼招魂、驅靈比賽這種觸楣頭的事。」

驅靈比賽的確不是正經事。

「阿藤大姨，妳跟島次先生熟嗎？」

「完全不熟。那個人是大老闆特地推薦來的，大姨沒必要問東問西。」她的口氣與內容相反，透著不滿。「不過那種陰沉的人根本不適合料理鋪。」

阿鈴連盤子上的黃豆粉都舔光，肚子和心情總算都穩定下來。她打算趁這機會向阿藤打探消息。

「阿藤大姨，妳發現白子屋阿靜小姐的事沒有？」

阿鈴昨天向大家說過此事。昨天宴席後取下白頭巾的阿靜，跟先前造訪船屋自稱是「白子屋阿靜」的那個年輕女孩不是同一人。

阿藤臉色倏地黯淡下來，說：「老闆說經妳提醒，他才察覺這件事。畢竟那時大家都顧不了這麼多。阿鈴眞是聰明。」

「後來披頭巾的那個才是眞正的阿靜小姐，上次來的人是冒牌貨吧？可是那人到底是誰呢？」

「大老闆很介意這件事。」阿藤滔滔說了起來。「大老闆交遊廣闊，見多識廣。聽說白子屋除了阿靜小姐還有其他女兒，當然這個女兒不是老闆娘生的，是老闆跟下女生下的私生女，母子倆很早就被趕出去……那女孩沒多久就成了孤兒，一直對白子屋怨恨在心。」

阿藤一口氣說到這裡，才想到這不是適合說給孩子聽的事。她可能很想跟人聊天，也可能一個人看家太無聊了。

阿鈴心裡想著其他事。原來白子屋發生過這種事，而且今天怎麼老是聽到「孤兒」兩個字呢。

阿鈴像是自言自語地說：「當孤兒有那麼難受嗎？被父母拋棄是很痛苦的事情嗎？會憎恨父母嗎？如果我也是孤兒，也會像那樣憎恨父母嗎？」

一旁的阿藤宛如背部插進一根頂門棍，驚訝地挺直背脊。阿鈴察覺阿藤不尋常的舉動，問阿藤：「大姨，妳怎麼了？」

「阿鈴，」阿藤平板地說。「妳怎麼說出這麼奇怪的話？」

「奇怪？爲什麼？」

「妳剛才說如果自己也是孤兒。」

「我只是忽然想到而已。」

「只是突然想到而已，眞的嗎？」

阿藤試探的眼神嚇了阿鈴一跳，她看著阿藤的眼睛，心裡發毛，想說些什麼又不知從何說起。

阿藤益發一本正經，朝阿鈴探出身子問：「有人……該不會有人對妳胡說些什麼吧？有人對阿鈴的身世說了什麼挑毛病的話嗎？」

阿鈴說不出話來。這種狀況大概就是所謂的「舌頭打結」吧。

阿藤那認眞的表情步步進逼，這可不是在開玩笑。

「阿鈴，爲什麼不說話？」

阿藤雙手搭在阿鈴肩上用力搖晃，阿鈴覺得自己好像在挨罵。

「大姨……我，」阿鈴總算找到話說。「我從沒想過大姨說的那些事，因爲從來沒有人對我……對我的身世說什麼我不知道的事。」

阿藤很快收回雙手，身子微微後仰，低頭凝望阿鈴，兩道眉毛上揚像是在生氣。

「是嗎？」她很快說了一句。像滾燙的熱水加進了大量冷水，溫度直線下降。「那就好，那就好。」

但是阿藤依舊目不轉睛地望著阿鈴。阿鈴在一種無法言喻的直覺引導下，敏感地察覺要是這時把視線從大姨臉龐移開，這話題可能會繼續下去。她睜大雙眼，裝出天眞的表情仰望大姨。

「反正阿鈴人回來了，肚子也吃飽了。」

阿藤對阿鈴笑笑，將袖子塞進腰帶兩旁站起來。

「那大姨就開始來打掃吧。榻榻米房已經打掃過了，可是廚房還是昨天那樣子。」

直到阿藤消失蹤影前，阿鈴一直保持像面具般的天眞表情：啊，葛粉糕很好吃，接下來要玩什麼呢？

房裡剩下阿鈴獨自一人時，她關上房間的紙門，背靠在紙門上，深深吐出一口氣。剛才爲止一直配合阿鈴演戲的心臟也光明正大怦怦地跳起來。

——有人對阿鈴的身世說些挑毛病的話嗎？

至今爲止從來沒有人對阿鈴說過那樣的話。阿藤一定誤會了。

——可是如果我其實不是這個家的孩子呢？

阿鈴舉起手來擦嘴，留在唇上的黑糖汁隱隱帶著甜味。

——其實我是個孤兒，是阿爸和阿母收養的孩子？

假如事情眞是這樣，阿梅爲什麼接近阿鈴的疑問便能解開，也就是說這樣才合乎邏輯。

——事情變得很嚴重。

這種場合必須跟大人一樣沉住氣思考問題，不能像小孩子一樣不是哭就是發抖。阿鈴自我鼓勵，當場做出腦中浮現的所有大人舉動中，最像大人的動作，她端正跪坐、揣著雙手。不過沒過多久她的努力全泡湯了。萬一自己眞的是孤兒、是抱來養的孩子——光想到這點就想哭。浮出的眼淚讓眼前榻榻米的網眼變得模糊不清。

我一個人辦不到。

阿鈴將嘴巴撇成了ㄟ字，不管三七二十一唰地站起身，躡手躡腳打開紙門，迅速跑向通往二樓的樓梯。

玄之介雙手支頤，百無聊賴地坐在老位子。不用呼喚，玄之介已經早一步在等阿鈴。

「玄之介大人！」

阿鈴衝上樓梯。

「昨天才見過面，卻感覺好久沒看到妳了，阿鈴。」

玄之介說的沒錯。大概是因爲短短一天當中發生了很多事吧。

阿鈴起初情不自禁地衝向玄之介，想摟住他的膝蓋痛哭一場。可是玄之介是幽靈，摸不到。阿鈴忘了這件事，直衝上前，額頭差點撞出個腫包。

「對不起啊，我也很想摟著阿鈴，拍拍阿鈴的背安慰一番，但是幽靈也有很多地方不方便。」

玄之介縮著脖子，一副眞心對阿鈴感到抱歉的樣子。阿鈴用手拭淚，覺得舒坦多了，稍稍恢復精神，她擠出害羞的笑容搖頭說：「沒關係，光看到玄之介大人我就鬆了一口氣。」

「聽妳這麼說我很高興。」

玄之介說他聽到了阿藤和阿鈴剛才的對話，阿鈴便跟他說先前和乖僻勝討論阿梅的事，玄之介不時摸著下巴，始終面帶悲傷地側耳傾聽。

「問題好像不少呢。」

阿鈴說完，學著玄之介剛才雙手支頤的動作。玄之介嘆了口氣，繼續低聲說：「不過眼下的問題雖然像是互不相關，其實各有牽連。」

「是嗎？」阿鈴打從心底覺得困惑，只能軟弱地回應：「我怎麼覺得好像全都攪和在一起。」

「因爲阿鈴的腦袋還小啊，這也是沒辦法的事，就讓我這個俊俏阿哥爲妳效勞解釋給妳聽。」

玄之介笑著在阿鈴眼前豎起一根指頭接著說：「首先，從阿鈴最重要的問題開始。先前我們也討論過，包括我在內，爲什麼阿鈴看得到屋子裡所有的幽靈？」

阿鈴全身僵直地點頭。

「妳聽好，阿鈴，暫且先把阿梅跟乖僻勝的事擱在一旁，先忘掉剛才阿藤說的話，懂嗎？」

「可是……」

「阿梅是孤兒，所以喜歡在孤兒面前出現，這話聽起來好像有點道理。可是這個理由除了乖僻勝以外，到底適不適合阿鈴，眼下還不知道，懂嗎？」

阿鈴點頭。

「那之後我也想了很多。」玄之介一本正經地說。「爲什麼阿鈴看得到我們全部、可以跟我們說話？對喜歡小孩的阿蜜、喜歡女孩的我還有看到病人就想治療的笑和尙老頭子來說，還說得通。因爲我們覺得阿鈴很可愛，都想和阿鈴接觸。可是蓬髮和阿梅呢？他們兩個都是很不好惹的幽靈，就連同是幽靈的我們也無法跟他們好好相處。但這兩人一開始就出現在阿鈴面前，而且以自己的方式想傳達什麼給妳……」

「阿梅只會對我扮鬼臉。」阿鈴插嘴說道。「她想表示她討厭我吧？」

「是嗎？我不這麼認爲，」玄之介揣著雙手、眼神含笑斜睨著阿鈴。「阿鈴，乖僻勝其實人不壞吧？」

「啊？」阿鈴嚇一跳。「怎、怎麼突然問這個？」

「其實阿鈴挺喜歡乖僻勝的吧？」

阿鈴緊握雙拳胡亂揮舞，站起身說：「怎麼可能！玄之介大人爲什麼這麼說？我討厭那小子！我可是這麼告訴他，甩了他一個耳光才回來的！」

玄之介臉上調侃的笑容更深了。

「妳現在是不是後悔那麼做了？跟乖僻勝吵架不難過嗎？」

「完全不會！一點都不會！」

阿鈴對著天花板大吼。廚房傳來腳步聲，阿藤很快出現在樓梯下。

「阿鈴嗎？什麼事？妳叫我嗎？」

阿鈴慌忙用手按住嘴巴說：「沒事，大姨，我沒有叫妳。」

「妳剛才沒有大聲說什麼嗎？」

「我在唱歌，唱阿先大媽教我的小布球歌。」

「是嗎？」阿藤用圍巾搓搓手，微微歪著頭問：「那我去拿小布球給妳吧？要到外面玩嗎？」

「不用了，我不玩。」

阿藤懷疑地看著坐在樓梯中央的阿鈴，遲遲不肯離開。明知阿藤看不見玄之介，但她或許察覺出什麼動靜。

最後阿藤總算回到廚房裡去。

「呼。」阿鈴坐回原位，說：「好累。」

「不過要是那個阿藤看得見我們，我們會更累。」玄之介說。

阿鈴心想玄之介一定又在說笑，本想瞪他一眼，沒想到玄之介的表情意外地認眞，甚至接近「嚴厲」的程度。

阿鈴內心閃過疑問：難道玄之介大人不喜歡阿藤大姨？至今爲止她從沒想過這個可能。

阿鈴覺得直接開口問不好，萬一玄之介眞的回說「嗯，討厭」，她還眞不知道該怎麼辦。

「剛剛說到哪裡？連自己都搞糊塗了，實在不行。」玄之介捏著下巴溫柔地望著阿鈴。「對了，是乖僻勝的事。」

「我討厭那小子。」

「是嗎？那就當做是這樣好了。不過啊，阿鈴，依我看乖僻勝至今爲止的舉動和話語，他似乎一開始就喜歡上阿鈴了。」

「怎麼可能！」

「妳先聽我說嘛，別那麼生氣。」

玄之介笑著搖晃雙手，安撫阿鈴。

「乖僻勝一開始就騙妳上當，對妳很不客氣、很冷淡吧？那是因爲他害羞。因爲喜歡阿鈴，反而故意表現出壞心眼的態度，這個年紀的男孩通常都這樣。所以當妳掉到河裡，他才會慌慌張張救妳上岸，又帶妳回家，溫柔地照顧妳。」

阿鈴覺得臉頰發熱，故意噘著嘴說：「可是回家前我們大吵了一架，那小子批評阿爸的菜，我絕不原諒他！」

「是啊，也難怪阿鈴生氣。不過乖僻勝的說法相當有趣。」玄之介愉快地說。「那傢伙確有可取之處。雖然還是個孩子，卻著實嚐過生活的辛酸，阿鈴聽了可能不高興，但我認爲乖僻勝對筒屋宴席提出的意見，值得洗耳恭聽。」

因爲玄之介說出「洗耳恭聽」這種難懂的成語，阿鈴一時回不出話。但她也明白玄之介是故意選用這麼難的字，所以仍是一肚子火氣。

「總之，阿鈴，」玄之介快活地說著。「人啊，很麻煩。在喜歡的人或想吸引對方注意的人面前，有時候反而無法坦誠相對。阿梅對妳扮鬼臉，可能也是基於同樣的道理。」

阿鈴還在氣頭上，臉頰鼓得高高的。玄之介逗樂般裝出探看阿鈴的模樣說：「哎呀，阿鈴，別氣成那樣嘛，會糟蹋好好一個小美人。」

哼——阿鈴別過臉。

「哎呀哎呀，好像眞的鬧起彆扭了，那就不再開玩笑。阿鈴，我要認眞說了。」

玄之介重新端坐，故意咳了一聲，繼續說：「我想，阿鈴看得見幽靈，很可能跟妳先前發高燒，瀕臨生死關頭那場大病有密切關係。」

阿鈴大吃一驚，轉身面對玄之介。他緩緩點頭說：「剛搬來這裡時，阿鈴不是生了一場重病，還差點喪命嗎？笑和尚那時不是現身爲妳按摩治療嗎？老頭子事後說：那女孩子的身體糟透了，眞是千鈞一髮才撿回一條命。笑和尚人雖然怪，但治療手法很高明，他說的話很可信。」

阿鈴情不自禁用雙手抱住身子。

「妳小小年紀就經歷生死攸關的恐怖經驗，在鬼門關前走了一遭，聽到冥河的水聲，才又返回陽世。因爲這件事，妳變成一個與眾不同的女孩子。妳去到沒人去過……不，應該說一旦去了就沒人回得來的地方。或許是這件事在妳體內產生作用，讓妳萌生看得見幽靈的力量。這是我的看法。」

阿鈴眨著眼想了一會兒說：「可是，玄之介大人……」

「嗯？什麼事？」

「我明白玄之介大人說的話。可是如果玄之介大人說的沒錯，那麼看過銀次幽靈的阿先大媽和可以跟阿梅說話的乖僻勝，他們兩人不也得經驗差點死去的事嗎？先不說乖僻勝，阿先大媽從來不曾生重病啊，她老是自誇身體很好呢。」

玄之介拍了一下膝蓋說：「是的，正是如此，阿鈴說的沒錯。這又跟第二個問題有關。」

玄之介又說：就算沒有阿鈴那種特殊能力，普通人有時也看得到幽靈。

「當幽靈和某人之間有共通點時……這樣說好了，雙方都懷有類似的感情糾葛時。」

「感情糾葛？」

「嗯，是的。所以乖僻勝看得見阿梅，他們兩人都是孤兒，因此嘗盡艱辛也過得很寂寞。」

「可是阿先大媽呢？」

玄之介沉穩地繼續說：「銀次和島次之間，很不幸的，也許的確有過複雜的感情糾葛吧。或許島次真的殺死了銀次也說不定。」

這件事阿鈴也知道，不過這跟阿先大媽扯不上關係。

玄之介謹慎選擇用詞，想了一下，望著阿鈴說：「我不清楚阿鈴的大媽是怎麼樣的人，大概很體貼吧。」

「嗯，非常體貼。」

「阿鈴聽過阿先大媽的雙親或兄弟的事嗎？」

阿鈴認真想，好像沒有。

「阿先大媽不常說這些事。」

「也許她有失和的兄弟或早逝的姊妹，有沒有這種可能呢？而阿先大媽因爲這件事一直耿耿於懷，傷心不已。因此沒有兄弟的七兵衛老爹看不到因兄弟失和而喪命的銀次幽靈，但阿先大媽卻看得到。妳覺得這看法怎麼樣？」

阿鈴抿著嘴想：姑且先不管乖僻勝和阿梅的關係，不調查的話，實在不知道阿先大媽是不是遭遇過這種事。

「也難怪妳不能信服，這只是我的推測而已。」玄之介說。

「我打聽看看好了……」阿鈴喃喃自語。「要是阿先大媽也有和兄弟姊妹有關的傷心回憶，玄之介大人就說中了。」

「妳聽了不覺得沮喪，還能這樣想，我很高興。」玄之介點頭說道。「大人都有許多回憶，人生在世，不管願不願意，總是會累積各式各樣的感情。」

他將手貼在額頭，微微低頭接著說：「接下來，我們來整理第三個問題吧。是蓬髮。」

阿鈴抬起臉問：「這是第三個問題？」

「嗯，是的。蓬髮最初在筒屋宴席上現身時，是不是只有妳看得見他？」

是的，其他人眼裡似乎只看得到蓬髮手中握著的刀在空中飛舞而已。

「昨天的驅靈比賽宴席上，也只有妳看到他吧？」

「是的。」

「那麼，我們照順序來想。蓬髮出現在兩場宴席上，兩次行動卻完全不同。筒屋那次他舉刀亂砍，在驅靈比賽那次卻一直號啕大哭。要是他只是一個兇暴的惡靈，應該兩場宴席上都會鬧事才對，這不是很奇怪嗎？差別在哪裡呢？」

阿鈴手指摩搓人中說：「嗯……」至今爲止她還沒這樣有條理地想過蓬髮的事，玄之介大人畢竟是武士，腦筋也比別人聰明。

「當然兩場宴席參加的人不一樣，」玄之介伸出援手，繼續解釋給阿鈴聽。「目的也不一樣；一次是老人的古稀喜筵，另一次則是打算招喚船屋的幽靈。儘管最後喚來的是外來的幽靈。」

阿鈴說：「筒屋喜宴時，我的好朋友阿園和小丸也在場，就是說那次有小孩子在場，不過驅靈比賽時都是大人。」

「好線索，阿鈴。」玄之介笑道。「妳說的沒錯，從這條線去想，還有一個線索。」

阿鈴聚精會神地思考，腦中浮現兩場宴席的參加者，扳著手指計算。玄之介則默默注視著阿鈴。

「嗯……」阿鈴慎重地開口。「驅靈比賽時有年輕女孩在場，有白子屋的阿靜小姐，筒屋那時都是大姨大媽。」

玄之介手掌用力拍了一下膝蓋，大聲地說：「沒錯，沒錯。

「啊？是這樣嗎？阿靜小姐在場就是答案嗎？」

「嗯，我想是這樣。」

「那……表示蓬髮看到年輕女孩會傷心？」

「好像是這樣，這可能是原因之一。不，確實是原因之一吧。」玄之介說完又揣著雙手，學剛才阿鈴那樣「嗯……」了一聲。

「阿鈴，白子屋阿靜的事也很奇怪吧？」

玄之介是說，驅靈比賽前自稱「阿靜」來到船屋的那個女孩，和當天來的阿靜本人不是同一人。

「七兵衛老爹不是說白子屋在外面還有個私生女，他認爲先來的女孩很可能是那個私生女嗎？我也覺得可能性很大。如果眞是她，就多符合一個條件。」

「符合條件？」

「這裡頭不是也有兄弟姊妹的糾葛嗎？」玄之介表情爽朗地說完，又連忙補充：「所謂糾葛，是說本來應該好好相處，卻因爲某種原因而無法好好相處，把事情弄得很複雜的意思，妳懂嗎？」

阿鈴雙手貼在臉頰，低下頭。

「蓬髮不是跟阿鈴說過，他殺了自己的親兄弟嗎？雖然這件事是眞是假還不能確定，但是手足爭執加上對年輕女孩的心結……他無法升天的理由很可能就在這裡。」

「嗯，」阿鈴不禁傷心起來，一陣鼻酸。「其實阿蜜也說過，蓬髮徘徊人世的原因跟年輕女孩有關。」

「搞了半天，」玄之介誇張地垂下肩膀說。「原來我不是第一個發現的？阿蜜那傢伙完全沒向我提過。原來女人的秘密只會跟女人講？」

「阿玄，你也眞是個傻瓜。」

突然響起一陣嬌艷笑聲，阿蜜出現在兩人面前。她斜倚在最底下一階樓梯，扭著纖細的脖頸仰望兩人。今天她雖然沒帶三弦琴，但是插著梳子的髮髻油光水亮，還聞得到紫丁香味。

「會讓男人意亂情迷的除了女人還有什麼？難道你連這道理都不懂？你啊，再怎麼裝成風流倜儻，畢竟還是不夠格呀。果眞這樣，就算你在人世再徘徊個一百年，也只會成爲土包子的武士魚乾吧。」阿蜜噘起紅唇呵呵笑著。

「妳也講得太直了吧。」玄之介苦笑說。

「阿蜜，」阿鈴滑下樓梯到她身邊。「我們的推測準沒錯。阿先大媽的兄弟和白子屋私生女的事，雖然還需要再確認，不過我想事實想必跟我們猜的一樣。」

「也許吧。不過阿鈴，等到妳有了心上人以後，再用這種深情的眼神看人好不好？妳的眼神太迷人了，先好好收藏起來，等緊要關頭時再用吧。」

阿鈴滿臉通紅地說：「阿蜜老是取笑人家。」

「我沒取笑妳呀，我是說眞的。」阿蜜憐愛地望著阿鈴。「話說回來，阿鈴，我也同意妳說的，只是如果妳眞的猜中的話，打算怎麼做呢？」

「猜中以後，要怎麼安慰蓬髮呢？把我們推測的事全告訴他，然後……」

然後該怎麼辦呢？之後該如何對那個哭得像個孩子扭曲著臉、眼淚簌簌掉落的蓬髮說呢？

「雖然不知道你生前犯下什麼罪孽，也不知道你現在有多悔恨……」玄之介喃喃說唱。「這種事不光是你一個人做過，人就是這種愚蠢的生物，所以你不用太在意，儘管升天吧……大致上就這麼說吧。」

「這樣就能升天的話，你我就不會待在這裡了。」

聽阿蜜嚴厲地這麼說，玄之介聳聳肩說道：「我當然知道，只是說說而已。」

阿鈴默不作聲輪流望著兩人。兩人說到「升天」這個字眼時，都有點不自在──就像喝著一碗味道鮮美的蛤仔味噌湯，卻咬到沙子時的表情，令阿鈴有點發窘。

「聽我說，阿鈴，」阿蜜用比玄之介更流暢的新內（註）曲旋律說唱：「蓬髮似乎只對妳敞開心門，所以妳儘可能多關照他一點好不好？話說回來，妳要是時常對著牆壁或格子紙窗說話，妳阿母大概會很擔心吧，所以要偷偷地做。」

「嗯，好，我會的。」

阿鈴點頭。外頭傳來七兵衛喚人的「喂、喂」聲。

「啊，是爺爺！」

阿鈴迅速起身衝下樓。七兵衛喚人的聲音更大了。

「喂──，阿藤，出來幫忙一下，快呀！」

阿藤才從裡邊衝出來，卻立刻「啊」地一聲僵住不動。

「唉呀，多惠！是怎麼回事？」

「我們到白子屋時，她突然身體不舒服……啊，阿鈴，不用擔心，妳阿母大概是太累了，讓她安靜躺一下應該就沒事了。」

「阿母！」阿鈴大叫一聲，衝到靠在太一郎肩上、臉色蒼白得像窗紙的多惠身邊。

她握著阿母的手，覺得那手冰冷得猶如寒冬的河水。多惠聽到阿鈴的叫喚，微微睜開眼，只虛弱地蠕動嘴唇卻發不出聲音，接著又氣力盡失地垂下頭。

玄之介和阿蜜坐在樓梯上，靜觀船屋眾人慌亂的模樣。玄之介憂心地微微皺眉，緊閉著平素開朗的雙唇。

「噯，終於累倒了？舖子才開張就多災多難，難怪會累倒。」玄之介說。「阿母要是一病不起，阿鈴就更可憐了。」

「那孩子很堅強。」阿蜜優雅地用手攏起後頸垂落的頭髮。「女孩子眞可悲，就算是堅強的女孩也一樣，她們無法漠視四周人的煩惱，總想著要幫助別人，什麼事都往自己身上攬，自找苦吃。可是，糊塗女孩就眞能得到幸福嗎？看來也不行，還是會有男人認爲糊塗女孩無知而糾纏她，帶來苦頭。」

「喂，喂，不要只顧著挖苦我好不好？」玄之介縮著脖子。

「我根本沒在挖苦你，只不過說說女人的不幸罷了。」

走廊上傳來啪嗒啪搭的跑步聲，阿藤從榻榻米房衝出來。兩人抬眼望向阿藤。

「是，松坂町的國增醫生嗎？是曾經爲大老闆醫治膽結石的醫生吧？我記得，我會帶他來的！」

註：新內為日本說唱曲藝「淨琉璃」的一派，由一人負責說唱，另外兩人彈三弦琴伴奏，內容以悲淒的男女殉情故事為主題。

看來阿藤準備出門請醫生過來。阿藤衝出門後，裡邊又傳來七兵衛的聲音，似乎在叮囑阿藤什麼，坐在樓梯的兩位幽靈聽不清內容，只聽見阿藤用力回應「是，我明白了！」的聲音響徹在船屋昏暗、空蕩蕩的天花板之間。

「只有那個阿藤總是很有精神。」玄之介說。「在我看來，那也是堅強女孩的悲慘下場……這樣說很失禮……不過她看上去應該是屬於堅強一路的。阿蜜，那個大嬸似乎也在自找苦吃，而且還樂在其中。」

阿蜜纖細的脖子低垂著，她深深吐出一口氣，因爲脖子垂得太低，從玄之介的位置看下去，可以從開得很深的後領看到她裸裎的背上方。

「啊呀啊呀，眞是大飽眼福。」

阿蜜聽玄之介這麼說，抬起頭，一副無言的樣子咂了咂嘴，形狀漂亮的嘴唇噘得像皺紙捻。

「怎麼了？我在誇妳，妳反而不高興？」

「不是那個意思。眞是的，你實在不懂女人心。」

玄之介感到莫名其妙。阿蜜不看他，歪著頭望向阿藤匆匆離去的門口。

「那女人並非甘願自討苦頭吃才那麼愉快，她臉上不寫得清清楚楚？」

「什麼意思？」

「她是爲了想得到心愛的男人……」

阿蜜表情依舊帶著憂愁，慢條斯理地唱起三弦曲。

「擋在眼前的
只是那『多』層不『惠』的
苦澀漣漪呀
搖啊搖　搖槳要渡過　搖槳要渡過
浮生塵世的　女船夫……琤琤，鏗鏗，鏘……」

多惠病倒了。

國增醫生生著一張神經質的小臉，頂著一頭黑白交錯的垂肩長髮，連著兩天都從松坂町的診所到船屋出診。診察完畢，他表情跟來時一樣嚴肅地洗完手，再用太一郎得湊近耳朵才聽得到的低沉聲音說了一陣，最後留下一句「明天再來」起身離去。揹著藥箱跟隨的年輕學徒個子跟醫生一樣矮小，兩人五官酷似，他也許是難得來料理舖，總是左顧右盼探頭探腦。

第三天診察結束，學徒說想要借廁所，走到無人的地方悄聲問帶路的阿鈴：「聽說這裡會出現可怕的幽靈，是眞的嗎？」

阿鈴聽完不太高興，要不是這時候正巧瞧見笑和尚爺爺站在院子裡的南天竹後面，大概會氣得一腳把學徒踢進茅坑裡。

阿鈴趕走學徒後跑到笑和尚身邊。笑和尚隻手拄著拐杖沉思，另一隻手捻著下巴，正審視著南天竹的葉子。

「爺爺！」

阿鈴差點撲向笑和尚，她高興極了。

「謝謝你出來！跟上次爲我治療一樣，你是爲了治療我阿母的病來的吧！」

笑和尚很矮——也許是因爲年紀大了身材縮水——他只比阿鈴高約一個頭，揚著下巴擺著架子完全漠視阿鈴的存在。

「笑和尚，您怎麼了？」

難道他不喜歡別人叫他爺爺？阿鈴端詳著他的表情。

「你會幫我阿母治療吧？只要笑和尚出手，什麼病都能治好。聽說我病倒那時身體很虛弱，情況很嚴重，笑和尚還是治好我了。」

笑和尚抬起緊閉的眼皮，露出白眼。

「哼，」老人家從鼻孔噴出氣息，說：「明明是個小鬼頭，竟然也拍起馬屁。」

「不是拍馬屁，是眞的。」

阿鈴向前一步，笑和尚迅速躲開，動作很敏捷。雖然他眼睛看不見，阿鈴還是快不過他，再說阿鈴本來就沒想和他較量。她只希望笑和尚能爲阿母治病，就算死纏爛打也要笑和尚答應。

「我只不過在院子裡散步，不是來找妳這種小鬼的。」笑和尚對阿鈴說。「妳阿母是不是病倒都跟我無關。」

「可是……我生病時明明沒拜託您，您還不是幫我治療了？」

笑和尚哼一聲別過臉去，穿過樹林離去，阿鈴喊著「等等，等等」在後追趕。

「要是我說了什麼失禮的話，請接受我的道歉。可是我阿母眞的病得很厲害，國增醫生來看過阿母，也喝了他開的湯藥，可是完全沒見效。」

「不可能兩三天就治好的。」

笑和尚在柏樹旁駐足，駝背正背對著阿鈴，光禿禿的後腦勺亮得幾乎可以映出阿鈴的臉，可是脖子卻皺巴巴的，一條條皺紋呈乀字形。

「妳阿母得的是心病。」笑和尚直言不諱地說。「就算身體的疲累恢復了，喝了湯藥調理，只要心頭的鬱悶不抒解，病一樣不會好的。」
「您說的也許沒錯，可是當您幫我按摩後，我的心情也跟身體一樣輕快起來。」
笑和尚沉重地搖搖頭：「妳難道不知道妳阿母爲什麼心情不好嗎？笨蛋。」
阿鈴嚇了一跳。
「她是因爲我們這些幽靈待在船屋，沒法子做生意，心情才不好吧？妳卻要我這個當事人幫她治療，她怎麼可能好得了。眞是個傻孩子！」
笑和尚說得沒錯，可是——
「那爺爺爲什麼現身呢？」
笑和尚把玩著手中的拐杖，臉朝著柏樹開口說：「妳不是希望我們消失嗎？」
阿鈴睜大雙眼。
「妳想趕我們走對吧？我們害妳家沒法子做生意，還害妳阿母病倒，妳不是早就容不下我們了？」
「爺爺……」
「看妳興沖沖地跑過來，還以爲妳想說什麼，結果竟然對我說『謝謝您出來』，妳明白自己在說什麼嗎？眞是個不孝女！」
笑和尚的駝背彷佛也在生氣，加上他每次說話時，脖子上的皺紋會擠成乁字，彷佛在說「就是啊，就是啊！」這股怒氣令阿鈴裹足不前，說不出話來。她悄悄退回到廁所前的走廊，洗手缽的水面映出她那張快哭出來的臉。

阿鈴登上走廊回頭一望，笑和尚已不見蹤影。雖然覺得南天竹和柏樹間隱約影影綽綽，仔細一看，原來只是風雨令泥土變色而已。

等到只剩下自己一人時，阿鈴心裡才湧上遲來的憤怒——什麼嘛，那種說話態度！說那種壞心眼的話，還不如早早離去算了！是啊，我們這麼辛苦還不都是幽靈害的！

阿鈴咚咚跺著腳發洩，又在地板上蹦躂洩憤，還是無法消氣。

「阿鈴？是妳在那邊嗎？妳在那邊蹦蹦跳跳幹嘛？」

有人大聲發問。咦？是阿先大媽的聲音！她趕忙奔回榻榻米房。

果然是阿先。阿先說她打算暫住在船屋幫忙家事，直到多惠身子好轉。

阿鈴聽了很高興，有阿先大媽在可靠多了。

——再說，萬一大媽也看得到船屋的幽靈，她一定會站在我這一邊的。

當天夜裡。

阿先來哄阿鈴睡覺，這也是在高田屋時的老習慣。阿先嘴上雖然說阿鈴已經大了，可以一個人睡，卻還是邊說邊鑽進蚊帳躺在薄被褥上，用扇子替阿鈴搧風。阿先的表情慈祥得像菩薩。夏天似乎打算在今晚再度肆虐一番，天氣讓人熱得睡不著，阿鈴很感激團扇帶來的微風。

阿先也許是考慮到多惠病倒了，阿鈴大概很不安，頻頻和阿鈴聊些愉快的話題。妳阿母很快就會好起來，到時候大家再到寺院裡參拜，去吃某某地方的名產，再訂做新衣。看妳阿爸阿母這麼累，船屋休息幾天也無妨。老實說，自從太一郎搬來船屋以後，高田屋的老主顧老是抱怨便當味道不對，大家都很傷腦筋。要是妳們三人再搬回高田屋該有多好……

絮絮叨叨告一段落，阿鈴故意打著呵欠，開口說：「大媽，我很怕那件事。」

阿先搧團扇的手停下來，問：「咦，什麼事？」

「大媽說在院子看到死去的銀次先生，眞可怕，又很不可思議。」

「啊，那件事嗎？」阿先搧著團扇慌忙地說。「我眞是的，闖禍了，竟然讓阿鈴那麼害怕，妳原諒粗心的大媽吧。」

「沒關係。只是，大媽，我想過了。」阿鈴翻過身來，面對阿先。「爲什麼大媽可以看到銀次先生的幽靈，而七兵衛爺爺卻看不見呢？」

「妳怎麼想這種事呢？這不是小孩子該想的事，不要胡思亂想，對腦筋不好。」阿先笑著說。

「而且還不能確定我看到的就是幽靈啊。」

「我想一定是幽靈。」

阿鈴說出島次和銀次以及他們的妻子阿高的事，阿先聽著聽著眼睛越瞪越大。

「唉呀，阿鈴，這些事妳從哪兒聽來的？」

「我聽人家說的。」

「誰說的？多惠的個性不可能隨便說人家閒事，太一郎也一樣。」阿先一口氣說完，表情忽然變得嚴峻。「莫非是阿藤告訴妳的嗎？她個性本來就衝動。說來這舖子也……」

阿先說溜了嘴，硬生生地把到嘴邊的話給嚥進去。她的表情擺明了後悔在阿鈴面前說這些話，阿鈴也是第一次聽到她用這種批判的口氣提起阿藤。

阿藤大姨做了什麼事惹阿先大媽不高興嗎？難道大人們在阿鈴看不到的地方有什麼糾紛嗎？

阿藤大姨明明是個好人。阿鈴突然想到，當阿鈴提出孤兒的事時，阿藤大姨那種拐彎抹角的態度，那時候她的表情顯然隱瞞了什麼事，好像有什麼事難以啓齒。雖然阿藤大姨口裡說沒什麼，眼神卻不是那樣。

難道船屋還有其他事——其他阿鈴不知道的事？那眞是令人不舒服。

「可是，阿鈴，」阿先掩飾地換了個姿勢說：「妳到底從哪裡聽來這些事？」

談話總算回歸正題，阿鈴鬆了一口氣。

「是鄰居，大媽。是島次先生的舖子，林屋附近的鄰居，大家都在談論這件事。」

「阿鈴，」阿先口氣略帶責備地提高聲調說。「妳爲什麼跑到那邊的舖子混在七嘴八舌的大人之間？什麼時候去的？」

阿鈴打了個呵欠，裝出愛睏的天眞眼神避開阿先的質問，接著用夢囈般自言自語的語氣說出玄之介的猜測：大媽一定是因爲心裡藏有兄弟姊妹的悲傷回憶，才看得到銀次先生的幽靈……我認爲應該是這樣……

說完阿鈴假裝睡去，屛氣觀察阿先的反應。阿先慢條斯理地搧著團扇，沒多久就起身，像是確認阿鈴是否眞的睡著了，她溫柔地摸著阿鈴的額頭，低聲說：「小孩子有時候眞的看得更清楚……這孩子，到底有什麼神明在庇護她呢？」

看來玄之介猜中了。阿鈴依舊發出平穩的鼾聲，微微睜開眼。

「我的確……對姊姊做了無情的事……害姊姊短少壽命……可是那已經是三十年前的舊事，我以爲早就忘了。」

阿先用指尖攏了攏垂落的頭髮，喃喃自語緩緩搖著頭，突然又猛地抬起頭。

「誰？誰在那裡？」她對著蚊帳外喊。「是阿藤嗎？」

沒回應。阿鈴心想，大概是夜風吹動了蚊帳。

「咦，我明明看到有人。」阿先打了個哆嗦，小聲地說。「可別聽說有幽靈作祟，連我都疑神疑鬼起來，我得注意點。」

阿先離開蚊帳後，阿鈴仍假裝睡著。這時似乎有人穿過蚊帳靠近。阿鈴睜眼一看，發現阿蜜正坐在枕邊。

「阿先大媽呢？」

「回自己房裡了。」阿蜜用手摸著鬢角微笑著。「阿鈴，這回妳可立了大功，看樣子阿玄似乎猜中了。」

阿鈴點頭，問阿蜜：「剛才阿先大媽看到的人影，是妳嗎？」

「是的，阿先大概看到我，要不然就是感覺到動靜吧。」

「這也跟兄弟姊妹的爭執有關……？」

阿蜜摸了摸阿鈴的頭，扶著阿鈴肩膀讓她躺好。

「可惜的是，在我身上是另一個原因。阿先可以看到我，就表示她也嚐過男人的苦頭。妳的阿先大媽這個年紀還那麼嬌媚，年輕時想必更漂亮。」阿蜜聳聳瘦弱的肩膀繼續說：「每個人都會有一兩個秘密，有了兩個就算有三個也不稀奇。有了三個，還有更多也不奇怪。來，阿鈴該睡了。只要我在身邊，天氣再悶熱也不怕，根本用不著團扇。要不然我唱一段搖籃曲給妳聽。」

翌晨，阿鈴匆匆吃過早飯，纏著阿爸帶她到阿母房間。夏天時，榻榻米房大都卸掉紙門和格子紙窗，只用垂簾隔開內外，但多惠的房間卻宛如想把疾病封鎖在房內般緊閉著，連枕邊都豎起屏風。

阿鈴看到多惠的臉，心想憔悴的病人原來是這個模樣。阿母的身體夾在蓋被和墊被間，看上去很平坦。胸前合攏的睡衣領口鬆垮垮的，好像小孩惡作劇穿著大人衣服一樣。短短幾天怎麼消瘦成這樣呢？還是在病倒之前阿母其實已經漸漸衰弱，只是沒人察覺到罷了？

「讓阿鈴擔心了，眞對不起。妳要好好聽阿爸的話，當個乖孩子。」

阿母的聲音嘶啞微弱，說幾句話就喘不過氣來。阿鈴回說：是，我會當個乖孩子。在還沒哭出來之前趕忙離開了房間。

接著，阿先、阿藤和阿鈴開始大掃除。阿先說是這種時候最好把心用在打掃上，她俐落且嚴厲地指揮著，不容分說地教阿鈴怎樣擰抹布、怎樣拿掃把。

不僅阿鈴，連阿藤也被狠狠訓了一頓。平常阿鈴總覺得阿藤大姨做起家事來比阿母俐落，但是碰到阿先大媽，她就完全沒轍。

「看，這裡再重新擦過。看妳老是想著別的事，完全沒心思打掃。」

阿先對阿藤說話更嚴厲，甚至有點找碴的意味。阿藤雖然順從地頻頻道歉，擰抹布或換水時嘴巴卻氣得噘得老高。

昨晚阿先大媽提到阿藤時表情也很嚴峻，兩人果然是有什麼爭執。「其他事」是什麼事呢？大媽到底對阿藤大姨什麼事這麼不滿呢？

阿鈴突然想到「孤兒」這件事，趕忙止住這念頭，專心打掃。

中午過後，不知出門去哪的太一郎和七兵衛連袂回來。阿鈴輪流看著垂頭喪氣的阿爸和聳著肩膀怒氣沖沖大步走來的七兵衛，有點緊張。怎麼回事？

一進船屋，七兵衛馬上召集眾人到榻榻米房，太一郎要阿鈴回房午睡，卻遭七兵衛阻止。

「是阿鈴看穿前後兩個阿靜不同是一人，這是她的功勞，讓阿鈴也一起聽。這孩子很聰明，要是什麼事都瞞著她，不讓她聽，不讓她看，反倒會讓她受苦。」

阿鈴心裡很高興，果然還是七兵衛爺爺通情達理。爲了不辜負爺爺的期望，阿鈴努力讓眼睛放著伶俐的光芒，端坐在阿先和太一郎之間。

七兵衛拿起有阿鈴手臂那麼長的煙管點火，皺著眉吐出一口煙，慢條斯理地開口：「這幾天我跟太一郎老是出門，妳們大概覺得奇怪吧。這麼晚才告訴妳們理由，實在很對不起。」

七兵衛說，他們在外四處調查。

「一開始我便認定那個冒牌『阿靜』是白子屋長兵衛的私生女。以前就聽人提過他有個私生女，而且那個私生女非常憎恨長兵衛的無情，這件事早就沸沸揚揚了。而且，照那個冒牌貨的年齡和外貌來看，都符合那個傳聞。我到處探聽想抓住她，總算讓我查到那個冒牌貨的落腳處，可惜最後讓她逃走了，現在行蹤不明。」

「是怎麼樣的女孩？」阿先問。

「她叫阿由，比眞正的阿靜大四歲，今年十九歲。母親曾是白子屋的下女，母子倆被趕出白子屋後，母親不久就過世。阿由那時只有兩歲，輾轉被房東和養父母輪番撫養，還沒長大就開始學壞，十來歲時在茶館和射靶場做過事，成天和一些不良男女混在一起。這兩年好像被下谷一個放高利貸的老頭收作姨太太。當然她還另有情夫。」

「太可憐了。」阿先低語。「想必跟養父母也處得不好。」

七兵衛嘸著下巴插嘴道：「這比當孤兒強多了，總可以過正派的人生。她跟親生父母沒有緣份，得靠別人家的飯養大確實可憐，但又比沒飯吃的人要幸福多了。她應該滿懷感恩能碰到願意施衣捨飯的善心人士，沒想到竟誤入歧途，實在不像話。」

太一郎縮縮脖子。阿先笑著說：「是啊，你說的對。你自己也吃過那種苦頭，特別同情那個叫阿由的女孩，所以才更焦急更氣憤吧。」

七兵衛答不上來，輕咳了一聲說：「阿由完全騙過那個放高利貸的老頭，日子過得很奢侈，還常常對旁人吹噓說，這樣還不夠，畢竟姨太太的身分見不得人，我其實是南新堀町的富商白子屋的長女，總有一天絕對要分到我應得的財產，以後就可以自在地闊綽過日子。」

據說她也曾幾次上白子屋鬧事，要求長兵衛出來見她或讓她跟阿靜姊妹相認，因爲這樣，白子屋上下都知道了她的存在，常在背後說長道短。

「一定是情夫在幕後慫恿吧。」阿先仍對阿由抱著同情。「一個女孩子家不可能會這麼做。」

「好像是。」七兵衛擱下煙管點頭說道。「她的情夫是個落魄的武家隨從，叫橋二郎，年齡早就超過四十歲，都可以做阿由的爹了。雖只是個小惡棍卻能混得這麼久，在賭場和私娼妓院也吃得開。阿由目前大概跟他在一起，才能四處跑路吧。」

「可是逃也沒有用啊。」阿鈴情不自禁地開口。「她眞正的目的不就是想分白子屋的財產嗎？既然這樣，總有一天一定得回白子屋啊。」

「噓，阿鈴，小孩子不要插嘴。」

阿藤嘮叨地責備阿鈴。七兵衛笑著說：「沒關係，阿藤，阿鈴說的沒錯。不管用什麼方法，阿由最終是想讓長兵衛承認她，當然也想要白子屋的錢。而且她有橋二郎這個狗頭軍師，應該更不會放過這機會，所以我們決定在白子屋設下陷阱。」

陷阱是讓白子屋四處傳播以下的風聲──關於阿由假冒阿靜，企圖破壞驅靈比賽宴席一事，白子屋將既往不咎，而且想跟阿由當面談判，絕不會讓阿由吃虧──如果阿由聽到這個風聲跑去投靠白子屋，就可以抓住她帶她來船屋。

「再讓她跟島次對質。」七兵衛說。「讓他倆當面招供。那個騙子！」

阿鈴眨著眼仰望七兵衛的長臉問道：「這件事跟島次先生有關嗎？」

太一郎微微屈身，溫柔地說：「老闆在懷疑島次先生。」

七兵衛的意思是，那天騷動時，島次突然發瘋似地鬼叫「都滾出去，再不滾小心我殺了你們！」其實是他跟阿由串通好的把戲。

「阿由先假扮阿靜到船屋，應該是先來探路的吧。阿由大概知道阿靜進行招魂時，總是用頭巾蓋住臉，所以她根本無需顧忌什麼。於是，當天宴席上進行招魂時，島次再伺機假裝幽靈附身鬧事。白子屋和淺田屋當然會嚇一跳，驅靈比賽也就一敗塗地，大大地丟阿靜和阿陸一回顏面。之後一定會有人……實際上是阿鈴……察覺之前來訪的阿靜跟驅靈比賽上的阿靜根本不是同一人。淺田屋知道以後一定會生氣，說如果公平比賽的話，阿靜根本比不過阿陸，白子屋是爲了詆毀阿陸的名聲才設計這場比賽。淺田屋會生氣並不奇怪，事實上他們也眞的發怒了。不管是否說得過去，爲了維護阿陸的名聲，淺田屋只能大聲宣傳白子屋作弊。對白子屋來說，這等於兩邊失了面子。現在已經有人在說阿靜的招魂本事根本都是作假的。」

整件事的來龍去脈據說已經被寫成讀賣（瓦版新聞）流傳至神田、淺草一帶。淺田屋聽說怒不可遏，常常當眾破口大罵白子屋和阿靜設下的騙局。

另一方面，白子屋雖然滿腹委屈，卻因爲長兵衛的私生女在這次事件扮演關鍵角色，委屈也只有往肚裡吞。儘管恨得牙癢癢的，眼前也只能相應不理。因爲這樣，當七兵衛提出設局抓阿由的計劃時，白子屋滿口答應了。

「這，」阿先微微顫抖地說。「可是，那個……你有什麼證據可以證明島次先生和阿由串通？」

七兵衛順著吐出的鼻息悠長地說：「沒有證據，不過這樣事情才說得通。」

「可是，這樣不是不講理嗎？也許島次先生那天眞的被陰魂附身才會鬧事啊。」

是的，正是這樣，阿鈴和阿先對望。阿先的眼神看似凍僵了。阿鈴心想，我跟阿先大媽都知道眞相，因爲大媽也看到了銀次的幽靈。

七兵衛完全不當一回事。不僅如此，他雙眼圓睜，用手掌拍著膝蓋仰頭笑說：「眞是笑話，喂、喂，阿先，妳怎麼會說出這種反常的話？妳什麼時候也怕起陰魂來了？」

「不是那樣。實在是島次先生那天的樣子太不尋常了。」

「不尋常是因爲他裝神弄鬼，那個騙子！」

聽到七兵衛咬牙切齒這麼說，太一郎又縮著脖子。阿鈴想起父親對島次的廚藝評價很高，事事仰賴他。

「我要是更可靠一點就好了……」太一郎支支吾吾地說。

「介紹島次給你，我也有錯。」七兵衛制止太一郎往下說。「那小子應該是在林屋容不下身才變得憤世嫉俗，我以爲只要我們以禮相待，他大概會知恩圖報，沒想到我看錯人了，要是早點看穿他的眞面目就好了！」

「對不起。」太一郎雙手貼在榻榻米上賠禮，阿藤挨到他身邊拍拍他的背勸說：「太一郎先生，不用這麼自責。」可是太一郎遲遲不肯抬起頭，阿藤就這樣僵著垂下臉。

「我實在無法信服。」阿先面色蒼白，抬起頭強硬地對七兵衛說：「你說那個叫阿由的和島次先生串通好，但那女孩能用什麼誘餌誘惑島次先生？一個是十九歲的女孩，一個是已經到了通情達理的年齡的島次先生，怎麼說都湊不到一塊啊。再說，島次先生在林屋可能過得很寂寞，但他又不缺錢。」

「島次到底想圖謀什麼，問他本人就知道了。那傢伙，不管我去幾趟，總是老婆出來擋人，一本正經地說『我那口子腦筋不正常，誰都不見。』每次去都吃閉門羹。看樣子他打算避不見面躲到底。」七兵衛怒氣沖沖地說。「所以必須抓住阿由，讓他們兩人當面對質，妳只要在一旁看著就好了。」

「可是，七兵衛爺爺，世上眞的有幽靈呢。」

我也看到附身在島次先生的銀次幽靈——阿鈴剛想開口這麼說，卻被七兵衛制止，他的大手掌落在阿鈴頭上摩搓著說：「阿鈴，不要再提幽靈了。那種東西是一種心病，認爲有的人才會看到，一開始便認定沒有的話幽靈就不存在。可怕的是活在世上的人啊。」

事情演變出乎意外。

能看見幽靈的人才看得到，看不見的人完全看不到。該麼樣才能讓完全看不到幽靈的七兵衛爺爺相信世上眞有幽靈呢？

「明白了，大老闆，我一定盡力幫忙。」

耳邊響起精神抖擻的聲音，原來是一直默默坐在阿先和太一郎身後的阿藤，她往前探出半個身子繼續說：「爲了船屋，必須讓這場無聊的騷動完全平息。我願意聽從大老闆的話，有什麼吩咐請儘管說。」

阿藤臉色略微潮紅，一副幹勁十足的模樣。

「太一郎先生也儘管吩咐，」阿藤手擱在太一郎的背說。「我會連多惠老闆娘的份也盡力做。」

太一郎向阿藤行了個禮，一旁的阿先卻一臉苦澀。不知阿先大媽會不會又斥責阿藤，阿鈴心裡有點緊張也有點期待，因爲阿藤大姨的話中有一種壓迫感，聽起來不舒服。

然而阿先雙唇緊閉，什麼也沒說，阿藤益發得意洋洋地說：「碰到這種情況，就要打起精神。大家好好打拼，消除船屋的災難，讓船屋興隆起來。」

「聽妳這樣說，確實教人放心。」七兵衛愉快地笑著。「不過也不能讓妳去對付島次和阿由，總之家裡的事就拜託妳費心了。」

「是！」阿藤拍著胸脯說。「一切包在我身上，大老闆！」

阿鈴回過神來，發現阿先大媽望著她，看著阿先的表情，阿鈴才發現自己的表情跟她一樣苦澀。

當天夜裡，明明早過了就寢時間，阿鈴卻睡不著，蓋著被子鬱鬱不樂，忽然聽到有人說話的聲音。

起初她以為是玄之介或阿蜜，但聲音聽起來不像幽靈，而是活人的聲音。不止一人，是兩個人——而且兩人正在爭執。

在廚房。阿鈴悄悄離開被褥，貼著牆壁在走廊前進，走到看得見廚房亮光的地方時，終於聽出是誰在吵架。有兩個人影在晃動。

是阿先大媽和阿藤大姨。

「我也知道妳這個人做事勤快，為船屋盡心盡力。」

阿先稱阿藤為「妳這個人」，口氣雖平靜卻不客氣。

「不過妳最好不要抱著不切實際的妄想，看妳最近的態度，我眞是擔心得要命。」

「有什麼好擔心的？」

反駁的阿藤語尾上揚，一副和人吵架的架勢。

「大老闆娘總是看我不順眼，把我想的很壞，當然大老闆娘中意的是多惠，但是她現在病倒了，什麼也不能做，只能靠我加油了。我只是拚命做事而已，這有哪裡錯了呢？我有什麼地方得罪了大老闆娘嗎？」

阿鈴不敢相信阿藤大姨竟會這樣不客氣地對長輩說話，她情不自禁地雙手按住臉頰。

「那我就老實說了，」阿先的聲音也強硬起來。「阿律說怕鬼逃跑時，我不是勸妳一起離開嗎？還說這裡需要人手時，我會過來幫忙。妳還記得嗎？可是妳就是不聽，從船屋開張以來就是這樣。我勸阻過妳，妳卻推說多惠一個人忙不過來，硬是說服大老闆，賴在這裡。」

「因爲我很擔心啊。我來了以後，太一郎先生和多惠很高興，阿鈴也跟我很親熱，她還常說大姨不在時很寂寞。」

「那當然啦，因爲妳裝出這種態度嘛。可是知道的人心知肚明，妳是另有企圖。」

「我到底有什麼企圖！」

「噓！太大聲了。」

一個人影僵立不動，另一個人影往旁邊輕輕移動。

「我也不是無情的人。」阿先一反剛才的態度，壓低聲音溫柔地說。「我懂妳的心情，畢竟我們都是女人嘛。可是，阿藤，再怎麼難受，該死心的東西還是要死心才好。妳要主動離開，閉上眼死心才行啊。」

「我聽不懂大老闆娘在說什麼。」

阿藤的聲音始終很固執。阿先嚴厲地說：聽不懂就算了。

「多惠會好起來的，我們需要她和太一郎合力經營船屋。」

阿藤聲音雖低，卻語帶挑釁地說：多惠根本辦不到。阿鈴打從心底嚇了一跳，那是我認識的那個體貼勤快的阿藤大姨嗎？

「多惠總是無精打采的，太一郎先生跟她在一起太可憐了。」

「妳眞是的，還在說這種話？」阿先也提高音量說。「適可而止，醒醒吧！」

「不要。其實我都知道，是大老闆娘從中作梗吧？妳明明知道我一直喜歡太一郎先生，不但不幫我向大老闆說情，還介紹多惠給太一郎先生。妳爲什麼這麼壞心眼？如果當初不那樣做，我現在……」

「別說了，我不想聽。」

「爲什麼要逃避？妳自己幸福卻要阻礙別人的幸福。」

「妳以爲妳大太一郎幾歲？」

「年齡根本……」

「妳不覺得可恥嗎？」

「可恥？我？」阿藤的聲音嘶啞了。「大老闆娘可知道我在高田屋和船屋有多盡心盡力爲太一郎先生效命嗎？我總是把感情壓抑在心底，總是帶著笑臉，只希望總有一天他能明白，能接受我……」

「所以我才說妳懷有這種期望是錯的。」

阿藤哼了一聲。

「他一定會接受我的，既然到了這步田地，再怎麼樣我也一定要讓他接受我的心意。反正大老闆看重我，阿鈴也喜歡我。再說，那孩子又不是那對夫婦眞正的羈絆。」

「啪」一聲清脆的聲音響起，一瞬間，阿鈴恍然大悟，是阿先大媽甩了阿藤大姨一個耳光。

「下次妳再提起這件事，我真的會把妳趕走。」阿先咬牙切齒地低吼道。「多惠和阿鈴對妳毫不設防，她們兩人都喜歡妳，妳要是做出背叛她們母女的事，小心我會追妳追到地獄盡頭給妳好看！」

阿藤哭了出來，阿鈴趁著哭聲爬著逃開。

她回到房裡看見阿蜜就坐在枕邊，膝上擱著三弦琴。

「阿鈴，不可以熬夜啊。」阿蜜搖晃著頭髮溫柔地說。

「阿蜜……」

「夜裡聲音可以傳得很遠，她們倆應該小心點才是。」

阿蜜向阿鈴招手，阿鈴一屁股坐在被褥上。

「真是的，阿鈴，妳聽到不好受的事吧。」

看到阿蜜安慰她的表情，阿鈴恍然大悟地說：「難道……阿蜜早就知道阿藤大姨的事了？」

阿蜜撫著長髮點頭說道：「隱約猜到了。我也不是白白就成了半老徐娘。」

阿蜜又輕聲說，不過這種事對阿鈴來說還太早了點。

「人啊，不，應該說女人，有時候會連自己都管不住自己，這就是戀愛。所以啊，妳不要太生阿藤的氣。不過，要記得，變成那樣的話不是好事。」

阿鈴恍恍惚惚的，不知道該說什麼才好。體貼的阿藤大姨，比阿母還包容阿鈴的任性的阿藤大姨。阿藤大姨喜歡阿爸，所以討厭阿母……

「有阿先盯著，大概不會發生什麼壞事，妳只要好好珍惜妳阿母就行了。」

「……嗯。可是，阿蜜……」

「什麼事？」

「羈絆是什麼意思？我不是阿爸阿母眞正的羈絆，這句話是什麼意思呢？」

阿蜜一隻手貼著臉頰歪著頭，緩緩地說：「這個啊，我也不知道。」

胡說，阿蜜明明知道。「妳在騙人吧？」

阿蜜呵呵笑著說：「不告訴妳，反正妳遲早會明白。而且有妳阿先大媽在，不會有事的。」

阿蜜拿起三弦喃喃說道：要哄愛熬夜的孩子睡覺，唱什麼歌比較好呢？

三天、五天、十天過去了，阿由始終沒在白子屋出現。

風聲應該已經傳得很遠。連讀賣人都不再刊登這件新聞後，白子屋還是對常客和鄰居叮嚀：如果看到像阿由的女孩子，要馬上來通知我們，我們已經決定不計較以前的事，連破壞驅靈比賽的事也算了。我們只是想跟阿由見個面，說說話。

再怎麼想，阿由也不可能只因爲破壞驅靈比賽，就消除心裡的怨氣，從此不再找白子屋麻煩或不再跟白子屋有所牽扯。對她而言，應該還有一堆怨言想對長兵衛說，理當會掉進七兵衛的陷阱才對。

阿鈴每天都跟玄之介和阿蜜討論這件事，兩人總是穩重地安撫阿鈴，要她耐心等待，還說，也許阿由另有隱情也說不定。

驅靈比賽以後，好幾次阿鈴都用懇求的口氣呼喚蓬髮，蓬髮卻始終沒有現身。多惠一直臥病在床，笑和尚爺爺也不見蹤影。阿梅有時會在夜裡爬上樓梯發出咚咚腳步聲，但不在阿鈴面前現身。不知道是不是多心，總覺得大家好像都在等待什麼事情發生。

另一方面，七兵衛每天都以探病爲由遣人去探問島次的狀況，逼得島次的老婆阿高過意不去，這天總算提著點心盒造訪船屋。

「託大家的福，我家那口子的身體總算慢慢復元。上次大概是中暑吧，可惜腦筋還是不行，成天精神恍惚。林屋那邊有我跟兒子在照料，還應付得過來，只是島次恐怕沒辦法再來船屋幫忙了。眞的很對不起，請你們不要再爲難島次了。」

阿高的眼神雖然依舊兇狠，卻恭敬地雙手貼在榻榻米上，深深鞠躬向船屋諸人致意。

七兵衛從高田屋趕過來，和太一郎併排坐著聽她說。七兵衛頻頻安慰阿高，但看阿高誠惶誠恐的樣子恐怕也聽不進去多少。

阿鈴躲在暗處偷看他們的應對。無論如何，不抓住阿由就無法讓她跟島次對質，這點連阿鈴都明白，想必七兵衛爺爺現在一定五內如焚。然而更令人掛意的是阿高的態度。她看起來並非只是因爲作客拘謹而正襟危坐，更像在害怕什麼事，側臉顯得很疲憊沒有精神。

大家都稱呼那人作島次、島次，但那其實只是島次的空殼，身體裡的是哥哥銀次。銀次趕走殺死自己的弟弟的靈魂，奪取島次的身體回到陽世。以這種方式回到自家和自己的舖子，奪回妻兒。這眞是很恐怖的事。可是，阿鈴覺得奇怪的是，照說銀次向島次報了仇之後，應該心滿意足了，想必會溫柔對地待老闆娘和孩子們，致力經營林屋，爲一家人往後的幸福打拚才對。阿鈴如果站在他的立場一定會這麼做，要不然回到陽世就沒有太大意義了。

可是，眼前的阿高爲什麼如此憔悴不堪呢？看上去戰戰兢兢的。雖然這個貪婪的老闆娘給人的印象不好，但上次看到她時要比現在有精神多了。

銀次回到林屋後到底做了什麼事？

今早天空晴朗無雲，客房已經早一步收拾起夏天的佈置嵌上紙門。紙門輕輕被拉開，阿鈴看到阿藤領著阿高離去後，馬上奔向後門。

阿高從船屋正門離開後，沿著鄰居長坂大人宅邸的木板牆有氣無力地走著。阿鈴確認阿藤送完客回到船屋後，跑著追上阿高。

「林屋的老闆娘！」

阿高回過頭來，似乎想不起眼前的女孩是誰，阿鈴向她說明曾代表船屋前去探望島次先生，她仍然沒有印象，最後費了很多唇舌她才總算記起。

近距離看，阿高眼下隱約浮出黑眼圈，眼角也很乾燥。阿鈴臥病在床差點喪命時，一直在身旁照料的多惠也是這種臉色。這是沒睡好的人的臉色。

不祥的預感像夜晚飛翔的蝙蝠，曲折地橫穿過阿鈴小小的心裡。

「妳找我有什麼事嗎？小姐。」

天空雖已有秋意，陽光依舊耀眼，阿高覺得刺眼，瞇起眼睛。

「老闆娘，對不起，其實我是船屋的女兒，上次我說了謊。」

阿鈴很快說明了驅靈比賽時她剛好在宴席附近，目睹島次先生倒下時的情形。

「老闆娘，我突然說這種話您恐怕不會相信，不過我希望您聽我說。」

阿鈴調勻了呼吸，下定決心開口：「島次先生現在是不是變成老闆娘過世的丈夫……也就是他的哥哥銀次先生？還是說島次先生有沒有做了什麼會令您想起銀次先生的事，或者他自稱是銀次先生？」

阿高睜大那雙眼角上吊的細長眼睛，本就缺乏血色的臉頰，蒼白得像塊白布。

「妳、妳、妳，」阿高下巴抖個不停，指著阿鈴說。「妳到底在說什麼？妳到底想怎麼樣？」

「老闆娘……」

阿高推開走近的阿鈴，背轉過身，像要往前撲倒般疾步逃走。

「老闆娘，等等！」

阿鈴在後頭追趕，阿高跑到長坂家板牆轉角處，手扶著牆沿拐彎，蹣跚前進時掉了一只鞋子。她往前踉蹌了兩三步，最後還是撲倒在地。

「老闆娘，您要不要緊？」

阿鈴跑過去，阿高臉色煞白趴在地上，雙手抓撓著地面還想逃跑。

「老闆娘，您爲什麼要逃？我說的話很奇怪嗎？」

「眞是囉唆的孩子，放開我！」

阿高顫抖的聲音大吼，胡亂揮舞雙手站起身來，完全不顧雙腳鞋子掉落，光著腳又打算逃跑。

阿鈴大叫：「老闆娘，島次先生果然變成銀次先生了嗎？老闆娘是不是也很害怕？銀次先生的陰魂在林屋到底做了什麼？」

阿高搖搖晃晃停下腳步，回頭望著阿鈴。她的雙眼睜得老大，張大著口呼呼喘氣。

「陰魂？」阿高嘶啞地低聲自語。「妳是說，那是陰魂？」

阿鈴默默跑到阿高身邊抓起阿高的手，她的手冷得像冰塊。

「妳爲什麼知道那是陰魂？」

那口氣說是質問毋寧更像自言自語。阿鈴回答：「我親眼看到銀次先生的幽靈現身，他還說十年前被島次先生殺害，被奪走了舖子和妻兒，所以他要從島次先生的身體裡趕走他的靈魂，借島次先生的身體回到林屋。」

阿高無力地垂著脖子，睜大的眼睛眼皮微微顫動，散亂的髮髻垂下一、二綹頭髮，冷不防地當場癱軟在地。

阿鈴大叫一聲，艷陽下的路上沒有路人經過，阿鈴自己臉上也失去血色。

「老闆娘，振作點！」

此時，前方長坂家後門的板門嘩地拉開，走出一個女人。她看到阿鈴和阿高，吃驚地睜大雙眼，柔聲問道：「怎麼了？」

這眞是年代久遠的一棟宅邸啊。

阿鈴心想：我是家教好的女孩，長坂大人好心地對我們伸出援手，可不能對他們的住家說什麼失禮的話。

——但是如果是乖僻勝就不一定了。

這算什麼房子？眞虧了它還沒倒下，簡直就像鬼屋嘛！

總之，這房子已經很舊了，到處破損不堪。現在所在的榻榻米房暫且還舖著榻榻米，牆壁還沒坍塌，天花板也沒有破洞。可是隨處可見漏雨的痕跡，格子紙窗也滿是補貼的痕跡。

從船屋二樓可以清楚看見長坂大人的宅邸，阿鈴雖然看到屋頂瓦片有補修的痕跡，卻沒想到環繞著壯觀板牆和青翠樹木的宅邸內竟然已經荒廢到這種程度。

因爲是旗本宅邸，佔地確實很大。從後門穿過中庭，走到這間榻榻米房的確穿過了很長的走廊。然而沿途看到的房間，不是榻榻米掀起來露出地板就是屋頂破了大洞，要不然便是格子紙窗全被拆掉，光看那些房間給人一種走進廢屋的錯覺。

七兵衛爺爺在阿鈴一家人打算搬到船屋時曾說過「鄰居是個窮旗本」。爺爺上門打招呼時，不知道有沒有看到屋子的內部？

——院子也是。

光從外面看，尤其是從船屋二樓俯瞰時，只覺得院子裡種有很多高大的林木，然而從近距離看，明顯看得出這院子乏人照料，林木茂密得跟山林差不多。雜草叢生的假山後面就算住著狐狸或狸貓也不奇怪。仔細想想，阿鈴從沒見過園丁出入鄰家院子。

一個很輕的腳步聲響起，有人從走廊朝這邊走來。阿鈴暗自一驚，馬上趴伏在榻榻米上。

「哎呀，不必那麼拘束。」

說話的聲音和藹可親，是剛才那個女人。她的年齡和多惠差不多，身材嬌小、圓臉，聲音像少女一樣可愛。

「把妳一個人丟在這裡，眞是抱歉。來，請用茶。」

女人在阿鈴身旁坐下，自托盤中端起茶杯請阿鈴喝茶，動作很流暢。

「妳大概嚇到了吧？不過請放心，那女士已經醒來了。再躺個半個時辰就可以完全恢復了。」

「非常謝謝。」阿鈴再度深深鞠躬行禮。

女人笑著說：「眞有禮貌，妳是鄰家料理鋪的女兒吧？」

阿鈴嚇了一跳：原來對方知道我的事。

「是，我叫鈴。」

女人也回禮，說：「我是這家主人長坂主水助的妻子，叫美鮮。」

妻子？啊？不是下女？

大概是阿鈴的驚訝全寫在臉上了，美鮮手遮著嘴巴吃吃地笑。

「我們家沒有下女，家事都是我在做。」

「啊，是這樣嗎？」

「正如妳所看到的……」美鮮用手示意荒廢的榻榻米房說。「我們是窮得連裝飾品都沒有的旗本呢。」

不僅是房子，美鮮身上的衣服也是洗得泛白的補丁衣服，右邊袖子明顯有縫補的痕跡。她頭上的髮髻也只是插著一把陳舊的黃楊梳子。阿鈴不知道該如何接話，漲紅了臉，美鮮見狀又咯咯笑了起來。

「唉呀，對不起，妳不用在意。我跟夫婿都很喜歡這棟宅邸，再怎麼破舊荒廢，我們都不覺得羞恥。不過船屋開張後，我跟夫婿時常聊起你們呢。想說那麼高級的料理舖不知道會端出什麼料理？又是什麼樣的客人上門呢？」

兩人的立場好像顛倒了。阿鈴不禁說道：「其實我家一點都不高級也不豪華，反而我常常在想，鄰家宅邸裡不知住著什麼偉大人物呢。」

「這不就是雙方都在單相思了。」

對方的聲音和旗本妻子身分相符，沉靜優雅，而從她口中竟然說出「單相思」這種庶民用語。阿鈴心想，不是每個旗本夫人都這樣吧，眼前這位夫人應該算是特例。

院子草叢裡傳來一陣汪汪狗叫聲，美鮮輕輕拍了一下手說：「阿鈴，妳有沒有見過小白？」

「小白？」

美鮮起身到窄廊，叫著「小白，小白過來。」一隻白狗穿過雜草樹叢跑了過來。「小白，坐下，有客人。以前你們見過吧？」

「妳這樣說，這孩子怎麼會記得。」

走廊傳來聲音，聲音主人慢條斯理地走進房裡。來人年約四十，瘦削的高個子、長下巴、兩眼之間間隔有點遠——那張臉長得有點像鮟鱇魚，阿鈴覺得似曾相識……

「啊！」阿鈴大叫著跳起來。「對了！是那時見到的武士大人！」

事情發生在第一組客人筒屋光臨船屋那天，阿鈴和阿園、小丸在河道旁丟石子玩，因爲阿梅忽然現身，阿鈴嚇了一跳，糖果哽在喉嚨裡。那時抱起阿鈴，拍打阿鈴背部讓她吐出糖果的救命恩人，正是眼前這個男人。

「對了，那時這隻狗狗也在場！」

高個子武士朝著美鮮笑了笑隨即坐下，用慢條斯理的語氣對驚訝的阿鈴說：

「那時都沒機會自我介紹，我是長坂主水助，高田屋七兵衛有沒有說我是鄰家的窮旗本？還是拿我長得像鮟鱇魚這件事取笑呢？」

長坂主水助絲毫不以爲意地說：我雖然窮，時間卻很多。

「我是小普請組……這個字眼妳肯定不懂，簡單來說就是我雖有旗本的門第，但沒有差事，所以俸祿也很少，少到連維持我和內人兩人的生計都很困難，幸好還有各種家庭副業可做，總算能勉強糊口。」

「啊，是。」雖然不知所措，阿鈴還是含糊地應了一聲。這種事跟我說好嗎？不過也無所謂吧，光是這間宅邸內部，一眼就看得出主人生活困窘。

「我早就聽聞船屋發生很多禍事，畢竟那房子早在船屋搬進來之前也鬧過鬼。」長坂主水助歪著下巴接著說。「本想直接向船屋打聽這回又發生什麼事，也常和內人提起這件事。剛才內人通知我船屋的阿鈴在後門遇到麻煩了，這正是個好機會。」

「謝謝您幫忙。」

「哪裡哪裡。不過，那女人不是船屋的人吧？美鮮說，那女人好像在和妳吵架，到底是怎麼回事？」

這事說來話長。到底該從哪裡向他說明好呢？

「這件事也跟船屋的幽靈作祟有關……那個，長坂大人……」阿鈴猶豫不決，乾脆反過來請教對方：「我聽說現在的船屋三十年前是座墳場，對面有一間叫興願寺的寺院，聽說那個寺院住持……殺了很多人，發生過很可怕的事，後來寺院因爲火災而燒個精光。」

「嗯，」主水助點頭說。「其實我也不清楚當時的事。因爲長坂家宅邸當時並不在這裡，這棟房子是興願寺的事件之後才蓋的，那時我還是個十歲的小孩子。」

阿鈴很失望。原來長坂大人也不知道事件始末。

「只是……」主水助瞄了一眼妻子繼續說。「我聽家父說過，長坂家奉命遷移到這裡來，是因爲有一個親戚和興願寺事件有關。幕府大人不僅要我們搬家，我父親被罷職成爲小普請組也是因爲這件事。」

阿鈴雖然無意，卻情不自禁地從長坂大人面前縮回身子。美鮮笑著解圍說：

「你這麼說，阿鈴會害怕的，好像我們家出了一個可怕的殺人凶手。對不起啊。」

主水助睜著那雙距眼距有點遠、活像鮟鱇魚的眼睛愣了一下，笑了出來。

「原來如此。不過，事實就是事實……不能歪曲。」

「不，不，我不怕。」阿鈴重新坐正身子。「我一點都不怕，只是嚇了一跳而已。」

「那就好，妳慢慢聽下去就知道了。」

主水助搔著脖子接著說：「和興願寺事件有牽扯的是我叔父，祖父的么兒。我父親是長男，這樣說妳懂嗎？」

「是，我懂。」

興願寺燒毀時，主水助的父親三十五歲，叔父才二十三歲。

「不知道告訴妳這麼小的孩子恰不恰當，我的祖父很風流，他跟我祖母除了生了一個男孩外，還有一個早夭的女兒。年輕時女人一個玩過一個，晚年還生了三個年紀可以做他孫子的小孩，而且還是跟不同的三個女人所生。這些妳聽得懂嗎？」

「我想……我懂。」阿鈴一本正經地回答。

「家父雖然身爲長坂家的一家之主，卻爲了這些年輕的異母弟弟吃了不少苦頭，臨死前還在抱怨，說這幾個叔父不但花錢如流水，而且個個都是自大的懶惰蟲……」

主水助感同身受地轉述父親的抱怨。

「其中最棘手的就是這個小叔。他個性溫柔，小時候也常陪我一起玩。只不過生性風流，關於這點他可說是盡得祖父的眞傳。再加上人長得英俊，女人很難不爲他心動。」

主水助的父親好不容易爲他找到差事，可是兩次都遭解僱，解雇的原因都是女人，其中一次竟還跟長官的妻子有染，兩人打算私奔。他們這種行爲本來被腰斬都無話可說，但大概是賊運太好，他只是失去俸祿而已。既然如此就讓他從此過一般庶民生活算了，主水助的父親準備了一筆資金資助他開道場，沒想到那筆錢他又全花在妓女身上。最後總算爲他找到一戶尙稱門當戶對的人家入贅，這回竟然跟妻子的姐姐勾搭上，引出一場風波——

主水助像在說別人的故事一樣，講述得很流暢。難道他一直想向人述說這段往事？因爲他看上去甚至有點愉快。

「之前我說過，興願寺的事件那時我十歲了，我對這位叔父印象還很深刻。事件發生半年前，他被入贅的家趕出門，之後一直跟我們住在一起。」

主水助又說：雖說住在一起，但我也不清楚爲何叔父會跟興願寺住持扯上關係。

「聽說那個住持暗地放高利貸，我父親猜可能是因爲這點兩人才會認識，我也這麼認爲。叔父需要錢的原因不外是爲了女人，他和其他叔父不同，自己過得並不奢侈，把錢都花在女人身上。也不知道是哪裡的女人，也許是妓女。」

那是初春一個颳著強風的夜晚——主水助換了一種語氣說道：

「草木都已入眠的丑時三刻，叔父心急地叩叩敲門呼喚我父親，我和父親同時醒來，發現叔父提著破燈籠站在院子。他穿著便服，下擺塞在腰帶上，兩邊袖子用束帶束著。仔細一看，他的臉上、手臂上全身都沾滿了鮮血。叔父說，他剛殺了人。他說這件事的口氣聽起來愉快又乾脆，當時不曉得爲什麼我忽然爲他感到自豪，我認爲他一定是殺了壞人。實際上叔父那時很有精神地揚起雙眉，英氣十足，威風凜凜。」

——我還有非做不可的事，一定要殺的人。我正準備殺進興願寺追那個人，又怕日後會給長坂家帶來麻煩，特地回來通知一聲。

「叔父說，長坂家跟這件事毫無關係，如果有人問起，就說他很早就離家出走，已經跟長坂家斷絕關係很久了。叔父又說，如果上頭來調查這件事，他已經將事情始末寫在一封信裡，藏在房間信匣內，到時候把那封信拿給他們看就行了。說完，叔父就要離開，我父親趕上去，問他是不是一個人，他說這件事不需要幫手，就這樣跑進夜色中。」

主水助頓了一下，回憶著當夜的事，視線變得很遙遠。

「過了半個時辰以後，興願寺起火了。」

當時，長坂家距離這裡有一町（約一〇九公尺）遠，但是仍舊看見興願寺燃燒的火焰清晰地浮現在夜空，爆裂的火星在風中飛舞，到處都是燒焦味，令人喘不過氣來。

「那晚強風呼嘯，但是火焰卻沒延燒到興願寺外，年幼的我看來，好像是火焰團團包圍住興願寺，不讓任何人從興願寺裡逃出來。」

主水助一本正經地說到這裡，冷不防又笑了出來。

「這樣的措辭好像有點假惺惺。那時，還沒人知道有很多人死在住持手裡，是倖存的寺院下人及和尚供出這些事才眞相大白。我對火災那晚的記憶，受到一些流傳的巷議影響，想必不眞切了吧。反正回憶大抵就是這麼回事。」

「聽說放火的是住持，縱火後他自己逃走了，不知道逃到哪裡去了，行蹤成謎。」

聽阿鈴這麼說，主水助點頭說道：「妳知道的還眞多。正是這樣，對寺社奉行所（註）來說，這次事件跟和尚犯了色戒這等小事完全不同，是不得了的大事。爲了名譽，說什麼也得找到那個住持，只是不知道究竟他是昇天了還是鑽到地洞，最終還是沒找著。」

他又低聲加了一句：而我叔父也沒回來。

「在廢墟中不僅發現人骨，也發現幾具顯然是被燒死的屍體，也有屍體被壓在柱子和牆下，我的叔父大概也在其中。要是找到長刀還可以判斷哪具屍體是他的，但長刀也許是壓在瓦礫堆中或是有人拿走，一直找不到，我們也沒辦法。」

「長坂大人的叔父打算殺什麼人呢？是不是住持？」

「應該是吧，看來我叔父並沒有成功反而命喪火窟了。」

倖存的寺院下人在寺社奉行所嚴厲審問下招供——他並不清楚住持的惡行，只知道從幾年前開始住持便時常從町內帶回無業武士或遊民，讓他們在寺裡住下，一陣子過後那些人突然不見蹤影，這樣的事一再發生。而且下人說，約莫一個月前，有位年輕武士來找住持，之後便時常出沒，那人聽說是宅邸位於寺院不遠的旗本長坂家的人。

「因爲這樣，上頭得知叔父的事，長坂家也無從隱瞞起了。而且我父親一開始就不打算照叔父

註：專門負責寺院神社案件的衙門。

交代的，狡辯叔父已經跟家裡斷絕關係云云。他很好奇到底叔父查探出住持什麼祕密？爲何那晚會獨自一人殺進寺院？還有那晚殺進寺院之前，他到底砍殺了什麼人而全身沾滿鮮血？我父親實在很想解開這些謎團，明知會因此受到懲罰，還是主動接受寺社奉行所公役的審問，可是……」

據說最後還是沒有得到明確的答案。

「父親接受了處分，被迫辭去御先手組（註）的工作加入小普請組。上頭嚴厲命令我們搬家，父親特別要求搬到這裡。可見父親是想打探叔父最後在興願寺做了什麼。」

主水助那酷似鮟鱇魚的臉綻開笑容，笑著對阿鈴說：「不過，家父雖然有此心願，但也沒有認眞追查，他只是覺得整件事很奇怪而已。當我繼承了父親的地位時，也連帶繼承了那份『很奇怪』的心情，但我也沒能解開謎團，只守著這間破屋悠閒地過著窮日子。每逢初春颳大風的夜晚，我偶爾會想起那場大火和我叔父英姿煥發的表情……每天平靜過日子。」

阿鈴輪流望著長坂夫妻安詳溫和的表情，聽完這個漫長的故事，她悄悄地調勻呼吸，心臟怦怦跳著，決定問出逐漸浮上心頭的疑問。

「長坂大人，我想請教一件事。」

「什麼事？」

「您的叔父大人叫什麼名字呢？」

二十三歲的英俊男子，而且喜歡女人。

「他叫玄之介。」主水助回說。「他身邊的女人有時也喚他阿玄，我父親極不喜歡這個稱呼，說是很像花花公子的名字。」

阿高雖然醒轉，卻還是頭昏眼花無法走路。美鮮親切地跟阿鈴說：我來照料那人，妳先回家一趟。阿鈴感激地決定聽從她的話，實際上她此刻正腳底發癢，很想趕回船屋。

七兵衛和太一郎在榻榻米房內商量事情，阿藤和阿先正在更換格子紙窗的窗紙，多惠似乎睡著了。阿鈴爲了避免大人注意，縮著脖子躡手躡腳走著，來到樓梯底小聲呼喚：「玄之介大人？」

多虧了阿先和阿藤每天擦拭，樓梯板光可鑑人。

「玄之介大人，請您出來，我是阿鈴。」阿鈴爬到樓梯中央呼喚著。「我想跟玄之介大人說話，拜託您快點出來。」連阿鈴自己也不懂爲什麼，說著說著竟哭了起來。她覺得很奇怪，伸手擦去眼淚。「玄之介大人，您不要使壞。」

「我在這裡。」

身後傳來聲音。回頭一看，玄之介正一如往常悠然地坐在樓梯中央。

「怎麼了？阿鈴，爲什麼哭喪著臉？」

看到他的臉、聽到他的聲音時，阿鈴當下明白自己爲什麼會掉淚。

她跟玄之介很親近，也清楚對方是個幽靈，不但不能觸摸他，他的身體也是半透明的。儘管如此，阿鈴卻從來沒想過、也沒想像過關於玄之介的「死」。人死了才能成爲幽靈。可是對於一個經常見面、彼此有說有笑的朋友，根本沒有必要去思考對方是怎麼死的。

註：弓箭、槍砲組的警衛。

「玄之介大人果然已經死了。」阿鈴好不容易才說出這句話，大哭起來。

「原來……妳到長坂宅邸了？」玄之介的手支在下巴學著小孩子托腮的樣子喃喃自語。「我就知道總有這一天，畢竟妳們是鄰居。」

阿鈴用手擦拭臉頰，手背沾著眼淚黏糊糊的。

「為什麼您不早點告訴我？」

「說我是長坂家的人？嗯，這個嘛，」玄之介笑道。「因為我跟那個鮟鱇魚臉的主水助是親戚這件事說出來太沒面子了，不太好意思說。」

「胡說。」

「不是胡說。長坂家每隔幾代就會出現那種長相，兩眼之間相隔兩寸。」

玄之介一本正經地用手指比出兩寸距離。阿鈴破涕為笑，但眼淚還是不爭氣地落下來。

玄之介看著阿鈴的臉笑著說：「主水助雖然是窮旗本，但是人很親切吧？」

「是，夫人也很溫柔。」

「而且相當漂亮。」

「你又說這種話。」

「這是事實吧？我每次從窗口看到主水助夫人時，總是咬牙切齒地想，那個鮟鱇魚臉實在配不上那樣的美女。」

玄之介接著說：主水助小名叫小太郎。

「長坂家每個長男都叫小太郎。那小子從小就是那張臉，我以爲只要好好訓練，他也許可以成爲劍術高手，畢竟他的視野應該比一般人更寬廣。」

眞不知道玄之介到底是認眞的還是開玩笑。

「可是，那小子不但劍術不行，算盤也很糟，字寫得醜，口才又不好。在他父親那一代就失去公職，對他來說或許是好事，那麼沒用的男人實在罕見。」玄之介揣著手不勝佩服地搖著頭。「不過跟他比起來，我更是個大飯桶，也沒資格說得太囂張。」

「您已經說得很過份了，玄之介大人。」阿鈴仰望他認眞地說。「您乾脆現身在長坂大人夫婦面前如何呢？然後把三十年前那晚發生的事告訴他們，這不是很好嗎？」

我也想知道謎底。

誰知玄之介竟然一本正經地說：「阿鈴長得跟我母親很像。」

「妳聽主水助說了吧？我是父親跟一個十來歲的下女生的孩子，母親在我襁褓間就嫁到別處去，後來一直沒有消息。當我入贅親事談定後，總算跟她見上一面，那時她是下谷一個小商人的妻子，身材剛開始發福，有一雙大眼睛，長得很討人喜歡。入贅後，母親的臉老是在我眼前晃來晃去，我實在沒法定下心來。」

阿鈴噘著嘴問：「所以玄之介大人就跟媳婦的姐姐要好，惹出一場風波？」

「主水助連這種事都告訴妳了？眞是個多嘴的傢伙。」

長坂主水助根本不知道阿鈴認識玄之介本人，這樣非難他實在沒道理，阿鈴不禁噗哧笑出來。

「啊呀，總算不哭了，這樣才像阿鈴嘛。」

阿鈴自己也這麼認為，就像玄之介也不適合板著一張臉說話。

「嗯，我不哭了。不過，您也不要岔題。明明就住在隔壁，為什麼您不在長坂大人夢中出現，告訴他以前的事呢？您也可以像現在跟我說話一樣和長坂大人講話嗎？」

玄之介鬆開懷中的手使勁搔著後頸。阿鈴想起剛才長坂大人也做了一樣的動作。

「這個嘛……辦不到。」

「為什麼？」

阿鈴追問，玄之介垂下雙眉，一副可憐兮兮的表情。

「因為我全忘了。」

「啊？」

「三十年前那個颳大風的夜晚，興願寺到底發生了什麼事？我為什麼會喪命？為什麼打算殺了興願寺住持？之前又殺了誰？又為什麼殺了對方？」玄之介一口氣說到這裡，望著空中繼續說：

「我全都忘了。既然小太郎這麼說，看來我真的打算在那晚殺進興願寺，之前也的確在寺院周邊探查過吧。可是我完全不記得了，記憶從腦海裡消失得一乾二淨。」

玄之介握起右拳咚咚敲著自己的頭。

「也許我不能升天的原因就在這裡。因為全忘了，靈魂才徘徊在人世。」

世上真有這種事嗎——阿鈴也答不出來。這時外面傳來喧鬧聲，聲音很快地接近。

「請問一下！請問一下！」

有個衣服下襬塞進腰帶的矮小男子，重重踩著腳步揚起塵埃風風火火地奔進船屋，趴在木地板邊緣問道：

「請問高田屋七兵衛先生在這裡嗎？我是向島辰太郎捕吏頭子的手下阿德，高田屋老闆在這裡嗎？」

七兵衛嘩啦拉開紙門跑出來。

「喔，是阿德，什麼事？」

自稱阿德的那個矮小男子氣喘吁吁地說：「您在找的那個阿由找到了！那女孩躲在淺草弁財天神後的射靶場二樓。今早她在那兒殺了人，被人押送到辦事處。」

阿鈴可以想像七兵衛現在一定吃驚地倒抽一口氣，她自己也是瞠目結舌。

「到底殺了誰？」

「她殺了自己的情夫，殺了那個賭鬼橋二郎。」

在阿鈴心目中始終很了不起的高田屋七兵衛，在世人眼中似乎也是個了不起的人物。白子屋主人長兵衛遺棄的私生女阿由，在正式接受橋二郎兇殺案審訊前，先被帶到了船屋。再度召集曾經出席驅靈比賽的人，也喚來林屋島次，準備聽阿由招供。

當然這是七兵衛的提議。照理說，即使是半天的時間也不允許將正準備押送拘留所的殺人罪嫌移送到別處，不過七兵衛還是打算這麼做。這不是有錢或是有門路就辦得到的事，除非這兩個條件湊在一起，加上提出要求的人值得信賴，否則根本行不通。而七兵衛在聽聞阿由在淺草弁財天神後一帶落網的消息後，當天太陽還未下山前便已安排好一切。

「不愧是老闆。」

阿鈴聽著阿爸不勝佩服地喃喃自語，自己也只能嗯、嗯地點頭附和。雖然尊敬七兵衛爺爺的心情始終沒變，不過關於這件事，阿鈴始終覺得爺爺腦筋太頑固。島次怎麼可能和阿由串通，故意破壞驅靈比賽呢，事情怎麼可能這麼湊巧。

「不過，」玄之介揣著手說。「這樣也好啊，糾纏在一起的線也許能就此解開。」

七兵衛下令這天的宴席菜色必須跟上次一樣，突如其來的差事讓船屋內外忙得人仰馬翻。雖說菜單不變，但這回缺了島次做幫手，太一郎一個人根本準備不來，何況這回又多了見證人七兵衛和頭子的份。七兵衛還性急地打算，說要是能讓阿由供出在驅靈比賽搞鬼的花招，事後要吃紅豆飯慶祝。要太一郎獨自準備這麼多菜，他怎麼可能忙得過來。

七兵衛臨時從高田屋調來三個廚師，做太一郎的幫手，其中兩人是高田屋的老手，阿鈴也很熟悉。他們雖然不勝懷念地對阿鈴說妳長大了，卻也沒時間多聊，一到船屋馬上就投入籌措食材和事前準備的工作。宴席定在明天中午，太一郎說，今晚得在廚房挑燈夜戰。

儘管如此，阿爸恢復了久違的朝氣，聲音也顯得很有精神，光是這點阿鈴就很高興。畢竟廚師要是沒菜可做也提不起精神。

阿先先是以「怎麼可以讓殺人兇手進到招待客人的鋪子」爲由，反對阿由進船屋，但她也很清楚七兵衛話一旦說出口便絕對不會改變主意的性子，索性就靜下心來幫忙。阿藤也是忙進忙出，沒時間照料阿鈴。阿鈴猜不出阿藤對這次宴席抱著什麼心態，也不知道她昨晚跟阿先之間的爭執解決了沒有。

看著大人們忙得團團轉，阿鈴只能跟玄之介無聊地坐在二樓空房裡。隔壁的榻榻米房將用來舉行宴席，阿先和阿藤已經細心打掃過了，聽說連屏風和插花都打算用跟那天一樣的。阿鈴想，先前驅靈比賽時到底插了什麼花？意外地竟然完全想不起來。

玄之介在榻榻米上躺成「大」字型，仰望著天花板，打了個呵欠說：「阿鈴，這回可能是抓住那小子的良機。」

「那小子？」

「蓬髮啊。」

「蓬髮會出現嗎？」

「會，一定會。」玄之介信心十足地說。「卡在那小子心裡的……手足的糾葛，加上年輕女孩，條件不都齊全了嗎？不可能不出來。」

「要是出來了該怎麼辦？」

「這要看那小子出來做什麼。」

「要是跟筒屋宴席那次一樣胡亂揮舞長刀呢？」

玄之介笑著說：「放心，那小子不會砍阿鈴。」

「就算不砍我，砍了其他人也不好。」

「這妳不用擔心，先擔心他要是又大哭起來該怎麼安撫他吧。」

剛感覺一陣冷風吹來，就看到阿蜜從走廊飄進來，意外的是她今天沒有結髮髻，甚至也沒有攏成梳子捲，長髮像剛洗過一樣自然垂下來，長達腰際的黑髮發出光亮，彷彿秋日陽光下的河道水面。

「哎呀，簡直像剛從井底爬出來似的。」玄之介躺著嘲弄地說。「姐兒，要多少錢？」

阿蜜面不改色，跨過玄之介來到阿鈴身旁。阿鈴坐在窗前，臉頰映著明亮的午後陽光。陽光也映在阿蜜身上，身體照到陽光的部份顯得比較淡薄。

「關上窗戶吧。」阿鈴手伸向格子窗板。

「不用了，阿鈴，妳這個年紀要多多曬太陽。」阿蜜笑著說。阿蜜飄然屈膝斜坐，一手手肘擱在窗框，問道：「阿鈴，妳今天到阿母房間探望了嗎？」

她指的是多惠。

「嗯，早上有去向阿母請安。」

「是嗎？阿母身體怎麼樣呢？」

沒什麼起色。雖然病得不嚴重，短期內還是很難起身做事。飯也吃的不多，臉色跟阿蜜的一樣蒼白。

聽阿鈴這麼說，阿蜜單手輕輕攏著頭髮，微微皺著眉。

「是嗎……阿鈴，妳阿爸他們今晚一定很忙吧？今晚妳陪妳阿母睡好了。」

阿鈴嚇了一跳，怎麼突然這麼說？玄之介翻個身手肘支著頭望向這邊。

「船屋每個人都很忙，只有妳阿母身體不舒服躺在房裡，她大概會覺得自己被丟下了吧。而且妳阿爸要熬夜做事，她想必更加寂寞。阿鈴，妳何不今晚陪阿母睡吧。」

阿蜜的語氣懇切溫柔，阿鈴覺得心痛了起來。阿蜜實在是個好人，經阿蜜一提醒，阿鈴才覺得的確如此。阿母現在一定很寂寞吧，不能陪在總算振作起來的阿爸身邊幫忙，不知道心裡有多不甘心。

「嗯！我會的！」阿鈴很快站起身。「我現在就去看阿母！也許她正想要什麼東西呢。」

阿蜜微笑目送跑出房間的阿鈴。玄之介躺在手肘上轉著頭，抿嘴笑著。

「怎麼了？姐兒，今天表現可嘉啊。」

阿蜜沒回答，她默默用手指把玩了一會兒頭髮才說：「阿玄，那孩子知道一些你臨死前的事吧？」

玄之介眨眨眼說：「是啊。」

「可是，你眞的忘了死前的事嗎？不是故意對那孩子撒謊吧？」

「我沒說謊，記憶眞的都從腦袋裡消失了。」玄之介起身。「不過也許阿鈴她……可以幫我找回遺忘的記憶。」

阿蜜沒看玄之介，望向窗外說：「你是說，那孩子會去調查興願寺事件？」

「她相信那樣做能幫我們升天的話，一定會去調查。實際上她已經去找過孫兵衛大雜院的房東了，而且好像也認識了長坂家的小太郎。」

「你眞的想升天？」

阿蜜突然這麼問，玄之介笑了出來。

「不知道，沒經驗，所以不知道升天到底好不好。」

「你別打諢。」

「不是打諢。那妳呢？妳喜歡眼前這種狀態，還是比較想去什麼西方淨土？」

阿蜜沒回答。她將長髮攏成一束垂在左肩，頭靠著窗口。

「是……好地方嗎？」她小聲地說。「西方淨土。」

「看大家好像都想去，大概環境還不錯吧。」玄之介輕鬆地回答。

「那，阿玄，你就去吧，我不想去。」

玄之介望著阿蜜苗條的背影問道：「阿蜜，妳怎麼了？」

「沒什麼。」阿蜜背著玄之介說。「只是……看到討厭的事，勾起討厭的回憶罷了。」

玄之介想了一下，他在想剛才阿蜜跟阿鈴的對話。

「那個『討厭的事』跟阿鈴母親有關？」

阿蜜點頭，又很快回頭說：「總之，船屋內有一隻嫉妒蟲，那隻嫉妒蟲四處爬來爬去，彷彿自己是主人。」

「阿蜜……」

「阿鈴不是個好孩子嗎？你也很疼愛那孩子吧？」

阿蜜眼裡閃爍著走投無路的悲哀黑影。

「我不想讓那孩子知道我生前是一個多麼壞的女人，也不想讓她知道我因爲嫉妒而走上歧路。可是……我又不忍心看那孩子因爲失去母親而悲傷，不能讓那種事發生。怎麼可以從小孩子身邊奪走母親呢？」

「阿蜜，妳到底想說什麼？」

「我是說，這屋子裡有個女人打算趕走多惠。」阿蜜單手貼在榻榻米上探出身說。「可是，如果我要向那孩子說明我爲什麼知道這件事，不就得向她說出我的過去嗎？說我生前也做了同樣的事，說我爲了從某個女人身邊奪走心愛的男人，做了一模一樣的事。這種話我怎麼說得出口？那孩子會因此討厭我吧？」

玄之介抱著手臂，嘴巴彎成ㄟ字型望著阿蜜。阿蜜已完全失去往日神采，垂著頭讓長髮遮住自己的臉。

「這件事……日後再談。」玄之介緩緩開口。「明天中午會有其他滿懷嫉妒的人要在這裡一決勝負，雖然跟妳口中的男女關係的嫉妒不相同，但就妒羨別人的人生這點來說，也算得上是另一種嫉妒。我說的就是阿由、島次跟銀次。」

「啊，討厭討厭！」阿蜜搖晃著頭髮，鼻子對著天花板說。「人，爲什麼這麼骯髒呢？爲什麼就不能活得更清高呢？」

「知道的話就不用吃苦了。」玄之介說完，微微笑著。

那晚，阿鈴懇求阿先，總算得到和多惠同睡的許可。阿鈴說，大家都很忙，阿母一個人太可憐了。阿先很驚訝阿鈴這麼懂事，馬上便答應了。

多惠雖然也很驚訝，但打心裡高興。不過她還是擔心自己的病會傳染給阿鈴。阿先一直幫阿鈴說話並安慰多惠，醫生說過這病不會傳染，多惠總算安心答應。

母女倆天南地北聊了很多，菜色的話題、天氣的話題以及阿鈴還是到私塾去上課比較好等等。夜裡，阿藤送來睡前的湯藥，看到阿鈴鑽進多惠身邊的被褥，狠狠責備了阿鈴一番，阿鈴堅持說是阿先大媽答應的。

「可是，這樣對阿母身體不好！」

「不會！」

阿鈴實際待在母親房裡才深刻體會到，就算周遭的人不是刻意的，病人也會強烈地感到孤獨，而且免不了會興起被大家冷落的感覺。急促的腳步聲、吩咐事情的聲音、哄堂大笑聲，這些聽起來似乎都很遙遠，遙遠得無法靠近。原來這種孤單一人被流放到荒島的寂寞竟是這麼地難受。

「阿藤姐，就一個晚上不打緊的。」多惠幫著阿鈴說話。「再說有阿鈴陪著，我反而比較有精神。船屋這麼忙的時候，我什麼忙都幫不上，覺得很沒面子也很對不起大家，有阿鈴在讓我寬心不少。」

這時，阿鈴發現阿藤眼底閃過一絲像是憤怒的光芒，但阿鈴沒有因此膽怯。昨晚和阿先激烈爭執時，阿藤眼裡也閃現過那種眼神吧——看清了阿藤至今努力隱瞞的眞心，阿鈴覺得此時更不能畏縮示弱。

她們兩人的爭吵會不會出現在阿鈴的惡夢中呢？阿先大媽竟然說出那種話，而阿藤大姨也毫不客氣的反駁，實在難以置信。阿鈴想著這件事，一顆心搖擺不定。不過那畢竟是實際發生過的事。那晚阿藤大姨吐露了隱藏許久的秘密。現在這樣正面相對，阿鈴總算明白那是躲避不了的事實。

阿藤大姨喜歡阿爸，認爲阿母很礙眼。之所以在阿鈴面前裝成疼愛她的好大姨，是因爲她認爲這樣做，阿鈴也許會喜歡她更甚於自己的親生阿母。

這根本是不可能的事。而且就算阿藤大姨沒那麼做，阿鈴也是喜歡她的。爲什麼不那麼一直維持下去呢？

因爲太過悲哀和氣憤，阿鈴說不出話來。只是用堅定的眼神筆直地回望阿藤，彷彿在告訴她：

「我聽到了，全都知道了。」

「噯，阿鈴，妳那樣瞪著大姨，大姨會害怕呀。」

阿藤垂下眼睛。她應該沒有看穿阿鈴的心思，不過顯得有點膽怯。

「眞拿妳沒辦法。那，老闆娘，妳可別忘了喝藥。」

阿鈴緊張地看著阿母喝下湯藥，要是有一喝就見效的神奇藥物不知有多好。

「會苦嗎？」

「有點。」多惠笑著說。

「阿鈴，妳絕對不能舔湯藥碗玩啊。」阿藤厲聲叮囑後，端著空碗離去。

「挨罵了。」

多惠和阿鈴相視而笑，沒多久，兩人手牽著手睡著了。又過一會兒，阿蜜出現在房內角落。她看著兩人的睡臉，雙唇微微蠕動著像在唱著歌。

翌日，白子屋和淺田屋眾人聚在屋裡，各懷鬼胎靜候著。捕吏頭子向島辰太郎和手下阿德也押送阿由來了。

阿先事先叮囑過阿鈴不可以看罪人，不讓她在場，所以阿鈴躲在樓梯後面偷看。

果然是驅靈比賽前自稱是白子屋阿靜來到船屋的女孩，和那天像個大小姐的穿著打扮相比，今天她穿著縫了補丁的寒酸衣物，髮髻凌亂。大概很久沒洗臉，臉頰髒得發亮。

「快，快上去！」

辰太郎頭子催促地推著她，阿由不由得腳步踉蹌，氣得像一隻餓狗般露出牙齒瞪著頭子。她的腰上綁著捕繩，雙手反剪在後，阿德在他身後緊緊抓住她的雙手。她抬起唯一可以自由活動的腳踢向頭子。辰太郎頭子似乎早就料想到她會這麼做，巧妙地躲開並狠狠甩了阿由一巴掌。她猛然垂落下巴，臉頰上印了個大紅手印。

阿鈴還是頭一次看到腰上綁著捕繩的人。她很怕，怕得舌頭像要縮回喉嚨深處。

太一郎和七兵衛併立在舖子前迎接頭子一行人，七兵衛看到前來的眾人，說是不能讓料理沾染上罪人的穢氣，命太一郎回廚房。他臉上則掛著阿鈴從未見過的嚴厲表情，站到阿由面前。

「歡迎光臨。」他從丹田裡擠出絲毫聽不出歡迎意味的聲音說。「妳該不會說不知道這裡是什麼地方吧，這裡正是妳幹過壞事的料理舖。」

阿由抬起眼把臉挨近七兵衛問：「你是誰？」

聲音跟那天聽到的很像，但比那天更嘶啞尖銳，而且粗鄙。

「我聽說他們願意讓我見白子屋長兵衛才來的，不是來聽你這不知底細的老頭子說教的。」

「妳這婊子，怎麼可以這樣對七兵衛老闆說話！」阿德在阿由身後推搡。「妳知道妳給船屋添了多少麻煩嗎？難道連聲抱歉都不會說？」

「阿德先生，算了。」七兵衛說。「反正是個人面獸心的殺人兇手，我根本不期待她會說人話。」

阿由冷笑道：「我確實殺了人沒錯，但是要說到人面獸心的話，我可比不過他們。他們到了吧？我光聞臭味就知道！就是白子屋那伙人！聞他們身上的臭味就知道他們根本是一群畜牲！」

辰太郎頭子制止阿由說下去，拉曳著她上樓。「不要拉會痛啊。」「妳這賤人給我住口！」阿鈴在樓梯後縮著身子聽著雜亂的腳步聲和兩人激烈的叫罵聲，眞想塞住耳朵。

已經先在榻榻米房等候的白子屋眾人看不出困窘或發怒的樣子，反倒像是鬆了一口氣。眞正的阿靜今天穿著昂貴的印花布衣服，好像有喜事一樣，是爲了慶祝抓到了冒牌貨嗎？

阿由被帶進房內坐下，榻榻米房裡傳來喧鬧聲。阿先應該會送茶上去，阿鈴打算等她上去後再偷偷上樓。

這時，有人用力抓住蹲著躲在樓梯後的阿鈴的手腕。

阿鈴驚嚇過度，差點大叫地跳起來，可是抓住阿鈴手腕那人先比了個「噓」的動作制止，然後用另一隻手按住阿鈴，免得她一頭撞上樓梯。

「阿鈴，對不起嚇妳一跳。」

阿鈴睜大雙眼。「是阿母？」

多惠愉快地偷笑說：「我去上廁所，發現妳躲在這裡。看起來好像很好玩，我也想一起偷聽。」

多惠臉色依舊蒼白得像蠟紙，但是眼神發亮。

「可是，阿母，妳的身體吃得消嗎？不會冷嗎？我幫妳拿外掛來好嗎？」

「不用了，妳放心。」多惠在樓梯下悄悄伸長脖子探看二樓動靜，說：「從這裡偷看，心臟怦怦跳的。就跟七兵衛爺爺喜歡的說書故事裡頭出現的密探一樣呢。」

阿先從廚房出來，阿鈴和多惠同時躲進樓梯底下，頭上傳來阿先一級級登上樓梯的腳步聲。阿鈴和母親對望，多惠用手捂住嘴巴縮著脖子。

「阿先大媽沒發現呢。」

「今天早上她的表情很嚴肅。」多惠說。「大概是擔心今天的聚會，阿母也很擔心……」

阿鈴靠向母親。瘦削的肩膀、凌亂的頭髮，但是阿母身上的氣味和體溫仍跟以前一樣。

「阿母竟然在船屋這種關鍵時刻病倒，給大家添了麻煩，眞是沒用。自己都覺得很丟臉。」

「不會啊……沒人這樣想的。」

多惠溫柔地望著阿鈴說：「不過，看到妳好像變成辰太郎頭子的手下，一臉認眞地躲在這裡，阿母突然覺得畏畏縮縮的自己很可笑。才想，好，今天就當阿鈴的手下，看看白子屋的糾紛要怎麼收場。」

樓上房內繼續傳來說話聲。阿由尖銳的怒罵聲似乎暫時平息了，但從傳出來的都是男人的聲音看來，也許辰太郎頭子此刻正在講述他如何抓到阿由的經過。

「妳以前也像這樣偷看嗎？」

「嗯，對不起。」

「沒必要道歉啊。船屋一開張就災難不斷，也難怪妳會擔心。妳比阿爸和阿母以爲的還要堅強啊。」

「沒有啦。」

「有，是眞的。看到妳躲在這裡時我就知道了。」多惠單手貼在心臟上。「那感覺咚一聲就跳進我這裡，告訴我說，阿鈴已經不再是個頑皮孩子了。」

阿鈴覺得自己好像臉紅了。又有腳步聲傳來，兩人往上瞧，阿先正一級一級地下樓，下到最後一級停住腳步，憂心地仰頭望著樓上。不知道是不是多心，她似乎是垂頭喪氣地走回廚房。

「一直躲在這裡聽不到屋裡的動靜，接下來怎麼辦？」多惠問。

阿鈴不知道該怎麼回答。要是跟多惠一起行動，就不方便和幽靈們說話。玄之介和阿蜜也會顧忌多惠，也許不會現身。這時如果蓬髮大哭鬧事的話，該怎麼辦呢？

不只是這樣，待會兒島次也會過來，佔據島次軀體的銀次陰魂也會一起來。搞不好會演變成極爲駭人的局面，這樣會不會影響到阿母的健康呢？

可是跟阿母挨在一起成爲心意相通的「密探伙伴」這時刻，給了阿鈴無可取代的幸福感。她不想失去這一刻的幸福。

阿鈴下定決心。「阿母，」她握著母親的手說。「阿母跟我在一起的話，接下來可能會發生讓阿母嚇一跳的事。也許阿母會看到很奇怪的事，可能我也會做出很奇怪的舉動嚇著阿母，可是這些全都有理由，我現在也交代不清楚，事後我會仔細告訴阿母的。所以，阿母什麼都不要問，聽我的話去做好不好？」

多惠似乎看出阿鈴眼神裡的認眞。她一本正經地點頭，回握阿鈴的手說：「我明白了，阿鈴。」

「那，我們上樓。」

兩人彎著腰迅速登上樓梯。阿鈴牽著多惠的手溜進眾人所在房間的隔壁空房，兩個房間只隔著紙門，透過紙門上方的格子窗可以清楚聽到席間對話。

「這全是我當年血氣方剛犯下的過錯……」

說話的是白子屋長兵衛，他正夾雜著辯解說明阿由的出生經過。淺田屋想弄清楚阿由和白子屋的關係，而且他們在懷疑是阿由跟白子屋串通好的。因此就算是家醜，白子屋也不能省去這段說明。

「這麼說來，我跟鳥糞差不多，咚一聲落地就沒下文了。」

本來賭氣別過臉的阿由朝榻榻米吐了一口痰，打斷長兵衛的話。

「因爲血氣方剛，跟下女有了關係生下孩子，心想事情不妙就把孩子丟掉。連鳥都不會在有食物的樹枝上拉屎，你簡直比鳥還不如。」

長兵衛似乎回了什麼話，阿由大聲痛罵著。阿鈴在嘴唇上豎起指頭示意多惠，然後雙手輕輕擱在紙門上，挪動紙門騰出半寸縫隙。房內的人都在專心聽著當事者的對話，完全沒察覺鄰房有人在偷看。

阿由雙手綁在身後，坐在靠近走廊一側，辰太郎頭子壓著她的肩膀守在一旁。
「不要說話，給我乖乖坐著。」
「爲什麼？他說的是我的事。」
「叫妳不要出聲妳就乖乖閉嘴！」
「你以爲這樣大吼我就會怕你？反正都要被砍頭了，我還有什麼好怕的！」
阿由奮力掙扎想站起來，辰太郎頭子差點被她踢倒，阿靜和阿陸同時大叫地逃開，茶杯裡的茶全潑在阿先努力擦拭過的食案上。
多惠睜大雙眼緊貼在紙門縫隙。阿鈴打開壁櫥，拿出裹著座墊的蔓藤花紋布巾披在母親背上。
「嗳，阿鈴，謝謝妳。」
阿鈴並非只是擔憂多惠身子會著涼。從剛才起她就覺得冷，不過不是日漸轉涼進入秋天的那種冷，而是有一種極爲冰冷的東西漸漸靠近的感覺——
阿鈴暗暗吃驚，輕輕打開面向走廊的紙門往外探看。
她的直覺果然沒錯。林屋的島次和阿高正登上樓梯，辰太郎頭子的手下殿後。一直注意著榻榻米房內的騷動，竟沒察覺三人已經抵達。
島次瘦削的身子裹著條紋衣服，臉上浮現目中無人的笑容，踩著像喝醉酒般的步伐蹣跚前進。阿高則是低著頭抓住袖子，由於頭子的手下緊跟在後，兩人看上去好像罪犯。
阿鈴身子靠近紙門，情不自禁打了個哆嗦。島次的表情很駭人，雖然無法指出是哪裡駭人，他看上去不過是個大病初癒的男人，五官也跟在船屋幫忙時沒什麼兩樣。長相並沒有改變。

但是，就是很駭人。就算阿鈴不知道他身體裡棲息的靈魂不是島次，不知道銀次陰魂的事，大概也看得出這個男人不尋常。路上的野狗若是看到他的表情會不會也嚇得逃開？貓兒會不會弓起背、毛直豎？阿高是不是害怕一不小心會跟走在前頭的島次四目相接，才那樣無力地垂著頭？

「頭子，我把林屋老闆夫婦帶來了。」

手下朝房內呼喚，按住阿由的辰太郎頭子應了一聲「進來」。

阿高聽到辰太郎的聲音驚嚇地往後退，這名手下抓住她的手腕說：「老闆娘，不用怕，妳只要老實說出自己知道的事就好。高田屋老闆和我們頭子並沒有要隨便抓人或責問誰，只是想查出事實。」

這時，頭子手下大概沒看到，阿高也背轉過身沒發現，但是阿鈴看到了。看到之後暗自慶幸阿母沒看到眼前的景象。

因爲島次笑了，翻著白眼露出牙齒笑了。阿鈴想到以前在高田屋時，曾在戲棚子看過的偶人，那是一對結著島田髮髻的女人和年輕鋪子夥計的偶人（事後七兵衛爺爺對阿鈴說明這兩個偶人飾演一對陷入苦戀的情人）。偶人師的手操縱著偶人體內的裝置，兩具偶人就像活人一樣又哭又笑，思慕對方。但是當偶戲結束，偶人師的手自偶人身上抽出，向觀眾討賞錢時，偶人當下像失去靈魂般喀擦一聲翻著白眼垂著下巴。由於變化太明顯，阿鈴當時直勾勾地盯著那兩具偶人不停地眨巴著眼。

——眼前的島次先生果然只是個偶人。

是銀次的陰魂在操縱他。喔，加上這股惡寒！阿鈴緊握雙拳準備迎接即將發生的事。

眾人在房內坐定，七兵衛鄭重地乾咳一聲開口說：「淺田屋老闆，白子屋老闆，還有辰太郎頭子，今天勞煩大家聚在這裡只有一個目的。上次在船屋舉行的驅靈比賽宴席最後以失敗告終，我想揭穿那時不爲人知的眞相。」

阿由馬上叫道：「那我爲什麼要在場啊？這不是很奇怪？我應該被押送到傳馬町監獄吧？還不趕快帶我去啊！」

她似乎還沒死心。阿鈴看著她上揚的眼角和噘起的嘴巴，覺得很可悲。

「阿由，我想問妳一件事。」七兵衛沒受到干擾。「妳認識這個廚師島次吧？」

阿由對七兵衛吐出一口痰。

「妳這像什麼樣子！」白子屋長兵衛滿臉通紅地說。才幾天不見，他眼角的皺紋似乎增加不少。坐在一旁的老闆娘阿秀彷彿想避開臭味似地，一直用手背掩著鼻子。她當然不是因爲噙淚才那麼做。

「我怎麼會生出妳這種女兒，眞是丟臉。」

「我有你這種父親才覺得丟臉呢，丟臉得想挖個地洞鑽進去！」

「妳母親，」長兵衛瞪著阿由說。「在下女中也是個沒用的懶蟲。貪婪又嘴饞，知道我的母親厚待傭工，還三番兩次手腳不乾淨偷東西。妳這種爛根子正是遺傳自妳母親。」

「那你這個讓下女懷孕的人又怎麼樣？」阿由冷笑。「女人一個人是生不出孩子的！」

「當時我太年輕，太蠢了，沒眼力看穿妳母親的意圖。可是現在不同了。」

白子屋長兵衛盛氣凌人地說。阿鈴愈看愈覺得討厭。多惠悄悄拉著阿鈴袖子低聲說：「阿母眞不敢相信竟然有父親會對親生女兒說那種話。阿鈴，妳要繼續聽下去嗎？小心晚上做惡夢。」

「阿母，妳放心。」

「白子屋老闆，我懂你的心情，不過不要再責怪阿由了。」七兵衛平靜地說。「阿由講話確實不乾淨，至今爲止也給白子屋添了不少麻煩，可是這女孩也有三分理啊。」

阿由對著長兵衛伸出舌頭，躲在長兵衛身後的阿靜看了皺起眉頭。

「簡直像隻狗。」阿靜小聲說。「父親，我想先回家，不想再待在這種地方了。」

「唉呀，是嗎？」不待長兵衛開口，阿由探出臉對阿靜說。「千金小姐果然不一樣，像白砂糖一樣既優雅又不知骯髒。可是啊，妳千萬要記住，我可是妳的姊姊！」

阿靜泫然欲泣地說：「妳才不是我姊姊。」

「不，我跟妳是親生姊妹，再怎麼討厭我，妳身上也流著跟我一樣的血！」

一直默不作聲的阿秀，突然探出身子湊近阿由，甩了她一巴掌。啪地一聲，阿由的臉歪向一旁，臉上浮出掌印。

「住口！」阿秀咬牙切齒怒斥。「再汙辱我女兒，小心我扭掉妳脖子！」

阿由仰天狂笑，說道：「聽到沒？頭子，這不是天大的笑話嗎？白子屋老闆娘竟然破口大罵！老闆娘，妳也眞有兩把刷子。再怎麼裝高貴，只要聽到妳這樣說話，大家馬上知道妳出生在什麼家庭。」

席上又騷動起來，長兵衛大吼，辰太郎頭子抓著阿由髮髻斥責，七兵衛則揣著手愁眉苦臉。這時，淺田屋的媳婦阿陸突然雙手抱頭喊著。

「啊，頭好痛。很不舒服，我頭昏眼花。」

「妳沒事吧？」丈夫松三郎誇張地摟住阿陸說：「阿爸，阿母，你們看，阿陸臉色很壞。妳是不是看到什麼不好的東西？」

「嗯，嗯，看到了。這人，」阿陸指著阿由說。「這人身後跟著一個穿著破爛、瘦削的女鬼。」

阿秀像鞭子一樣唰地回頭。

「什麼樣的女人？右臉頰有黑痣嗎？嘴角下垂的女人？」

阿陸痛苦地彎著身子，點頭說：「是，是，是的。她正在笑著，斜眼看著白子屋老闆娘。」

「是阿金！」阿秀大叫。「阿靜她爸，是阿金的陰魂回來了！那賤人，她還想對你作祟！」

阿金大概是長兵衛年輕時染指的那個下女，也就是阿由的母親。阿由聽到這個名字，臉色大變，激動的態度跟之前很不一樣，眼睛睜得老大眼角像要裂開，黑眼珠發出憤怒的精光，不顧雙手反剪，跳起來撲向阿秀。

「不准說我母親壞話！」

兩三個食案砰砰地摔了一地，女人們尖叫著起身。多惠當下避開紙門縫隙，阿鈴護著母親，緊貼著門縫。

阿由像瘋狗一樣呲牙裂嘴地撲向阿秀，一口咬住上前阻止的長兵衛手腕。長兵衛大叫一聲，辰太郎頭子和手下兩人拉住阿由，她仍低吼著緊緊咬住長兵衛，反倒讓牙齒咬得更深入，鮮血滴答直流。

「救命啊！」

長兵衛洪亮的慘叫聲似乎也傳到樓下，外面傳來一陣奔上樓的急促腳步聲，是太一郎和阿先。阿鈴和多惠緊緊摟在一起。太一郎和阿先迅速拉開鄰房的紙門衝了進去。

而一直坐在島次和手下之間、像個影子般無力垂著頭的阿高，竟想趁亂逃走，她越過房內眾人走向走廊。阿鈴扳開多惠的手說：「阿母在這兒等著。」

阿鈴追著阿高來到走廊。

阿高可能是嚇得腿軟，爬著逃向樓梯口。

「林屋老闆娘，不可以！」

阿鈴壓低嗓子叫喚，阿高好像被東西擊中似地，縮著身子轉過頭來。她在哭。

「不可以逃走，老闆娘。」阿鈴跑過去抓住她的袖子說。「難道妳不想知道島次先生身上發生了什麼事嗎？老闆娘應該不相信是島次先生和阿由串通好，破壞驅靈比賽的吧？」

阿高眼淚也沒擦，全身顫抖地說：「辰太郎頭子跟我說……要是我不把丈夫帶來，就要把我抓到辦事處……可是事情演變成這樣，根本就亂七八糟。」

「雖然這樣……」阿鈴說了這幾個字就啞口無言。此時阿由在房裡大叫大鬧，想要踢打四處逃竄的白子屋和淺田屋眾人，鬧得天翻地覆之際，唯獨島次安靜地坐著，規規矩矩跪坐在一旁。他突然翻了翻白眼，垂著下巴張大著嘴。

島次的身體又成了空殼，銀次的魂魄從他身上脫離，站在島次身旁。

「出現了。」阿鈴頭上傳來聲音。玄之介不曉得何時站在阿鈴身後，護著她。

「玄之介大人。」

阿鈴發現自己的聲音在顫抖，更害怕了，同時又氣自己這麼沒用。銀次出現了又怎麼樣！阿鈴鼓舞自己不能氣餒。

「那、那個，」阿高縮著身子睜大眼睛大叫。「那個……果然是那人。」

阿鈴又緊緊抓住阿高袖子，壓低聲音問：「老闆娘，妳也看得到嗎？妳是不是看到了銀次先生的幽靈？」

「幽靈？」阿高精神恍惚地複誦著，她半張著嘴猛力搖頭像在抗拒什麼。「我……但是……那人已經死了……」

「是的，死了。銀次先生十年前就死了。可是妳看，他的靈魂就在那邊。」

阿鈴上前一步，玄之介在阿鈴身後盯著阿高，表情嚴肅但不像在生氣，像是在看一隻折翼的小鳥。

「老闆娘，妳聽好。銀次先生說被弟弟島次殺死，所以很恨島次先生。他還說島次先生殺了他，又搶走妳和舖子，所以他要奪走島次先生的軀體，附身在他身上回到陽世。因此上次舉行驅靈比賽後，島次先生才會病倒，變得很奇怪。老闆娘應該也發現了吧？妳應該發現島次先生已經不是原來的島次先生，所以才會那麼害怕吧。」

阿高把手縮回來想從阿鈴身旁逃開，阿鈴抓著她的袖子不放。

「妳為什麼會知道這種事？明明還是個孩子，為什麼會知道？」

「因為我看得到。」阿鈴凜然回答。「我看得到纏住島次先生的銀次先生。我現在也看得到銀次先生，他正笑著站在島次先生旁邊。老闆娘，快回答我，妳是不是也發現了？」

「阿鈴，」玄之介出聲。「銀次在看妳。」

阿鈴吃驚地回頭一看，剛好和銀次四目相對。可是玄之介錯了，銀次並非在看阿鈴，他看的是阿高。他臉上雖然帶著微笑，嘴巴卻歪到一邊，笑得很詭異。

他移開視線，飄然移動身子挨近還在大鬧的阿由，緊貼在她的背部，像是探看她的後領般，俯視著阿由。

「嗚！」阿由全身發抖猛地回頭，銀次像是捉弄小孩子般，再度繞到她身後。

「好、好冷，這是怎麼回事？怎麼這麼令人發毛，爲什麼我得待在這種鬼地方！」

阿由罵完後爬著想逃開，卻摔倒了。

阿由橫躺在榻榻米上，凌亂的衣服下襬掀到膝蓋上，手腳掙扎著。辰太郎頭子對這場面也束手無措，眼睛不知看那邊好。房裡亂成一團，七兵衛和太一郎挺身護住女客，阿先臉色蒼白，在眾人之間穿梭爬行，撿拾掉落在榻榻米上的器皿碎片。

「爲什麼那樣笑？」阿高全身顫抖，牙關打顫。「爲什麼那種表情？那人……之前從這裡回去後……明明是島次的身體，卻用銀次的聲音跟我說……我把妳跟孩子們搶回來了，就那樣笑著……說什麼他不會再讓島次爲所欲爲……」

「老闆娘！」阿鈴厲聲叫喚，用力搖著阿高的肩膀。「振作點！銀次先生和島次先生不都是妳的丈夫嗎？有什麼好怕的？」

「可是……銀次是我……爲什麼現在才……」

玄之介走上前去，背貼著打開的紙門，像密探一樣悄然站著。

鬧哄哄的榻榻米房內已經亂成一團，只有島次的軀體像是被抽掉骨頭般軟趴趴地靜坐著。阿由還在掙扎著推開辰太郎頭子，朝頭子的手下踢去想逃走，卻被緊緊抓住腰帶，狼狽地往前摔倒。地板的震動讓島次身體搖搖晃晃倒向一旁，他依舊翻著白眼。

「老闆娘知道事實眞相嗎？銀次先生到底是被誰殺死的？是島次先生嗎？他不是病死的嗎？」

阿鈴用力地搖晃阿高，阿高雙眼圓睜望著阿鈴，她兩眼通紅，眼淚沾濕了臉頰。

「銀次先生，不是，病死嗎？」阿鈴聲音壓得更低，但清晰得足以讓阿高聽清楚。「老闆娘知道眞相嗎？」

「饒了我吧。」阿高喃喃自語。「饒了我，讓我回去。」

這樣不行，阿鈴抓起她的手把她拖到多惠藏身的鄰房。

「請到這邊來，老闆娘，不可以逃。妳要睜大眼睛好好看著銀次先生，說出眞相。要是妳不這麼做，不但救不了島次先生，銀次先生也不能瞑目！」

阿鈴硬把阿高帶進鄰房，讓她坐在多惠身邊。多惠嚇了一跳想起身，阿鈴抓著阿高蹲在母親身旁很快地介紹：「來，老闆娘，坐這兒。阿母，這是林屋老闆娘。」

多惠已經答應了阿鈴，不管阿鈴做什麼都不能干涉，她輪流望著阿鈴和阿高不敢出聲。因病而瘦削的下巴因爲看到女兒粗魯的舉動抖動著。

「阿鈴，妳放心。」

突然一旁有人出聲，阿鈴嚇了一跳，原來是阿蜜。她插著梳子的髮髻蓬鬆，看起來嬌豔迷人，她坐在窗沿上，說：「我會守著多惠和阿高，妳只需專心應付妳該做的事就好。」

「阿蜜……」

多惠輪流看著正對著空無一物的空中講話的阿鈴和窗沿。

「阿鈴，妳在跟誰講話？」

阿蜜嫣然一笑，用手指示意：「妳看看隔壁。」

阿鈴眼睛貼在紙門縫隙，看見阿由總算被制住，全身捆著一圈圈的繩子，躺在房間角落。

「高田屋老闆，這小妮子眞的很難對付，」辰太郎氣喘吁吁地低吼著。「簡直像頭野獸。因爲七兵衛老闆的請託，我才帶她到這裡，沒想到卻這麼難纏。這樣對我的手下實在不好意思，我必須先帶她回辦事處了。」

「可是得讓這女人和島次對質，要他們招出在驅靈比賽搞鬼，企圖破壞船屋的聲譽……」七兵衛說到這裡，總算發現島次不省人事躺在一旁。不只是七兵衛，所有人到此刻爲止，全都忘了翻著白眼、無聲無息昏倒在地的島次。

「島次先生！」太一郎跨過癱坐在地的淺田屋爲治郎，奔到島次身邊叫喚：「振作點！島次先生你怎麼了？」

在房內遊走，看起來神情愉快的銀次幽靈，仰頭叉腰大笑起來。

躺在地上的阿由身子微微一顫，一隻眼睛不知是亂中被打中還是自己撞到牆，眼皮腫脹得睜不開。阿由盯著仰天大笑的銀次。

阿由出聲嘶啞地問：「這小子，是誰？」

啊——阿鈴雙手按住嘴巴。這麼說來，阿由也看得到銀次。阿由跟銀次一樣心裡積聚著對手足的憎恨，所以看得到銀次。

阿先呢？阿先看得到嗎？

阿先用圍裙包著撿拾的破片，挨著紙門坐著，嘴唇毫無血色，也望著銀次喃喃自語：「你是那個……」

看來阿先大媽還記得銀次。阿鈴背部冷汗直流，不禁在心裡大叫：是的，大媽，大媽看到的是對島次先生作祟的銀次幽靈啊。

「大老闆……」

阿鈴回過神來，看到阿藤站在走廊上小心翼翼地往屋裡探看。她大概奉命守在廚房，卻忍不住好奇上樓來吧。

「我來打發那女人。」阿蜜說。「她在場很麻煩。」

阿蜜說完飄過阿鈴身邊，從衣服下襬露出雪白的小腿，徐徐步入走廊。她挨近阿藤，輕飄飄地站在她眼前。

阿藤雙手貼著地板仰望阿蜜，張著嘴巴問：「妳，妳是哪位？淺田屋還是白子屋的客人？」

阿鈴驚訝得幾乎跳起來。原來阿藤大姨看得到阿蜜！

阿蜜微微歪著頭，望著阿藤輕聲說：「不是的。很遺憾，我不是淺田屋也不是白子屋的人，甚至不是這世上的人。」

阿藤嚇得縮回手說：「什、什麼？」

「我啊，是陰魂。」
阿蜜彎身在阿藤身邊蹲下，兩人的臉幾乎貼在一起。
「阿藤，只要看到妳的臉，我就不禁想起年輕時的自己，想到我年輕時鑄下的大錯。」
阿藤已經被嚇得說不出話來了。
「既然妳看得到我，表示妳正在重蹈我犯過的錯誤。阿藤，在折磨妳的心的，不是愛情，沒有那麼崇高，只是一種邪惡得無以名之的汙穢情感。」
「妳……妳……妳……說……說說什麼……」
阿蜜的手湊近阿藤打著哆嗦的嘴角。
「看吧，我是不是很冰冷？變成像我這副德性，長得再漂亮也沒有用。所以，妳千萬不能步上我的後塵。」
阿蜜的黑髮輕飄飄地晃動著，回頭看向阿鈴和多惠，接著說：「妳看，她們母女倆多要好啊，妳根本無法介入她們之間，破壞她們的感情。就算多惠消失，妳也成功騙過阿鈴，太一郎也不會成爲妳的人，事情絕不會發展成那樣。硬要強求不屬於自己的事物，就會看見陰魂，變成陰魂，懂嗎？」
阿藤戰戰兢兢地轉著眼珠。
多惠想出聲，阿鈴用力摟住母親的手臂阻止。
「阿母，現在不要出聲。」
多惠瞪大雙眼望著阿鈴，小聲地問：「可是，阿藤大姊到底在跟誰說話？她怎麼也對著空中說話。」

阿母看不到阿蜜。阿蜜一定也慶幸阿母看不到她，一定是的。

玄之介不是說過了嗎？能看見陰魂的人，內心都懷有跟那個陰魂相同的感情糾葛。

阿藤大姨看得見阿蜜，是不是表示阿蜜內心的糾葛跟阿藤大姨一樣？

「妳還是照著七兵衛的囑咐，回廚房去吧。」阿蜜對阿藤說。「好好想想我說的話，如果想不明白，我會不斷出現在妳面前說給妳聽，直到妳想明白爲止。妳也看到了，裡面現在這麼混亂，我沒閒工夫管妳。」

阿蜜噘起嘴唇朝阿藤臉上呼出一口氣，阿藤當下頭昏眼花，一手按住頭、一手撐在牆上，才總算沒倒下。她的臉色很蒼白。

「啊，啊……」

她驚慌失措地轉身爬下樓，爬到一半時昏了過去。

「總算解決了。」

阿蜜笑了笑，回到阿鈴身旁。

「阿鈴，有沒有睜大眼睛看好？」

「嗯！有。」阿鈴回答後靠著多惠，望向阿高。

阿高兩手掩著臉，跪伏在榻榻米上，多惠則用包座墊的蔓藤花紋布巾緊緊裹住身子。

銀次還在放聲大笑，邊笑身體邊抖動。玄之介揣著手皺眉看著，表情有如咬到苦澀的東西。

房裡的所有活人裡，只有看得見銀次的阿由和阿先目不轉睛地望著銀次，其他人則張口結舌地望著兩人。

「阿先，怎麼回事？」

七兵衛伸手試圖安撫阿先，阿先只是仰望銀次，像個快從雲梯上摔下來的人死命抓住階梯般，猛力抓住七兵衛的手。

「你到底是誰？」

阿由躺在榻榻米上問道，眼珠子浮出黯淡亮光，像水缸水面上的油圈。

銀次止住笑聲，俯視阿由。這時，他總算發現了在場的玄之介。他問：「你是誰？」

在這緊要關頭，阿鈴差點笑了出來。阿由和阿先雙雙望向銀次發問的方向，卻只看到紙門，兩人一臉茫然又回頭望著銀次。一直追隨兩人視線的眾人，則像被狐狸附身又上了狸貓的當一樣，面面相覷。

玄之介以他一貫的悠閒語氣反問：「你在問我嗎？」

「我在問你是誰？」銀次又問。「你在這裡幹什麼？」

玄之介笑著說：「這句話應該是我的台詞。你這個身份卑賤的小商人，連該如何對武士說話都不懂，真是不可饒恕。反正我也不是什麼了不起的身分，就不和你計較了。但是，你問我在這裡幹什麼，我可就不能聽而不聞了，這兒是我的地盤，擅自闖進來的可是你。」

「你的地盤？」

「沒錯，至少是我靈魂的休息處，至今從來沒有人進來鬧事過。」

「阿母，我的胸口很難受。」白子屋阿靜扭動著身子說。「頭很痛。拜託，讓我離開這裡。」

淺田屋阿陸也不認輸，她倒在丈夫臂彎裡，胡亂揮舞著雙手說：「啊，太可怕了，那裡有個骨瘦如柴的女幽靈……」

阿陸指尖指著辰太郎頭子肩膀附近，頭子嚇得跳著避開。

妳根本沒看到任何東西。阿鈴握緊拳頭忍著不叫出聲來：吵什麼，妳閉嘴！人家阿由才是眞正看到了！

「你這麼想知道我是誰的話，那我就告訴你。」玄之介鬆開懷中的手，搔著後頸說：「我是陰魂，銀次，跟你一樣。」

銀次雙眉緊蹙像兩把尖銳的鉤爪。

「雖然已經死了，但無法前往陰間，只能沒出息地留在陽世遊蕩的陰魂。」

銀次畏縮地問：「你住在這間舖子裡？」

「嗯，是的。」

「我跟陰魂不一樣。」

「是嗎？」玄之介笑道。「那你是什麼？妖怪？狐狸還是狸貓？還是住在河道裡的河童大將？不，不，你不是那塊料。」

「你說什麼？」銀次威嚇性地往前跨一步。他的腳掠過躺在榻榻米上的阿由眼前，阿由竟然有勇氣想要咬住那隻腳，嚇了阿鈴一大跳。

阿由的牙齒想當然落了空。辰太郎頭子吃了一驚。

「這小子，竟想咬舌自盡！」

頭子抓住阿由髮髻往後拉，阿由痛得大叫：「幹什麼！你們都有病嗎？那男人是誰？他爲什麼會在這裡？」

「她在說誰？」辰太郎環視房內眾人，他的臉因爲莫名的抽動微微出汗。「高田屋老闆，這女人腦筋有問題，看來撐不下去了。這種鬧劇再繼續也沒用，島次那模樣看來也不能說話。」

一直和玄之介對視的銀次，眼角上揚卻依舊垂著臉，這時他直接對阿由發話：「喂，妳叫阿由嗎？看來妳好像能看到我。明明不是我老婆，竟然看得到我。」

阿由蓬亂的頭髮貼在臉頰上，以她進房後最平穩的聲音問道：「你到底想說什麼？」

銀次嘿嘿笑著說：「反正妳是殺人兇手，遲早會懸首獄門。我教妳一件好事，既然妳那麼恨白子屋長兵衛，又那麼嫉妒同父異母的妹妹，說眞的，最好跟我學學。」

玄之介哈哈大笑說：「太佩服了，你要勸她當個陰魂嗎？」

銀次狠狠地瞪了玄之介一眼，視線馬上轉回阿由身上，說：

「嗯，沒錯。就算死了失去身體，妳還是妳。妳可以懷著生前的強烈恨意成爲陰魂，再學我附身在憎恨的那個人身上，封鎖住他的靈魂，奪取他的肉體，回到陽世。」

阿由臉色大變問道：「你……在說什麼？」

「是的，我是陰魂。我被弟弟給殺了，妻兒和鋪子都被他奪走，眼下正是報仇的好時機。看，妳看看躺在那裡的人，那就是我弟弟。」

阿由聽從銀次的話，轉頭看向活像一張人皮般癱軟在榻榻米上的島次。

「我也看到了。」

臉色蒼白的阿先堅定地說。眾人一同望向阿先，但是阿先毫不畏縮，那是阿鈴熟悉的、堅強的阿先大媽。

「銀次先生，也許你忘了，但我之前確實見過你一次。你曾跟著島次先生來高田屋吧？那時我看到了你那張充滿恨意的臉。」

銀次望向阿先，緩緩眨了眨眼說：「咦，妳是高田屋老闆娘。」

「是，是的。」

阿先挺直背脊坐正，七兵衛吃驚地鬆手。

「阿先，妳是怎麼了？」

「阿由，阿由。」

阿先依舊瞪視著銀次，移動膝蓋挨近阿由，雙手抱著阿由瘦削的肩膀。

「妳明白嗎？妳和我看到的是陰魂，隱藏在妳我內心的某種感情把陰魂招喚出來了。」

「這……」阿由說不出話，眼睛滴溜溜地問：「這是怎麼回事？爲什麼……大嬸，妳瘋了嗎？」

「不，我沒有瘋。」阿先毅然地回答。「只是心裡有個黑色的痞塊。辰太郎頭子……」

目瞪口呆的頭子忽然聽到阿先叫自己的名字，一時反應不過來。

「請你把阿由帶走。先前那場驅靈比賽的騷動絕不是阿由跟島次先生串通的把戲。這女孩，雖然企圖讓白子屋丟臉，故意搗亂驅靈比賽，但是她跟島次先生無關，一點關係都沒有。」

「老闆娘，」辰太郎倒吸一口氣，總算問出口：「妳爲什麼知道呢？」

七兵衛倏地起身，揮動著袖子想抱住阿先。「阿先，妳腦袋……」

「不，我沒事。」

「喂，阿由，」銀次威風地在空中呼喚著。「妳不想和我一樣嗎？只要成爲陰魂就不怕活人，可以盡情折磨他們。妳不想報仇雪恨嗎？」

眼睛緊緊貼著紙門縫隙觀看的阿鈴，突然被一陣嚎啕大哭聲嚇了一跳，原來多惠懷中的阿高正扭著身子大哭。

「啊，是我不對，我錯了。銀次，原諒我。全都是我做的啊！」

太一郎迅速拉開隔開兩間房的紙門，躲在門後的阿鈴等人全都現身在眾人眼下。就在其他人發出質問之前，阿高的哭喊聲已響徹四周。

「毒死你的不是島次，是我，是我殺死你的！」

阿高雙手掩面蜷曲著身子，趴在榻榻米上，痛苦地呻吟啜泣。

房內眾人都露出驚訝的表情發出呼聲，一連串的發展太令人震驚，眾人都搶著發問。

「多惠？阿鈴？妳們在那裡做什麼？」太一郎叫道。

「這女人是誰？」阿由噘著嘴問，從她來到船屋後臉上首次失去血色。

「這女人毒死誰了？」阿由轉頭問銀次。「你是被人毒死的？人都死了爲什麼還在這裡？這事我完全不知情！難道你們想把這件事推到我頭上來？」

「阿先，妳……妳是說，妳看到陰魂了？」高田屋七兵衛抓住妻子衣袖瞪大眼問。「這到底是怎麼回事？像妳這麼堅強的人竟然會說出這種荒唐話！」

辰太郎頭子輪流望著癱在榻榻米上的島次和哭泣的阿高，對一旁無力得快癱軟的手下說：「看來要抓的人還不少，你跑一趟附近辦事處，召集些幫手過來！」

是——手下不爭氣地怯聲回應，爬著逃到房外。

「啊，好討厭，好討厭，我眼花了，頭好痛。阿母，快帶我離開這裡，拜託。」

「我的胸口……房裡到處都是陰魂，陰魂的晦氣害我眼前發黑。」

阿靜抱著頭，阿陸抓著胸口，白子屋和淺田屋眾人圍住兩人，聚成一團。

在場的人，到底誰看得到什麼？誰又看不到什麼？

我看得到，全都看得到。看得到在角落搔著脖子的玄之介大人，也看得到在阿母身後像是守護著阿母、神情哀淒的阿蜜。

還看得到雙腳岔開站在房間中央，兩手無力垂落兩側，瞇著眼瞪視阿高的銀次。

「阿鈴……」多惠低聲呼喚阿鈴，一把摟住她。多惠睜著圓眼看著全身顫抖的阿高的背影，無比鎮定地柔聲問道：「林屋老闆娘，阿高老闆娘，妳剛才說的都是眞的嗎？不要哭成那樣子，振作點。」

阿高拒絕地不斷搖頭，放開聲抽抽搭搭哭了起來。

「林屋老闆娘，」這回說話的是辰太郎頭子。頭子不知什麼時候已經調整好姿勢半蹲著，以便能隨時動作。「請妳再把剛才說過的話說一次。妳眞的不是胡說，也不是染上瘧疾在說夢話嗎？」

但是辰太郎頭子說的話大半都沒聽進阿鈴耳裡，因爲銀次在中途插嘴，他沉重、冷酷的尖聲蓋過了頭子的聲音。

「阿高，」他喚著。「阿高。」

銀次緩緩向前跨出一步，衣服下襬隱約露出蠟白的小腿。

他走到阿高身旁，從正上方俯視她。

「阿高，看著我，抬頭看著我。」

趴在榻榻米上哭泣的阿高，背部像被鞭子抽打一般抖動了一下，她抬起頭，臉頰被眼淚濡濕，頭髮蓬亂。她像叩頭般蜷曲在銀次腳下。

「是妳毒死我的？」

阿高神情恍惚地半張著嘴點頭，嘶啞地叫著：「銀次。」

「老闆娘，妳在跟誰說話……」

阿先舉手制止辰太郎頭子發問，雙眼直盯著銀次的背，指尖微微顫抖。

「是陰魂，頭子。」阿先哆嗦著聲音低沉地說。「這兒有陰魂，頭子也許看不到，但確實存在。」

聽到阿先這麼說，阿由喃喃自語：「這小子是陰魂？眞的是陰魂？」

「是，是的。」阿先沒有看阿由，但她像要鼓勵又像是斥責阿由，堅定地大聲說：「好好打開妳的眼睛和耳朵，妳可不能變成他那個樣子。」

「喔，喔，喔。」阿高呻吟著，握緊一只拳頭貼在唇邊，眼淚簌簌地落下，抽泣著說：「原諒我……銀次，原諒我。」

銀次默不作聲。他的身子如煙靄般搖搖晃晃，瞬間變得淡薄，馬上又恢復原狀。陰魂的內心感情會影響其外形，而內心的情緒波瀾也會讓外在變形。

「爲什麼？」銀次問。

阿鈴望著銀次。他的雙眼只剩兩個闇黑的深洞，直到剛才爲止他還有一對炯炯生光的雙眸，就算那光芒是出自憎恨、憤怒及蔑視，那對雙眸的確映照出陰魂銀次的內心。

然而此刻他的眼底一片漆黑。

不過阿鈴感覺得到一股強烈的情感刺入胸口，剜著自己的心，那是銀次的悲傷。

「快回答！」

銀次的身體浮在空中，低頭望著阿高。

「啊！」阿高大叫一聲又趴在榻榻米上。「對不起……原諒我，原諒我。」

阿鈴覺得身子逐漸冰冷，四周比剛才更冷了。她感覺得到多惠也在發抖。阿蜜無言地搖著頭，舉手拔掉梳子，捲成髮髻的一頭長髮無聲地披散下來。

「我……我很怕你。」阿高抽泣著說。「你，你對我，對孩子，完全，不體貼。對生意，對生意，很熱心，但是你，很嚴厲，我們，都喘不過氣……」

「我是爲了你們賣命工作。」

銀次眨著漆黑的眼窩。

「爲了要讓妳們過上舒服的日子，我才那麼賣命工作。」

阿高放聲大哭，說道：「比起賣力工作，我更希望你多對我們笑一點！」

我並不是眞心想殺你，只是在做老鼠陷阱時腦中閃過的惡作劇而已。我想，要是給你吃一點老鼠藥，就只吃一點，你身體不舒服，會休息幾天不工作。到時你就不會像平常那樣每天神經緊繃，只要不想著生意的事，你大概會對自己、對老婆孩子比以前更加體貼疼愛——

「我是這麼打算的，完全沒有想殺死你的意思！」

「太愚蠢了。」七兵衛呢喃著。阿鈴第一次看到爺爺臉色這麼蒼白。

「可是老鼠藥一點都沒有用，你還是很健康。所以我就每天增加一點藥量，但還是什麼事都沒發生。結果有一天，你突然痛苦起來……」

——那時已經爲時已晚，無法搶救了。阿高哭著擦眼淚，向銀次伸出手。

「你倒下來之後，身體惡化得很快，我才知道給你吃了過量的藥。我看著逐漸衰弱的你，暗自祈禱你能趕快好起來，在心裡向你合掌賠罪。」

「我那時很痛苦。」銀次對著空中低語。「全身痛得像活生生被切斷一樣。肚子痛，胸口痛，每個地方都痛，痛得連睡都睡不著。」

「原諒我啊。」阿高伸出手卻撲了空。「我當時好怕，好幾次差點說出來。因爲你……你開始責怪島次。你說，你會這樣一定是島次害的。你說，那小子嫉妒你，也許是他讓你吃下了不好的東西，也許是他下了毒。」

「我那時眞的這麼想。」

「是啊，你誤會了。你一直錯怪他了。你不是說過，你要是死了，要我提防島次，你不是說過他的目的是我嗎？那都是你在胡思亂想。島次總是爲你著想。他老說你們兩兄弟相依爲命，他要幫你的忙。他常一臉開心地跟我說，大嫂，我哥哥跟我這個沒用的人不同，他有長者之風，將來一定能將林屋的規模擴大，不會一直只是外送料理舖的老闆，總有一天他會開一家出色的料理舖……」

「那小子從沒對我這麼說。」銀次眨著漆黑的眼窩，在空中移動身子，回頭俯視著活像一件被人脫下的衣服的島次。銀次說：「我以爲島次討厭我，一心認爲他雖然看著我的臉色，一副卑躬屈膝的模樣，但是只要一有機會他就會陷害我，奪走我的一切。」

「是啊，你就是這種人。你一直對看顧你的我說這種話。」阿高哭叫著扭動身子。「你連對唯一的弟弟都懷著這種感情。就連衰弱得臥病在床時，你也滿心憎恨。自從你病倒後，島次從無怨言，連你的份做了兩倍、三倍的工作，這麼難得的弟弟，自己的親弟弟，你竟然一直懷疑他。我那時覺得看透了你的本性，甚至心想如果你就這麼一病不起就好了！」

銀次的身子再度變得淡薄，激烈地搖晃著，一瞬間失去人形，成爲似人非人的扭曲異形。

「妳殺了我。」

異形消失，再度恢復成銀次的外形，但是他的聲音並沒有恢復。那已經不是銀次的聲音，而是一頭負傷野獸的慘叫。

「妳讓我變成死不瞑目的陰魂，還讓我附在弟弟身上殺了他。因爲妳的詭計，我成了殺死島次的兇手！」

銀次伸展雙手，十隻手指彎成鉤爪，像要撲殺小鳥的猛禽般撲向阿高。

「妳這賤人！這回輪到妳了！」

銀次輕易地抓起尖叫著想逃開的阿高身體騰空拋出，阿高隨著拖長尾音的尖叫聲被拋向空中，撞在房內另一邊的多寶檯上，檯上的花器香爐隨著她的身體嘩啦掉落在地。

「住手！」

一句厲聲的叱喝傳來。是阿蜜。她迅速站起，擋在猶想追趕阿高的銀次面前。

「滾開！」

「不滾！」阿蜜拒絕。鬆開的長髮如瀑布般飄起。

房內颳起一陣風，風勢夾雜著阿蜜的髮油香，以阿蜜爲中心形成氣旋昇起，銀次被這股無形的風捲動，在空中東倒西歪地飄蕩著。

阿由尖叫著，雙手依舊被綁在身後，滾著逃開。

「我不要，我不要變成這樣！我受夠了！」

「眞是太好了。」

一個鎮定爽朗的聲音響起。玄之介慢條斯理地起身，躲開阿由步到房內中央。

「銀次，聽到了嗎？阿由說她不想成爲像你這樣的陰魂。」

屋內眾人看不到銀次、玄之介和阿蜜，可是本來還在逞強破口大罵的阿由竟然臉色大變想逃到走廊的模樣，震撼了在場看不到幽靈的人。眾人如咒語束縛被解除般哇哇大叫，或手牽手或攀住對方竄逃，踢翻了食案、踩著食器，連滾帶爬地奔向走廊。

辰太郎頭子罕見地現出狼狽，上前抓住逃走的阿由。七兵衛和阿先則摟住對方一動也不動，七兵衛看似茫然自失，阿先卻是眼神銳利，散發出絕不屈服的光采。

「阿高老闆娘。」多惠扶起阿高，阿高昏迷不醒，額頭流著血。

「銀次。」玄之介單手揣在懷裡單手摸著下巴，沉重地問：「你要怎麼做？這回打算殺死老婆佔據她的身體回到陽世嗎？還是繼續用島次的身體，連你殺死的可憐弟弟的份，盡情享受塵世的快樂？」

銀次敵不過阿蜜招喚來的風，整個人貼在格子紙窗上，手忙腳亂地苦苦掙扎，他瞪著玄之介，吊著眼角。

「如果你們也是陰魂，爲什麼要出手阻攔？」他咬牙切齒不甘心地說。「如果你們也是因爲留戀而留在陽世，應該懂得我的遺憾。你們是嫉妒我已經報仇雪恨，所以才出手阻攔嗎？」

玄之介一隻手貼在臉頰上，感嘆道：「看來這小子還是一樣偏執。」

「眞是個窩囊的男人。」阿蜜烏黑的長髮隨風飄動。「世人都說羨慕嫉妒是女人的本性，其實男人的嫉妒才更可怕。」

「咯，咯。」銀次在阿蜜招來的強風中掙扎著離開格子窗板。阿蜜又甩了甩長髮，颳起一陣更強烈的龍捲風，再度把他吹飛到格子窗板上。

阿鈴覺得很不可思議。她和摟著阿高的多惠、七兵衛和阿先、癱坐在兩人身後的辰太郎頭子、張大嘴巴的阿由，所有人都感覺得到這陣風。這陣風拂過眾人臉頰，吹亂了大家的頭髮，不過他們的身體卻可以自由動作，對他們而言，這陣風就像初春第一陣南風那般舒服。

「喂，那個女的！阿由！」銀次面目猙獰地叫喚著。「幫我個忙！妳的身體借我用一下！等我解決問題後，再來幫妳！我幫妳解決白子屋，一定幫妳報仇！這樣妳就不會被砍頭了。看，頭子迷迷糊糊的，根本派不上用場了。」

辰太郎頭子確實像具蠟像一樣呆呆坐著，聽不見這些失禮的話。頭子是怎麼一回事？難不成被阿蜜的香味給迷住了？

「我……」

阿由的嘴巴一張一合，環視四周。不僅是頭子，七兵衛和阿先也一動也不動。

阿鈴大叫：「阿由，不要聽這個陰魂的話！」

玄之介看似有點累，阿蜜則目不轉睛地盯著阿由。

「到我這邊來！」銀次喊道。「到我身邊來碰我，我就能和妳合爲一體，就能幫助彼此，打倒這些傢伙！妳不想報仇嗎？」

阿由求救似地望著阿鈴，阿鈴反覆地說「不可以」、「不可以」。

「拜託妳，千萬不能聽他的！」

這時，阿由身邊突然出現一個黑影，有個東西閃了一下。

是蓬髮。他駝著背蜷曲著高大的身子，長滿鬍子的長下巴悲傷地低垂著。閃光的，則是他右手提著的白晃晃刀子的刀尖。

「你……」阿由喘著氣說。「你是誰？你也是陰魂？」

蓬髮眨了眨眼睛，微微歪著頭。

「妳，眞可悲。」他對阿由說。阿由全身僵硬，只能仰望著他。

「妳，不能聽，這男人說的。」蓬髮溫柔地對阿由說。「不能，變成，男人那樣。」

蓬髮用力甩頭，好甩開垂落眼前的頭髮，他直直地盯著銀次。

「你，跟我，一樣。」

「你是誰？這次又是什麼？」銀次怒不可遏。「你也是陰魂？」

蓬髮沒有回答，卻轉頭望向玄之介。

「長坂玄之介俊光，」他緩緩說著。「這是，你的，名字。」

「喔。」玄之介回應。他微微蹙眉，看起來很困惑。

「你，」蓬髮微笑。「忘，了。忘了，很久。忘了，砍我，那事。」

有著阿蜜髮香的風溫柔地拂過臉頰，阿鈴感覺得到那風的溫暖。
不過也僅僅如此，一切似乎都靜止了，阿鈴覺得自己也靜止了，只能呆呆地仰望蓬髮。
玄之介大人——砍了蓬髮？他剛剛這樣說？眞的這麼說？玄之介困惑不已的臉上閃電般地閃過其他表情。因爲速度太快，阿鈴看不清那是驚訝或是憤怒。
「你，砍了，我。」蓬髮似乎覺得羞恥，臉上掛著淺笑繼續說：「那事，很正確。是，正確的。」
他慢條斯理地轉過頭，輕飄飄地邁開腳步挨近阿由，俯視著她。右手依舊提著長刀，刀尖筆直向下，刀背面向阿由。
「妳，回去。」
跟阿鈴一樣愣著的阿由，張著嘴發出類似「啊？」的聲音。
「妳，回去。」蓬髮重複說道。「這裡，不是，妳，待的地方。妳，應該，更早，到其他地方。」
「到哪裡？」
阿由含糊不清、夢囈般不經心地說。阿鈴第一次聽到阿由這麼說話。
「到，妳自己，的地方。」蓬髮笑著說，龜裂的薄唇間露出骯髒的牙齒。「妳，跟陰魂一樣，留下，因爲憎恨，留下。妳，到其他，地方去。這裡，已經沒有，妳的份。很早以前，就沒有，妳的份。」

這時阿鈴總算明白蓬髮笨拙話語中的眞意。蓬髮說的「這裡」，指的不是船屋。而是白子屋，是遺棄阿由的父親長兵衛的地方。昔日讓她痛苦的地方。他是這個意思。

「現在，的話，還來得及。」蓬髮繼續說。「妳的，父親，妹妹，不是，妳的東西。父親和妹妹，不是妳，的份。是外人。爭，沒有用。當妳，想爭時，跟人爭時，妳想要的東西，妳想要的份，那些東西，就已經消失了。全部，消失了，全部，沒有了。所以，妳，應該早點，到其他地方。」

這時，樓下正好傳來白子屋和淺田屋眾人不知在爲什麼爭吵的聲音。也許他們剛才就在大聲嚷嚷了，只是房裡的人無暇他顧，現在才傳進耳裡。

「夠了！往後我再也不踏進這間舖子！」

「阿母，我怕。」

「說起來都是白子屋老闆你，提議辦什麼無聊的驅靈比賽……」

「咦，淺田屋老闆，你怎麼這樣說？先提議的不是你嗎！」

「這有什麼好爭的？總之先逃命要緊。我受不了！」

「可是頭子他們……」

「別管他們了，又和我們無關。啊呀，眞是失禮，那個被捕的女孩是白子屋老闆的女兒。可是對我們而言，她只是外人啊。所幸淺田屋沒有一看到女人就失去理智想要染指的色情狂，也沒有跟男人串通恐嚇親生父親的不孝女。」

「你說什麼？再說一次！」

「咦，你沒聽到我丈夫剛才說的嗎？要說幾次都可以。下流女兒跟下流父親眞是絕配！」

「那種女人才不是白子屋的女兒！」

「是啊，那種女人才不是我姊姊！」

兩家人顧著消遣對方，吵鬧不已，間或傳來不知道是阿靜還是阿陸的哭聲。又不知道是不是大門倒塌了，咕咚嘩啦的聲響好不熱鬧。

睜大雙眼跪坐著的阿由，突然止不住地簌簌掉淚。

沒人出聲，也沒有人動。手腳張開貼在格子門板上的銀次，不知何時翻起白眼，嘴唇微微抽搐，像瀕死的魚的魚鰭一樣。除此之外，房內還在動的只剩下不斷簌簌落下的阿由的淚珠。

滴答，滴答。

「我，我，」跟眼淚一樣，阿由的嘴巴也掉出話語。「我……爲什麼……爲什麼……明明……從來沒……思念過阿爸的。」

「如果是這樣，」玄之介徐徐開口。「妳是被並非出自眞心的感情蒙蔽了，而且還爲此淪爲殺人兇手，眞是不幸。」

阿由發出嗚咽。

「我是殺人兇手……」

「是的。可是，妳還來得及在淪爲比殺人兇手更可恥的東西前止步。」

玄之介微笑著，用下巴示意像十字架般貼在格子窗板的銀次。

「在成爲陰魂之前。」

銀次突然哇哇大叫，從張大的嘴裡露出細長的牙齒，阿鈴瞬間看成獠牙。銀次髮髻蓬亂，垂落的頭髮隨著阿蜜操縱的風擺動。他的白眼滴溜溜地轉，好像快要迸出眼窩。銀次大喊：「怎、怎麼可以讓她逃走——！」

阿蜜尖叫一聲，彷彿被隱形的手推開晃了一下。銀次用憤怒戰勝風的束縛，像隻可怕的大蜘蛛伸展手足，凌空撲過來。

玄之介伸手探向腰上的佩刀，他還沒來得及握住刀柄，蓬髮已經舉起右手，動作看似隨意，卻毫不遲疑，刀刃自下而上，像要掬起落下的東西般畫了道弧線，斜斜砍向凌空撲過來的銀次，自他的側腹一直斬至肩膀。

銀次發出野獸般的嚎叫，蓬髮沒有停手，掬起的刀沒有猶豫，他大大地揮動手臂，在空中畫出圓形，又自上往下揮砍，刀刃畫出的軌跡橫切過銀次的脖頸。

銀次張開手臂，在空中定住不動。阿蜜的風已經停止，她大把攏起長髮，悄然退到阿鈴身後守護著她。玄之介仍把手擱在刀柄上，目不轉睛地盯著銀次。蓬髮揮下的刀尖對著自己的腳，盯著自己腳邊。

銀次的白眼像是蛋白，微微抽搐著，閉上——

剎那間銀次失去頭顱的軀體無力地滑落在地，宛如濕浴衣從竹竿上滑落。

只有頭顱留在半空中。

然後，頭顱瞪大了眼睛。

阿鈴看到了。那不是人類的眼睛，而是故事中妖魔的眼睛，像是灑了金粉發出精光，瞳眸像是一根黑針。轉眼間銀次的髮髻鬆脫，頭髮像無數的蛇蠕動起來。

他張開大嘴，再度露出牙齒，這次的眞的是獠牙。從兩排尖牙間，伸出一條血紅色的粗大蛇信。

是舌頭。那條舌頭像是擁有生命，蜿蜒蛇行，在半空宛如抬起蛇首，環視一圈，最後停在阿由面前。

阿由像是被惡夢迷惑，直直地盯著銀次的舌頭。

「這是陰魂的眞面目。」玄之介說。「是銀次靈魂的最終下場。阿由，妳恨過人，憎惡過人，羨妒過人，受這些感情驅使一再犯下罪行。如果妳就這麼死去，也會變成這個樣子，淪落至這種悽慘下場。要是妳覺得變成這樣也無所謂，我不會阻止妳，隨妳便。妳可以用手抱住那小子的頭，跟他臉貼臉親熱一番。」

銀次的舌尖像在討好般上下舞動，對著阿由點頭。這場面實在太恐怖太詭異，讓阿鈴全身毛髮倒豎，雙腿發軟。她第一次在船屋碰到這麼恐怖的事。

「妳打算怎麼做？阿由。」玄之介堅定地問。

阿鈴。有人小聲地呼喚自己，緊緊地握住她的手，阿鈴回過神來。昏迷不醒的阿高頭擱在多惠膝上，多惠正望著自己，原來是她伸長了手握住阿鈴。

多惠也很害怕。阿鈴不知道阿母究竟看到了多少，能看到阿鈴看到的幾成景象。但是阿鈴很清楚阿母害怕得縮成一團，不過她沒有認輸，堅強地想趕走恐懼。

阿鈴也回握多惠的手。

「我……」

阿由顫抖地說。她臉頰沾滿淚水，堅決地抬起頭繼續說：「我……不要！」

一直在原地不動的蓬髮這時總算抬起頭，他動作迅速地繞到癱坐在地的阿由身後，揮動刀刃斬斷綁住她雙手的繩子。他蹲下身子，像要從背後擁抱阿由一般將手貼在阿由的手背，讓阿由握住刀。

刀尖對準銀次。

刀身映著阿由的臉。阿由看著自己映在刀身上的臉，看著自己的眼睛，最後抬起頭，對著陰魂的頭大喊：「我才不要當陰魂！變成這樣誰受得了！」

阿由還未喊完，銀次的頭已經開始膨脹，像是鐵網上的烤年糕，膨脹變形，鼓脹得很大。他嘴角裂開，吊著眼角，倒豎成漩渦狀的頭髮裡伸出兩隻角。陰魂張開大口露出獠牙，對準了阿由脖子咬過來。

阿由沒有退縮，也沒有閉上眼睛，她縮著肩膀，但是握緊長刀的手沒有動搖。蓬髮的手和阿由的手化爲一體，朝撲過來的陰魂頭顱砍去，長刀揮向空中發出閃光，自化爲妖鬼的銀次額頭中央切成兩半！

一聲吶喊。

頭顱沒有流出血來，不見血肉也不見骨頭。蓬髮和阿由揮下的刀宛如切開雲朵般，輕而易舉砍進銀次的額頭。那一瞬間，陰魂的頭顱彷彿化爲水潑在火盆時激起的飛灰、一團熱氣，砍下去毫無感覺。然而下一剎那，卻看到頭顱有表情，竟是充滿了憤怒、嘶吼、憎恨。

之後形體逐漸消失，彷彿用木棒在雪地上畫出的一張臉，在陽光照射下逐漸溶化般，銀次那張鬼臉逐漸消失，與其說在空中溶化，不如說是被吞噬。就像在大水缸裡滴進的一滴墨水，溶入水中後瞬間失去原形，連那抹黑也消失了。

阿鈴凝望著，目不轉睛地看著這一切。因此她清楚看見了，過程中陰魂的表情像是在哭泣，不，不只是哭泣，他又哭又笑的。那是喜極而泣的表情，好像在說——啊，總算得救了。

那是成爲陰魂之前留在銀次體內的最後一絲理智。

阿鈴確信自己在最後一刻看到了眞正的銀次。

阿鈴聽到喘氣聲。是阿由，她的身體仍被蓬髮支撐著，雙手握著長刀，大汗淋漓，喘不過氣來。

「做得漂亮。」玄之介說完，總算鬆開擱在刀柄上的手。

蓬髮離開阿由，長刀仍握在阿由手裡。阿由像是握住救生索般握著刀柄，卻不知道該拿這把刀怎麼辦，她回頭望著蓬髮。

蓬髮滿是傷疤的臉上浮出溫柔的笑容，好像在望著自己年幼的小妹。

「我，跟妳，一樣。」

他平靜地對阿由說：「生在，有門第，的家，但是，我，是姨太太，的孩子，是累贅。」

蓬髮像第一次跟阿鈴說話時那樣，口齒不清，不知是因爲講了太多話，還是因爲講到自己的事、轉述自己的感受時才會那樣。

蓬髮憔悴得像個病人——阿鈴突然注意到這件事。蓬髮說是玄之介砍了他，因此喪命；不過，在那之前他是不是因爲喝酒或生病，早就有病在身了？

「生下來，那時起，我，就沒有任何，安居地方。所以，我，很羨慕，哥哥。」

「你有哥哥啊……」阿由問。

「跟妳，一樣。」蓬髮微笑著說。「不是，自己的，錯，但總是，累贅。我，恨，大家，恨，嫌棄我的，父親。恨哥哥，擁有，所有我，沒有的東西。」

阿由也恨白子屋長兵衛，恨妹妹阿靜。

「我，愛上，哥哥的，未婚妻。」蓬髮羞恥地垂下眼。「爲了，汙辱他，讓他，丟臉，我，想，搶走未婚妻。我，做了……很壞，很壞的事。」

「那女人後來怎麼樣了？」阿由問。她的臉幾乎跟蓬髮的貼在一起，手中握著的長刀對著天花板。

「……死了。」蓬髮回說。「自盡，死了。」

多惠吐出一口氣。阿鈴望著母親，母親看似噙著淚。阿母，阿母妳也可以看到蓬髮嗎？可以看到幽靈嗎？

「哥哥，知道，是我做的，向我，拔刀。所以，我，砍了哥哥。砍了，再出奔。」

蓬髮緩緩地眨著眼。

「之後，一直，墮落。一直，往下，往下，墮落。爲了錢，砍人。砍了，很多人。也，喝酒。用砍死，那人，的鮮血，當下酒菜，喝酒。」

阿蜜撫著頭髮往後退，坐到窗前，她沒看向蓬髮，不是因爲不屑，而是出於憐憫而不忍看。

「然後，終於……」

蓬髮用手背擦著嘴。

「遇見，跟我，一樣，殘忍的，殺人兇手。遇見那個，殺人和尚。」

蓬髮抬起眼，越過阿由的肩膀望向玄之介，玄之介也迎著他的視線。

「我幫和尚，殺人。殺了，很多人。因鮮血，飛濺，眼睛看不清，喝酒，肚子穿洞，揮舞刀時，搖搖晃晃，腦筋，不正常，說話，也不正常，我，還是，繼續殺人。」

殺人和尚。是興願寺住持，是三十年前那起事件。

「之後，你，砍了我。」蓬髮對著玄之介說。「你來砍，殺人和尚，砍了我。我，想砍你。到最後，我還是，跟那和尚同伙……打算砍你。」

玄之介閉上眼，皺著眉頭，垂著的下巴幾乎快頂到胸前。他似乎在拚命回憶碰觸不到的遙遠往事。

「你，砍了我。那時，寺院，已經起火……但是，你，還是，衝進火中。你，爲了，找和尚，衝進火中。我，直到斷氣，一直看著你。」

這麼說來，玄之介是死在寺院內？

「我，成爲陰魂。」

蓬髮再度望向阿由，他溫柔的眼神裡夾雜一種極爲悲哀、求助的神色。

「直到，最後，我，一直，不知道，自己，做錯什麼，然後死了。所以，成爲，陰魂。」

蓬髮緩緩地搖著頭。

「現在，明白了。看著妳，我，明白了。」

蓬髮又將手貼在阿由手上，讓她手上的刀刀尖對準自己。然後，爲了讓阿由能夠揮刀，他後退一步拉開距離。

「妳，不會，像我，這樣。」蓬髮像在鼓勵阿由，堅定地對她說。「妳，能夠，救我。妳，只要，砍我，就不會，變成，我這樣。」

阿由望著蓬髮，又看看手中的長刀，再望向蓬髮。

蓬髮笑了，連蓬亂的頭髮似乎也跟著一起笑了，搖晃著。

阿由重新握住長刀。她雙眼發光，脖子挺直，卻像被人操縱般全身軟綿綿的。

「是興願寺。」蓬髮說。他對著玄之介，像在懇求一般加強語氣說。「你們，都被，那寺院，束縛。去找。去……回憶。跟我，一樣。」

然後他望向阿鈴，開心地說：「我，走了。」

阿由的手動了，長刀揮下。

船屋靜謐得如暴風雨過後。

滿地狼藉的杯盤也像暴風雨肆虐後的景象；摔壞的容器與食案、撕裂的紙門、被糟蹋的料理。而比這些更慘重的，則是「受創的人」。

令人驚訝的是，在經過這麼多事，眾人仍恍恍惚惚無法行動時，最先恢復過來並付諸行動的竟是多惠。受到多惠的鼓舞，阿鈴和阿先也打起精神，三人一起在鄰房舖上被褥，讓昏迷的阿高和冰冷頹軟的島次併排躺著。

阿鈴以爲島次這次眞的死去了，但是阿先探了探他瘦骨嶙峋的手腕和脖頸，發現還有一絲脈搏。

「這人還活著，不久就會甦醒過來。」

男人們此時總算有所行動，只是似乎不知道該怎麼做才好，茫茫然地袖手旁觀。辰太郎頭子像剛從水裡爬上來的小狗，抖了抖身體，環視房內，拉起看來疲憊不堪彎著身子低聲啜泣的阿由。

「總之，我先帶妳回辦事處。」

下樓時他發現昏倒在樓梯上的阿藤，扶她起來後才離開船屋。阿由一直在哭泣，她的側臉和無力下垂的肩膀已失去了先前找人吵架的挑釁架勢。

玄之介和阿蜜不知何時也消失了。阿鈴一直盯著戰戰兢兢環視四周、像在尋找可怕東西的高田屋七兵衛，他緩緩望向阿鈴，猶如探看來歷不明的人物，表情益發黯淡。阿鈴雖然習慣挨七兵衛爺的罵，也喜歡被他逗弄，但像這樣被他用深沉懷疑的眼神打量，這還是第一次。

「爺爺……」這話不僅是對七兵衛，也是對在場的所有人說。「我有話要告訴你們。」

於是阿鈴開始講述從搬到船屋之後遇見的幽靈，與願寺以及寺院以前發生的恐怖事件，一五一十全說出來。

「這麼說來……」

七兵衛雙手抱著頭。阿鈴還是第一次看到爺爺這樣。

眾人移步到樓下太一郎和多惠的小房間，阿藤一個人坐在距離稍遠的紙門旁，其他人都圍坐在阿鈴身邊。多惠坐在阿鈴身後，像在保護著瘦小的阿鈴。

「眞有陰魂一直住在船屋，惹了很多事端。阿鈴一開始就知道內情了？」

阿鈴點頭。看著七兵衛沮喪的模樣，她覺得很內疚，也很悲傷，不知如何是好。

「可是，爺爺，我不是說過了嗎？玄之介大人、阿蜜和笑和尙他們，都沒有想讓我們爲難的意思。阿梅也只是對我扮鬼臉而已，那孩子是個孤兒，我想她一定很寂寞。」

太一郎忽然喃喃地重複了「孤兒」這個字眼。所有人聽到這句話，都同時望向他，他慌慌張張地摸著臉，小聲地補充說道：「我是說，這兒也有孤兒的……陰魂嗎？阿鈴跟那孩子很要好？」

「才不好。不過，我應該主動和她交朋友才對。」

沒錯，應該早點親近阿梅的。

「總之，這幾個幽靈都沒有做壞事。第一次筒屋宴席時的意外，也是蓬髮一時衝動……」

「那個蓬髮武士，剛才升天了對吧。」阿先平靜地說，她的口氣甚至稱得上溫柔。「那人因爲一段沒有結果的戀情、對兄長的嫉妒，加上生前殺人無數的懊悔，凝聚成一團混沌的感情。只要感覺附近有年輕女孩鼓動的心，或是手足間爭執和憎恨的感情，就會忍不住出來鬧事。」

「結果他喚來了憎恨島次先生的銀次先生，也喚來了阿由。」多惠接著說。「不過，正因如此，蓬髮才得以升天，這不是很好嗎？」

太一郎低頭自語：「這算得上好事嗎？」

他無力地垂著肩膀，又說：這回船屋是眞的完了。

「爲什麼會完了？蓬髮已經不會鬧事了。」

「妳想想看，淺田屋和白子屋的人會怎麼大肆宣揚這件事？壞風聲會……」

多惠探出身子，一隻手撐在榻榻米上，仰望丈夫鼓勵他說：「至今爲止不也是這樣？我們可以再利用那壞風聲啊。」

「然後再吸引想辦驅靈比賽的客人上門嗎？」太一郎搖頭。「那種客人根本不在乎菜餚的好壞。妳看，今天我做的菜，全都白費了。我想做菜，想讓我的廚藝得到世人的讚賞。但是，如果一直拿幽靈當招牌，菜好不好吃根本是其次又其次。」

「是啊，多惠老闆娘。」阿藤在紙門旁噘著嘴說。「妳也稍微替太一郎老闆想想嘛。」

大概是剛才那場動亂時在樓梯上暈過去一陣子，阿藤的雙眼有點浮腫，臉色也很蒼白。

「可是，大姊……」

多惠想接著說，阿藤卻一臉不快地打斷。

「不用說了，老闆娘。關於這件事，我不贊成妳的意見，我支持太一郎老闆。如果妳無論如何都要在船屋做生意，那妳自己做，我會跟老闆走。」

多惠愣愣地張大嘴巴，太一郎也吃驚地回望阿藤。

「阿藤，妳不要誤會，我還沒有決定要離開這裡。」

「可是，不走怎麼做下去？船屋不是廚師待的地方，這裡需要的是法師或和尚。」

阿藤大姨像是不吐不快似地。她從來不曾說話這麼不客氣，簡直像變了一個人。不，難道現在這樣子才是眞正的阿藤大姨？阿鈴覺得背脊發冷。

「阿藤大姨，妳剛才見過阿蜜吧？」阿鈴不禁脫口而出。「妳看到阿蜜了吧？妳跟她說過話了吧？那人也是陰魂。」

阿藤慌慌張張挪著屁股後退。「阿鈴，妳在說什麼？」

「阿蜜對妳說，她跟阿藤大姨一樣對吧？阿蜜說，阿藤大姨跟她犯下了同樣的過錯。她還說，那根本不是戀愛，對吧？所以阿藤大姨才看得到阿蜜。」

「戀愛……」多惠喃喃說道，手指抵在嘴上，望著阿藤又看看丈夫。太一郎則是目瞪口呆地望著阿鈴。

阿藤的嘴一張一合，忙向七兵衛和太一郎喊冤：「這簡直是誣賴！發生這麼多事，阿鈴是不是腦筋不正常了？她說我看到陰魂，這怎麼可能。」

「妳敢說不可能嗎？」阿先平靜的問話聲中透著威嚴。「妳認爲阿鈴只是隨便說說而已嗎？」

「可是大老闆娘……」

「我相信阿鈴。」阿先堅決地說，又環視在場諸人。「我相信阿鈴說的，陰魂恰恰映照出觀者的內心。」

七兵衛忽然喃喃說道：「我什麼也沒看到。」

大家不安地望著七兵衛。他看起來極爲困惑，雙手擱在膝上，蜷曲著身子。

「老公……」

「剛才，我也只看到活人，沒看到任何陰魂，更沒看到那位蓬髮武士。」

七兵衛瞇著眼疑惑地望著阿先，問：「阿先，妳眞的看到蓬頭散髮的武士嗎？」

「是的，我看到了。」阿先輕輕將手擱在丈夫膝上。「我確實看到一個那樣的陰魂。不過，你也聽到阿鈴說的吧，我看得到陰魂，是因爲我的內心和那位可憐的蓬髮武士一樣，都存在著陰暗的心結。那位武士因此成了陰魂，無法升天。幸好我還活著才沒有變成陰魂，但是我很清楚，我的心裡有著不好的執念。」

「阿由也看得到蓬髮。」阿鈴說。「因爲她也有著同樣的心結，這種人看得見陰魂。」

阿先彷彿在對孩子說話般放軟了聲音，對七兵衛說：「你的人生打小開始就歷盡艱難，能走到今天這一步，當然不是一條容易的路。可是，在人生路上，你從來沒怨過誰也沒陷害過別人，更別說做出背叛關照你的人的事。你一直活得堂堂正正，活得坦率，坦率得近乎笨拙。像你這種人，當然看不到陰魂。」

「所以我當然也看不到陰魂！」阿藤忽然喊道。「我沒做過壞事！我也跟大老闆一樣，一心拚命做事，爲了太一郎老闆盡心盡力。」

阿鈴耳裡傳來母親微微顫抖的聲音：「對不起，大姊。」

我一直沒察覺妳的心意——多惠說完這句，垂下頭。阿藤抱頭大哭起來。
「在孩子面前……阿鈴面前別這樣，太難看了。」
太一郎低聲說道。阿藤猛地抬起臉，厲聲說：「太難看？太一郎老闆，你說我太難看？」
太一郎別過臉，不看被淚痕弄花臉的阿藤。
「我……可是我……」
「阿藤，別說了。」阿先也制止她。「那件事，以後再說。」
阿藤的表情猙獰起來。或許是一直支撐著阿藤的那根支柱突然折斷了，她連姿勢都顧不得了，垮著身子。
「什麼在孩子面前！」阿藤咬牙切齒地說。「又不是親生的孩子，你們不過是把撿來的孩子養大而已！」
太一郎怒吼：「住口！」
阿藤嚇得縮成一團，瞬間，她用恨不得殺死兩人的憎恨眼神瞪著太一郎和多惠，翻身離開房間。
又不是親生的孩子——這句話在阿鈴腦中嗡嗡作響。但是，奇怪的是，阿鈴並不覺得心慌。果然是這樣，原來如此，原來我是撿來的孩子。
「難怪我看得到阿梅。」
實際發出聲音說出來後，阿鈴覺得眼前視野開闊起來。
沒有人說「不是」。雙親臉上失去了血色。

放心，我不會哭的——阿鈴正想這麼說，多惠無聲地倒在一旁。

阿先安撫了兩個驚慌失措的男人，再讓多惠在被褥上躺好，才對阿鈴說：「妳阿母不要緊的。阿鈴，來幫大媽做事好不好？樓上房間不清掃不行，阿高和島次也不知道怎麼樣了。」

當然大媽的「要求」不僅如此，她是想跟阿鈴兩人單獨談話。阿鈴立刻答應了。阿先支開了一臉憂慮的七兵衛和太一郎之後，和阿鈴手著牽手登上樓梯。

阿先俐落地下達指令，阿鈴按照吩咐做事，榻榻米房很快就打掃乾淨了。

「紙門和格子紙窗都得換了……榻榻米也要翻過來……」阿先用束帶綁起袖子，頭上蒙著頭巾，微歪著頭說：「大概要花二兩錢吧。還不算損失慘重。順便也買個新掛軸和花器吧？我跟一家舊貨舖很熟，他們有好貨。」

阿鈴輕輕打開隔間紙門探看鄰房。島次依舊保持躺下時的姿勢，阿高可能是聽到了聲音，呻吟了一聲，頭在枕頭上動一下。

「她快醒了嗎？」阿先小聲地問。「先叫醒阿高比較好。要是她醒來一睜開眼，發現島次先生躺在一旁，可能眞的會發瘋。」

是啊。阿鈴迅速挨近阿高枕邊，搖醒她。阿高皺著眉醒來後，突然瞪大眼睛，嚇得一躍而起。

「我，我……島、島次呢？他人呢？」

兩人安撫阿高，讓她看躺在一旁的島次。阿高縮成一團，阿先使勁按住她的雙肩，直視她的眼睛說：「老闆娘，現在正是妳人生的關鍵時候，好好聽我說。讓妳痛苦不已的前夫，銀次的怨靈已經不在了。他升天了，已經消失了，所以在這裡的是島次先生。」
儘管如此，阿高仍是想逃。
「啊，眞是沒出息。就是因爲這樣，妳才會親手殺了丈夫。妳要是個成熟的女人，好好看看自己做的事，用腦筋想想該怎麼做才能贖罪。這種事根本用不著我來教，妳早該明白的啊。」
「可是，我做了無法彌補的事。」阿高又哭了出來。
「那個『無法彌補』的事指的是殺了丈夫，還是在辰太郎頭子面前坦承妳殺了丈夫？」
阿先是故意要刁難她，阿鈴明白這點，所以沒有多話，默默地把手巾遞給阿高擦眼淚。
「妳放心，辰太郎不會逮捕妳的。」阿先說。「今天這間房裡發生的事，不是這個世上會發生的事。在那種時候，一時昏頭的妳不管說了什麼，沒有人會當眞。何況像辰太郎頭子那種死腦筋的人，怎麼可能光憑那些話就逮捕妳呢。」
阿先微笑著又說：「妳也痛苦了這麼多年，雖然這樣還不足以贖罪，但銀次先生也升天了。妳老實說出眞相，他總算得以解脫。往後妳要認眞考慮的，是林屋和孩子們的事。」
阿高不安地看著熟睡的島次，問道：「可是，這人呢？」
「銀次先生雖然佔據了他的身體，但他好像還沒死。雖然很微弱，還是有脈搏。」
阿高倒吸了一口氣，縮著雙手。
「妳打算怎麼辦？」阿先問。「趁著島次先生還沒醒來，逃到遠方，永遠不再跟他見面？帶著孩子逃，還是妳一個人逃？」
阿鈴無聲地挪動膝蓋，伸手摸了摸島次的臉頰。啊，暖暖的。

「還是向島次先生說出一切，跟他商量往後該怎麼辦，要怎麼做才能得到他的原諒。之後再看島次先生的決定，決定林屋和孩子們的下一步。」

阿高忽然想起什麼似地掉了一滴眼淚，在阿鈴看來，那滴眼淚的顏色跟她至今爲止的並不一樣。

「我想……他大概不會原諒我……可是，我再也不想逃避了。」

「是的。」阿先用力點頭。「阿高老闆娘，妳一直膽顫心驚過日子吧？比起那種苦日子，往後還有什麼好怕的呢？日子再怎麼苦，恐怕都不及從前的一半吧。」

一滴，再一滴。阿高簌簌地落淚。

「妳去叫醒島次先生吧。」

阿先說完，又對阿鈴說：「阿鈴，島次先生的事交給林屋老闆娘，我們還有重要的事要商量。」

阿鈴和阿先沿著河道走著。

阿先一走出船屋便停下腳步，感慨良深地望著道路對面曾經是興願寺的廣闊空地，然後轉身朝阿鈴伸出手，兩人手牽著手邁出腳步。

河道水面無聲地映著湛藍的天空，不知何處飄來了花香。右手邊是船屋，左手邊是長坂大人的宅邸。來到這裡，阿鈴說出筒屋宴席當天在這裡看到阿梅的事。

「她就在丟石子玩的我們旁邊。」

「是嗎？她大概很想跟你們一起玩吧。」阿先說。

仔細想想，船屋的幽靈裡，只有阿梅曾經離開房子到過外面，一次是在這條河道旁，另一次則是乖僻勝住的大雜院。

「那個叫乖僻勝的，綽號眞難聽。那孩子個性眞的很彆扭嗎？」

「非常乖僻，乖僻得不得了。」

聽阿鈴這麼說，阿先笑出聲來。長坂大人宅邸那邊似乎在回應順著水面傳過去的笑聲，傳來汪汪的狗叫聲。是小白。

「大雜院大姨說，他是孤兒，個性才那麼乖僻。」

「這說法不對。」阿先斂起笑容堅決否定。她轉向阿鈴，蹲下身直視阿鈴的眼睛。阿先身上比花香更濃郁、更溫暖的的味道，包圍住阿鈴。

「妳是個聰明的孩子，想必一直在爲這件事情苦惱吧。妳要原諒我們。」

阿先向自己道歉的當下，阿鈴什麼都明白了。自己數度否定的那個可能——剛才阿爸的冷汗——

——移開視線的阿母——

明白後，阿鈴瞬間覺得輕鬆起來，原來「恍然大悟」就是這麼回事。可是，那個瞬間過去後，胸口忽然怦怦跳起來，她幾乎快喘不過氣。

「阿先大媽，」阿鈴說。她覺得自己的聲音聽起來很遙遠。「這麼說，我眞的是孤兒嗎？是阿爸和阿母收養我，把我養大的嗎？」

阿先摟住阿鈴的雙肩，直視著阿鈴的雙眼，回說：「妳阿爸和阿母的確不是妳的親生父母。不過，阿鈴，妳不是孤兒。對太一郎和多惠來說，妳是上天賜予的孩子。」

阿鈴不想哭的，可是眼淚卻不停湧出，眼前一片模糊。

「我果然是孤兒。」剛說完，眼淚便簌簌落下。

「不，不是，妳是上天賜予的孩子。」阿先再次強調。「妳聽了可能會認爲大媽在哄妳。不過，大媽絕不是想用場面話蒙混過去。阿鈴，妳只要仔細聽我說，一定會懂爲什麼大媽這麼說。」

這是很久以前的事了——阿先開始說起——不過就好像是昨天才發生的事，我記得很清楚。

「妳大概也知道，太一郎和多惠以前曾有兩個孩子夭折，那之後太一郎自暴自棄起來，有陣子過得很荒唐，七兵衛爺爺還一度氣得打算把他趕出高田屋。

那時，太一郎和多惠處得不太好，理由當然不只是連續失去兩個孩子，還有其他原因。再那樣下去，兩人遲早會分開，大媽都做好心理準備了。所以當多惠又懷了第三個小孩，太一郎知道後像是從頭頂淋了一桶水，整個人振作起來，大媽看了高興得簡直快跳起舞來。大媽心想，啊，太好了，這樣那兩人應該不會有問題了。

多惠自從上個孩子過世，傷了元氣，成天病懨懨的。所以這次懷孕，一定得特別留意身子。普通的孕婦直到臨盆前一月，不管挺著多大的肚子都得繼續工作，多惠前兩胎也是這樣。但是這回不一樣，多惠一直到生產前都躲在押上的宿舍裡做些裁縫手工，平靜過日子。因爲高田屋的工作很忙，太一郎在高田屋和宿舍之間兩頭跑，留意著多惠的身子，扳著手指數著孩子誕生的日子。

可是啊，世事就是這麼不如意。多惠比產婆預計的日子早了二十天分娩。結果孩子……生下來就死了。是個女孩。

多惠生產時我也在，知道嬰兒沒了氣息，我一心想著這下完了，多惠八成也活不下去了，嚇得簡直掉了魂。我衝進寢室，多惠的眼睛像兩個黑洞，呆呆地望著天花板，不管我說什麼她都不應。我不停地喚她，她才流下眼淚，那晚她就這樣一直無聲無息哭著，後來啞著嗓子說，太一郎一定不會原諒我的。

不知是幸或不幸，因爲多惠突然陣痛，所以還沒來得及向高田屋報告這件事。宿舍裡只有我、多惠和阿藤。於是我跟多惠說，太一郎還不知情，就算知道了，太一郎也不會像妳想的那樣，說什麼不原諒妳，絕對不會。我跟她說，太一郎可能會哭會感嘆會悲傷，但是絕不會生氣。我現在最擔心的，是比任何人都痛心的妳，在妳冷靜下來之前，我不會遣人到高田屋通知這件事，過一陣子再說。五天、十天都好，直到妳恢復精神，覺得可以跟太一郎見面之前，我不會對任何人說這件事，也不會讓任何人到這兒來，妳儘管放心。

至於這麼做是好是壞，我一直覺得自己沒做錯，多虧了當時那麼處置，才得到了妳這個寶貝。事情發生在多惠分娩後第三天的夜裡。那時，死嬰承蒙地主好意幫忙，厚葬在附近寺院的童子塚。儘管我還是一想到死去的嬰兒就掉眼淚，總算稍微鬆一口氣，結果陪在多惠枕邊照料她時，不小心打起盹兒來。

那時已經是半夜，正值九月寒氣增強的時節，四周一片蟲鳴。我醒過來時，發現多惠的被褥是空的。那時我簡直快發瘋了，心想得去找多惠才行，撐著榻榻米好不容易才站起來，心裡一直在想，多惠一定不想活了，不是跳河就是上吊，反正一定是想尋死。膝蓋哆嗦得不聽使喚。

結果後門卻傳來多惠的呼喚。她叫著，老闆娘，老闆娘。

我幾乎用爬的來到後門，看到穿著睡衣的多惠手裡抱著一個裹著襁褓的嬰兒。她緊緊抱著嬰兒，可是沒有力氣起身，就坐在泥地上。

我問她怎麼了？還以爲自己在做夢，或是多惠在我打盹那時死了，變成幽靈坐在那兒。她那時瘦得可憐，一臉蒼白，氣息奄奄，實在不像活人。

不過多惠沒有變成幽靈，她好好活著。活著，而且在笑。

老闆娘，眞不可思議。我聽到嬰兒的哭聲，以爲是死去的嬰兒在叫我，半夢半醒地來到這裡，這孩子竟然就在門外，她被擱在外面。妳看，睡臉好可愛，是女孩子，老闆娘。

多惠說完，讓我看了那嬰兒。我接過襁褓，感覺到剛出生的嬰兒體溫，聞到嬰兒的奶香，也一屁股坐在泥地上。

阿鈴，那嬰兒就是妳。

那晚鈴蟲在叫，像是有成千上萬的搖鈴在搖，聲音清脆，從腳底湧上來包圍我們。

是的。想必是妳的親生母親生下妳後，認爲沒辦法養活妳，才決定送給別人。但是她沒有把妳丟在路邊或橋下，也沒有把妳丟在寺院前，而是把妳留在高田屋宿舍的後門外。她把妳裹得緊緊的，讓妳不覺得冷，妳那時睡得很香甜。我想，妳的親生母親可能是希望高田屋收養妳，才把妳託付給我們。多惠也這麼想。

通常撿到孩子時必須到辦事處報案，但是多惠不願意這麼做，因爲那樣很可能會失去妳。也許辦事處會送給別人，上頭會怎麼做誰也不知道。所以多惠不願意報案。

老闆娘，她是我的孩子，是神送給我來代替死去的孩子。這孩子是我生的，是不是？多惠哀求地對我這麼說，我實在不忍心拒絕。那時我也擔心，要是硬去報案，多惠不知道會變成什麼樣。不過不只是這樣，其實我也一樣，爲妳湊巧來到高田屋，來到多惠身邊這不可思議的奇蹟而深受感動。

好，這孩子就當做是妳生的。萬一上頭發現這件事要懲罰，我一個人承擔。等到回過神來時，我已經這樣答應了多惠。

第二天我遣人去通知太一郎。多惠起初打算瞞著太一郎，跟他說孩子平安生下來了。但是我反對。我認爲還是坦白對太一郎說比較好，夫妻之間不能有事隱瞞。再說，就算死去的嬰兒已經在童子塚安息，已經升天了，也許很快就會轉世投胎，但她或許也想見阿爸一面吧。太一郎也會想去墓前合掌祝禱吧。我對多惠說，隱瞞不好。多惠也覺得有道理，於是我們全跟太一郎說了。

太一郎和多惠一樣，覺得和妳之間的緣份很不可思議，很感謝上蒼。他說，這孩子是我們的孩子，哭著磨蹭著妳的臉，當場給妳取名叫鈴。說妳是在鈴蟲鳴聲守護下出生的，這名字不是正好？

我們三人商量過後，決定瞞著七兵衛爺爺，告訴他嬰兒平安生下來了。阿鈴，我想妳也清楚，爺爺很頑固……做事中規中矩，當然，他絕對不會反對收養妳。可是他經營高田屋這麼大的舖子，在町內也頗有聲望……站在他的立場，也許會說，違反上頭規定，把撿來的孩子當成自家孩子畢竟不好，不，他一定會這麼說。因爲有這層顧慮，我們決定瞞著爺爺。

另外，那時阿藤也在場，她知道來龍去脈，而且她也贊成我們的做法。所以這件事可說是我、多惠、太一郎和阿藤四人之間的秘密，我們一直隱瞞到現在。

好了，阿鈴，我全說完了。沒有隱瞞任何事。並不是秘密被揭穿了，我才說出來，我本來就打算等妳長大以後，告訴妳這件事。我雖然沒對太一郎和多惠說，但我一直都這麼打算。

妳沒看過親生父母，就這點來說，也許妳的確是孤兒，所以妳才看得到那個叫阿梅的幽靈，跟乖僻勝看得到阿梅是一樣的道理。阿梅會接近妳，或許也是因爲這點。再怎麼說，留在活人內心的疑問、心結和悲哀，正是跟幽靈相通的關鍵，這道理，我今天比看戲更近距離地看得清清楚楚。

不過，阿鈴，妳絕對不孤單。對太一郎和多惠來說，妳是他們無可替代的心愛女兒。對七兵衛爺爺和我來說，也是這世上唯一的孫女。事到如今才對他坦白這件事，七兵衛爺爺也許會生氣。不過，他是氣我們瞞了他這麼久，不是氣妳。畢竟爺爺有多疼妳，多麼滿心希望妳能幸福，沒人會比我這個大媽更清楚。我可以向妳保證。

如果妳想見妳的親生父母，我們會設法幫妳找。如果妳想跟眞正的父母一起住，我們也會認爲那是當然的。雖然傷心，但是我們不能攔阻妳的心。不過，阿鈴，要是妳固執地認爲自己是個孤兒，這對太一郎和多惠來說，再也沒有比這件事更殘酷的懲罰了。對我來說，也是無可挽救的悔恨。他們從來沒當妳是孤兒，一刻都沒有。他們認爲，就算妳不是他們親生的，卻是上天賜予的心愛孩兒。這是個擺在眼前的事實，用不著時時停下腳步、閉上嘴巴、在心裡一一確認的。

太一郎和多惠，是妳的阿爸和阿母啊！」

在阿先的這一席話之間，阿鈴不知何時停下了眼淚，臉頰什麼時候乾了。只是，待她察覺到時，眼前那片朦朧已經消失，在一陣清風中，她再次清楚看見了彼方的船屋。

「阿先大媽。」

阿鈴清楚地說。她心裡很高興。

「我懂了，我眞的明白了。」

阿鈴微笑著。結果，這次換阿先哭了出來，她用袖子遮著臉。

又傳來小白的叫聲，這次的吠聲很接近，汪汪叫著好像在呼喚阿鈴跟阿先似的。阿鈴回頭望向長坂大人宅邸的方向。

隨意穿著便衣的長坂主水助正站在被風雨打壞的板牆外，一手握著小白的牽繩，另一隻手罩在眉眼上。遠遠望去，他好像很吃驚的模樣。

他正在看向船屋，睜著那雙酷似鮟鱇魚、眼距稍遠的眼睛，入迷地看著什麼。

「噯，」阿先從懷裡掏出手紙擦眼淚，小聲地問：「那是鄰家的……」

「嗯，是長坂大人。」

阿先自言自語說：「可不能失禮。」急忙擦了擦臉，整了整下襬。可是長坂主水助依舊文風不動。小白在叫。明明要去散步，主人卻一直不往前走，小白等得不耐煩地汪汪叫著。

主水助張大著嘴巴。

小白蹦蹦跳跳，把牽繩自主水助的手中扯離，興奮地跑向阿鈴。牠是一隻不認生的狗。阿鈴也跑向小白和主水助。

「長坂大人！」

阿鈴大聲呼喚。對方這時才回過神來，放下舉起的手，全身震了一下。

「喔，阿鈴，」他直眨著眼。「這眞是……又碰面了，妳在做什麼？」

「長坂大人出來散步嗎？」

阿鈴安撫著在腳邊撒歡的小白，走到主水助身旁。主水助又張大了嘴，像在腦中搜索話語嘴巴一開一合地，說道：「我看到不可思議的景象。」

「啊？」

「船屋……在妳家二樓的窗口那邊，」他瘦削的手指指著窗口說。「站著一個我認識的人。那人正望向這裡，我看得很清楚，嚇了一大跳。」

他擦著臉，抹去汗珠。

「他正是我三十年前過世的叔父大人啊！就跟他過世那時完全一個模樣。」

啊呀，是玄之介大人。阿鈴也遠遠望著船屋的窗口。

「好懷念啊，他的長相就跟從前一模一樣，跟我小時候看到的一樣……」

主水助喃喃自語，似乎忘了身邊的阿鈴和阿先，沉浸在自己的回憶中。

「長坂大人，您一定很喜歡您的叔父大人吧？」阿鈴小聲問道。

「嗯？」長坂大人眨著眼，又用手背擦拭額上的汗。酷似鮟鱇魚的臉略帶羞怯。

「我上次跟妳提過我叔父大人的事了啊。」

「是的，我聽說了。」

這時阿先用眼神暗示阿鈴，她便向長坂大人介紹了阿先。兩人忽然一本正經地打起招呼來，阿鈴覺得很好玩，心情輕鬆起來。

「長坂大人的叔父叫玄之介大人吧。雖然個性放蕩，劍術卻很厲害，也教過長坂大人對吧？」

主水助大吃一驚地說：「是的，可是，我對阿鈴說過這件事嗎？」

阿鈴笑著望向阿先，阿先也微微笑著。主水助一臉困惑，像要找藉口似地又說：「我上次也說了，叔父大人當年被牽扯進怪事而喪命。對長坂家而言，他是個麻煩人物，因此從來沒人對年幼的我說明叔父大人臨終前的事，我一直惦記著這件事。現在腦海裡還是時常浮現叔父大人那晚幹勁十足的表情，還曾夢到過叔父大人。」

叔父大人那晚到底做了什麼事？又是懷著什麼樣的心情離開人世的？主水助透過內心的執念和對叔父的思念，才看得見玄之介。

阿鈴內心滿溢著光亮。以這種方式看到鬼魂還不壞嘛，一點也不壞。

「我也很喜歡長坂大人的叔父大人唷。」阿鈴情不自禁大聲說道。

「什麼？」

現在可以告訴他事實了吧。他一定會相信的。阿鈴卸下了心防。

「長坂大人的叔父大人，現在就在船屋唷。」

長坂主水助那雙眼距稍遠的眼睛，各自朝不同方向轉動著。

「什麼、什麼？阿鈴到底在說什麼？」

迎著吹過河道的風，阿鈴對主水助述說玄之介的事，告訴他船屋眾幽靈的事。聽著阿鈴的話，長坂主水助那對轉動的眼睛也逐漸穩定下來，回歸原位。

「原來有……這種事？」

他歪著下巴感慨地說。再度仰望船屋的窗口。

「可是，這麼一來，只要問叔父大人……啊，不行，既然連叔父大人自己都忘了三十年前那晚的事……到底該問誰呢？有誰知道興願寺事件的來龍去脈呢？」

聽他這麼一說，阿鈴想起了一件事。對了，還有孫兵衛大雜院的房東啊，這回更應該去見他了。

「既然如此，我也一起去。事不宜遲。明天我們就去怎麼樣？」

聽到主水助的提議，阿鈴和阿先緊握著彼此的手，點了點頭。

暖洋洋的陽光照著孫兵衛大雜院，整個大雜院宛如都在午睡般鴉雀無聲。沒有主婦們做家事的動靜也聽不到孩子們的叫喊聲。井邊不見任何人，大概哪家的板門快脫落了，隨風嘎噠嘎噠地響個不停。聽得到的聲音的只有這板門聲。

「明明天氣這麼好，怎麼沒人出來洗東西。」阿先站在灰塵飛揚的巷子口，像個管家發牢騷說。「到底怎麼一回事了？阿鈴，這個大雜院的人早上都很晚起嗎？」

阿鈴也不知道該怎麼辦。今天是她第三次來到孫兵衛大雜院，前兩次這兒跟其他大雜院一樣熱鬧，居民也很忙碌，不像現在這樣安靜得像個墳場。

「總之先到房東家看看。」

長坂主水助把手輕輕擱在腰上的刀柄，說完跨出腳步。口氣雖如常地悠閒自在，眉間卻帶點嚴峻。

「是啊，也許有什麼傳染病之類的隱情。」

阿先回應後，帶著阿鈴往前走，今天她的小鼓花紋腰帶綁得很精心。迎接來客的房東要是沒有披上禮服外褂相迎恐怕會失禮——阿鈴連這種事都想到了。

來到孫兵衛家門口，阿鈴又吃了一驚，因爲那個熟悉的燈籠不見了。

「請問一下。」

「請問有人在嗎？」

鄭重喚人，卻沒人應聲。阿先又喚了一次，裡面傳出喀噠喀噠聲，有人徐徐拉開拉門。

「乖僻勝！」

阿鈴看到熟人面孔鬆了一口氣叫出來，可是話喊到一半卻成了驚叫聲。乖僻勝受傷了，半邊臉烏青腫脹，額頭有個腫包，裂開的嘴唇黏著紫黑色的瘡痂，鼻子坍塌，面貌判若兩人。

「啊呀，啊呀，啊呀。」阿先也瞪大眼睛，情不自禁地挨近拉起乖僻勝的手問：「這傷，你怎麼了？怎麼會傷得這麼重？」

乖僻勝粗魯地甩開阿先的手，很痛地護著身子皺著眉頭。看來不僅臉和頭部，他的身上也有地方受傷了。

主水助慌忙按住乖僻勝的肩頭說：「喂，別逃。我們不是壞人，只是想見孫兵衛房東。你是孫兵衛家的孩子？」

「阿鈴，這孩子是妳說的乖僻勝？」

「嗯。」阿鈴迅速跨前一步阻止正要拉上門的乖僻勝，問：「你到底怎麼了？有強盜來了嗎？房東呢？」

乖僻勝默不作聲。他那對比平素更陰沉的眼睛盯著自己的腳，頑固地擋在門口不讓阿鈴一行人進入。阿鈴彎著身子探看他的眼睛。

「怎麼了？我們有重要的事要找房東。」

「孫兵衛不在家嗎？」主水助也盯著乖僻勝的臉問。「話說回來，你的傷勢很嚴重，到底怎麼回事？阿鈴是你的朋友吧。不用怕，跟我們說好不好？」

阿先把手貼在胸前說：「我是阿鈴的祖母，船屋的大老闆娘。勝次郎先生，聽說阿鈴受過你不少照顧，謝謝你。」

乖僻勝故意用力別過臉。這時，他眨了一下眼，嚇了一跳地叫著：

「阿梅。」

阿鈴順著乖僻勝眼神看過去，在約莫距阿鈴一行人約二間（約三•六公尺），水溝板另一邊堆著壞木桶和廢木片的地方，阿梅確實站在那裡。阿鈴也看到了。

「阿梅。」阿鈴呼喚她。這是她第一次這麼喚她，覺得格外緊張而且有幾分羞怯。「來這邊啊。妳也在擔心乖僻勝嗎？」

阿先在阿鈴耳邊小聲問：「阿梅是那個向妳扮鬼臉的孩子？」

「嗯。她人在那邊。」阿鈴回答後再度對阿梅招手。「來這邊，阿梅！」

阿梅雙拳緊握貼在腹側，擺出嚴加戒備的架勢，縮著下巴目不轉睛地瞪著這邊。阿鈴起初以爲她在瞪自己，以爲她馬上就會舉起手對阿鈴扮起那個熟悉的鬼臉。但，好像不是。阿梅雙眸越過了阿鈴頭頂，正望著房東家。

「眞傷腦筋，阿鈴，到底是怎麼一回事？你們說的是誰？」

主水助束手無措。阿鈴想起一件事，啊，這也難怪，長坂大人看不到阿梅，也不像阿先大媽那樣完全理解內情。

「對不起，長坂大人。」

「嗯。阿鈴，妳認識這大雜院其他人嗎？」

「有個叫阿松的大姨就住在隔壁。」

「我去她家看看，也許她知道些什麼。」

主水助高瘦的身子邁著俐落腳步走開。乖僻勝僵硬地縮成一團，反對似地小聲說：「沒人會告訴你們的。」

「什麼？」

阿鈴反問。乖僻勝縮著身子，緊閉著嘴。

「你很奇怪，乖僻勝，你怎麼了？」

這時阿梅警告般地向阿鈴這邊跨出一步。

「有何貴幹啊？」

突然身後傳來聲音，阿鈴和阿先都驚叫一聲跳了起來。回頭一看，有個比阿先高出一個頭、骨瘦如柴的老人站在身後。

阿先仰望老人，嘴巴像金魚般一張一合，好不容易才說：「孫、孫、孫兵衛先生嗎？」

「是的，我是孫兵衛。」

老人舉起瘦骨嶙峋的手親密地搭在乖僻勝雙肩。阿鈴看到腫脹得判若兩人的乖僻勝臉上有如毛蟲掉進衣領內般，迅速閃過厭惡的神色。

這個爺爺真的是孫兵衛？真的是那個把乖僻勝養大，年紀很大卻腦筋清楚的老練房東嗎？如果真是房東，乖僻勝爲什麼會露出那種表情？

阿鈴感到一陣冰涼挨近。轉頭一看，原來是阿梅。她像躲在阿鈴背後似地抬起尖下巴，直直地瞪著孫兵衛。

「這是誰家的孩子？」

孫兵衛垂下佈滿皺紋的臉望著阿梅，他臉上出現表情時，更顯得瘦——簡直就像骷髏頭上貼著一張臉皮而已，眼神空洞就像樹洞，那洞又暗又小，在不讓亮光挨近的漆黑深處，像是有什麼東西存在。

不過，這對八字眉……

孫兵衛的眉毛雖然脫落過半，仍看得出是八字眉。如果不是五官瘦成那樣，看上去應該是和藹可親的垂眉。阿鈴心想，這眉毛形狀好像在哪看過。在哪裡呢？是自己多心嗎？不可能看過的。要是沒看過，爲什麼會有這種似曾相識的感覺呢？

「噯……房東看得到這孩子嗎？」

阿先打起精神邊整理衣領邊問孫兵衛。阿先本來就看不到阿梅，當她說到「這孩子」時，大略指著剛才阿鈴回頭的方向。結果孫兵衛動了動若有似無的稀疏眉毛，懷疑地歪著嘴問：「妳在說誰啊？」

「誰……」

聰明的阿先馬上領悟到，孫兵衛確實看到了阿梅，而他以爲阿先也看得到。阿先像在尋求慰藉似地握住阿鈴的手，阿鈴也用力回握。

「唉呀，是這孩子呀。她叫阿鈴。」

孫兵衛空洞的兩眼深處有什麼東西閃動了一下，正望著阿鈴。是的，眼睛深處那東西正打量著阿鈴。就像抬頭仰望老樹時，棲息在樹洞內的壞蟲恰好也在望著自己。

「因爲您的態度太冷淡了，我還以爲您看不到我們。嗳，我們突然造訪的確失禮，只是還有小孩子在場，請您不要生氣。」

阿先排解似地打圓場。不過話講得比平常快，她也在害怕。

而當事人孫兵衛似乎清楚阿先的恐懼，悠悠然地望著阿先。骷髏頭上那張臉皮鬆弛了下來，浮出近似微笑的表情。

阿鈴感覺脖子後的毛髮嚇得倒豎，耳朵裡還響起一陣小小的嘎嗟嘎嗟聲，她以爲是自己的臼齒在打顫。

不是，聲音自乖僻勝身上傳來，是乖僻勝的牙齒在打顫。

「阿，」有人出聲，是女孩子的聲音。「阿，阿。」

阿鈴睜大眼睛，原來是一直咬緊牙關瞪著孫兵衛的阿梅在說話。

「阿，阿鈴。」

她叫了阿鈴，阿梅叫了阿鈴。阿鈴發不出聲音，爲了表示自己確實聽到了她的呼喚，目不轉睛地望著阿梅。

「回、回去。」

阿梅看似一刻都不能移開視線，在監視對方一般，死瞪著孫兵衛，眼球已經有一半翻成白眼了。

「回去。」

一旁的乖僻勝不僅牙齒在顫動，全身都在抖動，連落在腳邊的影子也在發抖。

「大媽，我們回去。」阿鈴急忙拉著阿先的袖子說。「今天先告辭，房東先生，我們改天再來拜訪。」

阿鈴往後退了半步，乖僻勝突然像要追著阿鈴抬起眼來，她感覺得到他的恐懼。

「大、大媽，」阿鈴忍不住尖聲對阿先說。「因爲船屋今天人手不足，我們特來拜託房東先生把勝次郎先生借給我們半天的吧？以後再來正式道謝，今天先拜託房東先生這件事怎麼樣呢？大媽。」

阿先轉動著眼珠。聰明的她馬上聽出阿鈴的眞意，配合著說：「是，是啊，阿鈴。孫兵衛先生，您意下如何呢？把勝次郎先生……當然我們會付日薪給他。」

阿鈴也口沫橫飛激動地說：「乖僻勝很會用菜刀，我覺得他可以幫船屋的忙，才拜託我阿爸的。乖僻勝也可以順便學學做菜……」

「可以。」臉上依舊掛著得意笑容的孫兵衛，冷淡地打斷阿鈴的話。「去吧，勝次郎。」

「走，乖僻勝。」阿鈴牽著他的手用力拉，簡直就像逃離現場，明知道這樣很奇怪，阿鈴卻忍不住。

「那麼，失禮了，房東先生。」

阿先也丟下這句話快步離開，兩人半拉半推著垂著頭、身體僵硬的乖僻勝，穿過大雜院大門後才又回頭看了一眼。

當然這裡已經看不到房東家了，只見明亮的日頭照在依舊寂靜無聲的孫兵衛大雜院水溝板。不見任何人，連一個影子都沒有。

阿梅已經消失了。阿先催促阿鈴說：「阿鈴，我們快回家。天哪，天哪，怎麼那麼恐怖！」阿先聲音很小，卻像情不自禁從喉嚨湧出的呻吟。

「可是長坂大人呢？」

距離大門裡邊二、三家遠的拉門被拉開，長坂主水助走了出來。他像是牙痛似地扭曲著臉。

「長坂大人！」

阿鈴拉著他的袖子逃離大門，簡單說明剛才讓人發毛的經過。

「原來如此。難怪大雜院的居民嘴巴那麼緊，不肯說……」主水助揣摩似地望著乖僻勝。「其中也有顯然是趁夜逃離的人家。阿鈴認識的那個主婦叫阿松吧，她說房東被狐狸附身了。」

「狐狸附身？」

「嗯。聽說這幾天判若兩人。老是嘀嘀咕咕地自言自語什麼，虐待房客不說，還不分青紅皀白亂打小孩又亂殺貓狗。勝次郎，這是眞的嗎？」

乖僻勝顫抖著，不置可否地搖著頭。臉色又比先前蒼白許多。

「我去這裡的辦事處看看，看情形可能需要町幹部幫忙。」

主水助那悠閒的鮟鱇魚臉上出現一種阿鈴從未見過的精悍表情，跑開了。

「我們也回家吧，阿鈴。」阿先雙手像守護般摟住阿鈴和乖僻勝的肩膀。

「嗯。」阿鈴點點頭，牽著乖僻勝的手往前走。她覺得很奇怪。剛才是自己聽錯了嗎？難道我的耳朵因爲太激動聽到了不存在的聲音？

逃離孫兵衛家時，阿鈴覺得背後有個聲音響起，彷彿聽到嘴角浮出得意笑容的孫兵衛用感慨良深的低沉語調叫喚著。

——好久不見了，阿梅。

回到船屋，七兵衛已經帶太一郎去了高田屋，不過多惠醒來了，她聽阿先的吩咐立刻幫忙打理勝次郎，燒了熱水洗淨傷口，再找出乾淨的衣服給他穿上，和藹地說：太一郎的衣服下襬長了些，暫且忍耐一下吧……肚子餓了沒？有沒有想吃的東西……乖僻勝從頭到尾像塊石頭默不作聲，像個偶人全身無力地任憑多惠照料。

他已經沒有在孫兵衛大雜院時的懼怕神色，不知道是不是安心後感到疲累，看似精神恍惚，也可能是因爲來到陌生人家中受到親切照料，他不知該如何應答才好。阿鈴還以爲乖僻勝會哭出來，看來好像不會。

阿先拿來專治跌打傷的膏藥貼在乖僻勝的傷口。沒多久，粥也煮好了，等粥涼得能入口，多惠端著粥過來。

「不用客氣，儘量吃。」

阿先把裝了粥的托盤擱在乖僻勝面前。

「看你肚子癟成那樣，你到底幾天沒吃飯了？孫兵衛先生到底對你做了什麼？」

乖僻勝聽到孫兵衛的名字立刻又縮起脖子全身縮成一團。多惠望著阿鈴，又望著阿先。

「我們大人在場，他會害羞得吃不下。阿鈴，妳負責照料勝次郎先生吧。」

大老闆娘和老闆娘離去後，房內只剩阿鈴和乖僻勝。

「吃啊。」阿鈴催促他。「我現在不會問你任何問題，你快吃。」

乖僻勝瞄了阿鈴一眼，伸手拿起筷子。一吃起來越吃越快，簡直像狗搶食一樣狼吞虎嚥。

阿鈴稍微安心了。她伸直雙腳坐著吐了一口氣。總之，幸好帶走乖僻勝了，要是讓他留在那裡——

阿鈴無意間望過去，發現阿蜜就站在紙門前，長髮披肩，身上只穿一件貼身長內衣，姿態嬌豔。阿鈴第一次看到阿蜜做這種打扮。

「啊，阿蜜。」

阿鈴呼喚。阿蜜歪著頭望向乖僻勝，綻開笑容望著他。

「我正想要洗個頭。」她像在解釋似地伸手摸了摸頭髮說。「發現船屋來了位我不認識的男孩，所以過來看看。」

「這孩子是乖僻勝。眞正的名字叫勝次郎，人很乖僻所以叫乖僻勝。」

阿蜜愉快地仰頭笑著。乖僻勝正端起砂鍋刮著黏在鍋底的粥，這時才抬起頭來。

「妳一個人嘀嘀咕咕在說什麼？」他問。

乖僻勝看不見阿蜜。

「太遺憾了。」阿蜜笑道。

「眞是太遺憾了，很想讓他見見妳呢。」

乖僻勝一步步從阿鈴面前後退，差點掉了手上的碗，他又慌忙捧好。

「妳很怪，是不是腦筋有毛病？」

阿鈴用手掩著嘴吃吃笑著，乖僻勝總算恢復他平日的貧嘴惡舌。
阿蜜在乖僻勝一旁側著身子輕輕坐下。
「碰到這種時候，當鬼魂實在很無趣。」
「乖僻勝，你身後有鬼魂。」
乖僻勝跳了起來。「什、什、什麼？」
阿鈴笑了出來。
「你明明看得到阿梅的，眞可惜。」
阿鈴說完暗自驚訝。對了，爲什麼只有我看得到所有幽靈呢？這個疑團還沒解開。
乖僻勝看得到阿梅，阿鈴也看得到阿梅。阿鈴知道原因，因爲他們三人都是孤兒。長坂大人看得到玄之介，因爲他一直惦記著三十年前那晚。阿藤大姨看得見阿蜜，因爲暗藏了跟男人有關的苦戀——
可是，除了阿梅，阿鈴跟其他幽靈談不上有什麼牽連，卻能打從開始就看得到每個幽靈。
「怎麼了？這回又不出聲了？」
乖僻勝捧著粥碗，身體像棕刷一樣僵直地問著。
阿鈴一看，發現玄之介正站在乖僻勝身旁，揣著手俯視他。
「阿鈴，這小子是乖僻勝？」
「是的！」
阿鈴大聲回答。乖僻勝慌忙看向阿鈴視線的方向。

「這次又是什麼？」

「眞不方便啊，這小子看不到我？不過，這小鬼長相不錯。」

玄之介說完愉快地晃著肩膀笑，單手貼在嘴巴旁叫著乖僻勝。

「乖僻勝，阿鈴一天到晚都在說你的事，害我都吃醋了。」

阿鈴滿臉通紅地說：「胡說！我才沒有說乖僻勝什麼！」

「不是說了嗎？」

「才沒有！」

「妳到底在跟誰說話！」

乖僻勝一副想逃走的模樣，差點踢翻了砂鍋，阿鈴慌忙衝過去想按住砂鍋，卻險些撞上人，大叫出來。

「爺爺！」

是笑和尙。他一如往常掛著陰鬱苦澀的表情問：「是誰需要按摩？」

乖僻勝貼在牆上喘著大氣問：「這個按摩老頭子是誰？」

阿鈴睜大眼睛問：「啊？你看得到笑和尙？」

乖僻勝指著笑和尙說：「什麼看得到看不到的，不就在那裡嗎？這老頭子從什麼地方出現的？」

「我很容易被人看到。」笑和尙口氣哀怨地對阿鈴說。「受傷的人，病人，大家都看得到我。」

「那是因爲笑和尙的按摩治療很有效，您想治好病人的心情傳達到病人身上。」

玄之介也說過。他說，笑和尚特別容易被活人看到。

「太好了，乖僻勝，你只要讓這位爺爺按摩，你的傷馬上就會好起來的。」

乖僻勝一臉不高興，更是緊貼在牆上。

「可是，這老頭子到底從哪裡冒出來的？突然就出現……」

「他是陰魂嘛。」

「陰、陰魂？」

「嗯，他可是按摩名人，要請他按摩可不容易，你很幸運呢。」

聽阿鈴這樣說，乖僻勝撩起下襬想逃走，說：「開玩笑，誰要給陰魂按摩啊！」

不要這樣說，先讓他按摩看看嘛——阿鈴正想勸解時，笑和尚的聲音響起。他的聲音嚴厲而尖銳，聽起來威嚴十足。阿鈴和乖僻勝同時僵在原地。

「但是，被陰魂所傷的傷口只有陰魂才治得好。」

還沒深究這句話的意思前，阿鈴就看到乖僻勝臉上失去血色，她愣愣地張大了嘴。「乖僻勝？」

笑和尚小心不踩到自己的外袍下襬，慢條斯理地端正跪坐，雙手握拳擱在膝上。

「這幾天你跟陰魂住在一起吧？那是很邪惡而且會爲害活人的陰魂。我看得出來，因爲你臉上有陰影。」

「老爹，眞的嗎？」玄之介表情認眞地問。「哪裡有那種陰魂？」

笑和尚閉上眼皮，阿鈴卻覺得彷彿看到眼珠子在他的眼皮底下炯炯發光，那是能洞悉一切的智者目光。

「當然有。對不對?勝次郎。」笑和尚對乖僻勝說。「你要是因爲害怕而不說出來，災禍只會越來越不可收拾。說吧，房東孫兵衛什麼時候成爲陰魂的?」

乖僻勝嚇得縮成一團。他像被熱水燙到，叫了一聲縮回手腳。

「乖僻勝……」

阿鈴挨到他身邊，輕輕碰觸他的手臂。乖僻勝身子蜷縮得更厲害，想逃開阿鈴，那張老是吐出刻薄話的嘴巴在打顫，彷彿快哭出聲來。

「會怕是當然的，」笑和尚溫柔地說。「可是你已經不是一個人了，對吧？這兒還有很多伙伴。你老實說出來。棲息在你養父孫兵衛體內的陰魂，不是你一個人應付得來的。」

「伙、伙伴？」乖僻勝戰戰兢兢地開口。「你們能做什麼？大雜院的人都逃走了。」

阿鈴想起孫兵衛大雜院鴉雀無聲一事，問道：「難道因爲房東的樣子不對勁，大雜院的人都逃走了？」

「怎麼可能。」

他反駁阿鈴的口氣中，還留有一點平素乖僻的味道。

「沒有房東的同意書根本不能搬家，大家都嚇得躲在家中。」

「這麼說來，大雜院的人也發現孫兵衛變了個人？」玄之介用力撣著下襬坐了下來。阿鈴把玄之介的問題轉述給乖僻勝。

「沒發現才怪！」乖僻勝像要咬人般地說。「房東的表情都變了，而且淨做一些我們熟悉的那個房東絕對不會做的事。他把野貓丟進井裡溺死，還踢打小孩，在大雜院裡閒逛，擅自進到房客屋裡破壞東西、毆打婦女們……」

「眞是瘋了。」玄之介摸著下巴問。「什麼時候開始的?」

阿鈴代問，乖僻勝扳指算著。

「三天前……不，四天前。」

「他是突然就變成這樣?」阿鈴追問。「房東先生以前就那麼瘦嗎?」

乖僻勝猛力搖著頭說：「他雖然不胖，但以前並沒有瘦成那樣。不過也不是突然瘦下來的，房東最近身體不太好。」

「什麼時候開始的?你一個人照料他嗎?」

「大概……十天前。他說肚子不舒服吃不下飯……有時躺著有時起身，不過那時還是平日的房東，我一個人也照料得來。」

「眞是個好孩子。」阿蜜感慨地說，只是這句話顯得跟現場氣氛格格不入。乖僻勝應該聽不見她的話，卻忽然垂頭喪氣地頻頻眨眼。像是想哭。

笑和尚面不改色，嘴裡不知喃喃自語些什麼。

阿鈴聽不清楚，湊近耳朵問道：「您說什麼?笑和尚，我聽不到。」

「我聽到了。」玄之介低聲回應。「老爹，這是眞的?」

「你們在說什麼?說清楚點嘛，讓我跟乖僻勝也聽得懂，不然小心我大叫!」

笑和尚板著臉，微微抽動闔上的眼皮，慢條斯理地說：「孫兵衛身體不好，年紀也大了，十天前病倒，四天前的夜裡終於斷氣了吧。」

阿鈴瞪大眼睛，乖僻勝搶先反駁：「怎麼可能!房東明明還四處走動。」

「孫兵衛已經死了。」笑和尙無動於衷地說。「然後，其他靈魂闖入他成了空殼的軀體。」

換作以往，阿鈴根本不相信會有這種事，但現在不一樣了，畢竟她才看過島次和銀次的例子。

「入侵的靈魂是惡靈，所以孫兵衛房東才會變成壞陰魂？」

「是的。」

「我不相信那種事。」乖僻勝眼眶含淚地說。「一定是他身上的病蔓延到頭部，房東才變成那樣，只要病好了他就會恢復原狀，一定會恢復的。」

「誰這麼告訴你的？」玄之介問。「是大雜院的主婦們？」他的聲音透著嗔怒。「她們這麼告訴你，叫你忍著點，就把照料房東的事全都推給你，大家縮成一團躲起來嗎？」

阿鈴轉告這些話後，乖僻勝尖聲地說：「囉唆！」

阿蜜又一次溫柔地說：「這孩子眞乖。」這句話不像之前顯得那般突兀了。乖僻勝將拳頭抵在臉上垂下頭。

「要先確認那個陰魂的眞面目。」玄之介回頭望著笑和尙，問：「老爹，你心裡有底嗎？」

笑和尙猛地揚起若有似無的淡眉，光禿的額頭深刻地聚攏著皺紋。「爲什麼問我？」

「沒什麼，問問而已。」

「我想起了一些事，你也是吧。」笑和尙又望著阿蜜問：「姐兒也是吧？有沒有想起一些事？」

阿蜜緩緩搖著頭避開笑和尙的視線，低沉地說出完全無關的話：「阿梅在哪裡呢？」

「我們去找孫兵衛房東時，她出現了，也許是跟著我們一起過去的。」阿鈴說。「乖僻勝以前就跟阿梅很要好，對不對？」

乖僻勝已經不再流淚，卻因用力擦拭眼睛，眼眶變得通紅。阿鈴代替乖僻勝告訴眾人他跟阿梅的事，以及今天阿梅在孫兵衛大雜院現身時的模樣。她還想到一件事。

「對了，阿梅好像認識佔據孫兵衛先生身體的那個陰魂。她瞪著房東，叫我們回去，像是要我們逃走……」

「她當然認識。」笑和尚說。「不僅阿梅，我們都認識附在孫兵衛身上的陰魂，才會這麼忐忑不安。」

阿鈴聽不懂笑和尚的話，輪流望著眾人。玄之介像在生氣，面色凝重，阿鈴並不是第一次看到他這樣，之前蓬髮說——「是玄之介砍死他」時，玄之介臉上也是這種表情。

「蓬髮說他是興願寺殺人住持的手下。」笑和尚繼續說下去。「又說，是玄之介砍死他的，可是玄之介忘了這件事。事後我左思右想，心想或許我也忘了很重要的事。」

「是的，沒錯。」阿蜜說唱般低聲回應。「我也想了很多。」

「這裡原本是興願寺的墳場，而興願寺是三十年前那個殺人住持大開殺戒的所在，而我們也成爲陰魂留在這兒。既然我們之中的蓬髮跟興願寺住持有關連，那麼或許我們也跟住持有關。我也試著回想這件事。」

「我根本想都不用想。」玄之介笑著對阿鈴說。「阿鈴已經在長坂家探聽出我的事。我單槍匹馬殺進興願寺，聽說就死在那裡。雖然不知道有沒有順利殺死住持，可是既然聽說住持逃走了，那就表示我失敗了吧？」

乖僻勝像在看魔術表演般看得入迷，目不轉睛地盯著阿鈴和笑和尚。阿鈴本來爲了安慰他，抓著他的手腕，回過神來，才發現她正緊緊靠著他。她感到不安，有種模糊的預感，覺得眼前的霧氣即將要散去。

「我不是正派女人，」阿蜜有點疲累地垂下眼簾說。「大概不像阿玄那樣扮演英雄的角色，一定是在興願寺被殺了。」

「我也這麼想。」笑和尚說。「雖然不知道妳的下場，我也認為我在寺裡被殺了。」

「再來是阿梅，」玄之介說。「那孩子也一樣，她認識興願寺住持。」

阿鈴想起之前做的夢：掉到井底，在冰冷的水中一點一點化為骨頭，眺望著不斷昇沉的月亮。那感覺與其說是恐怖，更讓人覺得寒冷孤寂，非常非常地悲傷。

那時，阿鈴認為那是阿梅的夢，現在她更確信了。阿梅也是在興願寺被殺的，她的屍體還留在寺院的井底。

「阿鈴……」乖僻勝竊竊私語地說。「這兒真的有陰魂？」

「抱歉啊，小鬼。」玄之介笑道。「不過我們不會傷害你。阿鈴，妳要他放心。」

阿鈴傳達了玄之介的話，乖僻勝望著笑和尚，又望向應該看不見的玄之介和阿蜜。

「我知道，因為…你們感覺……就跟我們一樣，跟活生生的我們一樣。」

乖僻勝支吾了一下，像要一吐為快堅定地說：「你們跟孫兵衛大雜院那個妖怪不同，那才不是房東……。…真正的房東……被那個妖物附身，一定很害怕……而我卻無能為力……」

「孩子，這不是你的錯，誰都沒有辦法的呀。」

阿蜜說完，阿鈴又說給乖僻勝聽。乖僻勝一臉不可思議地望著阿蜜所在的空中。

「誰都沒辦法……」

乖僻勝總算抬起頭來，對著阿鈴微微一笑，阿鈴則回了他一個燦爛的笑容。

「附在孫兵衛身上的是興願寺住持。」玄之介冷靜地說，口氣彷彿像照著紙上的台詞唸一般平靜。「既然我們還留在這裡，住持的陰魂當然也可能還留在人世。他可能躲過了那場火災和公役的追蹤，不久前才死去。或者他很早以前就死了，靈魂在人世徘徊，附身在孫兵衛身上之前也曾附在別人身上……」

「無論如何，住持變成了陰魂回到興願寺來了。」笑和尚益發緊閉著眼皮。「我們接下來該怎麼辦？」

跟著阿鈴到孫兵衛大雜院的阿梅，大概是最先察覺住持的靈魂就在孫兵衛體內的人，才催促阿鈴她們逃走。阿梅此刻在做什麼？住持現在又在哪裡呢？

走廊傳來啪嗒啪嗒的腳步聲，有人在尖叫。是阿藤大姨的聲音？阿鈴和乖僻勝差點跳了起來，兩人緊緊相依。

「發生了什麼事？」

玄之介的聲音響起，同時，有人拉開了紙門。

孫兵衛站在眾人眼前。

「原來都聚在這裡？」

他的嗓音像是紙張摩擦的沙沙聲一般嘶啞，卻清晰地傳到眾人耳裡。孫兵衛臉上掛著笑容，眼睛底下有著顯眼的陰影，那陰影宛如某種生物在他臉上蠕動，做出各種邪惡的形狀，在孫兵衛——不，曾經是孫兵衛的臉上猖狂地蠕動著。

接著，船屋眾人也跑了進來。

「阿鈴！」太一郎大喊，他似乎剛從外面回來。「喂，你想幹什麼？突然闖進來……」

太一郎怒吼著抓住孫兵衛的肩膀。阿爸力量很大，瘦得跟枯木一般的孫兵衛不太可能敵得過阿爸。然而，孫兵衛彷彿要撣掉落在肩上的花瓣般，隨意晃了晃肩膀，輕而易舉地把太一郎甩到走廊上。

「阿爸！」

孫兵衛悠然地跨進房裡，在玄之介等幽靈以阿鈴和乖僻勝爲中心繞成的小圈圈外，惡作劇似地繞了半圈，最後背對著格子紙窗站著。阿鈴心想，啊，對方果眞是陰魂，雖然盜用了孫兵衛的身體，但是他身上那股異樣的冰冷確實是陰魂才會有的，而且眼前的陰魂沒有玄之介和阿蜜那種可以融化冰冷的溫暖笑容。

七兵衛、太一郎、阿先和多惠先後跑進房內。轉眼間，不僅是眾幽靈，連阿鈴的家人也緊密地包圍住阿鈴和乖僻勝。

阿藤在門檻上嚇得爬不起身，她不知是怎麼了，臉色蒼白得異常。

「我花了好長一段時間才來到這裡。」那妖物以孫兵衛的臉、孫兵衛的聲音開口說。「我早就知道你們在這裡，只不過，花了比預期更長的時間才來見你們。」

「房東先生，」乖僻勝夢囈般地呼喚。「原來你不是房東？」

「對不起，小鬼，」孫兵衛的臉擠出可憎的笑容皺成一團。「你的房東先生已經不在了，我花了好長時間才把他趕走，那傢伙就算成了老頭子還是很難應付。」

阿鈴調勻呼吸，她不想讓自己的聲音聽來在發抖。她想像箭射出一般犀利地投以問話。

「你是不是興願寺住持？」

孫兵衛望向阿鈴，阿鈴在他的注視下，全身毛髮都倒豎起來。空洞的眼窩深處確實有東西在蠕動著。

「我都知道了！」阿鈴大聲說。「你還回到陽世做什麼？還來這裡做什麼！快把孫兵衛房東的身體還給我們！」

孫兵衛——不，興願寺住持，雙手叉腰朗聲笑著。

「真是個勇氣十足的小姑娘，難怪沒被阿梅嚇倒。」

阿梅？對了，還有阿梅啊。

「阿梅在哪裡？你把那孩子抓到哪裡去了？」

「我才沒抓她，她大概就在附近。事到如今我也不能對她怎麼樣了。」

玄之介一直瞇著眼像在打量對方般瞪著孫兵衛，他緩緩起身說：「那晚……我砍了你。」

阿鈴驚訝地仰望玄之介。太一郎和多惠連忙摟住阿鈴。

「不、不要緊的，阿爸，阿母。你們可能看不到，跟我要好的幽靈們都在這裡，不用擔心！」

太一郎和七兵衛又在疑心阿鈴是不是瘋了，緊張地縮回身子；不過多惠和阿先反應大不相同。

「原來是這樣！」多惠大聲說道；阿先則拍了拍手，表示領會。

「像之前那樣嗎，阿鈴？」

「嗯！」

玄之介迅速站起身對孫兵衛說：「我想起來了……」

他的聲音很低，絲毫不帶一絲迷惘或懼怕。

「我沒有失敗，我確實殺了你，你在三十年前那晚就死了，對吧？」

孫兵衛歪著嘴角，他在嘲笑玄之介。「你忘了？眞沒用。」

「我砍了你……」

「是的，你砍了我。我的肉體死了，不過靈魂卻留下來，跟你們一樣。」

「我跟這位按摩人，」阿蜜的手輕輕搭上笑和尚的肩，問道：「都是被你殺死的？」

「你們也忘了？」

「也許是太可怕才忘了。笑和尚，是不是？」

笑和尚一臉哀淒地搔著頭。

「直到幾天前，這兒還有另一個陰魂。」玄之介說。「是被你當成殺人工具的男人，你記得嗎？那男人也在三十年前被我殺死了。」

孫兵衛眨了一下空洞的雙眼，發出精光。

「啊，那瘋子嗎？他到我這兒來之前就已經是個殺人兇手了。」

「本人也這麼說。不過，他在這裡遇見船屋的人，對自己犯下的罪孽深深懺悔，現在已經了無牽掛地前往西方淨土。」

「淨土？」孫兵衛——不，興願寺住持的魂魄借用孫兵衛的聲音，不屑地說：「你說淨土？」那妖物堅決否定：「才沒有那種地方。」雙眼的精光彷彿是自妖物體內迸出。

「淨土根本不存在，因爲神佛根本不存在。佛教說的都是胡說八道。」

「可是，你明明是和尚！」阿鈴忍不住大叫。那妖物揮舞著雙手。

「正因爲我是僧侶我才知道，才能看穿誆騙芸芸眾生的『神佛』騙局！」

「怎麼可能……」七兵衛呻吟地說。「到底是怎麼回事？阿鈴，這男人是誰？」

阿鈴顧不得回答七兵衛，她正竭力阻擋住持魂魄發出的強烈惡意。

「神佛不存在，不存在任何地方，我確認過了。我殺了很多人，藉著他們的鮮血確認過了。砍人、刺人、絞死人、燒死人、剁碎他們的骨頭丟棄時，每次我都會發問，大聲發問。神佛啊，你究竟存在嗎？如果在請立即現身，賜予我恰如其分的懲罰。可是，神佛始終沒出現，再怎麼呼喚都沒出現。所以我就繼續殺生，繼續呼喚，把嗓子都喊啞了！」

阿藤魂飛魄散地發出尖叫，抱著頭縮成一團；七兵衛和太一郎也凍住般動彈不得。阿先和多惠緊緊把阿鈴及乖僻勝摟在懷中。

「竟然爲了這種事殺人……」

阿蜜還沒說完，背後傳來一個叫喚聲掩過阿蜜的聲音。

「阿爸。」

是阿梅。小小的阿梅直視著住持。

「阿爸。」阿梅再度呼喚著，移動小腳飄進房內，毫不猶豫地挨近孫兵衛。

「阿梅是……住持的孩子……」阿蜜呆立原地喃喃自語，她望著阿梅的背影，重心不穩地踉蹌一步。「啊，原來如此……所以妳才會在這裡……」

阿梅兩隻小手緊緊握拳，毫不畏縮地仰頭看著孫兵衛。而孫兵衛——借用孫兵衛身體的住持那張瘦削的臉微微浮出笑容。

「我是服侍神佛的人，沒有孩子。」他斷然地說。「不，是不需要孩子。」

「不需要？但你是她的父親吧？」

孫兵衛望著阿梅，回答玄之介：「這孩子是誤闖寺院、來歷不明的女人生的，她堅持阿梅是我的孩子。既然是我的孩子，我決定用她來幫我尋找神佛。」

「所以你殺了她，親手殺了這孩子？」

孫兵衛慢慢蹲下，把臉湊近阿梅。他像要在沙中尋找一粒小米，直視著阿梅的雙眸，探求阿梅眼中的東西。

「阿梅，」他喚道。「妳看見神佛了嗎？神佛聽到妳在井底的悲嘆現身了嗎？」

阿梅無動於衷，目不轉睛。

「告訴我，阿梅，妳遇見神佛了嗎？」住持再問一次。「神佛聽到死於非命的幼女的呼救聲了嗎？」

阿梅蠕動嘴唇發出聲音：「我明明叫了阿爸。」

住持起身離開阿梅。

「我明明叫了阿爸，但是阿爸在哪裡？」阿梅繼續說。「我一直在找阿爸，阿爸你在哪裡？躲在哪裡塞住耳朵遮住眼睛？」

阿梅緩緩搖頭悲歎著。阿鈴凝望阿梅小小的背影，忍不住全身顫抖起來。被父親殺死的孩子，被殺掉，被丟進井底。月亮在頭上圓缺，冰冷的水沖刷著身子和骨頭，而這期間這孩子竟一直在呼喚阿爸。

「阿爸在尋找神佛？」阿梅揮舞著拳頭大叫。「神佛一直都在這裡，那邊，這邊，到處都有。不在的是阿爸你！」

阿梅突然雙眼發出強光，刺眼的白光像黎明第一道陽光迸出，銳利地射進住持雙眼。

「喔，喔！」

住持雙手摀住臉，搖搖晃晃跌坐在地，阿梅撲向他。

「阿梅！」

阿鈴像是總算解開身上的束縛咒文，大叫出聲。住持在吃驚呆立的眾人眼前撐著榻榻米掙扎起身，阿梅像隻猴子般靈活地爬到住持身上——孫兵衛那瘦骨如柴的身子。

「妳做什麼！」

阿梅坐在孫兵衛肩上，雙手緊抱他的頭，騎在他的肩上。和普通孩子騎在父親肩頭上相異的是，阿梅瘦弱的手緊緊蓋住孫兵衛的雙眼。

「來，阿爸。」

阿梅睜著發亮的眼睛揚聲大叫。

「阿梅來當阿爸的眼睛，阿梅來當阿爸的耳朵。來，站起來，我們走！阿爸，阿梅帶阿爸去看阿爸看不到的東西。」

「不、不要！放手！」

住持搖搖晃晃撐起膝蓋，扶著牆壁起身，又搖搖晃晃地控制不住身子推倒紙門，衝進鄰房。

「阿爸！阿爸！」

阿梅在住持肩上扭著身子，遮住他眼睛的雙手像吸盤一樣不移動半分，白皙的小腳像枷鎖一般緊緊纏住住持的脖子。

「來，可以看到喔。這兒到底死了多少人呢？阿爸絞死的一個人，淹死的一個人，那邊也有，這邊也有，看，可以看見骨頭，可以看見頭髮！」

住持喝醉般腳步踉蹌，顛來倒去在房內蹣跚走動。當他身子晃出走廊時，阿梅高興得大叫：

「看，阿爸！這兒有很多小孩！都是被阿爸餓肚子的孩子。」

「放手，放手。」

此刻住持臉上明顯流露出驚慌失措的表情，他輸給了阿梅。

「那邊有和尚！也有小和尚！」

阿梅像是看到許久未見的老朋友，欣喜地大喊：「看，阿爸！你看得到吧？大家都在這裡呢。被阿爸殺掉的人都在這裡等著阿爸呢！」

「喂，」玄之介的聲音微微顫抖。「我們也跟在阿梅後面。」

阿蜜和笑和尚輕輕移動身子，阿蜜牽著笑和尚的手，玄之介領頭，三人慢步跟在肩上扛著阿梅的住持身後。

阿鈴也悄悄起身，多惠用力扯著阿鈴的袖子。阿鈴回頭望著母親，說：「放心，阿母，我們一起去。」

多惠正睜大眼睛盯著住持的背影，聽到阿鈴的聲音才回過神來，問：「阿鈴？」

「阿母，妳牽著我的手。」

阿鈴握住母親的手，本想伸出另一隻手牽太一郎，卻發現一旁翻著白眼打著哆嗦的乖僻勝。

「乖僻勝，伸出手！」

阿鈴激勵他，牽起他的手。乖僻勝眨眨眼，回過神來，全身顫抖起來。

「阿爸，牽著乖僻勝的手！」阿鈴呼喚太一郎。「大家一起去，大家在一起就不怕，跟著阿梅走！」

受到阿鈴的鼓舞，阿先牽起七兵衛的手。已經嚇破膽癱在榻榻米上的七兵衛，嘴唇打著哆嗦仰望妻子。

「我們跟在阿鈴身後走。」

阿鈴瞥見阿藤血色盡失趴在地上，愣愣地睜大雙眼，喚她也沒反應。

「讓她待在這裡好了。」阿先別開視線說。

於是眾人手牽著手，追在阿梅與住持身後。

阿梅催促著住持下樓，他走遍了船屋樓下的榻榻米房、廚房和走廊盡頭。她像個吆喝趕馬的馬伕，用腳踝踢打住持的胸部，遮住住持雙眼的手用力轉著住持的頭，命令他往左往右。掙扎著前進的住持慘叫著：「住手，放開！」

他奮力想甩落阿梅，她卻毫不費力地變化姿勢，始終不放開住持，口中不斷嚷著：這裡也有，那裡也有！

來到廚房的泥地時，阿梅回頭望向阿蜜說：「阿蜜，妳在這裡！」

阿蜜用手按住嘴巴說：「阿梅……」

「妳在這裡安眠，這裡有妳的骨頭，和妳的梳子埋在一起。」

阿梅唱歌般說完，在住持肩上蹦跳著。她用腳踝用力踢打住持的胸部，住持身體又改變方向，這回走向北邊的廁所。

「笑和尚在那邊！」阿梅大叫。「在院子的樹那邊，一直在那邊，現在也還在那，想起來了嗎？笑和尚！」

笑和尚蹲下身子，全身顫抖著。阿鈴碰不到笑和尚，無法摟著他的背安慰他，她覺得很可惜。甚至無法牽起那雙治癒她的手，阿鈴對此有些落寞。

她是那麼想安慰他，想跟他一起發抖。

「阿爸！阿爸！」阿梅望向門外。「到寺院！到阿爸的寺院！我們在那邊！阿爸，到我的井那邊！」

住持光著腳跨下木地板邊緣，穿過敞開的門，讓阿梅騎在肩上走到外頭。

「我受夠了！」

哭聲響起，是乖僻勝。「那人不是房東先生吧？可是那是他的身體。房東先生到底會怎麼樣呢？」

不知所措的他眼中冷不防湧出眼淚，滴落在阿鈴手臂上。

阿鈴還沒開口，太一郎先抓著乖僻勝的肩膀，望著他，對他說：「喂，振作點。那已經不是你的恩人房東先生了，房東先生已經過世了。」

「我很怕。」

「大家都很怕。可是在一起就不怕了。我們會保護你，我們會在你身邊。來，走吧。奪走房東身體的惡靈最後下場如何，你得看個清楚。」

乖僻勝低頭哭了一會兒。他哭得太傷心，令阿鈴也喉頭一緊，忍不住放聲大哭起來，不過拉著乖僻勝的手始終沒放開。

眾人來到陽光下，阿梅和住持已經越過馬路，踏進雜草叢生的防火空地。住持看起來就像在阿梅領唱下手舞足蹈，雙腳輕快地踏著舞步。

兩人身後跟著透明得像煙靄的玄之介、阿蜜和笑和尚，他們的身影也搖搖晃晃的。

「我認識孫兵衛先生！」阿梅在住持肩上搖來晃去，對乖僻勝說。「孫兵衛先生想阻止阿爸！他想阻止阿爸！」

玄之介停下腳步，刺眼似地瞇起雙眼，望著草地喃喃自語。「是的，我也記得。我殺進興願寺時，孫兵衛也在寺院裡，他被關在寺院居室。」

「玄之介大人！」阿鈴大聲說道。「你想起來了嗎？想起三十年前那晚的事了？」

仰望天空的玄之介臉上露出青空般的爽朗笑容。

「我追著住持，在寺院內放火。希望能一把火燒掉這座污穢的寺院。火越燒越大，我在火中奔跑著四處尋找住持……」

結果在居室裡發現了孫兵衛，玄之介救出他，又出發去找住持，孫兵衛也跟著一起找。

「最後我找到住持把他砍死，完全不費力氣。可是，那時橫樑遭到大火燒毀，掉了下來。」

——我因此喪生。

孫兵衛僥倖逃出大火，他燙傷了腳，頭髮也燒焦了，九死一生逃到興願寺外。然而事情並沒有就此結束。

「阿爸一直在孫兵衛先生身體裡。」

阿梅扭動著身子，踢打住持，命他繼續前進，一邊大喊：「阿爸附在孫兵衛先生身上，他沒去陰間，逃進孫兵衛先生的身體裡。我知道阿爸附在孫兵衛先生身上，但是孫兵衛先生沒有輸給阿爸，所以阿爸一直出不來。直到孫兵衛先生輸給了年紀過世之前，他始終沒辦法佔據孫兵衛先生的身體。」

所以我一直在等！

「阿爸，阿爸！看，是井！看到井了！」

阿梅在草叢中歡呼。

「那是我的井！我一直在那裡！阿爸，阿爸！我們走！」

「妳、妳……」借用孫兵衛身體的住持已經氣喘吁吁，眼珠子在眼窩轉著，嘴巴噴出白沫。

「我，不進，井裡……」

「阿爸，神佛在井裡。看，在那邊，就在那邊！」

不必阿梅說，阿鈴也看到井了，看到石頭做成的井口，腐爛的踏板就在一旁。那個爬滿蘚苔、塵埃滿佈、被人遺忘的古井——

「我一直在這裡。」阿梅催促住持說。「我在這裡見過好幾次神佛。神佛在這裡，阿爸。」

「住手……放開我。」

住持扭身掙扎，照說阿梅的力量應該遠遜住持，但住持卻敵不過阿梅。他踉踉蹌蹌，前前後後蹣跚地挨近井邊。

住持單腳踩在井口上。

「阿梅……」

阿鈴喚出聲後，發現自己在哭。

「妳要走了，我再也不能見到妳了？」

住持背對著眾人，站在井口。阿梅在他肩上扭著脖子回望阿鈴。

「扮——鬼臉！」

阿梅伸出舌頭大聲說：「我最討厭阿鈴！最、最、最討厭了！」

阿鈴站在原地撲簌簌掉淚。

「妳明明是孤兒卻有阿爸和阿母，爲什麼妳阿爸和阿母那麼疼愛妳，我阿爸卻要殺死我，讓我一直待在井裡？」

啊，是的。爲什麼會發生這種事？爲什麼世上有小小年紀就得死去的孩子？爲什麼世上有殺人兇手？爲什麼神佛又允許這些事存在於世間呢？

「阿爸，走！」

「阿鈴，不要跟過來！」阿梅嘶啞著大喊。「因爲我最討厭的阿鈴妳還活著！」

是的，阿鈴還活著。託眾人之福得以留在人世，至今爲止一直是這樣，往後也是。

阿梅在住持肩上蹦跳著。有一會兒，住持用力穩住雙腳，試圖在井口站穩。

「放手，放手，我不要……」

他發出一聲疾呼，兩腳離開了井口。住持肩上騎著阿梅，像石頭般掉到井內。

住持的慘叫聲在空中留下微弱的餘音，終至消失無聲。

「我死在這口井旁。」玄之介低語。「想起來了，我終於想起來了。」

「玄之介大人……」阿鈴顫抖著呼喚他。

玄之介緩緩轉過頭來，低頭看著滿臉淚痕的阿鈴，露出微笑。

「阿鈴，不要哭，我們總算找到去冥河的路了。這種別離是好事。」

「可是！」

阿鈴掙脫多惠和乖僻勝的手，衝到玄之介身邊，但她摸不到也無法抱緊他。

「我們本來就不該留在世上，現在住持走了，我們也該啓程了。」

不知何時阿蜜已經來到身邊，長髮隨風飄動，蹲在阿鈴身旁。

「阿鈴，該分手了。」

阿鈴說不出話，她怕一張口眼淚就會先流出來。

「最後我要拜託妳一件事，妳不要太生那個阿藤的氣。不過妳也要跟我約好，將來絕對不可以成爲那樣的女人。」

「嗯……」

「女人啊，有時候會因爲男女關係而走錯路。那人正是個好例子，她的罪孽還不算深，我才不可原諒。我做過很多不可原諒的事，男人一個換過一個，說什麼爲了愛啊爲了戀啊，像傻瓜一樣，一直深信著戀愛對女人最重要。」

我確實死在這裡，是被興願寺住持殺死的——不知是不是陽光太刺眼，阿蜜瞇著眼說話。

「不過，爲什麼我會在這裡呢？很奇怪吧？我又不像蓬髮那樣可以幫忙殺人，也不像阿玄和孫兵衛是來懲罰那個人的。」

「不是被逼來的嗎？」

「不是。」阿蜜緩緩搖頭說。「我啊，阿鈴，我想起來了，我是那個住持的情婦。直到他厭倦我，殺死我之前，我一直是他的情婦。我老是追求眼前的利慾和戀情，不斷做錯事，那就是我這種人的下場。我是怪物的情婦，所以那人的靈魂一天還在世間糾纏，我就無法前往淨土。」

現在總算可以啓程了……不過，阿鈴……

「以後妳要是想起我，記得唱一段曲子給我聽啊。」

「阿蜜……」

笑和尚已迫不及待站在井口，探看井內呼喚著：「再不快點就跟不上阿梅了，我可不想又在黃泉路上迷路。」

突然身後有人大聲呼喚：「喂——，喂——！」

眾人回頭一看，原來是長坂大人。他拚了命地跑了過來，一度停下腳步，衣服下襬零亂。小白也跟了過來，看到阿鈴汪汪地叫著。

「發生了什麼事？怎麼了？大家在那裡做什麼？」

長坂大人的手擱在刀柄上，打算拔腿奔向眾人。這時，他驚訝地睜大雙眼發出驚呼：「喔，叔父大人？您不是叔父大人嗎？」

阿鈴耳邊響起玄之介的聲音：「往後拜託妳多照顧那個鮟鱇魚臉的侄子。別看他長得那副德行，人很不錯的。」

玄之介揚聲呼喚長坂主水助：「喂，小太郎！」

眨眼間，主水助的臉皺成一團，像小孩一樣快哭出來。

「叔、叔父大人……」

「讓你苦惱這麼久，眞抱歉啊。你那個沒用的叔父臨死前其實幹的還不錯唷。」

「叔父大人，我……」

主水助搖搖晃晃地往前跨一步，玄之介笑道：「不過，你還眞是討了個上等貨色的老婆，眞是羨慕你啊。長坂家會沒落是我的責任，我對不起你們。只是，小太郎，身邊有溫柔的老婆陪著你，就算過著窮日子，也很輕鬆愉快吧。」

主水助擠著雙肩，臉上掛著笑容說：「叔父大人……您就跟我記憶中一模一樣。」

「嗯，也只有你願意想念我這個麻煩的叔父，讓你知道臨死前我還做了一番好事也不錯。」

玄之介笑道：剩下的事你問阿鈴吧。

「我必須走了，我耽擱得太久了。」

玄之介像順帶一提似地，在阿鈴耳邊很快地說：再見，阿鈴。

阿鈴暗吃一驚，回頭望向井邊。玄之介的背影正好消失在井內。笑和尚接著說：「妳是託我的福才撿回一條命的，不好好照顧身體，我絕對不原諒妳。」

「笑和尚，笑和尚爺爺……」

阿鈴情不自禁地伸出手問：「這樣好嗎？您真的要走嗎？您不是說過不想升天嗎？」

笑和尚的眼珠子在緊閉的眼皮底下骨碌碌地轉動著。

「我說過那種話嗎？嗯，對了，的確說過。」

「是啊，您是這麼說的……」

笑和尚沒有受阿鈴的哭聲影響，一如往常口氣冷淡地說：「我啊，曾經治好興願寺住持的病。用我這雙自傲的手，用我的按摩技術治好他。」

「啊？」

「我隱約猜到他是個殺人魔，還是幫他治病，因此才經常上興願寺。」

所以在此地被殺？

「我啊，以爲也能治好他的腦筋。」笑和尚低語。「眞是太自命不凡了。結果弄巧成拙，害我丟了一條命。對自己的醫術有自信的人，有時會被自己的自負扯後腿。」他感慨萬千地說。「我一直受困在陽世，都是因爲那男人的執念。總算現在一切都結束了。」

笑和尚默默地往旁邊走一步，挨近井邊。「能治好妳實在太好了。」

說完便跳進井裡。阿鈴感覺一陣冷氣，是阿蜜穿過身旁。

「再見了，阿鈴。」

雖然已經看過很多次了，但眼前那張笑臉還是美得令人屏息。

「要當個乖孩子，當個好女孩。」

阿鈴沒時間阻止。三人消失在井口後，阿鈴大叫著想追趕，卻被草叢絆了一跤。她哭著起身，好不容易抬起臉時，眼前已經不見那口井，消失了。

「到底是怎麼回事？」

主水助奔過來，臉色蒼白地環視眾人：多惠在哭泣，乖僻勝打著哆嗦，七兵衛和阿先摟在一起癱坐在地。

「船屋呢……」

船屋一如往常地矗立在原地，屋頂映在河道的水面上。

阿鈴哇地一聲放聲大哭，乖僻勝也跟著哭了出來。

草叢發出沙沙聲搖晃著，傳來清草香。頭上晴空萬里，小白汪汪叫著追趕小鳥。

終於空無一人的船屋，正耐心地等待擦乾眼淚的阿鈴一家人回來。

28

阿藤於翌晨離開船屋。

前一晚阿鈴睡著時，斷斷續續地做著夢，醒來卻記不起夢境的內容，起床後精神恍惚。結果，她剛好目睹阿藤揹著行李，在後門向阿先和七兵衛告辭的場面。

阿先和七兵衛昨晚在船屋過夜，兩人看起來也沒睡好，臉有些浮腫。

阿藤大姨在一夜之間變得很憔悴，身體看上去變小許多。阿鈴不忍看這樣的大姨——當下覺得大姨也許不想讓人看到自己這個樣子，就躲在柱子後。

「大老闆娘說得很對。」阿藤聲音嘶啞地說。「昨天……當大家到外面時，我看到了，我看到陰魂。」

昨天大家手牽手追趕阿梅和興願寺住持，跑到外面時，阿藤待在走廊上。

「那眞的……是很駭人的陰魂。」

駭人的陰魂？可是阿藤大姨看到的應該是阿蜜才對。阿鈴記得蓬髮擊退銀次那時，阿蜜曾在阿藤大姨面前現身，教訓她一頓。說她們兩人懷著同樣的心結——喜歡某人，想把那人佔爲己有——即使是橫刀奪愛……

「上次也是，仔細想想那大概也是陰魂。我看到一個女人，奇怪的是那女陰魂知道我暗戀太一郎老闆。」

阿先無言地點著頭。是的是的，那是阿蜜。阿鈴也在心裡點頭。可是這樣的話，阿藤大姨昨天看到的陰魂是誰？

「昨天我看到的陰魂，跟那個外表和活人無異的女陰魂不一樣，很像妖鬼……瘦得很，手臂都是骨頭，齜牙裂嘴，兩腳都是泥巴，雙手沾滿鮮血。」

阿藤說到這裡全身打了個寒顫。

「更駭人的是，他身上穿著高僧才能穿的豪華袈裟，袈裟雖然破爛，但繡著金銀絲線，看起來很重，從肩頭這樣披著……」

阿鈴幾乎「啊」的叫出聲來，趕忙用手按住嘴巴。

昨天阿藤大姨看到的，難不成是興願寺住持的眞面目？

「那陰魂往哪裡去了？」阿先平靜地問。

「過了馬路到對面空地去。」

是的，是阿梅帶他過去的。

「很恐怖，眞的很恐怖。」

阿藤大姨發出哭聲。阿鈴聽了也很難受。

「大老闆娘，那個妖鬼的臉跟我一模一樣啊。」

「阿藤……」

「我不知道那到底是什麼，可是，那妖鬼的臉確實就是我的臉。那時我明白了，那就是我的末路。要是繼續待在船屋任由自己的慾望放肆，我一定會變成那樣。雖然不知道爲什麼，但當時就像眼前有濃霧散去一般，突然間我全明白了。明白以後，覺得害怕得不得了才癱在地上。」

阿藤大姨到底在說什麼？大姨喜歡阿爸，覺得阿母是絆腳石。但是她內心扭曲的感情，應該無法讓她看到興願寺住持才對，因爲住持是駭人的殺人兇手——

「藥都丟進廁所裡了，實在對不起。」

阿藤深深鞠躬，阿鈴看到七兵衛把手貼在額頭上。

「給多惠老闆娘喝下的……只有一點點而已。我不是在辯解，但是應該不致於傷到身體。我也很怕，不敢給她喝太多，可是又不死心，認爲只要多惠老闆娘不在……這陣子正是好時機。要是昨天沒發生那種事，我……大概會做出不可原諒的事。」

阿鈴總算理解阿藤大姨在說什麼，無力地跌坐在地。

原來阿藤大姨在對阿母下毒，打算毒死阿母，她趁著阿母生病喝湯藥這段時間，在湯藥裡攙入毒藥。

阿藤大姨可能會成爲殺人兇手，所以昨天她才能看見殺人住持的陰魂。

這就是阿蜜一直擔心的事嗎？

「妳一直都很勤快。」阿先毫無責備意味，溫柔地說。「希望妳能解開心結，重新開始。」

阿藤什麼都沒說，行了個禮，緩緩背過身，頭也不回地離開船屋。

孫兵衛大雜院眾人因爲失去了像是拐杖和樑柱的靠山房東，不知該如何是好，善後問題費了一番工夫。

大雜院居民都對眞相毫不知情。孫兵衛房東花了三十年擊退了在這一帶作惡的興願寺住持，阿鈴認爲讓大家知道這件事比較好。

主水助卻反對這麼做。「就連親眼目睹的我，過了一夜以後，都覺得自己好像做了一場夢。如果光是嘴巴說說，大雜院的居民們恐怕也很難信服吧。再說孫兵衛大概也不想張揚自己的功勞吧。」

主水助又悠哉地說：「這種事交給町幹部包辦最好，他們能處理得很好。」明明才那麼說，他來船屋時竟然又說：「孫兵衛過世了，勝次郎孤零零一個人。所以我想，」主水助搔著下巴說。「我跟內人沒有孩子，收養那孩子讓他繼承長坂家也不錯。」

阿鈴嚇了一跳，和阿爸阿母面面相覷。

「可是長坂家終究只是窮旗本，」主水助害臊地笑著說。「或許乖僻勝不想當那種人家的養子。再說那小子相當勤快，聽說之前在孫兵衛家裡，三餐和家事都是他一個人包辦。大雜院的人都這麼說。」

「他也很會做菜。」阿鈴緊接著說。「他很會做魚漿，我看過。」

「所以，船屋老闆，」主水助對太一郎說。「我想跟你商量一件事。你能不能收留勝次郎，讓他在船屋受訓，雖然他可能要花上很多年才能成爲獨當一面的廚師，不過你這邊人手不夠，我想那小子應該幫得上忙。」

太一郎臉頰放鬆，多惠也笑著。

「就像老闆對我做的事一樣嗎？」太一郎問。

「嗯，是的。再說，開料理鋪不是七兵衛長久以來的夢想嗎？如果讓七兵衛栽培出來的太一郎，和太一郎栽培出來的勝次郎，來實現這夢想的話……」

「再也沒有比這更好的報恩方式了。」多惠也點頭贊成。「而且要是勝次郎先生到我家來，阿鈴也會很高興吧？」

才不會呢。阿鈴哼了一聲說：「我才不會。」

「是嗎？那小子倒是高興得很。」

「乖僻勝嗎？長坂大人，您對他說過這件事了？」

「當然說了。我對他說，去當船屋的孩子怎麼樣？去了就能當阿鈴的哥哥，結果那小子滿臉通紅高興得很。」

「原來如此，阿鈴的哥哥嗎？」太一郎說完抱著手臂在想什麼。「或許當未婚夫也不錯呢。」

怎麼可以！「我不要，阿爸，不要隨便決定這種事！」

因爲大人們取笑自己，阿鈴羞得衝出房間。她啪嗒啪嗒跑在走廊上，竟然看到當事人乖僻勝正拿著掃把，若無其事地在打掃泥地。

「喂，你在那邊做什麼！」

乖僻勝冷不防地挨了阿鈴的罵，睜大雙眼問：「做什麼？在掃地啊。」

「你幹嘛用我家的掃把？」

「只能用這個啊。長坂大人吩咐我在這裡等著，又說光等也是浪費時間，叫我順便打掃一下。」

阿鈴跳下泥地從他手中搶下掃把。

「這裡還沒成爲你家呢！」

乖僻勝支支吾吾，眼圈發紅地說：「啊？可是我……那當然，我也沒有打這種如意算盤。」

乖僻勝一瞬間變得很寂寞的樣子，看上去很溫順，無依無靠。阿鈴舉起的拳頭頓時失去了目標。這根本不像乖僻勝嘛。

「啊，討厭，眞是煩人。」

阿鈴大聲地說，接著想起一件事。對了，這麼做好了！

她將手指貼在眼睛下，用力拉下眼皮。

「扮鬼——臉！」

當天晚上，大家都已熟睡，只有月亮還醒著的時刻——

阿鈴感覺枕邊有動靜，暗自吃驚地坐起身。

「唷，晚安。」

一個陌生爺爺端端正正合攏著膝蓋坐著，身體是半透明的。原來又來了一個新的幽靈。

不過——阿鈴總覺得好像在哪裡看過他那笑瞇瞇臉上的那對八字眉。

「爺爺。」

「妳還記得我嗎？忘了嗎？」爺爺指著自己的鼻尖笑道。眉毛垂得更像八字了。「春天時妳差點死掉，在冥河河灘迷路時，不是遇見一個老爺爺嗎？」

啊，對了！阿鈴拍了一下手，情不自禁指著爺爺的臉說：「是的，爺爺！可是我……」

好像並非只在那時看過爺爺的八字眉，阿鈴總覺得最近也曾看過那眉毛的形狀。

爺爺彷彿看透阿鈴的心，點了點頭說：「我叫孫兵衛，是大雜院的房東。」

他打趣地把手伸到阿鈴臉龐下，說：「妳叫阿鈴吧？眼睛睜那麼大，小心眼珠子掉出來。」

在冥河河灘遇見爺爺時，他好像也這麼說過？

對了。這才是孫兵衛房東眞正的長相。在他死後，長久以來禁閉在他體內的興願寺住持靈魂佔據了他的身體，那時他的五官和下巴線條跟眼前這位孫兵衛房東完全不一樣，唯一留下的面貌特徵，大概僅剩這對和藹可親的八字眉。

「謝謝妳。」孫兵衛行了個禮。「託妳的福，爺爺也總算可以渡河了。」

「孫兵衛房東……」

這人長久以來把興願寺住持的靈魂封印在自己體內。對了，第一次見面時，他在冥河河灘烤火取暖，不是說過了？爺爺抓了一個壞人，不過有時太疲累才來這裡休息。

不知道該向他說謝謝，還是該說辛苦了？

「因爲那座興願寺和那個住持，房東先生想必吃了很多苦頭吧。」

「可以這麼說。這也是一種因緣吧。」

「要不是有房東先生，不知道還會發生什麼可怕的事情呢。」

玄之介大人說過：三十年前火災那晚，孫兵衛房東被關在寺院居室。

「那時您差點就被殺了是不是？」

「當時我本來是打算去擊退住持，只是沒學過劍術完全沒辦法。所幸長坂大人趕到，我才撿回一條命，從火場裡九死一生逃出來。」

住持的靈魂卻在那時襲擊孫兵衛房東，附在他身上——

「我想勝次郎也知道，」孫兵衛微微垂下眼皮說。「我這個爺爺也不是始終都是好房東，年輕時也做過很多壞事。爲了贖罪，我才想替大雜院的居民做點事。」

「壞事？」

「嗯，做了很多很多。」孫兵衛說完，輕輕捲起袖子，阿鈴看到他手腕上有一圈淺淺的刺青。那是曾經流放孤島的罪人的記號。啊，原來如此。

「大概是年輕時做過的壞事，成了爺爺內心的弱點，才讓興願寺住持的靈魂得以乘隙而入。人一旦做了壞事一定會報應在自己身上。妳要把我說的話轉告給勝次郎。」

阿鈴「嗯」地點頭。

「阿鈴，妳能看到跟妳無關的幽靈，是因爲妳來過冥河河灘一趟，而且遇見了我。因爲這樣，妳才能看到跟興願寺有關的幽靈。」

阿鈴聽孫兵衛這麼說，目瞪口呆地發不出聲音。這就是答案？原來是這樣？

「而且妳那時舔了河水吧？眞是不應該。」

孫兵衛和藹地說：不過那也結束了，全部結束了。

最後一個謎團，終於像春天淡雪般消失得一乾二淨。

「勝次郎雖然個性乖僻，但很善良，妳要好好跟他相處。」

孫兵衛說著說著，身子更加淡薄。

「您要走了？」

「我已經待得夠久了。」

對了，對了——孫兵衛伸手抽出插在腰間的煙管，把手上頭刻著一條龍。啊，那一次在河灘也看過這支煙管。

「我沒有留下東西給勝次郎，這就算是我的遺物，是爺爺用了很久的東西，妳能幫我交給他嗎？」

阿鈴接過煙管，感覺一陣冰涼，相當重。

下一秒，孫兵衛突然消失無蹤。阿鈴眨眨眼環視房內。

再見了——她覺得好像隱約聽到這句話。房內只剩下射進來的蒼白月光。

再見。阿鈴小聲地說。她就這麼坐在月光下好一陣子。把煙管交給乖僻勝時，該怎麼對他說明呢？如果問他，孫兵衛房東生前是怎麼樣的人，兩人過著怎麼樣的生活，不知道他會不會告訴我？乖僻勝那小子拿到遺物時，不知道會不會想哭？到時又該怎麼安慰他呢？

阿鈴胡思亂想一會兒後，又睡著了。她不會再做夢，也不會看見幽靈，更不會去到冥河河灘，只是陷入理所當然的安眠而已。她發出淺淺的鼾聲，直至早上醒來，船屋嶄新的一天展開爲止。

好好睡吧。

解說——陳柏青

大江入海，揚船啓航

也許我們該從「江戶」開始。從「江戶的開始」開始。「江戶」二字，本身便充滿了故事，照字面所解，「江」乃匯流入海之江，而「戶」爲出入口，「江戶」正說明其地的由來與位置，當時的「江戶」周遭是鄰隅田川入海的一片窪地，由此丈量擘畫，鑿山塡海，開展出一個延「の」字型螺旋擴建，繁華金粉的江戶時代。

沿海而生，時代之城，宮部美幸長篇時代小說《扮鬼臉》，便像是其所描繪的時代一般，以料理屋「船屋」爲地圖座標，大船入海，在這座亦正揚帆之城，開啓其故事。

小說《扮鬼臉》以「船屋」老闆之女阿鈴爲主角，其父於深川一帶開設料理鋪，誰知卻遭幽魂侵擾，阿鈴因大病一場，目能見鬼物幽靈，從而有了之後一番冒險與探祕。料理屋名爲「船屋」，固然取自其外型，細究之，深川一區本爲海濱，其中河道綜橫，船屋之名正好呼應了地理空間之特色，阿鈴之父太一郎命名乃是希冀船屋是「往後將載著我們一家人往前行駛的船」，作爲「家」的譬喻，船屋是阿鈴一家子行於世間波浪的船，而阿鈴淺嚐冥川之水而能見幽靈，介於陰陽之間，「船屋」不也是一介於陰界與陽界的舟筏，生者棲於其間，亡者乘於其上，料理屋之客人流轉，船屋既存在於實體空間，也是阿鈴這一段冒險的工具，讀者的眼睛，隨著船屋開張豪宴設席，緩緩進入故事之海中。

◎宮部美幸的空間美學

如果說，宮部美性的時代小說特色，是由庶民觀點切入，透過一個「向上仰望的」、「平視的」的柔和眼光，平常人說家常事，以對於尋常細節的描述重新建構這個消失的時代，那《扮鬼臉》便是宮部美幸時代小說的一次介面升級，她寫時代之人，也寫隱藏於時代暗角下的鬼魄，在此刻為船屋的這塊地上，過去曾是興願寺改葬之墳場，阿鈴等生人的眼睛看見「現在式」的空間，而鬼魂的眼，則從歷史的暗角透射而來，藉由他們的口，傳述過往經歷，於是小說《扮鬼臉》中所展露宮部美幸的時代小說特色，那視點不只是「平視的」，而且是「透視的」——見到消失的過去，不僅僅是往前看的，更原地向後轉，船屋不再是太一郎一家的船屋，也是玄之介、阿蜜、笑和尚等幽靈各自俱有私密意義的船屋，而這些「個人的」故事集合起來，空間的故事相疊，便能自其中愛恨流轉窺見時代的特質，而更重要的是，由這些美好的情念而與「現代」接軌，因為其中所展現永恆的人性而使讀者受到感召。那便是宮部美幸流的時代小說了，既熟悉又遠離，彷彿遙遠，卻又貼近。

《扮鬼臉》以料理鋪為主要情節發展背景，小說家在其中活色生香展現宴席上料理之精巧，而小說中推動情節之重大事件，也多半在宴席中發生，以小說中三次大宴為分界，第一次是筒屋的壽宴，第二回則是白子屋與淺田屋的「驅靈比賽」之宴，第三回則是七兵衛為了使白子屋主人長兵衛拋棄的女兒阿由和林屋島次招供而重新設宴。料理是江戶人自豪之處，也是小說中太一郎作爲廚師灌注一切的心血，而這三次宴，則成爲小說中作者經營最用力之處，宴上人心相鬥，白子屋與淺田屋唇槍舌劍，阿由與白子屋長兵衛的父女口角、阿高於宴中揭露銀次死亡實情，原來已是無比混亂的場景，藉由同一空間的不同存在——鬼魂，而更一發不可收拾，幽靈與幽靈互不相讓，阿蜜爲銀次闖入而彰顯其能力，而當人鬼互相影響，那份熱鬧與錯亂，竟有一種舞台劇似具備戲劇張力的效果，誰能看見誰，誰看不見誰，誰看不見誰而誤以爲誰在做什麼，誤解與眞相亦隨之而來，阿由看見銀次之鬼魂，欲以嘴囓之，其他人看不見，而以爲阿由要咬舌，而看見的人，不只是看見「原該不存在的鬼」，更由此透露出眞相與核心情感。

◎鬼首與鬼臉

誰看得見，誰看不見，在小說中成爲解讀眞相的關鍵方式，時代小說中不乏鬼影，宮部美幸的時代小說亦然。但《扮鬼臉》卻推陳出新，寫鬼，寫人能見鬼，而其所在意的是「人何以能見鬼」？借用小說中的解釋，乃是因爲「活人內心的謎題和糾葛、悲哀，正是跟幽靈相通的感情」，彷彿是電台頻率一般，發出的波長相符，便能彼此搭上線，互相看見與溝通。以此爲牽引，船屋空間之歷史彼此相疊，而阿鈴也藉由此，探知人心的本質。阿先大媽的過往由此瞥見，而阿鈴由此懷疑自己身世、阿藤像苔癬般滋長於陰暗處的愛戀則經此攤在陽光下眾人的面前，若說「鬼」代表黑暗一面，宮部美幸藉由「視鬼」的過程，反而翻轉了光度，傳達了事件的眞相。也揭開人們心中最不堪觸碰的一面。

於是「扮鬼臉」在小說中成爲謎題，也是解答。阿梅是誰？她爲什麼要對著我扮鬼臉？由此引領阿鈴深入調查興願寺之謎，最終也是阿梅以「扮鬼臉」的方式，傳達告別之意。而乖僻勝與阿鈴在小孩子似以打鬧欺侮代替親近之情感中，也藉由「扮鬼臉」隱藏心中情意，有趣的是，誰都可以扮鬼臉，阿鈴可以，縱然如幽靈阿梅亦可。但還有另外一種「鬼臉」，那不是扮出來的，而是眞實的情感作用於臉上，再醜惡不過。小說中銀次因爲想向世間報復，誘惑阿由遭蓬髮一刀砍下，其首懸空而顯惡像，與阿鈴阿梅等人「扮鬼臉」隱藏眞實心意相反，鬼首現出的是人世間惡念的具體形象，小說尾巴阿藤也在住持幽靈身上「看到自己的臉」，剝開所謂「鬼臉」，層層疊上反而是所謂「眞實」，透過對於「鬼臉」的多層架構，宮部美幸以此透徹人心。

◎宮部美幸的時間術

讓我們回到這篇解說的開端，如果說「船屋」是家的象徵，人的身體不也是一種在時間中居過渡地位的船筏，從生邁向死，於是銀次、興願寺住持等人以侵占活人的肉身爲目的，身體成爲這個戰場中重要的資產，但一個弔詭是，活人終會死去，正如同興願寺改葬之墳場有一天會變成船屋，所以住持可以佔據房東孫兵衛的肉身，這是不是表示，活人如我們，終有一天會輸給這些看不見之物事？

歸根究柢，其原因便在於「時間」，孫兵衛並非敗給住持，而是不敵時間，住持成爲幽靈之後以持久戰博得最後之佔有權。但更進一步來看，眞的如此嗎？我們以爲能與時間抗衡，永久存在的幽靈，其實也被困在時間中，藉小說中笑和尙所言：「我一直受困在陽世，都是因爲那男人的執念。」，對幽靈而言，最大的自由竟也是最大的禁閉，時間成爲牢房，對於生者與死者同樣不留情面。

那麼，人終究會輸給時間嗎？宮部美幸用文字給了我們答案。住持得到了身軀，但在阿梅看來，住持依然是「不在」的也是「不再」的。小說最終，幽靈與活人手牽著手，繞行船屋走一遭。成爲幽靈依然會讓時間囚禁，但人們卻能以家族、以彼此溫厚之情念與幽靈進行對抗，進而在時間洪流中，以「船屋」——一家人相守，不同心靈彼此互相寄託的信念中，上一代做不到的，交與下個世代，從七兵衛的包飯鋪到太一郎的料理鋪，由玄之介等人的執念而至阿鈴，這也許便是宮部美幸在小說中寓含的，以空間爲戰場，而尋找與時間相處的方式，最終終於馴服了時間。小說開頭所描述的七兵衛，便感嘆「一個小毛賊自淺草天麩羅舖子前一路跌跌撞撞，居然闖出一條路來了。」，但這麼遠的地方，並非是盡頭，大江入海，江之戶是入口也是出口，而他們將持續向前。

陳柏青

現就讀臺灣大學臺灣文學研究所。曾獲全球華文青年文學獎、時報文學獎、臺灣文學獎等。以閱讀爲終生職，期待臺灣推理的黃金世代降臨。

宮部美幸

作品集／23
Miyabe Miyuki

扮鬼臉

國家圖書館出版品預行編目資料

扮鬼臉／宮部美幸著；茂呂美耶譯. -- 初版. -- 臺北市：獨步文化：家庭傳媒城邦分公司發行, 2007〔民96〕
面；　公分. --（宮部美幸作品集；23）
譯自：あかんべえ
ISBN 978-986-6954-69-6（平裝）

861.57　　　96009688

AKANBE
By MIYABE Miyuki

Originally published in Japan by PHP KENKYUJO, Tokyo.
Chinese (in complex character only) translation rights arranged with OSAKA OFFICE, JAPAN
Through THE SAKAI AGENCY.

原著書名／あかんべえ・原出版者／PHP 研究所・作者／宮部美幸・翻譯／茂呂美耶・責任編輯／張富玲・總經理／陳逸瑛・發行人／涂玉雲・行銷業務部／徐慧芬、陳玫潾・版權部／吳玲緯・出版／獨步文化 城邦文化事業股份有限公司 台北市中山區民生東路二段141號5樓 電話／(02) 2500-7696 傳真／(02) 2500-1967・發行／英屬蓋曼群島商家庭傳媒股份有限公司城邦分公司 台北市中山區民生東路二段141號2樓・讀者服務專線／(02)2500-7718; 2500-7719・服務時間／週一至週五：09：30-12：00、13：30-17：00・24小時傳真服務／(02)2500-1990; 2500-1991・讀者服務信箱 E-mail／service@readingclub.com.tw・劃撥帳號／19863813 書虫股份有限公司・香港發行所／城邦（香港）出版集團有限公司 香港灣仔駱克道193號東超商業中心1樓 電話／(852) 25086231 傳真／(852) 25789337 E-mail／hkcite@biznetvigator.com 馬新發行所／城邦（馬新）出版集團【Cite (M) Sdn. Bhd】41,Jalan Radin Anum,Bandar Baru Sri Petaling,57000 Kuala Lumpur,Malaysia. 電話／(603)9057-8822 傳真／(603)9057-6622 E-mail：cite@cite.com.my・封面設計／永真急制・印刷／中原造像股份有限公司・排版／浩瀚電腦排版股份有限公司・2007年（民96）7月初版・2018年（民107）6月19日初版13刷・定價／380元
Printed in Taiwan　ISBN 978-986-6954-69-6

獨步文化
APEX PRESS

廣	告	回	函
北區郵政管理登記證			
台北廣字第000791號			
郵資已付，免貼郵票			

104台北市民生東路二段 141 號 2 樓

英屬蓋曼群島商家庭傳媒股份有限公司　城邦分公司

請沿虛線對摺，謝謝！

獨步文化
APEX PRESS

書號： 1UA019	**書名：** 扮鬼臉	**編碼：**

請於此處用膠水黏貼

獨步文化 APEX PRESS

讀者回函卡

謝謝您購買我們出版的書籍！請費心填寫此回函卡，我們將不定期寄上城邦集團最新的出版訊息。

姓名：______________________ 性別：□男 □女

生日：西元________年________月________日

地址：______________________

聯絡電話：______________ 傳真：______________

E-mail：______________________

學歷：□1.小學 □2.國中 □3.高中 □4.大專 □5.研究所以上

職業：□1.學生 □2.軍公教 □3.服務 □4.金融 □5.製造 □6.資訊

□7.傳播 □8.自由業 □9.農漁牧 □10.家管 □11.退休

□12.其他______________________

您從何種方式得知本書消息？

□1.書店 □2.網路 □3.報紙 □4.雜誌 □5.廣播 □6.電視

□7.親友推薦 □8.其他______________

您通常以何種方式購書？

□1.書店 □2.網路 □3.傳真訂購 □4.郵局劃撥 □5.其他________

您喜歡閱讀哪些類別的書籍？

□1.財經商業 □2.自然科學 □3.歷史 □4.法律 □5.文學

□6.休閒旅遊 □7.小說 □8.人物傳記 □9.生活、勵志 □10.其他

對我們的建議：______________________

____

____

____

請於此處用膠水黏貼

宮部みゆき